# Cura de amor

Florencia A. Fernández

Fernández, Florencia Aldana
Cura de amor / Florencia Aldana Fernández. - 1a ed. - Ciudad Autónoma de Buenos Aires : Florencia Aldana Fernández, 2020.
300 p. ; 21 x 14 cm.

ISBN 978-987-86-6793-5

1. Narrativa Argentina. 2. Literatura Juvenil. 3. Novelas Románticas. I. Título.
CDD A863



Impreso en Buenos Aires, Argentina, en el mes de **Octubre** de **2020**.

*A mis padres, Aldo y Gabriela,*
*por su apoyo incondicional.*
*A Walter por acompañarme siempre en todo.*

# Prólogo

Las personas malas no son felices, eso todos los saben ya, pero… ¿acaso le importa a alguien conocer sus motivos? Hay que tener en cuenta que esas personas no siempre fueron malas, tal vez han sido forzadas de algún modo, porque los han lastimado, ignorado al pedir ayuda o simplemente porque han perdido más de lo que han ganado, aprendiendo así a estar solos y a llorar en silencio, guardando cada sentimiento y cada sueño.

Es fácil decir que todo tiene un porqué, aunque muchas veces sea más fácil poner una etiqueta y decir que las personas son buenas o son malas, la realidad es que eso no existe, las personas malas solo son personas que no se han arrepentido de sus errores, a diferencia de las buenas que han sabido hacerlo, como los pecadores, aunque ellos tienen la suerte de que Dios los perdone para empezar de cero, en la sociedad eso es muy diferente.

Los villanos solo existen para aumentar la luz de los héroes, pero no se conocen muchas historias donde un villano también sea héroe. Creo que es una injusticia, porque si algo he aprendido es que todos somos héroes y villanos de nuestra propia historia.

Puede que ahora lo que digo no tenga sentido, pero prometo que es importante para entender lo que sigue de esta historia.

Mi nombre es Anna y soy, o era, según quien lo diga, una de esas personas que te molesta en la clase de literatura cuando dices algo claramente estúpido, una de esas chicas que te rechaza a la primera en frente de tus amigos, la que te deja llorando por querer parecer más linda o lista de lo que es, la que prefiere un par de zapatos antes que sacar una buena nota, una persona que todos creen perfecta.

Tenía diecisiete años cuando todo empezó, era hermosa, tenía el novio perfecto; y el séquito de amigas perfectas, admirable por tener una casa en el centro de la ciudad y una madre idealmente tonta, increíble panorama para ofrecer las mejores fiestas sin que vecinos molestos denuncien los ruidos y el alcohol en los típicos adolescentes irrompibles o al menos eso creían ellos, creían que yo lo era. Se pensaba que no conocía el dolor y sí, no era la persona más empática del mundo pero mi vida jamás fue el cuento de hadas que ellos envidiaban, y debo admitir que yo también envidiaba esa vida.

Por aquel tiempo realmente creía todas esas mentiras sobre mí. Se sentía maravilloso estar en la cima cuando aún estaba de pie y era dulce ver la miseria de otros para no sentirme tan sola, para sentir que era más fuerte, pero todo cae por su propio peso y como ya lo dije antes, mi vida no era perfecta. Las personas no pueden vivir de apariencias ni de lágrimas ajenas, siempre hay algo que al estar solos no podemos soportar y nos rompe, nos hace irreconocibles, duele y es insoportable porque te recuerda que no eres tan feliz ni tan «perfecta» o «amada» como otros piensan, y esa es la diferencia entre la vida y las películas, porque vivir de historias inventadas siempre es más fácil que sufrir y quebrarse por dentro, ¿cierto?

Todo empezó con una llamada telefónica, un chico y una chica bastante cercanos y una tarde de primavera raramente calurosa, aunque para eso todavía falta un poco.

# Capítulo 1

*—Anna, ¡Anna! Quédate aquí, no puedes venir conmigo.*
*—Pero...*
*—Hazme caso, quédate aquí un poco más solo un poco más, no tardaré.*
*—Quiero ir contigo.*
*—Todavía no es hora pequeña.*

Y una vez más desperté, siempre lo mismo, una sombra y una niña, aquella sombra era mi padre, y eso era todo desde hacía años, no puedo decir que era una pesadilla pero sí que se sentía como una, incluso entonces me levantaba llorando de vez en cuando.

Siempre deseé que mi padre me llevara con él, era mejor que quedarme con mi madre en aquella enorme casa.

—Estás loca —dije en voz alta soltando un suspiro, y pensé en lo patético que era mi subconsciente, un psicólogo se haría un festín con mis traumas.

Como cualquier otro día me preparé muy rigurosamente para ir a clase, la más popular debía lucir impecable, los descuidos eran imperdonables, pertenecer a un grupo popular era como vivir bajo la lupa de tus propios amigos, atentos a echarte en cara lo mal que te ves, una especie de examen que por lo general era yo quien administraba.

Primero lo primero, el vestuario adecuado debía ir con la ocasión, lucir decente pero no una monja, profesional pero no vieja, un balance perfecto entre virgen y zorra, sé que suena ridículo pero en aquel momento yo era conocida por esas virtudes. Una vez escogido el atuendo lo importante es un buen maquillaje, no cargado solo lo necesario; un poco de sombras, polvos, rímel y claro un labial rojo.

Mi opinión de esos años era que todas las personas del mundo necesitábamos una firma y no la típica que escribimos en un papel o en la servilleta de un bar, no la que nos representa en los documentos importantes que se lleva el abogado y mucho menos la que practicamos miles de veces siendo niños, la de puntos, giros y remolinos que hacen de nuestra letra algo ilegible; sino una firma tan propia que cualquier copia sería descartada al instante por falsa y absurda, algo que nos haga trascender incluso luego de morir, ya lo sé, «la chica de los labios rojos» no era un gran título pero era más de lo que tienen algunos.

Y ahora mi parte favorita, el bolso. Era la secundaria y yo jamás llevaría una mochila por más linda que se viera, lo mío eran los bolsos y lo mejor de mi mañana por aquellos años era prepararlo para ir a clase. Para entonces tenía un bolso rosa con cintas lilas el cual amé hasta que esa misma mañana le tiraran café encima y quedara arruinado. Este bolso llevaba siempre y sin falta; una botella de agua pequeña para no deshidratarme, un paquete de chicles, un kit de cosméticos con todo lo indispensable, mi celular, una agenda, los auriculares, un perfume, una revista con lo último en moda que era costosísima y claro un par de libros, unas cuantas hojas y una lapicera.

Con todo terminado, ya vestida, maquillada y lista para salir, bajé corriendo la escalera como todas las mañanas a prepararme un café y ponerlo en un vaso térmico.

— ¿Te vas? —escuché que preguntaba mi madre justo antes de que abriera la puerta de entrada.
—Sí —contesté secamente y cerré sin mirarla.

Cualquiera diría que no éramos muy afectuosas y es cierto, ella pasaba todo el tiempo en su cuarto encerrada con sus «cosas», supongo que me esforcé demasiado en que no me importara.

Una vez afuera corrí hacia el auto para dirigirme a toda velocidad a la escuela, escuchando a una de mis bandas favoritas. Aquello era lo único que le agradecía a mi madre, comprarme un auto, esa era mi forma de escapar del mundo aunque solo me dejaran usarlo para ir a la escuela.

Siempre hemos tenido dinero, no sabía si mi madre había robado un banco en su juventud o si era la heredera de una gran fortuna ya que entonces no hacía nada más que quedarse en la casa y de vez en cuando buscar algún trabajo, los cuales le duraban muy poco ya que a la semana comenzaba a ausentarse. Pero a pesar de nuestra desastrosa familia, nuestra economía corría con una suerte mayor y eso es lo que nos mantenía firmes.

—Anna, estás increíble. —Jenna alagándome ni bien pongo un pie fuera del auto, infaltable como el café por las mañanas.

— ¿Cómo van los votos? —pregunté al pasar sin dirigirle la mirada.

—¿Y yo cómo puedo saberlo?—Siempre tan condescendiente.

—Bueno, supuse que tener una amiga que es amada por los profesores me serviría de algo pero veo que me equivoqué —contesté apurando el paso hacia la entrada.

Existen dos clases de populares: los que mantienen buenas relaciones con todos, o sea los falsos, y los rebeldes que no pretenden disimular, Jenna pertenecía al primer grupo.

—Tú echaste a perder su confianza con el acto de primavera el año pasado, no es mi culpa.

—En primer lugar, ellos jamás me quisieron y esa broma no fue tan pesada, y segundo no te estoy reprochando nada solo superviso que hagas tus tareas.

—Gracias, pero dentro de mis tareas no está el informarte de los votos para la sociedad de estudiantes.

—Cierto —dije luego de pararme en seco mirándola bien a los ojos, ella sabía que lo que seguía era una amenaza—, pero eres mi amiga y la gente quiere que yo gane la presidencia así que deberías hacer buena letra.

—Si sabes que vas a ganar tendrías que estar más tranquila —exclamó clavándome sus ojos azules, tenía ese poder de mantenerse calmada sin reaccionar a las ofensas.

—No te pases de lista conmigo —dije mientras abría la puerta principal—, no te conviene jugar ese juego.

Con la sangre hirviendo me alejé de Jenna rápidamente en dirección al pasillo, esquivando en el camino la avalancha de gente que entraba a las aulas. La verdad es que no sabía a dónde estaba yendo tenía demasiadas cosas en la cabeza como para pensar en la clase de literatura y en esa estúpida profesora que se las daba de interesante. Por ese entonces parecía que Dios se había puesto en mi contra, mis amigas no me respetaban, mis profesores parecían estar irritados todo el tiempo con mi «insolente actitud adolescente», según le habían comentado al director, y mi novio tenía tiempo para todos menos para mí, de hecho me ignoraba creyendo que no me daba cuenta y para colmo en mi casa las cosas no andaban mejor, mi madre se la pasaba en su cuarto más de lo habitual y la casa parecía habitada por fantasmas.

Mi actitud siempre había sido la misma, no es por victimizarme pero era mi manera de sobrevivir, y justo en aquella época me dieron una mejor justificación, eran demasiados problemas juntos.

Caminé por el pasillo más tranquila, observando los rostros de todos como buscando leer sus mentes, la mitad de ellos estaba justo donde quería y la escuela era su santuario, la otra mitad deseaba estar en cualquier otro lugar, supongo que en ese tiempo no comprendía el segundo uso de los baños y de la biblioteca, ese refugio disfrazado de libros y espejos, significaba mucho para algunos.

— ¿Qué es esto? —grité a viva voz esperando una respuesta, estaba parada frente a la mayor estupidez que había visto en mi vida.

—Es un puesto de propaganda, ¿quieres un folleto? — respondió animada una chica que pocas veces había visto, seguramente en los pasillos. Vestía una camisa de franela beige y unos vaqueros, bastante desalineada pero nada fea.

— ¿Con la cara de una nerd?, no gracias. ¿Acaso participa en las olimpiadas matemáticas? —contesté burlona tirando mi cabello hacia atrás.

—No, se postula para la presidencia de la sociedad de estudiantes, igual que tú si no estoy mal informada.

—Para la presidencia. Es una locura, yo soy la presidenta.

—Aun no.

—Bueno, aun no pero ¿qué la hace pensar que ganará? Nadie la conoce y yo soy amiga de todos.

—Bueno puede que no mucha gente la conozca, es cierto, pero creo que quien la postuló fue una de tus amigas.

—Una de mis amigas... —repetí sin creerlo— ¿quién?

Aquello era un golpe bajo, sentir que una de mis amigas era capaz de sabotearme...

—Lo siento, no lo sé. —Su mirada expresaba complacencia, no la toleraba.

— ¿Para qué hablas si dices la mitad de las cosas? qué más da no importa solo dile que se prepare bien, y que no llore cuando pierda.

Caminé con rapidez en un intento por tranquilizarme hasta llegar a un baño, entonces decidí que no estaba de ánimo para tomar clases y por ello puse la traba en la puerta y esperé a que sonara el timbre del receso.

Solía hacer eso a veces, cuando la presencia de cualquier otro ser vivo era capaz de detonarme, no es que significara un «refugio» pero era una zona segura y desprovista de comentarios inútiles sobre llegadas tarde y filosofía. Pero ese día las horas pasaban muy lentas y mi celular tenía poca carga, me entretuve lo más que pude mirándome al espejo pero cada vez que me miraba encontraba un nuevo defecto, sin contar los tres lunares que arruinaban un perfil de mi cara, reflexioné un momento en mi cuerpo pero no, no iba hacerme anoréxica a esa altura del año y ni loca me arriesgaría a una operación, los cirujanos plásticos nunca entienden lo que una quiere en verdad. Sé que suena horrible, pero incluso los defectos eran un mejor pensamiento que mi vida en general, siempre rechacé la reflexión de ideas profundas porque esas cosas terminaban en llanto, dolor y depresión; prefería los temas más banales que incluso siendo negativos, como en el caso de los defectos, eran cosas que tenían una solución tan simple como una visita a un cirujano. No es que tuviera algo que envidiar, mi piel era blanca y el rojo de mi cabello resaltaba mis imperfectos ojos marrones que de todas formas solía ocultar bajo unos lentes de contacto celestes, no era muy alta pero si delgada, y mi ropa siempre estaba bien combinada.

Cuando el timbre sonó yo ya había cambiado mi maquillaje por completo y modificado mi peinado dos veces, aunque terminé dejándolo suelto.

— ¿Qué les parece mi atuendo? Papá lo trajo de Miami — escuché que decía Eva parada frente a la mesa que siempre solíamos ocupar.

—Horrible lugar —exclamé incorporándome al grupo sin mirarla, mi silla estaba vacía pero la mesa estaba repleta de gente.

Jamás había salido del país pero eso nadie lo sabía.

—Pues a mí me parece que está muy bien —dijo tomando la pollera por las puntas y levantándola un poco—. ¿No les parece, chicos?

Obviamente todos asintieron babosos, a la mayoría no los conocía, eran nuevos adeptos del grupo de Mike, mi novio, quien por cierto no estaba en ningún lado, y las chicas, seguidoras mías recién llegadas a la secundaria.

—Eres tan sucia —bramó Jenna con tono desafiante, siempre se hablaban así. Cuando yo lo hacía creían que era broma.

—Y te encanta que lo sea —respondió Eva remarcando sus palabras intentando parecer sexy y luego se acercó a Jenna para hacer que la besaba.

— ¿Y tú Anna? ¿Por qué viniste tan tapada? —preguntó Eva moviendo su cabello haciendo bailar sus rizos castaños, parecía borracha.

—A diferencia de ti, yo no soy una zorra —contesté sonriendo de lado y todos los chicos gritaron, pero sabía que ella no estaba ofendida, le gustaba esa atención.

—Ella tiene un novio para quien mostrarse, amiga —interrumpió Jenna en un intento por defenderme—, en cambio a ti te encanta mostrar más piel de la que todos imaginan.

El receso se pasó demasiado lento, todos escuchaban a mis amigas hablar, por mi parte no deseaba más atención, solo quería volver a casa y seguir durmiendo.

Es increíble como el hecho de ser popular te habilita para decir cualquier estupidez y que todos te escuchen como si dieras un discurso, y es aún más increíble la impunidad para decir tonterías sin ser víctima de burlas. Es como si hubiera una ley no escrita sobre la posición de los populares por encima de la cadena alimenticia, porque sí, la escuela era una selva.

Cuando el timbre sonó me vi obligada a volver a clases, esta vez sí tuve que hacer acto de presencia y tragarme al profesor de química, al cual no escuchaba porque siempre terminaba copiando con ayuda de la tabla periódica, la mejor herramienta para escribir respuestas sin ser descubierto.

El día prosiguió aburrido e inútil como siempre, profesores entrando y saliendo del aula y hablando de la semana de exámenes que estaba próxima, no me importaba. Jenna se concentraba en la clase lo cual me jodía el día porque estaba sentada a mi lado, y Eva coqueteaba con un chico que era amigo de Mike, no recordaba su nombre. Su habilidad para atraer hombres como un imán era admirable, solo bastaba que hiciera contacto físico con ellos y se riera de cada una de sus estupideces para tenerlos comiendo de su mano.

— ¡Anna! —gritó el profesor a la vez que golpeaba mi banco, sobresaltándome. Luego puso un papel en la mesa— un uno, es decepcionante.

El profesor era un hombre joven, con alguna que otra arruga alrededor de sus ojos, llevaba unos lentes gruesos que arruinaban su cara, pero me parecía lindo, hubiera pensado en provocarlo si no fuera por los años que llevaba rechazando alumnas; prefería al de biología, era dócil y tímido.

—Lo siento, otra vez será —contesté mirándolo a los ojos y reventando un globo de chicle en su cara, lo hizo pestañar.

—Si sigues así deberás pasar todo el verano en el aula —replicó impaciente volteándose hacia el pizarrón.

—Tengo mejores planes —contesté sonriendo y mascando, haciendo sonidos desagradables para hartarlo.

Cuando al fin el timbre sonó, me encaminé al comedor con Jenna, pasar todo el día en la escuela significaba comer la inmunda comida que servían allí, aunque ni siquiera la tocaba, era mejor de lo que podía traer de casa.

Eva se separó de nosotras en cuanto divisó al mejor amigo de Leo, su ex, quien no había resultado ser muy fiel… su plan, como siempre, era acostarse con su amigo como venganza. En cuanto a Mike, lo encontré hablando con unos chicos en el patio y más que seguro burlándose de algún pobre diablo, como de costumbre.

Nuestra mesa aun estaba vacía, era extraño pero mejor para poder hablar sin trabas con Jenna, tenía que contarle sobre la propaganda presidencial que había visto en la mañana, después de todo una de ellas había postulado a esa chica, pero confiaba en que no había sido ella.

—Dime —empecé diciendo mientras movía la supuesta carne con el tenedor descartable—, ¿Por qué no me dijiste que alguien más se había postulado a la presidencia?

—Me enteré esta mañana —saltó sorprendida pero en calma. Ponía esa cara cuando la atrapaba ocultándome algo.

—Vuelvo a preguntar porque al parecer no me escuchaste bien, ¿Por qué no me lo dijiste? —exclamé levantando la voz, causando que algunas personas se voltearan a ver. Realmente no estaba alterada solo quería provocar esa reacción en ella.

—No me diste tiempo, iba a hacerlo.

— ¿Cuándo?

—Hoy.

— ¿Hoy?, si no recuerdo mal yo te pregunté hoy sobre los votos apenas llegué a la escuela, ¿acaso no podías comentarme este detalle en ese momento? ¿Cuánto pensabas esperar? —solté entre dientes fingiendo una sarcástica sonrisa, sosteniendo el tenedor como puñal para aguantar la bronca que, ahora sí, estaba subiendo hasta mi cuello.

—No creí que fuera apropiado abrumarte con una noticia así recién empezado tu día. —Se la notaba nerviosa.

Conocía a Jenna desde el primer año, era divertida aunque un tanto frívola, nunca me molestó eso, de hecho la utilicé de modelo para adquirir popularidad. Ella era la más mala de todas cuando aún estaba de moda ser rubia e inteligente.

— ¿Y cuándo sería el momento correcto? Porque si yo no me hubiera topado con un intento de propaganda presidencial no estaría enterada de nada, y no me vengas con eso de que no era apropiado decírmelo porque la competencia es una de esas cosas de las que tengo que estar enterada, ¿no te parece? —exclamé abriendo exageradamente los ojos.

—Tienes razón pero como tú amiga debo encargarme de que estés tranquila, seguramente ganarás.

—Seguramente no, yo voy a ganar —afirmé muy segura de mi misma mientras con un movimiento brusco quitaba de mi brazo su mano, la cual había apoyado antes en un intento por calmarme.

—Por supuesto que sí, así será y cuando ese momento llegue debes mostrarte tranquila, no puedes enloquecer con cualquier piedra que se cruza en tu camino.

—Hablando de piedras, ¿Qué sabes de esta chica?

— ¿Qué chica?

—Mi competencia —mascullé revoleando los ojos.

—Ah sí, no mucho, pero por lo que pude averiguar se llama Carla, es bastante inteligente, una nerd, nadie la conoce y se la pasa todo el día en la biblioteca encerrada con sus amigos que son igual de perdedores que ella —dijo sentándose derecha en la silla—. Por otro lado, este es un dato interesante, al parecer llegó a esta escuela en primer año luego de mudarse a nuestro país por una especie de intercambio escolar o algo así, la cosa es que cuando llegó el momento de irse de aquí no lo hizo y de hecho, sus padres al ver que se quedaría decidieron mudarse con ella.

— ¿Y eso en que me beneficia? —pregunté levantando una ceja y tomando una papa del plato.

— ¿No lo entiendes? es extranjera a nadie le agradan los extranjeros, es un bicho raro.

— ¿Qué tanta influencia tiene sobre los alumnos?

—Nada, es una nerd acabo de decírtelo, nunca nadie la invitó a una fiesta y seguramente jamás estuvo cerca de un chico, no tiene vida social y eso significa que no es competencia para ti.

— ¿Y qué hay de los profesores?

— ¿Qué hay de qué? —Me miró extrañada.

—Sabes que los alumnos votan pero los profesores definen.

—Bueno, pero a nadie le agrada. Relájate, los profesores no se atreverán a llevarnos la contra, nos tienen miedo.

—Espero que tengas razón y que este año no se les ocurra hacer un acto de caridad con ella.

—Créeme todo saldrá bien.

—Espero.

El tiempo voló y seguimos hablando de las cosas habituales como por ejemplo la fiesta de fin de año y el vestido que ya estaba preparando mi diseñador para ese día, no era un tema menor para nosotras, era el mayor evento del año y debíamos estar deslumbrantes, no podíamos dejar pasar la oportunidad de mostrarnos. Eva siguió sin aparecer por lo que ambas llegamos a la conclusión de que se la estaba pasando mejor con un chico en algún rincón de la escuela y dado que ya no teníamos temas de conversación comenzamos a planear el fin de semana cuando de repente apareció mi rival. Carla era una chica delgada y muy pequeña, de piel aceitunada y cabello lacio hasta los hombros.

Rápidamente me levanté, no iba a enfrentarla, no era digno, pero tampoco podía hacer como si nada.

Pero entonces algo ocurrió, mi bolso golpeó la bandeja que ella llevaba haciendo que el café junto con todo su almuerzo se cayera sobre mí y para mayor dolor, sobre mi bolso el cual quedó completamente arruinado.

— ¿Eres estúpida? ¡Mira lo que hiciste! ¿Sabes cuánto vale esto? —grité lo más fuerte que pude, la cafetería quedó en completo silencio esperando al igual que yo la respuesta de mi recientemente declarada enemiga.

—Lo siento, yo... yo no quería —tartamudeó mirando el suelo, estaba al borde del llanto y yo al borde de cometer un homicidio.

Ella no estaba sola, a su lado un chico parecía congelado ante el espectáculo que se estaba desarrollando y como si pudiera ver a través de mis ojos el odio que estaba sintiendo no tuvo mejor idea que intentar limpiar con una servilleta de papel mi bolso, claramente esto me enloqueció aun más.

—Perdón, perdón no pensé que iba a quedar así —se apuró a decir al ver el resultado de su acción sin atreverse a mirar mi reacción.

— ¿Se están complotando? —chillé ya sin saber que decir y solo atiné a empujarlo para dirigirme a ella.

— ¿Sabes? —dije en voz más baja para evitar que los demás escucharan— más allá de tú torpeza hay otro tema que tengo pendiente contigo.

Mas no obtuve respuesta alguna, ella seguía mirando el suelo como si no me hubiera escuchado.

—Es de mala educación no responder, ¿acaso no quieres saber que tengo que decirte?

—Esta avergonzada, no lo hace apropósito. —La defendió el chico que estaba junto a ella.

—No te estoy hablando a ti, engendro.

— ¿Qué quieres? —soltó Carla, posiblemente motivada por la violencia ejercida hacia su amigo, aunque aun no podía ver su rostro oculto bajo una cortina de cabello.

—Eres más descarada de lo que pensaba pero está bien, solo quería que supieras que tienes valor para postularte en la presidencia —grité esta vez para que todos escuchen—, y aunque no vas a ganar será una experiencia inolvidable y una gran lección.

—Yo no me postulé, Eva lo hizo —soltó, aun sin mirarme.

Esa frase me derribó, mi mejor amiga se había puesto en mi contra y desapareció para que no pudiera enfrentarla como corresponde después de una traición de ese tamaño.

Hace tiempo que Eva había dejado de ser lo que se dice «una buena amiga», pero siempre traté de justificar por todos los medios sus manifestaciones de odio contra mí, las cuales no tenían ningún origen específico, nuestro vínculo nunca cambió lo que significaba que jamás habíamos sido amigas y eso era lo peor de todo. Lo más doloroso de una pelea es no tener de que pedir perdón o notar que «tu amigo» quiere hacerte daño y no hay nada que hacer al respecto.

—No importa quién lo haya hecho, tú eres la candidata no ella.

—Pero fue ella quien lo hizo, yo no quería.

—Escucha atentamente, ella es mi amiga y tiene cierto estatus por esa razón, ella te hizo un favor postulándote y te guste o no le debes mucho. Pero hay algo que ella no pensó y es que su traición hacia mí no será bien vista por la gente que nos rodea, por eso te estoy dando la posibilidad de que renuncies a la presidencia antes de que yo divulgue lo que hizo y su imagen quede arruinada.

—No creo que ella quiera eso.

—Créeme que menos va a gustarle quedarse sin amigos —dije mientras me preparaba para irme y todos quedaban sorprendidos buscando el rostro de mi ex amiga—. Es tu decisión al fin y al cabo pero tenlo en cuenta, yo solo quiero ayudarte.

Luego de esa pequeña discusión, de la que los alumnos hablarían el resto del día, me retiré de la escuela, aun quedaban algunas clases pero no le veía el sentido a quedarme para seguir siendo evitada.

Al llegar a casa estacioné el auto y entré sin problemas, como siempre las penumbras se apoderaban de todo y el silencio era casi insoportable. Subí las escaleras con la intención de dirigirme a mi cuarto, pero por alguna razón me detuve una puerta antes, el cuarto de mi madre. Sabía que mi madre no había salido en toda la mañana, solía levantarse temprano, tomar unas pastillas y volver a acostarse hasta la tarde, la noche o el día siguiente. Se encerraba y solo Dios sabía que ocurría allí adentro. Ese día me detuve y puse mí oído muy cerca de la puerta, era una costumbre que me había quedado desde niña, tenía miedo de que un día simplemente no despertara, pero para entonces solo lo hacía como rutina, y como todas las demás veces... no escuché nada. Inmediatamente seguí caminando hacia mi cuarto, abrí la puerta despacio y la volví a cerrar detrás de mí.

Mi cuarto era bastante amplio, como todas las habitaciones de la casa, pero no se sentía mío, mi madre jamás me dejó pintar las paredes, debía conformarme con el aburrido blanco que con los años llené de posters y fotos; siempre me gustaron las collages y las manualidades, aunque no era tan buena. No era un espacio muy sobrecargado, solo lo necesario, armarios para la ropa, que siempre eran insuficientes, un escritorio que también servía de tocador y una gran cama con dos mesitas de luz a los lados, estaba bien pero solo eran cosas.

Una vez allí dejé mi bolso sobre la cama y me senté en la silla del escritorio, tomé un esmalte color borgoña y empecé a pasar el pincel por mis uñas, era una forma de estar activa y a la vez pensar vagamente en algunas cosas, porque como dije antes... no me gustaba pensar en cosas profundas.

—No entiendo lo que ocurre, quisiera saber que fue lo que quebró todo, pero no lo entiendo, ni siquiera sé cómo arreglarlo. Realmente quiero enfrentar a Eva, pero por alguna razón siento que en serio soy la culpable.

A veces hacía eso, hablar como si alguien me escuchara, de haber una cámara en mi cuarto de seguro habría sido un gran show, pero estaba sola, no siempre, a veces me dirigía a alguien que de verdad me prestaba atención, pero otras veces solo no quería sentir que la habitación estaba vacía.

No tenía ánimo para de pensar y cuando me encontré a mi misma haciéndolo busqué los auriculares y me sumergí en la profundidad de las notas, él amaba la música clásica y esa era mi forma de estar sola pero cerca suyo. Siempre escuchaba dos o tres piezas y luego me quedaba dormida, ese día no fue la excepción.

Aunque esperaba despertar pasada la hora de la cena tan solo desperté a media tarde, bajé las escaleras y percibí como aun la tenue luz del día iluminaba la sala colándose por la puerta del jardín, caminé hacia ella pasando el dedo por la mesa de camino y cuando atravesé el umbral pude ver la figura de mi madre, de espaldas, sentada en la hamaca que de niña solía utilizar, apenas moviéndose con la punta de los pies descalzos sobre el césped. Parecía una visión, borrosa, como las mujeres pintadas sobre los paisajes en el período barroco, quien diría que igual que ellas esta tampoco hablaba, tan solo permanecía quieta, inmutable para que la vieran.

Cuando era niña me preguntaba en que estaría pensando cuando se quedaba callada, pero poco tiempo después su psiquiatra me diría una cosa que sustituiría la pregunta y su respuesta para siempre: «a ella le duele existir, no es tu culpa», entonces tenía ocho años y eso me ayudó a entender porque dormía tanto.

—Estás ahí, ¿tienes hambre? —dijo, lo cual me sobresaltó y me sacó de mis pensamientos de inmediato.

—No realmente, voy a dar una vuelta.

Lo cierto es que estaba muriendo de hambre pero no me apetecía tener que ser amable con ella, ese papel no me salía, y dentro de mi crecía un calor abrasador que poco a poco subía hasta mi garganta y me pedía explotar en su cara una bronca que ni siquiera yo entendía, y no estaba bien explotar de la nada, no con ella, después de todo su única culpa era existir, y ella lo sabía mejor que nadie.

# Capítulo 2

Y aquí estamos otra vez, en el comienzo de todo. La tarde ya había empezado hace rato y no esperaba recibir llamadas luego de faltar a la escuela, pero así fue...

—Mira, solo creo que las cosas no están saliendo bien, dejémoslo así, quiero salir con alguien más y lo único que haces es atarme. —Su voz parecía demasiado relajada, como si fuera el chico que atiende los pedidos en McDonald's, entonces sabía que ninguno de los dos quería nada serio pero supongo que me había acostumbrado a su presencia.

— ¿Atarte? Realmente no importa, haz lo que quieras, yo jamás me restringí ninguna diversión por el hecho de estar juntos, no sé porque tú sí.

—Tal vez porque se supone que estábamos juntos. —Sabía perfectamente que en unos minutos sus gritos iban a ser aún más fuertes pero no me importaba, prefería ser la mala de la historia antes que la víctima.

—Cuando nos conocimos yo sabía que querías una novia porque ese es el modelo de vida con el que creciste, fiestas, borracheras y chicas pero no porque sintieras algo por mí.

—Está bien no eres estúpida, pero ¿no se supone que las chicas si deban sentir algo?

—Yo no. Somos iguales, Mike, solo queremos algo que los demás puedan envidiar, somos buenos en eso.

—Entonces, ¿no te molesta que salga con alguien más?

—Adiós, Mike —dije secamente mientras cortaba, sintiendo esas palabras retumbar en mi cabeza una y otra vez como un eco.

Pero lo que había dicho no era del todo cierto, Mike no sabía que yo lo había visto besando a Eva la semana anterior y no había forma de que supiera que yo quería seguir siendo su novia.

Recuerdo esa conversación, estaba mirando por la ventana de mi habitación cuando colgué el teléfono, no podía respirar, jamás había llorado por nadie más que por... bueno, no importa, jamás había llorado por Mike. Tal vez él tuviera razón, las chicas son las que sienten en una relación, solo que yo no era del tipo que lo admitía.

Mike y yo nos conocimos en segundo año, él era buscado por todas y yo por todos, así que no quedaba otra opción más que estar juntos, solíamos ser lo que suele llamarse «pareja perfecta» o al menos eso creía yo hasta que lo vi besando a mi mejor amiga.

Me senté en el borde de la cama retorciendo el teléfono en mis manos mientras en mi cabeza se reproducían miles de imágenes, recuerdos de cuando estar juntos significaba ser felices. Pero eso se había terminado hace ya mucho tiempo y sin darme cuenta me vi rodeada de hipócritas que en realidad nunca tuvieron la intención de ser mis amigos. No podía comprender como en tan poco tiempo mi mundo se había destruido, ¿cómo era posible que no me diera cuenta de lo que estaba pasando? Esas cosas no suceden de un día para el otro.

Pero pasara lo que pasara mi vida continuaba y yo tenía un perfil que no podía verse perjudicado por un chico, así que me acerqué al espejo y noté mi maquillaje desecho resbalando por mi piel, odiaba verme llorar aunque por esos años parecía cosa de todos los días, decidí entonces que mi madre no pudiera tener la oportunidad de sentir lástima por mí ni de preguntar que me pasaba aunque jamás lo había hecho; por lo tanto tomé el labial más rojo que encontré y lo estampé en mis labios tan fuerte que casi lo rompo al medio, pasé por mi cara una base dos tonos más oscura que mi piel y con el delineador permanente más grueso que tenía remarqué el borde de mis ojos que aún estaban rojos y cristalizados para que no quedara duda de que estaba en uno de mis mejores días, le devolví al espejo una sonrisa bastante falsa y jugué un poco con las lágrimas que me quedaban en las mejillas hasta que tomé valor para abrir la puerta.

El pasillo de la planta superior estaba desierto y lúgubre como siempre, a mi madre se le había ocurrido la loca idea de mantener las luces apagadas durante el día y utilizar únicamente velas, estas se encontraban por toda la casa en cada estantería y mueble a la vista, no me molestaba en absoluto más allá del miedo a un posible incendio, en realidad estaba acostumbrada, siempre fue así según ella porque el brillo de las luces le hacían daño.

—Hola —saludé sin ganas a la figura que estaba en la cocina, para mi sorpresa no era mi madre sino Kate, su mejor amiga.

— ¡Hola Anny! —exclamó efusivamente corriendo a abrazarme—. Tú madre está descansando le ha caído mal el almuerzo.

—Dime algo nuevo. —Al parecer había notado el enojo en mi voz porque me miró arrugando la nariz como hacía cada vez que me veía enojada con mi madre. Kate siempre estuvo ahí para mí, si no fuera por ella mi vinculo con mi madre hubiera sido totalmente nulo, digamos que era una especie de mensajero entre las dos, casi vivía con nosotras, de hecho vivía en la casa de al lado.

— ¿Qué ocurre?, puedes contarme lo que sea.

—Corté con Mike. —Esto era un tanto diferente a lo que había pasado en realidad, pero era mejor para mi imagen.

— ¿Cortaste? ¿Tú? Pero… ¿por qué? —Me miró sorprendida.

—Sí, yo, ya no lo aguantaba.

—Parecías tan feliz, ¿qué te hizo? ¬—preguntó preocupada.

—Nada, ¿Por qué tendría que haberme hecho algo? lo dejé y punto, necesito a alguien nuevo.

— ¿Así nada más? —soltó sorprendida, seguramente por descubrir que un novio para mí era igual que cambiar un par de medias. Pero no era así.

—No veo que haya otra forma.

—Es que pensé que eras feliz.

—Si era feliz, pero voy a ser más feliz con otro —dije condescendiente mientras tomaba una manzana de la mesa.

— ¿Y cómo lo sabes? Arriesgarte así, solo porque quieres experimentar. —Estaba preocupada aunque a cualquiera le parecería enojada, yo la conocía bien y aunque me disgustaba que me hablaran en ese tono con ella era diferente.

—No pierdo nada intentando.

—A Mike.

—Mike ya no está aquí ni va a volver.

—Cuando lo entiendas te vas a arrepentir.

—No lo creo, estoy muy segura. —No me enojaba discutir sobre quien tenía razón, me enojaba saber que ella tenía razón y yo no podía hacer nada para cambiar ni la situación, ni mis sentimientos y mucho menos la decisión de él de romper conmigo.

—No es fácil encontrar al indicado Anny. —Se acercó a mí ya más tranquila y acarició mi cabello como cuando era niña—. No es fácil encontrar a alguien que tolere tus fallas y que te mejore día tras día sin otro interés más que verte feliz y poder ser lo suficientemente egoísta para desear que compartas eso con él. —Revoleé los ojos harta de tantas palabras dulces y cursilerías que solo existían en los libros que ella leía. Kate jamás había tenido una pareja estable, solo a Mr. Darcy y… Johnny Depp.

—No vale la pena porque luego de encontrarlo puede simplemente desaparecer y eso es peor que nunca encontrarlo. —Mi voz salió más fría de lo que esperaba.

—Anny, no vas a ser ella.

—No lo sabes y no me importa —contesté tratando de esquivar su mirada, odiaba que se preocupara por mí.

—Si te importa, cargas con eso como si...

— ¿Cómo si me doliera? Obvio que no, ¿cómo superar algo

que nunca sufrí? ¿cierto? —La enfrenté con todo el sarcasmo con el que era capaz de hablarle.

—Yo no dije eso.

—Pero lo piensas.

—Ya pasó mucho tiempo. —Su voz sonaba astillada, como si tuviera un nudo en la garganta.

—Ni siquiera puedes negármelo, ¿te das cuenta? —Pero no me contestó.

—Debes olvidarlo, buscar la manera de…

— ¿Crees qué es fácil, qué no lo intenté? Para mí nunca se fue porque nunca estuvo —dije sin mirarla, no quería que me viera llorar.

—No fue su culpa.

—Claro que no lo fue, fue culpa de ella. —Luego de decir esto me aleje rápidamente, tomé mi abrigo y me marché, no sabía exactamente a donde ir, ya no tenía quien me auxiliara. Me gustara o no admitirlo, Mike había sido mi refugio todo ese tiempo, ahora ya no tenía escapatoria, estaba a la vista de todos los problemas que antes esquivaba a diario.

Corrí un par de cuadras hasta cansarme y caminé sin leer los nombres de las calles y sin seguir indicaciones hasta que empecé a sentir mis piernas como alambres y mi respiración entrecortada, entonces me encontraba en una pequeña plaza con bancos de madera, me dirigí a uno y eché un vistazo a mi alrededor, se escuchaban risas de niños y cantos de pájaros que me resultaban desagradables, quería exiliarme del mundo y no volver. Allí todos parecían ser felices disfrutando del día, era algo común en aquel barrio, las personas se levantaban temprano y salían a pasear con sus hijos o simplemente se asomaban a la calle para empezar con su rutina, lavar el auto o cortar el césped.

Al parecer Dios escuchó en ese momento mis plegarias antisociales y no esperó ni un segundo en hacer verdad mis pesadillas.

—Hola, ¿Anna? —preguntó una voz detrás mío.

—Así es —dije fríamente mientras me giraba para verlo, sabía quién era, lo había visto el día anterior en la cafetería, era el chico que estaba con Carla.

—Soy Nick, vamos juntos a la escuela —dijo el muchacho acercándose amablemente.

Debía admitir que su aspecto no era el del típico nerd adicto a los libros y a adular a los profesores, si bien era desgarbado y tosco había algo en su mirada que invitaba a cualquiera a ser su amigo.

—Lo sé, ¿y? —Mi condescendencia no se debía al enojo ni al querer estar sola, así era todos los días con todos los que no pertenecían a mi círculo.

Mi indirecta no funcionó de mucho, dos segundos tardó en decidir sentarse a mi lado y preguntar que me parecía el barrio, sin darme cuenta casi había caminado hasta el colegio, lo cual era bastante lejos de mi casa, ignoré su pregunta simplemente porque quería que se fuera, pero no se dio por vencido.

—Lamento lo que ocurrió con tu bolso. Carla es un poco torpe a veces.

— ¿Eres su amigo? —pregunté sin dirigirle la mirada aunque sentía la intensidad de la suya clavada en mi rostro.

—Podría decirse.

—Bueno dile que es una estúpida y que arruinó un bolso muy caro. —No esperaba una reacción así era obvio, ya no se atrevía ni a mirarme a la cara.

—Ella no quería hacerlo.

—Eso no importa, no puede cambiar lo que ya está hecho. No entiendo como una persona así puede siquiera soñar con postularse para la presidencia. —Estaba muy enojada, con el mundo, con esa chica, con Mike, con Eva, con todos.

—Bueno, ella no quería pero Eva le insistió, ella nunca aceptó.

— ¡Ya sé que fue Eva! ¿Por qué se empecinan en recordármelo? Mi novio me dejó, mis amigas son unas traidoras y al parecer ser popular no es suficiente para que la gente te respete —solté rápidamente enredando mis palabras, había dado más información de la que deseaba.

—Perdón, no quería que sonara así. Eres Anna, digo, tienes todo, todos son tus amigos y los que no, quieren ser como tú —balbuceó bajando la vista por primera vez.

—Eres un ingenuo, yo también lo era hasta ayer, tal vez es cierto lo que dices pero creo que el problema está en que todos quieren ser como yo y eso se confunde con amistad o admiración.

— ¿Dices que no te quieren de verdad?

— ¿Existe querer de verdad? Yo creo que mis amigos solo quieren reemplazarme, de distintas maneras pero el mismo final para mí.

—Pero no pueden hacer eso, no te pueden simplemente borrar, eres una persona —rió.

—Eso no vale nada en el secundario y creo que lo sabes mejor que yo. Estoy empezando a creer que lo mismo que me dio amigos puede quitármelos.

—O tal vez nunca lo fueron.

—Estoy sola así que ya no importa. Antes solo quería tener algo, quizás algo es igual que nada a fin de cuentas.

—No estás sola, nadie lo está —dijo intentando animarme

pero yo solo pude suspirar frustrada.

—¿Acaso me vas a dar un discurso de cómo todos somos hijos de Dios y bla, bla, bla?, ya sé que venimos solos al mundo y que así nos vamos, sé que supuestamente algo o alguien nos protege desde el más allá y todas esas estupideces, sé que chocamos con las personas equivocadas hasta dar con las correctas pero creo que no todo el mundo es capaz de seguir con ese destino sin decir una palabra. No creo que todos estemos hechos para vivir en este mundo, algunos ya perdimos demasiado y la gente es estúpida y malinterpreta dolor con furia, tristeza con maldad y ya estoy harta de estar siempre equivocada, de siempre ser la «mala influencia», de ser solo un objeto caro que todos desean hasta que se rompe o mejor dicho hasta que se dan cuenta de que está fallado. Sé que soy una falla y nadie quiere una falla en su vida así que te agradecería que te fueras ahora. —Otra vez las lágrimas corrieron el maquillaje, pero esta vez eran de furia y había testigos presentes, o mejor dicho un testigo presente pero no importaba porque ese chico no era nadie.

—No voy a dejarte sola, no así. Debes calmarte.

—Ya estoy sola ¿acaso no escuchas? —dije ya más tranquila pero aún con el llanto en la garganta—. Si todavía te tragas el cuento de que tus amigos son los que comparten contigo la mesa de la cafetería estas peor que yo.

—Yo también estoy solo.

— ¿Nick, cierto? —pregunté obteniendo una afirmación de cabeza de su parte—, Tienes padres supongo, un padre y una madre, quizás hermanos que se preocupan porque comas bien, te abrigues al salir, vayas a lugares apropiados y te juntes con las personas correctas, ellos te enseñaron todo lo que sabes y te mandaron a una buena escuela cuando creciste y dejaste de depender totalmente de ellos, lo hicieron para que tengas un futuro para que puedas copiar sus valores y no cometas sus mismos errores, y sí, capaz te regañan cuando haces algo mal pero es porque te quieren y morirían si te pasara algo. Tal vez te sientas desdichado por no tener tantos amigos o porque se burlan de ti cada día, pero tienes dos o tres amigos que jamás te fallarán y si te pasara algo podrías llamarlos, tienes un futuro grande por delante comparado con lo poco que obtendrán aquellos que se burlan de ti ahora. Tú no estás solo, si mueres habría mucha gente pensando en ti, porque eres bueno y haces las cosas bien y caíste en una familia feliz por tu llegada. ¿Me equivoco? —Me miró absorto todo el tiempo pero afirmó con la cabeza a mi pregunta, no esperaba que la chica más popular de la escuela y también la más grosera estuviera animándolo, ni siquiera yo lo creía.

— ¿Y qué hay de ti? —Me reí de lo predecible que era su pregunta.

—Yo no tengo nada, soy una chica popular, sí, pero sin futuro, sin amigos de verdad y con una familia rota. Me crié sola; en el camino nadie me preguntó como estaba, como me sentía, si era feliz. Soy una mala persona, lo admito pero no conozco otra cosa porque así me formé, copiando actitudes de las amistades incorrectas y haciendo cosas para llamar la atención, ¿divertido, verdad?, pues lo acepto, así es. La secundaria fue mi salvación, me volví atractiva y me di cuenta de que eso le gusta a todos así que nunca aspiré a otra cosa, hasta ahora, recién ahora me doy cuenta de que no tenía nada y es tarde para cambiarlo, así que solo puedo aceptarlo...ya no hay nada más de mí que pueda darles.

—Nunca es tarde para cambiar y no se trata de que les des nada.

—Esa frase de manual, por Dios —chillé pero seguí más calmada, cansada más bien—, no lo entiendes, es tarde cuando ya no sabes quién eres. —Realmente no sé de donde salieron tantas palabras, supongo que estaba desbordada y quería hablar con alguien que fuera capaz de responderme.

— ¿Quieres que vayamos a algún lugar a seguir hablando? se está haciendo tarde.

—No, no trates de ser mi amigo porque ya sé como sigue esto. Volverás a casa y mañana llegarás a la escuela y presumirás con tus amigos de cómo hoy hablaste conmigo, y de cómo me consolaste. Y por un rato te sentirás bien porque incluso los populares que ansían un chisme nuevo irán a hablarte y a sacarte información. Ese chisme que empezó siendo una anécdota heroica pasará de boca en boca distorsionándose hasta que todos en la escuela crean que estamos saliendo y que seguramente yo le fui infiel a Mike contigo y por eso cortamos; y te sentirás más que bien porque en estos casos, el hombre es un genio y la chica una puta. Pero tranquilo, no te sientas culpable por eso, porque mañana cuando yo esté bien volveré a ser la misma de siempre y te ignoraré como si no existieras porque eso esperan que haga.

—No todos son iguales, Anna —contestó enfadado. No había dejado espacio para acotaciones, no quería lástima.

—A eso me refiero, ayer no me hubieras hablado como lo haces ahora, solo lo haces porque yo te di la confianza, porque me tomaste por sorpresa y sientes que estoy a tu altura pero jamás le hablarías así a alguien como yo.

—Deja de analizarme. Sí, tal vez yo soy así pero no todos son iguales. Puede que tu teoría de la separación entre populares y no populares sea cierta, pero hay un detalle.

— ¿Cuál?

—Yo jamás te haría una cosa así, nunca presumiría algo así, será porque no soy popular, no lo sé, pero no lo haría.

— ¿Y por qué me invitaste a ir a otro lugar?

—Porque estás triste y no creo que seas tan mala como dicen.

—En ese caso con más razón debo rechazar tu propuesta.

— ¿Por qué?

—Eres bueno, no me equivoqué. No mereces cargar con mis problemas. —Dicho esto me levanté, sin siquiera despedirme y seguí mi camino, nunca había pensado que un completo extraño, un chico «raro» podría escucharme de esa forma, de hecho nunca pensé hablar con alguien así.

Luego de otra larga caminata llegué a casa, las luces apagadas, velas encendidas, comida en la mesa y nadie a la vista. Cené sola en la cocina lo cual no era usual, mi madre nos obligaba a cenar en familia como tradición, aunque fuera para sostener la farsa. Luego de comer subí a mi cuarto, no para dormir sino porque necesitaba hablarle.

La habitación estaba fría y oscura como el resto de la casa, la recorrí mientras apretaba mis labios con los dientes hasta sentarme en la silla del escritorio como siempre que venía a verme.

—Hola papá. ¿Sabes lo que pasó hoy? Mike me cortó, solo se lo conté a Kate y a un chico hasta ahora pero esa es otra historia, ahora tú también lo sabes, aunque seguramente mañana todos lo sabrán pero bueno, así son los chismes. De todas formas era un idiota y si me cortó no es por mi culpa eso lo sé, ya estaba engañándome con Eva…

»Si, lo sé pero estoy bien no te preocupes. Papá ya sé que él no te gustaba, y tenías razón pero necesitaba equivocarme, todavía no sé porque me engañó.

»Sí, me duele, pero ya se me pasará. ¿Qué estoy haciendo?, hablándole a la nada —gemí agarrando al mismo tiempo un almohadón de mi cama para estrujar con mis brazos, odiaba saber que en verdad nadie contestaba, odiaba sentir que ponía palabras en su boca que jamás diría, odiaba no saber quién era, como era—. Te extraño aunque no sé si está bien decirlo así porque no te conocí, tal vez extraño la idea de tener un padre aunque no se cómo se siente.

»¿Sabes?, lo que más me duele es que siendo tú hija se menos de ti que otras personas que no son nadie, por lo menos los demás saben cómo sonaba tú voz, saben lo que te gustaba hacer, como reías y como te enojabas, creo que estoy molesta con mamá por eso, ella nunca me quiso decir nada sobre ti ni las cosas más simples, a veces pareciera que no te quería. Recuerdo buscar tus fotos en su guardarropas a escondidas, muchos eran negativos, en una estabas pescando, en otras estabas con ella en una playa, incluso había una de la boda, luego de eso le pregunté si tenía fotos tuyas y dijo que no, aún no sé porque lo hizo. Detesto sentir que no tengo derecho a llamarte papá y odio imaginar cómo serían las cosas si estuvieras aquí, posiblemente no habría tanto silencio y tal vez las luces estarían encendidas no lo sé, pero solo son fantasías porque no estás y no vas a volver. ¿Por que tuviste que irte?, no es justo.

Así eran todas mis noches, necesitaba tenerlo y pensar que me escuchaba de alguna forma aunque no estuviera presente.

Era temprano para dormir y no tenía ganas de darle sentido al cliché del depresivo que solo duerme y come, así que tomé mi celular y empecé una exhaustiva búsqueda de fiestas por los alrededores, necesitaba despejar mi mente, la única condición era que no hubiera conocidos, no me quería exponer a burlas.

Luego de buscar por media hora al fin hallé una «reunión» en la casa de un tal Greg, la entrada era libre y estaba más que segura de que ninguno de mis amigos asistiría así que me preparé, tomé las llaves del auto y conduje por diez minutos.

La casa era imponente, una enorme reja permitía la llegada de cualquier auto aunque ya todo estaba ocupado, así que decidí estacionar una cuadra adelante y luego ya sí hacer mi entrada, nadie me miró, claramente, era una desconocida y ni siquiera iba vestida adecuadamente, solo unas calzas ajustadas y una camisa sin mangas de color salmón, pero no importaba, solo quería tomar un poco y escuchar música.

Me permitieron pasar sin dirigirme palabra alguna, era de esas fiestas donde si eras una chica significa entrada vip y tragos ilimitados, no era la misma suerte que corrían los chicos, quienes si no tenían conocidos en la fiesta probablemente se ganaran una linda invitación a retirarse. El interior era un laberinto y se notaba que la fiesta estaba en su punto más alto, justo antes de la caída en picada, ya saben... los vómitos, las ambulancias y la policía. Los baños estaban ocupados por parejas impacientes y bebedores inexpertos, los cuartos estaban cerrados con llave, los sillones eran propiedad de los grupos pasados de sustancias y el patio... bueno es mejor no entrar en detalles.

Era una gran noche, de esas donde presientes que puede pasar de todo. Me dirigí a la barra donde un chico preparaba tragos, aunque creo que más de la mitad del contenido terminaba en su boca y volvía a salir para redecorar su camiseta… me daba tanto asco que solo le sonreí y me alejé sin pedir nada. Caminé hacia un sillón desocupado, justo frente a unos novatos de primero que jugaban en ronda al «yo nunca», tonto juego que a los trece es un detector de vírgenes y a los diecisiete un detector de zorras; cuando era chica solía levantar mi vaso más de lo que debía, mentir es parte del juego, pero incluso entonces, ya grande, aun lo hacía, los rumores valían la pena si era el centro de atención por un rato.

Me quedé riéndome de los presentes un tiempo hasta que alguien se acercó por detrás y solo alcancé a ver cómo ponía frente a mí un vaso descartable.

— ¿Vodka y Sprite? —preguntó dejándose ver. Era lindo, no muy alto ni muy ebrio, ejemplar en extinción aquella noche, su cabello era oscuro al igual que su piel, su sonrisa y sus ojos destellaban en la oscuridad y eran salpicados por las coloridas luces que jugaban en la sala.

—Gracias, ¿no lo escupiste cierto? —dije riendo mientras tomaba el vaso y lo veía sentarse a mi lado.

—Te puedo asegurar que no, pero no prometo que nadie más lo haya hecho —rió.

—Buen intento por tranquilizarme, soy Anna —dije mientras le tendía mi mano pero él la tomó acercándome para saludar con un beso.

—Soy Max, y… ¿qué haces aquí? ¿viniste sola?

—Sí, no soy fanática de ir a fiestas de desconocidos pero no quería estar sola esta noche.

—Te entiendo, es una buena forma de evadirse, si bien no es un deleite para los sentidos, en especial para el olfato —exclamó señalando a una chica a punto de vomitar la alfombra—, es cierto que la música y el alcohol adormecen todo y el tiempo pareciera pasar más rápido.

— ¿Quién eres? —reí— tan despreocupado y a la vez filosófico, ¿es eso legal?

—Espero que lo sea, pero no se lo digas a nadie, la gente que conozco no suele entender ni una de mis palabras.

—Ni la que yo conozco, pero supongo que está bien ser reflexivo a veces.

— ¿Y qué hay de ti? —preguntó mientras tomaba un largo trago para luego pasarme el vaso, lo olí y parecía algo como ginebra— una chica como tú debería estar con sus amigas o con su novio, no es por ofender es solo que…

— ¿Doy ese aspecto?, pues sí, debería, pero no hay amigas ni novio en mi vida justo hoy.

—Es un mal de estos tiempos, Anna, puedes estar rodeado

de gente y aun así sentirte solo —dijo abriendo los brazos para señalar a todos los presentes.

—Sí es cierto, pero dicho así es bastante triste, no hay otra alternativa.

—Aunque no lo creas hay muchas vidas diferentes, no todos los lugares son así de fiesteros.

—Yo no podría sobrevivir sin estas fiestas —sonreí llevando el vaso a mi boca.

—Y el alcohol, no olvides el alcohol… y las chicas en falda —Me hizo reír.

—¿Chicas en falda? Con un solo paso saltaste a la depravación, es un gran logro —ambos reímos y me miro pensativo.

Cuando el alcohol empezó a hacer efecto, y aún no se cómo ni cuándo, Max me tomó la mano y me hizo girar por la sala, solo recuerdo que reía como una desquiciada y mis pies seguían su propio ritmo doblándose y saltando por doquier, las presentes nos miraban y aplaudían motivados por el alcohol, aunque yo los veía borrosos, y de repente todo, y digo realmente todo, se oscureció y mi estómago dio un vuelco, decidiendo que era hora de mudarse de cuerpo; creo que el dueño de la casa me prohibiría la entrada a partir de eso pero para mi defensa no fue culpa mía. Tanta vergüenza pasé que no sé cómo pero salí corriendo, solo lamentaba no haberme despedido de Max, aunque luego de eso estaba segura de que no intentaría otro acercamiento. En cuanto llegué al auto me acosté en los asientos con el deseo de descansar unos minutos, pero los minutos se volvieron horas.

# Capítulo 3

Desperté con un serio dolor de espalda y el estómago revuelto, sentía un ardor en toda mi cara y la cabeza inflada como un globo. Me incorporé en el asiento de conductor y en el espejo vi mi rostro completamente rojo del sol, pegué un pequeño grito pero intenté serenarme, luego tomé mi celular y vi que ya era casi mediodía, ir a la escuela no era una opción así que decidí volver a casa, pensaba que de seguro nadie había notado mi ausencia, a veces deseaba que lo hicieran.

Antes de arrancar el auto vi que un papel sobresalía en el limpiaparabrisas, luchando con el viento por quedarse en su lugar, rápidamente lo tomé y leí lo que decía, la letra era desprolija, un tanto desastrosa, pero se notaba claramente una fila de números y un nombre: «Max», sonreí sin darme cuenta y puse el papel y el celular en el asiento del acompañante mientras me concentraba en salir de esa calle y enfilar hacia casa. La noche no había estado del todo mal, me había divertido bastante y había podido mantener una conversación coherente con otro ser humano, el chico era divertido y diferente a otros, muy diferente a Mike.

En un par de minutos llegue a casa y estacioné en la entrada, como siempre, Kate estaba sentada en la escalera, me preguntaba porqué no había entrado, tenía la llave.

—No fuiste a clases hoy —dijo antes de que pudiera siquiera decir hola, me miró con desaprobación al levantar la vista del libro que tenía en sus manos.

— ¿Otra vez Mr. Darcy? —pregunté señalando su libro.

—De hecho es Mr. Knightley esta vez, pero no esquives mi pregunta, jovencita. —Así era Kate, hablarle de libros era la escapatoria perfecta, aunque poseía una buena memoria y un espíritu curioso. Siempre me pregunté qué fue lo que desencadenó su amor a los libros ya que en ocasiones contaba que de joven no era una actividad que le gustara demasiado.

—No te esquivo, solo estoy iniciando una conversación —contesté petulante— ¿Por qué no entraste a casa?

—Dios santo eres igual a tu padre, ya, no importa. No entré porque me pareció que el día era perfecto para disfrutarlo afuera. —Escuchar que hablaba de mi padre me sorprendió, aunque era cierto que Kate era la única que solía nombrarlo de vez en cuando.

—También se puede disfrutar adentro.

—Bueno, dile eso a tu piel, creo que le gusta el sol —comentó igual de descarada que yo y me toqué el rostro recordando el ardor.

—Voy a comer.

—Espera —soltó girándose para verme a punto de entrar—, comamos aquí, podemos charlar, hace mucho que no hablamos.

—No estoy de humor para socializar —dije sin pensarlo demasiado y me giré para entrar, pero entonces noté algo, estaba extraña, su voz no parecía la de siempre, así que por primera vez en mucho tiempo me retracté—, está bien, comamos algo, pero rápido.

—Genial, iré a buscar comida y una bandeja, siéntate —exclamó entusiasmada mientras abría la puerta, dejándola abierta detrás de sí.

Me senté en el segundo escalón, hacía mucho tiempo que no veía la calle en esa perspectiva; había olvidado lo desierta que estaba por las mañanas y la calma que se sentía, hasta las plantas olían diferente. Aquel siempre fue un barrio tranquilo, de grandes casas donde los vecinos no solían conocerse unos a otros, detrás de cada puerta había un mundo diferente, mundos que jamás conocería porque no eran la clase de personas que quieres tener de amigos. Enseguida Kate llegó a interrumpir mis pensamientos con unos sándwiches y el olor a jamón empezó a hacer efecto en mi estómago, el cuál exigía ser llenado urgentemente.

— ¿Tienes hambre? —preguntó notando mi expresión.

—Sí, bastante —respondí tomando uno y dándole un mordisco.

—Cuando eras bebé siempre tenías hambre —rió—, me preguntaba cómo era que entraba tanta comida en ese diminuto cuerpo, eras muy graciosa.

—Kate... ¿Cómo era de niña?

—Esa pregunta... —rió— muy tierna, te la pasabas dibujando en tu cuarto, arrancándole flores a la vecina, hurgando en todos los cajones de la casa —rió mirando a la calle—, me sacabas la ropa para disfrazarte y me pedías que te maquillara. Siempre fuiste muy obediente pero muy curiosa, todo el mundo te quería.

—Los adultos.

—Sí, te adoraban, pero eras un poco arisca, preferías jugar sola, varias veces te pillé hablando sola en tu cuarto, te disfrazabas de princesa o te ponías a bailar, supongo que tenías un amigo imaginario, tu mamá quería llevarte al psicólogo pero no te gustó demasiado la idea —dijo con la mirada suspendida en el cielo, como si se esforzara por visualizar un recuerdo.

—Lo recuerdo, lo odiaba. Y no, no era un amigo imaginario. ¿Puedo preguntarte algo?

—Claro —contestó con la boca llena, debo admitir que eso es algo que me desagrada.

— ¿Siempre me quisiste?

— ¿Cómo preguntas eso? siempre te amé —dijo tocando mi cabello y clavando sus pupilas en mis ojos con una mirada de preocupación—, como una hija.

—Y... ¿qué tal el libro? —solté cambiando de tema rápidamente. Nunca supe si Kate quería tener hijos.

—Fantástico, es sobre una chica muy rica que se encarga de emparejar a todos sus conocidos, pero a veces hace desastres y pospone su propia vida amorosa.

—Suena como tú.

—Cállate —rió empujándome—, deberías leer este —dijo dándome un libro, su portada era de color violeta y en el centro tenía dibujados varios círculos coloridos.

—La naranja mecánica —leí en voz alta.

—Lo encontré en tu cuarto, te lo di cuando eras niña pero creo que nunca lo leíste.

—Sí, nunca... no creo que me guste.

—Yo creo que sí, es un libro muy especial —dijo acariciando la portada—, aunque deberías aprender todo un dialecto para entenderlo.

—Creo que por eso nunca lo leí. Voy al baño.

—No hasta dentro de una hora.

—Bueno, me voy al cuarto, tengo tarea que hacer —exclamé girándome antes de que volviera a interrumpirme.

—Anna... lamento lo que dije ayer sobre Mike, tienes todo el derecho a hacer lo que quieras, y tu vida será larga para cruzarte con muchas otras personas.

—Lo sé, no es el fin del mundo. —Aunque algunas personas si lo eran, pero no Mike. Enseguida me marché dejándola sola otra vez, suficiente sentimentalismo por un día.

Cerré la puerta detrás de mí y caminé a la escalera donde me crucé con mi madre, tenía la mirada perdida pero también se quedó un momento quieta al verme, debajo de sus ojos tenía unas marcadas ojeras, inútilmente disimuladas con corrector y su piel estaba muy pálida pero su cabello era el mismo de siempre, castaño y muy lacio aunque despeinado también, nos miramos un segundo hasta que siguió bajando y yo subí corriendo a mi cuarto. No solíamos intercambiar palabras, no era lo nuestro, cada una era como un espíritu para la otra, pero ambas conscientes de nuestra mutua existencia.

Ya en mi cuarto me perseguía la incertidumbre, ¿qué hacer?, en cualquier otro día me la hubiera pasado hablando con Eva o Jenna, quizás buscaría por internet nuevos modelos de ropa o algún concierto o molestaría a mi diseñador con un nuevo accesorio para el vestido de fin de año, pero nada de eso me importaba en ese momento así que me senté frente al escritorio y tomé una pequeña caja donde habían venido unos chocolates hacía varios años y que entonces usaba para guardar joyería, saqué la tapa y tomé un collar, una pequeña cadena de oro con un minúsculo trébol de cuatro hojas, simple pero muy importante para mí. Kate me había contado que mi padre se lo había regalado a mi madre cuando eran jóvenes y eso era suficiente para convertirse en mi posesión más valiosa, solía sostenerlo entre los dedos con fuerza cuando estaba triste, o cuando necesitaba suerte.

Mientras me ponía el collar recordé el pequeño papel de mi auto, lo busqué en la funda de mi celular, ya que ahí lo había puesto al llegar a casa y en seguida se me dibujó una sonrisa, quería llamarlo pero era demasiado abrupto, era mejor un mensaje, algo casual pero a la vez tentador.

Anna_14:01

Hola!! No sé si me recuerdas, bueno supongo que te será difícil olvidarte de mi...por varias razones.

*Max_14:04*
*Hola...creo que la mujer de la tintorería tampoco se olvidará de ti.*

*Anna_14:04*
*Lo siento, otra vez ;)*

*Max_14:05*
*Bueno en realidad nunca llegaste a disculparte así que está bien.*

*Anna_14:06*
*Creo que estaba ocupada intentado controlar la situación.*

*Max_14:08*
*Al menos lo intentaste :v*

*Anna_14:08*
*Heyy es difícil.*

*Max_14:09*
*Tú crees? Cómo te sientes ahora?*

*Anna_14:09*
*Como si un caballo me hubiera pateado el estómago, fuera de eso todo bien.*

*Max_14:10*
*Entonces estas en perfectas condiciones para salir conmigo hoy ;)*

Justo en ese momento la puerta de mi cuarto sonó y luego de tres toques adiviné que era Kate, como siempre interrumpiendo.

—Anna, se me olvidó decirte, tu madre y yo queremos ir de compras, ¿vendrías con nosotras? —escuché que decía detrás de la puerta, a lo que la abrí.

—Sabes que nunca voy con ustedes a ningún lado… las pocas veces que ella sale —contesté molesta. Me parecía extraño que Kate y mi madre salieran de compras, ella nunca hacía nada para sí misma, sin importar cuánto le insistiera Kate, apenas si salía un par de veces en la semana al parque a darle de comer a las palomas una bolsa de pan enorme, lo creía ridículo.

—Anna, por favor, por mi ¿está bien? —No estaba para discutir, se notaba en su cara, pero realmente no quería ir, nunca salía con mi madre, si bien me enteraba que cada diez siglos ellas salían a algún lugar aburrido, jamás las acompañaba.

— ¿Es muy necesario que vaya? Sabes que terminará mal.

—No si pones lo mejor de ti, por favor, se acerca tu cumpleaños y estaría bueno comprar algunas cosas y…

— ¿Sabes lo que hago con sus regalos, cierto? Los tiro a la basura, no me queda ni uno, porque son cosas que compra por obligación y que de seguro eliges tú porque ella no me conoce —dije en voz alta deseando que me escuchara mi madre.

— ¡Anna! Baja la voz.

—Ella no es mi madre ¿de acuerdo?, no lo es y no soy hipócrita, no me gusta fingir que todo está bien cuando no es así,

—Quieras o no esta es tu familia, tal vez no es lo que quieres pero es lo que tienes y en vez de encerrarte aquí podrías aprovechar el tiempo.

— ¿Tiempo? ¿Por qué soy yo la que debe aprovecharlo si ella también se encierra?

—No quiero que seas como ella —susurró tomándome de los hombros—, para nosotras es tarde pero no para ti, inténtalo.

—Está bien, vamos, pero no pienso hablarle.

—Gracias —dijo frotándome el hombro mientras largaba un fuerte suspiro.

Kate se fue y volví a cerrar la puerta, tomé mi bolso y unos lentes, y el celular por supuesto.

*Anna_14:14*
*Lo siento, debo ir de compras con mi madre y su amiga…*

*Max_14:14*
*Podríamos vernos cuando termines, solo avísame*

*Anna_14:15*
*Genial, hasta entonces.*

*Max_14:16*
*Adiós, Absolut ;)*

*Anna_14:16*
*Ja Ja muy gracioso, adiós Max.*

Me apuré para salir, mi madre y Kate ya estaban en la sala esperando, dijeron que preferían caminar aunque me hubiera gustado conducir para no tener que participar en ninguna conversación.

— ¿Lista? Genial, vamos —dijo Kate demasiado animada.

Salimos de la casa y Kate cerró con llave, yo intentaba estar lo más alejada posible de mi madre, por suerte Kate era la única con ánimos de hablar ese día y mientras se distraía conversando sola yo observaba las cosas a mi alrededor, caminábamos hacia el centro, seguramente a un centro comercial y podía apostar que luego de unas compras sugeriría que tomemos algo en una cafetería, Kate odiaba comprar ropa y probársela…

Estábamos a mitad de semana y extrañamente era poca la gente que recorría las calles, aquel barrio solía ser concurrido a pesar de no ser el centro de todo pero ese día el silencio me recordaba al interior de mi casa.

— ¿No es bonita esa casa? Me recuerda a la tuya —dijo Kate a mi madre señalando una construcción que desentonaba con el resto, el jardín delantero estaba lleno de plantas por doquier, un poco descuidado, las paredes necesitaban una nueva mano de pintura pero se parecía a las casas de los cuentos, con ventanas cuadradas con marcos azules a cada lado de la puerta y unas tejas españolas fuera de moda.

—Sí, se le parece bastante —contestó desganada, su voz era muy suave, como un suspiro, siempre hablaba muy bajo y tranquilamente, parecería normal si no fuera porque la ligereza de sus palabras se debían a las cantidades de tranquilizante en su torrente sanguíneo.

—Imaginé que vivías en una casa más grande. —interrumpí

y ambas se voltearon a verme.

—Era una bonita casa con paredes blancas y decoraciones rústicas…

—Y las flores —acotó mi madre.

—Sí, eran muy lindas, tu abuela las cuidaba mucho —añadió Kate dirigiéndose a mí.

— ¿Dónde está esa casa?

—Llegamos —interrumpió Kate dejándome con la palabra en la boca—, hora de gastar.

Dicho esto las tres entramos por la gran puerta de vidrio y nos helamos por el aire acondicionado, yo me sentía como en casa pero ellas estaban incómodas, subimos directamente al segundo piso por la escalera mecánica, sabía que querían comprar algún atuendo nuevo y los mejores estaban allí. Al entrar a una de mis tiendas favoritas empecé a recorrer los percheros y sacar ropa adecuada para mí y para Kate; muchas veces solía prestarle ropa aunque yo jamás habría tocado la suya, nuestros gustos eran muy diferentes. Mientras nosotras estábamos entretenidas mi madre se encontraba a varios pasos detrás nuestro observando todo sin cambiar siquiera de expresión.

—Toma este —dije dándole a Kate una camiseta celeste—, puedes usarlo con la falda que te regalé hace un año, pruébatela.

Inmediatamente entró al probador saliendo con una sonrisa y haciendo tonterías, le indiqué que fuera a la sección de zapatos para elegir unas sandalias a juego pero cuando estaba por seguirla noté que mi madre seguía parada en el mismo sitio, como perdida. Decidí ignorarla.

Llegué a donde estaba Kate y tuve que asesorarla un poco pero estaba aprendiendo.

—No sé qué haría sin ti —exclamó riendo y se levantó para probar los zapatos, al mismo tiempo mi madre se acercó con una camisa que había tomado de algún estante, le quedaba bastante bien—.Te ves increíble Liz. Anna ¿no llevarás nada?

—Quizás un suéter, necesito uno de estos —dije tomando uno cualquiera de una percha, no era cierto pero debía comprar algo para dejarla contenta.

Luego de un rato de mirar todo el local y en cuanto pagamos todo, efectivamente Kate sugirió tomar algo en una cafetería pero yo sentía que había cumplido suficiente con mi deber así que me despedí y me aparté, bajé al primer piso y me quedé en un sector para mandarle un mensaje a Max y quizás así poder vernos ahí mismo. Luego de cinco minutos contestó y me quedé a esperarlo en el patio del centro comercial; aquel lugar estaba decorado con gigantes estatuas coloridas representando helados, donas y chocolates, seguro con el fin de sugestionar a los clientes y hacer que sintieran la necesidad de atragantarse con la comida de esos locales y claro... con los elevados precios, lo cierto es que funcionó conmigo en ese preciso momento así que me rendí ante las estrategias del capitalismo y compré unas galletas en uno de los cafés más caros pero también más deliciosos.

— ¿Quieres un jugo para bajar eso, niña? —preguntó una mujer mayor que se sentó al lado mío, al parecer vendía licuados y jugos naturales, mal negocio dentro de un enorme centro comercial.

—Estoy bien —contesté sin mirarla.

— ¿Esperas a alguien? —Parecía muy entrometida.

—A una persona...

—Me refiero a en la vida.

—No la entiendo —contesté extrañada por su pregunta.

—Actúas como si algo te impidiera avanzar.

—Perdón, pero debo irme, me esperan —me excusé mientras me alejaba.

—Solo hay un camino para hacer el bien y no lo estás tomando. —La escuché decir a lo lejos, me causó un poco de miedo pero justo en ese momento vi a Max acercarse.

— ¿Estás bien? —preguntó preocupado pero con tono de broma—, parece que hubieras visto un fantasma.

—Una mujer —dije señalando el lugar donde la había visto—... me dijo cosas muy extrañas.

—Quizás está loca, esta ciudad está llena de locos, tranquila ¿estás bien? —preguntó posando una mano en mi hombro mientras me guiaba adentro— vamos, olvídalo, tomemos algo.

Dejando atrás el episodio nos dirigimos a un café en el primer piso y tomamos unos licuados, él me habló de su vida, de su familia, su mascotas, la escuela y yo fingí mi mejor sonrisa; ninguno de esos temas eran buenos para mí en ese momento pero disfrutaba hablar con alguien que no me juzgaba, aunque no le conté demasiado me gustaba mirarlo, parecía ser auténticamente amable, y no porque yo fuera la popular de la escuela o una mala persona que era capaz de humillarlo, sino porque era simplemente Anna, la chica que había vomitado en su camisa, hasta decirlo me da risa. Lo que más me gustó de ese día fue ver cómo era capaz de transformar anécdotas tristes en recuerdos gratos, parecía de esas personas que hacen que estés tranquilo hasta cuando todo se está derrumbando, quería tener alguien así en mi vida.

Él era muy diferente a Mike, era difícil seguirle el paso, su efusividad y facilidad para hablar de cinco temas al mismo tiempo haciéndome estallar de risa sin pensar un segundo en lo tonto que era, era increíble, antes de ese día pensaba que todos los chicos eran iguales y debía conformarme a hablar de temas que para mí no tenían importancia, claro... aprendí de tragos y música, pero nada que me sirviera para la vida o incrementara mis conocimientos. En cambio Max me enseñó más aquella tarde que Mike en todos esos años, me habló de escritores y de sus últimas palabras, era fanático de esas cosas, me habló de Emilio Salgari y su suicidio, imaginé el Harakiri más asqueroso jamás antes visto pero me reí incluso de esa desgracia, me dijo que *El corsario negro* era su libro favorito, obviamente afirmé conocerlo pero no era así; también me habló de música y de George... no se cuanto, un cantante de Country que le gustaba, jamás escuché esa clase de música pero él parecía ser un experto. Por primera vez no me importó que la persona con la que hablaba fuera diferente, no sentía que era menos que yo por eso, al contrario, me sentí un poco ignorante.

Entonces me puse a pensar lo rápido que estaba olvidando a Mike, lo rápido que uno puede desenamorarse de una persona o mejor dicho «desencantarse» porque lo cierto es que no creo haber estado nunca enamorada de Mike; tuvimos una larga relación donde éramos incompatibles, hacíamos los planes por costumbre y pasábamos juntos las horas necesarias, nunca más, y siempre o al menos casi siempre nos hartábamos de la compañía del otro. Él no se reía de mis chistes y a mi ya no me apetecía fingir que me interesaban sus estúpidos partidos del domingo, mucho menos sus canciones, así que con el tiempo manteníamos estable lo que había nacido para permanecer separado, forzábamos el amor intentando que los silencios no fueran incómodos pero siempre lo eran, y derrochábamos palabras bonitas en quien no realizaba acciones para darles sentido.

Pero ese día estaba sentada frente a un chico que no miraba permanentemente la pantalla de su celular y no necesitaba llenar los vacios con canciones porque no paraba de hablar un segundo.

Cuando se hizo tarde me acompañó a casa, el trayecto se hizo demasiado corto para mi gusto.

—Bueno, llegamos —dijo deteniéndose en la escalera de la entrada—, espero volver a verte, Absolut —rió al notar mi expresión de fingida molestia.

—Seguro lo haremos —contesté mientras él tocaba con un dedo mi mejilla bajando por todo el costado hasta llegar a la barbilla. Noté como me miraba de arriba abajo y por un segundo me sentí desnuda.

Tras un pequeño silencio nos despedimos, entre el apuro y los nervios nuestros labios se tocaron y cómo soy una persona que prefiere actuar antes de pensar demasiado fui fiel a mis tres segundos de valentía y me abalancé a besarlo, algo me decía que no iba a volver a verlo y necesitaba llevarme algo de él conmigo.

—Oye, no soy así pero —dijo con más seguridad de la que decía tener—… mis padres no estarán en casa esta noche, por si quieres venir.

— ¿Harás una fiesta? —pregunté ingenuamente sonriendo.

—No, solo pensé que quizás querías venir para… —Sus gestos lo dijeron todo y yo me sentí estúpida.

—Entiendo —contesté agachando la mirada y asentí para luego girar hacia la puerta sin responderle.

Nada podía ser tan bueno y Max después de todo no había sido la excepción, quizás fui tonta y tendría que haber ido, quizás había hecho bien y era mejor quedarse en casa deprimida antes que regalarme a un extraño al día siguiente de ser abandonada por mi novio… podría haberlo hecho con Max, pero prefería ser egoísta.

# Capítulo 4

Un nuevo día empezó, desperté decepcionada y de mal humor considerando la posibilidad de faltar a la escuela para evitarme la humillación de haber sido abandonada, estaba casi segura de que Mike saldría oficialmente con Eva en unos días y eso me tenía muy mal. Pero lamentablemente para mí ese día debía mantener mi asistencia.

Bajé a la sala más temprano que de costumbre lo que me permitió desayunar con Kate. Generalmente mi madre salía para «despejarse» en ese horario y Kate solía venir para hacerme compañía aunque la mayoría de las veces me despertaba cuando ya se había ido.

—Buen día —dije entre un bostezo.

—Buen día, ¿te caíste de la cama? —preguntó mientras se llevaba la taza a los labios.

—Ja Ja, que graciosa —exclamé sarcásticamente mientras me servía café.

—Tu madre...

—Salió, lo sé —la corté rápidamente—, no soy estúpida Kate, sé que no quiere verme.

—No eres tú cariño.

—Lo sé, siempre lo dices, me parezco a él…

—Así es.

—Esa no es excusa para ignorar a su hija durante diecisiete años, ¿no te parece?

—No lo hace apropósito, debes entenderla —murmuró en voz baja como si eso me tranquilizara—. Ella sufre mucho.

—Kate —dije seriamente ya cansada de que siempre viniera con el mismo discurso—, ¿Por qué nadie puede creer que yo también sufro? ¿tan fría soy, tan mala?

—Anny...

—Déjame terminar. —La interrumpí. No quería llorar realmente, no tenía ganas ni razones pero cuando alguien hablaba de mi padre no podía soportarlo—.Yo también perdí un padre o la idea de uno, no lo sé porque no lo conocí y sé que es raro amar a alguien que no conoces o extrañarlo pero es posible porque yo lo siento. Crecí contigo diciéndome que debía entender a mi madre, pero dime ¿Quién me entiende a mí? Y sé que soy mala y tal vez lo merezco pero cuando era niña no lo merecía de eso estoy segura. Así que no me pidas que le tenga lástima porque ella jamás se interesó en mí, jamás. ¿De acuerdo?

—De acuerdo. —Supongo que no tenía palabras de consuelo para mí en ese momento, ella también estaba llorando, nunca me había visto así, ni sé porque dejé que lo hiciera entonces—. Solo quiero que recuerdes que ella está débil, es como si hubiera perdido la capacidad de amar, la pérdida hace eso a veces.

—Pues estamos a mano, ella perdió la capacidad de amar y a mí jamás me enseñaron a hacerlo.

— Ese es un golpe bajo… ¿Quieres qué hable con ella? —Sonreí mirando el suelo por lo estúpido de su pregunta.

—Es un poco tarde para eso. —Agarré el bolso y las llaves del auto, no trató de detenerme, no me abrazó, no quiso hablar del tema y no llamó a mi madre. Linda forma de empezar el día.

Entonces pensaba que gracias a Dios era demasiado orgullosa para suicidarme porque con una familia así cualquiera lo hubiera intentado, pero no yo, yo tenía la loca idea de que mi vida era casi tan perfecta como los demás creían y pensaba que algún día quizás haría grandes cosas y estos problemas se desvanecerían como por arte de magia.

Para mi mala suerte llegué demasiado temprano a la escuela, aunque debo admitir que me sentía mejor allí que en mi propia casa. Entré con la mirada gacha temiendo cruzarme con Mike pero en vez de eso me encontré con Magui, una chica bastante popular a la que le gustaba creer que era mi competencia.

—Hola Anna, me enteré lo que pasó entre tú y Mike —dijo mientras yo la ignoraba, pero lejos de rendirse comenzó a seguirme—. Sinceramente apenas me enteré pensé en la gran oportunidad que se le presentaba a todas sus admiradoras pero ¿sabes que me enteré después? Que él ya estaba ocupado otra vez. Y me dije a mi misma, Magui eso no es posible, ¿cómo es que lo agarraron tan rápido? Lo sé, es lo mejor que hay en esta escuela, todas se mueren por él pero era demasiado rápido incluso para él, así que pensé ¿con quién puede estar Mike? Pero no tuve que pensar mucho porque a los dos minutos supe que estaba saliendo con la mejor amiga de su ex, ¿no es sorprendente?

No le contesté por la única razón de que no quería desfigurarla, aunque me hubiera encantado hacerlo. Sabía que eso iba a pasar, todo el rollo de los cuernos, el ser la «ex», pero que una cualquiera me viniera a refregar en la cara que mi novio, mi ex novio, estaba saliendo con mi mejor amiga luego de horas de haberme cortado era más de lo que podía soportar.

Caminé sin pararme por nadie, ni siquiera por los estúpidos que me llamaban con una suerte de adjetivos bastantes asquerosos y es que no me dolía lo que decían, me dolía que quienes lo decían eran personas que antes consideraba amigos.

Al llegar a la clase la cosa se volvió aún peor, en mi banco había notas escritas por casi todos los presentes insultándome, me sorprendía no encontrar ninguna del profesor, en ese caso si lo hubiera entendido, yo no era lo que se decía «buena alumna». Con el correr de la hora me llegaban más mensajes, incluso textos en el celular, a alguien ya se le había ocurrido la brillante idea de crear una página con mi nombre para expresar su odio hacia mí, pero eso no era lo peor, alguien había estado en la fiesta y me habían grabado haciendo el ridículo, ya era toda una estrella de internet. Fue entonces que entendí lo hipócritas que son los adolescentes, como le sonreímos sin esfuerzo a personas que odiamos y como aprovechamos el primer momento para hundirlos, me incluyo en eso, yo también era así hasta que lo sufrí en carne propia y puedo asegurar que no es nada gracioso.

—Buen día —escuché que decía una voz al frente de la clase, seguramente dirigiéndose al profesor. Entonces los vi.

—Buen día Mike, Eva. Creo que en otras oportunidades hablé con ustedes sobre llegar tarde a mis clases.

—Lo sentimos profesor —ronroneó ella, era su técnica para conseguir lo que quería de un hombre, ya la había visto en acción varias veces y casi nunca fallaba—, no dormimos nada anoche y por poco no llegamos pero ya estamos listos para empezar el día, se lo aseguro.

—De acuerdo pero que no se repita, ¿tuvieron una fiesta anoche?

—Algo así... —contestó él. Sabía perfectamente que no había habido ninguna fiesta, lo dijeron con intensión de despertar mi envidia y para que todos los vieran juntos. Eran asquerosos, y lo peor es que sabía que él era capaz de hacerme algo así y ella aún más.

Mi celular sonó casi al final de la clase, algo que a mi profesor no le agradó pero aún así no dijo nada y me di el lujo de darle un vistazo. Alguien me mandó el dato de que la administradora de la página que habían hecho en mi contra era nada más ni nada menos que Jenna. Me hubiera gustado que me diera lo mismo pero no fue así, me dolía como nada me había dolido jamás, era la única persona que me quedaba y no solo no me apoyó sino que tuvo un rol activo en la campaña que se estaba dando en mi contra ese día.

Y como si fuera poco ahora sí que me parecía imposible ganar las elecciones, incluso si mi contrincante era una extranjera nerd patética, lo único que les interesaba era destruirme y si para eso debían votarla lo harían.

Lo que siguió de la clase no presté nada de atención, todos a mi alrededor posaban su vista en mí y me dedicaban algunas carcajadas, esta vez el profesor no se llevó ninguna broma, yo era el blanco de mis compañeros. Una vez que el timbre sonó y todos salieron despedidos, yo me retrasé lo más que pude en recoger mis cosas porque sabía que me tocaba estar totalmente sola esa mañana, incluso me dio gusto escuchar que el profesor me llamaba la atención para hablar cuando ya no quedaba nadie en el salón.

—Anna, si bien tu comportamiento jamás fue precisamente adecuado me preocupa que estés faltando tanto, por lo visto no has estado enferma y si sigues así tendré que hablar con tu madre… y…

—Aquí estoy, ¿me ve? —contesté de mala gana— necesitaba faltar, no creo que sea de su incumbencia la razón, señor.

—Escucha, no me importa que seas rebelde, que odies venir, o que no te interese hacer nada de lo que pido, pero no creo que estés bien lo que me lleva a tomar medidas para intervenir…

— ¿Sabe? ya he ido al psicólogo muchas veces desde que llegué a esta escuela y siempre sé que no será la última, porque no es una solución y porque no tengo ningún problema, aunque ustedes digan que sí.

— ¿Hay algo de lo que quieras hablar? —preguntó subiendo los codos a la mesa y tomando una postura más seria.

—Si quiere le puedo hablar todo el día sobre la reproducción de las plantas pero me gusta más la matemática —respondí tomándole el pelo, era divertido.

Finalmente, luego de varias clases más, llegó la hora de almorzar. Al salir del salón me di cuenta de que el receso era algo terrible, la conspiración en mi contra había salido a la luz y ya nadie debía fingir que le caía bien lo que significaba que estaría sola.

Me dirigí a una mesa aislada, cercana a la salida por si tenía que salir huyendo, la verdad es que nunca tuve que pensar algo así pero ese día sentí que iba a ocurrir algo semejante. La mesa que ocupaba estaba vacía al igual que las que estaban alrededor, como si yo tuviera algo contagioso o por el estilo, trataba de no observarlos porque al levantar la vista me di cuenta de que yo era el blanco de todas las miradas pero me resultaba inevitable, verlos ahí juntos como si nada hubiera pasado, yo simplemente había sido reemplazada como si ya no sirviera y quise ir a hablarles y a decirles lo estúpidos que se veían pero supuse que hasta hace unos días yo también me veía así de estúpida.

— ¿Puedo? —preguntó la voz que arruinó el curso de mis pensamientos.

— ¡No! —dije casi gritando al dirigirme al chico más molesto e insistente de la historia, que me miraba como un niño a un pastel— ¿qué te hace pensar que quiero que te sientes? Para tu información ya volví a ser la misma chica de siempre.

— ¿Enserio? Porque no veo a tu sequito de amigas —exclamó sentándose—, además lo digo por educación pero esta silla es de todos igual que la mesa y que esta cafetería.

—Bueno, no cuando yo estoy en ella.

—O sea que planeas sentarte en estas cinco sillas al mismo tiempo y usar la mesa completa.

— ¿Puedes dejarte de tonterías? Hasta hace dos días no sabía ni tu nombre y ahora me hablas como si nada.

—Me alegra que lo entiendas, no eres la reina del mundo.

— ¿Estás loco?, no puedes tratarme así —exclamé con el orgullo herido mientras me levantaba.

—Siéntate si no quieres que sigan hablando de ti. —Estaría loco pero tenía razón, así que me senté de nuevo—. Siempre te admiré, eras una obsesión, como para todos supongo y mientras esos otros te dan vuelta la cara ahora porque ya no eres la líder de la escuela, yo estoy aquí porque no me gusta que la estés pasando mal.

—Que amable de tú parte pero yo no te lo pedí.

—Son cosas que no se piden, mira a tus amigos ¿alguno te ayudó?

—No se te ocurrió que tal vez soy yo la que quiere estar sola.

—No creo que te hayas levantado un día y decidido mandar todo a la mierda. Solo digo que quiero ayudarte si me dejas.

—Pues no te dejo, no es tú problema, solo eres un niñito raro que se obsesionó conmigo —No tenía nada en su contra pero él era de esas personas que es fácil pisotear sin sentir remordimiento. Nick me miró como analizándome y luego me ignoró preparado para irse.

— ¿Y ahora qué? ¿No vas a contestarme? —pregunté siguiéndolo yo esta vez.

— ¿Si sabes que tú problema no tiene solución cierto? Al menos no la que esperas.

— ¿Y qué espero?

—Que sea un mal sueño, que ellos se arrepientan y vengan a buscarte, esperas ser lo que eras pero no es posible.

— ¿Y por qué no? Todo puede volver a ser como era hace

unos días.

—Estas cosas no pasan de un día para otro, esto viene de hace años, y lo sabes. ¿Serías capaz de tratarlos como siempre si ahora se disculparan?

—Sí, ¿por qué no?

—Serías igual de hipócrita que ellos, incluso más.

—Tal vez no lo pensaron bien, si debo perdonarlos lo haré. Fue un error.

Él se detuvo en seco luego de escuchar lo que dije y se volteó a verme.

— ¿En serio crees que Mike te engañó por error, que Eva te traicionó sin querer? ¿Crees que Jenna inventó esa página sin darse cuenta? Despierta Anna, nada fue un error te siguieron hasta que aprendieron lo suficiente como para reemplazarte, tú lo dijiste, ya no te necesitan. —Al escuchar aquello lo golpeé, no era él eran sus palabras, sabía que tenía razón pero no quería decirlo en voz alta.

— ¿Y tú qué sabes? —exclamé y seguí caminando, pero esta vez él me siguió.

— ¿Podemos dejar de hacer esto?

— ¿A qué te refieres? —pregunté sin mirarlo.

—El juego de tu corres y yo te sigo, el círculo se repite. Podríamos seguir toda la mañana.

—Nick, quiero estar sola.

—No te creo, solo lo dices para que me vaya. —Me giré a verlo y por primera vez vi sus ojos, realmente quería ayudarme y eso me hacía sentir frágil.

—No soy la clase de chica que pide ayuda, ni de la que...

—La acepta, lo entiendo. Pero yo soy la clase de chico que no acepta un no.

—Ya me di cuenta de eso. —Por un momento supe que no me lo sacaría de encima a menos que: —. Está bien, si quieres ayudarme salgamos de esta escuela.

— ¿Salir? —Sabía que su admiración llegaba hasta ahí, ningún alumno de bajo perfil se atrevería a salir jamás de la escuela en horario de clase— ¿Cómo?

—Fácil, solo salimos. Yo lo hago todo el tiempo.

— ¿Estás segura?

—Absolutamente.

—Okay, hagámoslo —contestó entusiasmado, podía ver el miedo en sus palabras pero había aceptado y eso era algo que no esperaba. Entonces se me ocurrió otra cosa, esta vez no iba a fallar.

Nos dirigimos a la puerta principal y esperamos a que no hubiera nadie en la recepción para salir sin problemas, aunque yo esperaba exactamente lo contrario; ese día si quería que me pillaran. Salimos justo cuando había bastante gente para vernos y claramente llamaron a nuestras casas. Se podría decir que me auto boicoteé pero la verdad era que no había ni una sola persona en mi vida a la que le importara que me escapara de la escuela así que me daba lo mismo, en cambio él estaba preocupado por meterse en problemas y nunca más se acercaría a mí eso estaba claro.

Aunque no todo marchó bien en mi plan, yo pensé que Kate me retiraría, en cambio quien vino fue mi madre, y aunque no estuviera enojada, verla no me agradaba en absoluto.

Al parecer Kate había tenido un problema en el trabajo y no había podido ir a buscarme o al menos eso dijo mi madre, quien parecía dispuesta a no hablar durante todo el camino.

Mi madre fue durante toda mi vida una mujer depresiva, obsesionada con los tranquilizantes y las velas aromáticas, sus dolencias de carácter psicológico la llevaron a visitar a miles de psicólogos y psiquiatras en el país con tal de aliviar lo que para ella eran «torturas constantes», mas ninguno de estos expertos pudo ayudarla jamás, esto provocó que se encerrara en su cuarto más horas que de costumbre y que se resistiera a tener contacto con otro ser viviente que no fueran sus plantas y Kate.

— ¿Qué ocurrió? —preguntó luego de diez minutos de andar y me di cuenta que esa pregunta fue la más interesada que había dicho jamás, al menos que yo recordara.

—Nada —lancé secamente. En verdad no tenía ganas de hablar, no la odiaba, no podía odiar a alguien que ni siquiera conocía, era más bien rencor.

Con un rápido vistazo pude notar cómo caía una lágrima y como cuidadosamente la secaba con su mano. No podía imaginar a mi madre como una mujer que le gustara el papel de víctima, ese era un papel que el resto de la sociedad le había adjudicado desde que tenía memoria pero ella no era una mujer falsa en ese sentido aunque si parecía bastante sensible, me rehusaba a creer que mi indiferencia le importaba así que en ese momento supuse que sus lágrimas se debían a la situación y no a mí en particular.

—Solo quería sacarme a alguien de encima, eso es todo —dije titubeante esperando que eso la tranquilizara.

— ¿Alguien te molesta en la escuela? —preguntó sin mirarme pero con cierto tono de preocupación.

—Claro que no, no podrían. —Entonces se me vino a la mente los hechos de aquella mañana y mi seguridad desapareció al instante.

—Me alegro por ello. No me gustaría que algo así interfiriera con tu futuro.

— ¿Qué futuro?

—Lo que quieras hacer, la persona que quieras ser. ¿Qué quieres hacer con tu vida al terminar el colegio?

—Nada, supongo que irme bien lejos, tenemos suficiente dinero para ello.

—Cuando yo tenía tu edad quería ser psicóloga y no pude hacerlo aunque me hubiera gustado.

— ¿Porqué no podías? —pregunté sorprendida, no tenía idea de eso.

—Yo vivía en un pueblo, allí no había universidades. Irme habría significado dejarlo todo, aun así llegó un momento donde nos mudamos a la ciudad y luego tú naciste, pensé entonces que podría empezar a estudiar.

— ¿Porqué no lo hiciste? —Su mirada era triste, sabía cuál era la respuesta a mi pregunta pero aun así quería escucharla de ella.

—Matt murió, nos quedamos solas. Kate se mudó para ayudarnos y ambas conseguimos casas contiguas, así es como terminamos viviendo donde estamos ahora.

— ¿Conocías a Kate de antes?

— ¿Ella no te contó? —suspiro sorprendida— Siempre fuimos amigas, vivíamos en el mismo pueblo, igual que...

—Mi padre. —Esa fue nuestra primera charla real y también la primera donde hablamos de él.

—Así es.

—Pero hay algo que no entiendo, ¿de dónde sacaste tanto dinero para comprar la casa?

Por un momento quedó en silencio, no analizaba mi pregunta, analizaba su respuesta y la forma en que la diría, eso me asustaba.

—Me ayudaron.

— ¿Quién? ¿Kate?

—No —dijo riéndose como si aquello fuera un disparate.

— ¿Quién te ayudó? —pregunté frustrada. Tal vez nadie lo entienda pero en mi historia hasta ese momento había tres personajes, mi madre, Kate y yo. La aparición de otro, desconocido hasta entonces era el mayor y más preciado descubrimiento.

—Tu abuelo —susurró. Ya no estábamos caminando habíamos parado para sentarnos en un banco de plaza, que da la casualidad era el mismo de la vez pasada.

— ¿Tu padre? —Mis abuelos maternos habían muerto cuando yo tenía cuatro años, casi no pude conocerlos, de hecho no los recordaba, ese era el dilema de mi vida.

Pude notar como su boca se arqueaba para pronunciar un sí pero sus ojos gritaban otra cosa.

—No fue tu padre ¿cierto? —murmuró antes de que me mintiera, mas no obtuve una respuesta larga, solo un movimiento de cabeza. Su afirmación fue más que suficiente para hacerme soltar unas lágrimas—. Era de papá.

—Al enterarse lo que pasó con tu padre quiso ayudarnos.

— ¿Murió? —Me sentía como una niña otra vez, llorando, pero esta vez con mi madre para verlo y ni siquiera me esforzaba por ocultarlo.

—No, él no está muerto —dijo con un hilo de voz.

No era la respuesta que esperaba, en algún lugar de mi ser pensaba que mi madre no era capaz de haberme hecho eso.

—Nunca me lo dijiste, ¿cómo pudiste? —grité mirándola a los ojos— Jamás fuimos como las demás familias, no te das una idea de cuánto sufrí y tú siempre sabiendo que tenía un abuelo para decirme todo lo que tú no querías decir ¿Por qué lo hiciste?

—Yo... yo, no quería... no sabía.

—Y tampoco te importaba, no te importaba que yo fuera feliz. Nunca me quisiste pero al menos podrías haber hecho algo bueno por mí. Podrías haberme llevado con él, pero solo piensas en ti. No te entiendo.

—Yo quería, estuve por hacerlo pero no quería dejarte...

— ¿Por qué, si igual no me quieres? ¿Para qué te quedaste conmigo? Y ¿Por qué no me lo dijiste nunca, porque no dijiste que tenía un abuelo?

— ¡Te habrías ido! —gritó llorando, ambas llorábamos pero yo estaba enojada. Tenía un abuelo del que nadie me había hablado, tenía al padre de mi padre para contarme cosas sobre él, para sentirlo cerca y nunca pude conocerlo por su culpa.

— ¿Y eso en que te cambia? Nunca me hablas, no me miras, huyes de mí. Mataste a mi padre y me quitaste la familia que me quedaba, lo que me quedaba de él, ¿Qué más quieres? Ya no sé quién soy y menos sé quién eres tú y eso me aterra.

—No digas eso, yo no lo maté —dijo y repitió una y otra vez cubriéndose el rostro hasta que yo agarré fuerte sus manos separándolas.

— ¡Si lo mataste!, si ese día no te hubieras ido a él no le habría pasado nada. Es tú culpa y quiero que te acuerdes bien de ese momento porque también me mataste a mí. —Dicho esto salí corriendo lo más rápido que pude, pensé que me seguiría pero no lo hizo, ni siquiera volvió a casa.

Mi vida dio entonces un giro de trescientos sesenta grados, al parecer mi madre había predicho bien mi manera de actuar al enterarme de la existencia de mi abuelo porque ese mismo día al llegar a casa arme la valija con un poco de ropa y cosas necesarias y fui a golpear la puerta de Kate para que me dijera donde vivía, ella era la única, aparte de mi madre, que sabía dónde estaba. Pero no se encontraba en casa, así que me colé por el patio y rebusqué en su habitación hasta hallar una pequeña agenda, bastante infantil, en donde junto a unas fotografías había una lista de números de teléfono y direcciones, entre los que encontré lo que buscaba, no muy decidida me llevé esa agenda para buscar cuantas cosas más me habían ocultado. Mientras salía de la casa, como una ladrona huyendo de la escena, pensé en el alivio que significaba el no haber encontrado a Kate en casa, no deseaba pelear más aquel día, y menos con ella.

Fue así que me dirigí a un pequeño pueblito muy a las afueras de la ciudad, luego obviamente de comprar por internet un pasaje de micro; lo malo de este es que el viaje iniciaba a las ocho de la noche y como no era directo duraba alrededor de seis horas. Pasé dos horas en un parque, con las valijas armadas esperando la hora de encaminarme a lo que suponía sería otra vida; erróneamente pensé que alguien iría a detenerme, pero nadie apareció.

Empezó a hacerse un poco tarde así que salí del parque e inicié una marcha sin destino alguno, no tenía donde ir, por lo que dejé que mis pies me guiaran; ya era la segunda vez en una semana que confiaba en ellos, esta vez fueron cautos y tranquilos, un par de veces se enredaron haciendo que casi perdiera la mitad de mis cosas pero afortunadamente no ocurrió. Seguí andando hasta que me topé con un gran cartel cuyo logo era una paloma blanca en un fondo verde y amarillo, la entrada parecía un portón enorme de madera y apenas cruzarlo recordé donde estaba. El terreno era enorme, semejaba ser una cancha de golf aunque estaba muy lejos de serlo, hasta donde llegaba la vista podían verse árboles, arbustos y flores sobre un césped verdísimo y recién cortado, la fragancia de los jazmines perfumaba cada sendero y a un costado del portón una pequeña capilla se mantenía silenciosa y rodeada de grandes sombrillas blancas. Di unos pasos tomando un camino que me parecía familiar, noté que había muchos caminos marcados y cada tanto un letrero con un mapa, pero yo siempre fui mala para entenderlos así que seguí mi propio instinto. No era fácil perderse pero si era fácil no encontrar lo que uno buscaba, había muchas flores allí formando pequeños grupitos en cada placa enterrada en la tierra, algunas parecían estar desde hace mucho, otras parecían recientes, sin embargo me daba pena ver las placas que no tenían nada, habían sido olvidados hace tiempo.

Luego de caminar unos seis o siete minutos corté mi camino por el césped y crucé unas cuatro hileras de placas hasta dar con la que estaba buscando, frente a ella había un banco de madera, de seguro puesto ahí por un familiar de la placa vecina. Me senté en el banco dejando a mi lado la valija, observé en silencio la placa delante mío, las letras se estaban volviendo borrosas en la piedra por el paso del tiempo y trozos te barro seco rellenaban los números que estaban debajo, el hueco para poner flores se encontraba totalmente vacío y deformado por la fuerza de la tierra sobre él. Solo había ido una vez a visitarlo con mi madre y Kate, ese día estaba muy feliz porque sentía que iría a verlo después de años de querer conocerlo, sabía perfectamente que me encontraría con un pedazo de tierra a su nombre y nada más pero de alguna manera estar allí significaba estar más cerca. Con el paso de los años le pedí a Kate volver muchas veces pero jamás me llevaron, no fue hasta que tuve edad para encontrar el camino sola que pude visitarlo, desde entonces ha sido uno de mis sitios favoritos, no me sorprendía que luego de dos años sin volver mis pies me hubieran llevado hacia él otra vez.

En la época donde aquel lugar era mi favorito sentía que por más que no lo viera allí estaba, y que si me colocaba en una buena posición estaría justo encima de él, solo separados por unos metros de tierra y espacio vacío. A veces salía del colegio y almorzaba allí mismo, recostada boca abajo y con la placa de mesa, otras veces usaba un banco y le mostraba mis notas, solo las buenas, incluso en verano utilizaba las sombrillas blancas para cubrirme del sol o de la lluvia. Con el tiempo entendí que él no podía devolverme las palabras, no podía salir de ese lugar conmigo de la mano, no podía sonreír siquiera, y jamás vería sus ojos, caí en la cuenta de que ya no había nada de él allí abajo, quizás incluso había menos de él ahí abajo que aquí arriba, sentí dolor pero entonces el dolor se reemplazó por una posesión valiosa, sentir que quizás toda su alma estaba partida en partículas que circulaban en el aire, quizás incluso podía viajar a voluntad, sentí un poco de celos pensando que su alma estaba más tiempo con mi madre que conmigo, pero se me ocurrió que posiblemente el hecho de que no estuviera lo hacía más mío, porque era tan mío como de otros, y aunque no lo conocía podía fingir hacerlo y podía responder por él incluso cuando no eran sus propias palabras porque existía la pequeña probabilidad de que quisiera decir justo lo que yo decía, y entonces dejé de ir al cementerio.

—Si le hablas te escuchará. —Oí que alguien decía al lado

mío, haciéndome salir del trance.

—Quizás si fuera niña le creería —contesté mirando al hombre a mi lado, muy mayor entonces, y de aspecto agradable.

—Pero es la verdad, ese solo es un cuerpo pero en algún lado está escuchándote, con el alma —exclamó señalando el cielo, su mirada era dulce y acuosa.

—Ya no lo siento así, ni siquiera sé que creer.

—Cree en ti misma, niña. Ven, acompáñame —dijo haciendo un gesto con la mano y echándose a andar. Tomé mi valija y lo seguí retomando el sendero hacia la entrada.

Caminó sin decir palabra hasta llegar al gran portón pero dobló hacia la capilla y me pidió que entrara y lo esperara. Al entrar me maravillé, por unos segundos me gustó disfrutar de esas visiones, la paz, lo acogedor y lo cálida de la luz al pasar a través de los coloridos cristales; estaba totalmente vacío, los bancos de madera oscura llevaban al altar donde grandes figuras representaban el amor, el perdón y el dolor como las más grandes virtudes.

—No entiendo las esculturas —dije en voz alta para que me escuchara donde sea que estuviera—, deberían estar tristes pero parecieran…

— ¿Tener paz? —dijo suavemente mientras se acercaba, invitándome a sentarme en el segundo banco, cerca del altar. Ya estaba vestido de cura y eso me daba cierto rechazo, quizás respeto.

—Sí…

—Los humanos creemos que la felicidad luego de la desdicha se encuentra en la venganza, creen que felicidad es sinónimo de hacer sufrir a quien nos hizo sufrir.

—Creo que encuentran cierto refugio en ello, como si la solución fuera que todos estén tristes.

—Y ese es el mayor error, uno acepta naturalmente la derrota estancándose en un pozo que sigue cavando por su cuenta creyendo o mejor dicho afirmando que salir es imposible. Por eso en vez de buscar la felicidad buscan hacer infelices a los demás, pero es un pensamiento tonto… que otros sean infelices no te cambia a ti.

— ¿Y eso que tiene que ver con las estatuas?

—Tiene que ver con el perdón, creas o no que un ser superior envió a la tierra a su propio hijo dejándolo morir para perdonar a la humanidad, puedes mejor pensarlo como una metáfora.

— ¿Cómo?

—Él —dijo señalando la figura de Jesús en el altar—, es la representación de que la vida hace a todos infelices en algún momento, la vida como un Dios y nosotros como su hijo, no importa quién seas o lo que hagas, incluso siendo el hijo del mismo Dios, no te salvarás de la pena, jamás busques una explicación a lo que te hace infeliz, ni le eches la culpa a otro, aunque ese otro sea un dios, para perdonar a otros debes primero perdonarte a ti mismo, y para perdonarte a ti primero debes perdonar a la vida por todo lo que has pasado. Solo así podrás atravesar la tristeza con esa paz —dijo señalando los rostros de las figuras.

—A veces perdonar a la vida es difícil, cuando sientes que no has tenido momentos felices.

—Eso es porque estás en el pozo, cuando pones la felicidad solo como fondo y la tristeza como una figura quiere decir que estás a gusto en tu tristeza sin hacer nada por revertir la situación.

— ¿Y cómo se revierte? —pregunté más interesada.

—Encuéntrate, conócete, y luego perdónate. Toma —dijo entregándome un papel y una lapicera—, no creo que se te den muy bien las oraciones pero quizás quieras escribirle una carta a alguien importante para ti.

—Pensé que querría que hablara con Dios —reí.

—Hablas con él cada vez que te diriges a alguien, cada vez que actúas o sueñas —contestó mientras se marchaba, dejándome sola otra vez con mis pensamientos.

Me parecía ridículo escribir una carta, pero como estaba sola decidí hacerlo, y obviamente le escribí a la única persona a la que le hablaba sin una máscara, pero esa carta era diferente porque me dirigía a él como si nunca le hablara, me dirigía a él como si no lo hubiera visto durante los dos años que no fui a ese cementerio.

El tiempo se pasó rápido y en cuanto dejé la carta en el hueco donde se suponía iban flores me dirigí a la parada del micro, no quería perderlo.

# Capítulo 5

Subí exitosamente, justo a tiempo y me acomodé en un asiento junto a la ventana, cosa que agradecí porque la otra opción era tener el asiento del pasillo y me pueden llamar rara pero eso me daba fobia, el solo hecho de pensar que el micro diera algún giro brusco y yo pudiera salir despedida y terminar estampada de cara en el suelo no me agradaba en absoluto.

Junto a mí, una mujer de aspecto enfermo estaba haciendo lo que yo llamo la hazaña más peligrosa en cuanto a arreglo personal; al parecer se dirigía a una cita o a una entrevista de trabajo puesto que hacía malabares con el maquillaje pasándolo de mano en mano, de un ojo a otro, y del piso a su cara. Mi semblante lo decía todo, algo así como: «será mejor que eso no termine en mi ropa, porque no tengo un buen día» y sí que pudo descifrarlo perfectamente porque guardó su improvisada peluquería portátil justo antes de que la pateara delicadamente fuera del asiento.

Durante todo el viaje, la hora que no me preocupé por cuidar mi ropa de la mujer, me la pase pensando en cómo sería mi abuelo, si acaso me aceptaría, si sería capaz de quererme, pero 'más allá de eso quería llegar para sentir a mi padre cerca, conocer el lugar donde él creció, donde fue feliz. Tal vez estuviera loca, no lo sé, pero tenía el presentimiento de que esa noche estaría más cerca que nunca, sentía que ese día si yo le hablaba él me daría respuestas, y no las que siempre me daba que eran producto de mi mente sino verdaderas respuestas, de él, de su espíritu o de lo que fuere. Pero así como había tantas cosas buenas también estaba la posibilidad de que mi abuelo no quisiera verme, que estuviera enojado y me echara, no tenía miedo de pasar la noche en la calle, tenía miedo de quedarme sola ahora que pensaba que ya no lo estaba.

Los nervios me estaban matando y mi cabeza era golpeada por pensamientos fugaces con desenlaces deprimentes que no hacían más que darme ganas de dar la vuelta y seguir con mi vida de mentiras y charlas con fantasmas. Cada kilómetro que recorría me hacía sentir más frágil y odiaba sentirme débil y sin control de mi vida, aunque se suponía que por esa misma razón había emprendido el viaje. Ya sin ganas de escuchar esa voz chillona y triste en mi mente me decidí por darle una hojeada a la agenda que había robado de la casa de Kate, y para mi sorpresa me encontré con un lado de ella que no conocía, quizás su lado adolescente, de niña que le gusta empapar las hojas de purpurina y empezar cada página con un «Querido diario», una Kate que hace collages de fotos con amigos, fotos donde lleva el pelo alborotado y los ojos pintados de un azul intenso, una Kate que solo conserva de ese mundo a su mejor amiga, una niña que entonces si posaba con una sonrisa y se trepaba de los árboles, y que parecía estar pegada eternamente a otra mano, la mano de un chico, quien creía debía ser mi padre…

Ver esas fotos solo me ponía más triste, aunque era una tristeza diferente, una más digerible, pero decidí ignorarla y darle otro curso a mis pensamientos.

No me gustaba para nada viajar con tantas personas pero no quedaba otra opción, no tenía idea de cuál era el camino así que prefería confiar en un chofer antes que perderme en la autopista, y además tenía el deseo inconsciente de que alguien tomara el auto y fuera detrás de mí, pero eso solo pasa en las películas… y en las familias normales.

A pesar de los constantes cotilleos y el sonido de envolturas de comida rompiéndose, el trayecto fue bastante tranquilo, y en cuanto se hizo más tarde las voces fueron reemplazadas por ronquidos, en todo el micro, excepto en mis oídos, donde resonaba una canción triste.

— ¿Señorita? —escuché que una voz decía a mi lado— ya llegamos.

—Oh bien, gracias creo que me que me quedé dormida. —No tenía idea de en qué momento había cerrado los ojos pero al parecer mi cuerpo no resistía más, una resaca, estrés y un viaje sorpresa habían sido suficientes.

—Pasa todo el tiempo. ¿Puedo preguntar?

—Lo que sea.

— ¿Tiene familia aquí?

—Sí —dije no tan segura, aunque el hombre no pareció notarlo.

—Bien, generalmente si alguien llega a un pueblo tan chico es porque visita a su familia.

—Sí, yo más bien vengo escapando —bromeé aunque el hombre se puso muy serio.

— ¿Debería avisar que la encontré?

—No, todos saben dónde estoy. No se preocupe. —Y era cierto, sí me había escapado de casa, sí, era menor de edad pero no habría denuncias, ni una búsqueda.

—Le creo, pero estaré atento. —Me advirtió mientras me

ayudaba a bajar mi equipaje del micro.

Al bajar finalmente pude ver de qué se trataba todo, uno podía observar el pueblo entero desde ese ángulo; edificios bajos y una ancha avenida, comercios y veredas angostas con hileras de árboles delgados, podía oír voces de jóvenes que habían salido a pasear o simplemente a tomar aire y los ruidos de la noche, los recuerdo perfectamente, como una pelea de grillos contra el viento que movía las hojas de los árboles. En ese silencio casi absoluto pude sentir los latidos de mi corazón en la suela de los zapatos, pude escuchar como esta arrastraba los sonidos y los apagaba a cada paso.

El viento apenas frío parecía inmovilizar mi cuerpo, lo percibía ajeno a mi mente, como verme desde arriba en un sueño borroso antes de despertar. La oscuridad inundaba mi visión pero por primera vez la sentía segura y calma, no como la oscuridad de la ciudad, donde uno camina pensando que quizás no regrese a casa.

Pasé unos cinco minutos sentada bajo un árbol muy cercano a donde el micro me había dejado y me quedé mirando el tiempo pasar, en forma de hojas desprendiéndose de ramas y de huellas cubriéndose por zapatos que pasaban encima sin considerarlas, tiempo en forma de besos furtivos ocultos por la luna y gatos saltando de terraza en terraza alejándose cada vez más de sus ventanas, un tiempo que pasaba sin que muchos se dieran cuenta, a excepción de mi que lo espiaba consciente y lo desperdiciaba a voluntad.

Decidida y obligada por el tiempo comencé a caminar siguiendo las descripciones del pueblo que hallé en la agenda de Kate, aunque se me hizo difícil porque, como dije antes, no entiendo de mapas. Las calles eran todas iguales, al comienzo, hasta que los edificios desaparecieron al igual que la avenida; entonces llegué a la plaza, donde las pequeñas piedras rojas se iluminaban con la luz de los faroles. Aproveché ese camino para ver algo más que las estrellas y centrarme en la tierra que mis pies tocaban, me hubiera gustado pisarla descalza aunque el rocío de la noche me quitaba las ganas. Tras mil vueltas por manzanas con casas estropeadas y otras tantas más bonitas encontré al fin el camino que debía seguir, y me interné por esa calle, con la mirada fija en cada movimiento que percibía, costumbre de mujer en ciudad, y con la valija pegada a los talones cuyas ruedas eran los únicos sonidos en esa perlada noche de viernes.

Fue así que llegué a la puerta de una pequeña casa, sin saber con qué me encontraría exactamente y me detuve allí por varios minutos esperando que mi mano tuviera la fuerza necesaria para golpear la puerta de madera tan solo dos veces siendo escuchada y así no tener que golpear una tercera y una cuarta antes de ser abierta. Toqué al fin y antes de arrepentirme la madera crujió, un hombre mayor salió del interior y se me quedó viendo. Llevaba un bastón en la mano derecha y un par de gafas gruesas, aunque no debían de servirle mucho pues achicó los ojos al encontrarse con los míos, me recordaba la imagen de un anciano alimentando palomas en un parque, se veía amable.

—Yo... soy... —Pero no pude decir palabra, verlo como era realmente y no como lo había imaginado era demasiado fuerte.

—Pasa, pareces muerta de frío —dijo cálidamente el hombre sin hacer ninguna pregunta. En realidad no hacía frío, pero si estaba temblando.

Ya adentro lo primero que hice fue tocar la silla que estaba más cerca, quería sentir a mi padre, estaba tocando algo que él había tocado, estaba en un lugar donde él había estado, estaba en casa. Tan absorta estaba en mis pensamientos que uno de ellos lo dije en voz alta.

—Papá. —susurré y enseguida al darme cuenta de mi error me volteé a mirar al hombre, mi abuelo el cual se había quedado helado.

— ¿Anna? —Alcanzó a decir e inmediatamente me abrazó— no estaba seguro, pero si eres tú.

—Sí —suspiré—, me fui de casa apenas me enteré.

— ¿Enterarte de qué? —preguntó tomándome por los hombros preocupado.

—De que existías. —Entonces se quedó en silencio sin entender lo que le había dicho.

— ¿Cómo? ¿No lo sabías? —exclamó tristemente— Pensé que tu madre no dejaba que vinieras a verme pero supuse que sabías que estaba aquí.

— ¿Hablas con ella? yo siempre di por hecho que habías fallecido hace tiempo, ni siquiera sabía de este lugar, ¿Por qué no me buscaste?

—Ven vamos a sentarnos —soltó rápidamente al notar mi ansiedad y me guió a la mesa, pero justo cuando iba a volver a hablar no lo hizo, se dio cuenta de que yo estaba entretenida tocando todo— ¿ocurre algo?

—No —contesté—, es solo que está en todas partes, en casa no tenemos nada de él.

Se produjo un silencio y por un momento me sentí libre para llorar, libre para ser quien quisiera, y pensé que ya no era la chica mala que daba miedo en la escuela y de la que ahora todos se burlaban, ahí en su casa podía ser Anna, solo Anna.

— ¿Cómo es que no tienen nada? —preguntó a la vez que acariciaba mi espalda.

— Mi madre nunca quiso hablar de papá conmigo, en realidad nunca habla conmigo solo con Kate. Es la primera vez que me siento en casa porque está él, porque puedo sentirlo —solté, pensando en voz alta.

— ¿Con Kate?

—Sí, ella me cuidó, hacía todo lo que debía hacer una madre.

—No lo entiendo, ¿tu madre no tiene relación contigo? ¿No viven juntas?

—Sí, vivimos juntas pero solo tiene relación con Kate y con los psicólogos, se encierra en su cuarto todo el día y cuando estoy en casa ella se va para no verme. Según Kate está dolorida por la muerte de papá, pero supongo que si eso fuera cierto al menos tendríamos fotos. ¿Puedo hacerte una pregunta? —dije cambiando de tema.

—Claro —contestó calmado pero a la vez sorprendido por todo lo que le había contado en segundos, entonces se sentó en la silla frente a mí.

— ¿Crees que es posible extrañar a alguien que nunca has conocido?

— ¿Extrañas a tu padre?

—Eso creo, en realidad no lo sé —balbucee—. Sé que estoy loca, porque es la única persona con la que soy yo misma, hablo con él todas las noches y pensé que al venir acá... sé que es imposible verlo pero siempre quise saber cómo era y esto es lo más cerca que he estado de eso.

— ¿Quieres ver fotos? —preguntó alegremente, levantándose a buscarlas antes de que pudiera contestarle.

—Sí. Lo más que pude ver fueron negativos, a escondidas.

— ¿A escondidas? —Me miró con seriedad trayendo un álbum de fotos que había sacado del estante al lado de la puerta de entrada.

—No lo nombramos, es como un tema prohibido. Un día encontré esos negativos en el cuarto de mi madre aunque ella siempre me dijo que no tenía fotos.

—Eso no suena para nada a Liz. Bueno, no es lo mismo una foto que un negativo, ¿cierto? Aquí tienes —contestó mientras me daba el álbum.

Entonces lo abrí y lo pude ver mejor que nunca, como en la agenda de Kate; de niño, de adolescente, solo, con amigos, en familia, en esa casa, con sus padres, con mi madre, tenía el pelo negro y una sonrisa muy grande en todas las fotos y en las que estaba con mi madre sus ojos se iluminaban, deseaba que pudiera verme así... Cerré los ojos tratando de que esa imagen me quedara grabada y entonces, mi abuelo, al notar mis intenciones me dio una foto.

—Ahí está contigo. —Era una foto bastante vieja, de mi padre conmigo en brazos de bebé. No pude más que sonreír.

—Pensé que no había fotos conmigo.

—Claro que si las hay, cuando naciste tu padre estaba muy feliz, te sacaba fotos todo el tiempo y tu madre me las mandaba por correo, bueno, Kate me las reenviaba; así fui armando todo esto. Seguramente todas tus fotos de bebé las sacó él o al menos la mayoría. Él te amó todo el tiempo que pudo, eso no puedes dudarlo.

No necesitaba nada más, estaba con él, yo era algo que él había tocado, que había querido, él me había querido.

—Hay tantas cosas que quiero preguntar —exclamé entusiasmada, necesitaba llenar los espacios en blanco.

—Y yo quiero contestarte, pero ya es muy tarde y necesitas dormir, el viaje es largo y creo que ya corriste demasiado.

Sonreí al darme cuenta de la hora que era, me preguntó si quería comer algo pero me parecía imposible pasar algo por mi garganta así que me llevó entonces a una habitación para que pudiera dormir, diciéndome que podría quedarme cuanto quisiera. No quise preguntar pero de alguna forma sabía que mi abuela ya no estaba ahí.

El cuarto al iluminarse por la lámpara se colmó de vida como un parque de diversiones en verano.

—Sí, era de tu padre —afirmó sin que le preguntara nada, al ver seguramente como miraba el cuarto y luego de esto cerró la puerta y se marchó después de darme las buenas noches.

Comencé a inspeccionarlo y noté que aun parecía habitado. El abuelo nunca movió sus cosas de lugar, enseguida abrí el armario y agarré las prendas de ropa que más me gustaban, me las puse y me acosté entre las sábanas oliendo su perfume mezclado con el polvo del tiempo, ese era él, incluso después de tantos años, aun estaba allí.

A lo largo de la noche di vueltas y vueltas en la cama tratando dormir pero sin conseguirlo, estaba demasiado excitada como para parar. Había tantas cosas que pensar, tantos detalles que me molestaban, aquel era un paraíso y ahora que conocía a mi abuelo sabía que si le pedía quedarme no habría quejas, pero por más que no quisiera volver a casa la escuela no había terminado aun, era muy pronto para pensar en iniciar una nueva vida. Y todavía no sabía quién era yo realmente; ¿era la de los últimos años?, ¿era la que lloraba a escondidas?, ¿o la qué estaba en la cama de su padre con su ropa puesta?, la cuestión no era que alguna de esas respuestas fuera afirmativa, lo que temía era ser todavía esa niña que no tenía amigos, la que se encerraba en su cuarto y hablaba con su padre como si fuera otro más de sus amigos imaginarios, temía seguir siendo la niña que no hacía tarjetas para el día del padre en la escuela, porque no tenía uno. Tal vez ese era mi peor defecto, temerle a algo que es inevitable y que ya tiene respuesta.

No podía estarme quieta por más que lo intentara y aunque me decía a mi misma que al día siguiente inspeccionaría todo, no podía esperar, siempre fui muy impaciente, así que me levanté de la cama y le di una mirada general al cuarto. Era un lugar amplio y simple, de paredes grises con posters en los lados, *Queen, AC/DC, The Rolling Stones,* todo muy ochentoso, y en la cabecera de la cama una gran tela sostenida por las puntas, como una bandera pero con el nombre de una banda, ya ilegible, parecía gustarle mucho la música, y los libros. En una esquina una gran estantería estaba casi llena del todo por libros apilados, novelas famosas y otras no tanto, parecía una librería, y en la mesa de luz, a un lado de la cama, se encontraban dos libros forrados de color azul pálido, cubiertos de polvo y un manojo de envoltorios amarillos de caramelo. Sentí por un momento que estaba en la habitación de un extraño, lo estaba conociendo de verdad por primera vez, nada de inventos de mi mente. Abrí cajones y los encontré vacíos, abrí el armario por segunda vez encontrando poca ropa, la mayoría en colores fríos y mucho negro por todas partes, me recordaba a mí misma; también encontré un par de papeles escritos encima de un mueble, con una letra un tanto extraña, y otros muy diferentes, poemas cortos firmados con corazones, eso también me recordó a mí.

Entonces mi mirada se posó en un pequeño papel que estaba sostenido en medio de una placa de corcho, entre miles de pequeñas fotos con muchas sonrisas, el cuadrado de papel sobresalía por su desprolijidad y a la vez por su delicada letra que decía: *«Cuando caigas recuerda que un espíritu fuerte puede salvarte la vida mientras no dejes que la adversidad lo quiebre» –De Liz, para Matt, 1984.* Era extraño leer que mi madre escribiera una frase como aquella, teniendo en cuenta que su espíritu se había quebrado hace mucho tiempo, al parecer se había olvidado de aquella frase.

Tras inspeccionar todo pensé en revisar la casa pero eso sí que era muy privado estando mi abuelo allí mismo, así que solo me acosté e imaginé algunos escenarios futuros, muchos desastrosos y otros un poco más dramáticos, siempre me gustaron los finales tristes, incluso en mi vida, era una manera de incrementar la lástima que sentía por mí misma.

Fue entonces que me levanté de la cama, decidida a ahogar esos pensamientos para siempre, aunque no supiera cómo, ya no merecía finales tristes y ese era un buen nuevo comienzo. Caminé hacia la entrada, ya vestida con la misma ropa con la que había llegado y abrí cuidadosamente la puerta. Supuse que una caminata me haría olvidar todo y si eso no servía lo haría el viento helado que al parecer traía una tormenta.

No había más que casas en ese pequeño pueblo, calles de tierra o adoquines y faroles apagados, todos excepto uno que daba a un pequeño local, que para mi sorpresa estaba iluminado por dentro, la vidriera se encontraba tapizada por una gamuza violeta y sobre ella cartas, muñecos, agujas y fotos parecían incendiarse bajo la incandescente luz de unas bombillas de color violeta.

— ¿Quieres pasar, niña? —escuché que decía una voz de mujer a través de la puerta cerrada.

Realmente no tenía idea que vendían en aquel sitio, pero me llamó bastante la atención. Cuando entré pude ver a la mujer, tenía cierto aspecto de hippie o algo por el estilo, con telas y paños de colores llamativos colgando por todo su cuerpo y joyas pesadas en cuello y manos. El lugar, para mi gusto muy oscuro estaba casi vacío, con grandes estanterías cubriendo las paredes, llenas de botellas de vidrio y objetos extraños, también había un pequeño escritorio en la punta con un enorme libro de páginas doradas encima y una mesa en el centro.

—Hola —murmuré confundida—, ¿qué vende?

—Sueños —contestó entre risas, claramente burlándose de mí.

—Ya en serio, es el único local abierto, ¿es una farmacia o algo así?

—Bueno, no vendo medicamentos pero lo que hago puede curar a las personas, o dañarlas.

—No comprendo. —Estaba decidida a irme de allí pronto, esa mujer lucía muy extraña y lo que decía no tenía sentido—. Nadie quiere ser dañado.

—Tienes razón, pero hay personas que vienen aquí queriendo dañar a otros. Tú viniste para curarte.

—No, yo solo pasaba por aquí y vi la luz encendida, acabo de llegar al pueblo.

—Bueno tal vez no lo sepas pero alguien te trajo aquí esperando que te cures.

— ¿A este pueblo? —pregunté confundida y algo asustada, porque yo había llegado escapándome de casa.

—A esta tienda.

—No, eso no es cierto, solo no podía dormir y salí a caminar, además ¿curarme de qué? no estoy enferma, señora —exclamé impaciente.

—Algunas enfermedades no presentan síntomas. Y puede que tengas razón en eso de que no podías dormir, pero acaso ¿sabes a que se debe?

—No exactamente. Insomnio tal vez. —Ya me estaba asustando pero lo demostraba siendo sarcástica. Tenía la impresión de que esa mujer era una bruja o hechicera o una loca del pueblo, todos tenían una.

—El insomnio se produce cuando la persona piensa en alguien que también está pensando en ella, esto hace que no puedas dormir y yo creo que la persona en la que piensas es la que te trajo a mi esta noche.

—No señora, eso es imposible —dije caminando hacia atrás dispuesta a irme—, ya debería volver...

—¿Porque sería imposible? —inquirió tranquilamente acercándose a mí.

—Porque esa persona está muerta.

— ¿Y eso qué? Tu padre está muerto, Anna, eso no quiere decir que no exista.

Rápidamente se dio vuelta dirigiéndose a la mesa y tomó asiento mientras esperaba mi respuesta, por mi parte estaba shockeada, sentía el sudor frío correr por mi espalda y pensé que no me serviría de nada escapar pero no quería quedarme, obviamente.

— ¿Cómo sabe mi nombre? ¿La conozco?

—Soy alguien que puede ayudarte, viniste aquí buscando respuestas. Toma asiento.

—Es la mujer del centro comercial, ¿verdad? Sabía que la conocía —El recuerdo de la anciana me había puesto aun más nerviosa pero mi pregunta era tonta, esa mujer estaba muy bien instalada en aquel lugar como para haber llegado de repente y por alguna extraña razón parecía aún más vieja que el recuerdo que tenía de ella.

—Siéntate, por favor —exclamó ignorando mi pregunta.

—No hasta que me diga quién es.

—Mi nombre no importa pero soy sensible, puedo percibir cosas que no están en este mundo y soy un poco poderosa, no mucho, pero si para lo que necesitas.

—Yo no la necesito, vine buscando a mi abuelo y ya lo encontré.

—Siéntate. —Me ordenó y esa vez aunque no le hice caso sentí como mis pies me arrastraron hasta la silla y la mujer sonrió— Tú no viniste a buscar a tu abuelo precisamente y tampoco tienes todo resuelto.

— ¿Qué fue eso? Me quiero ir —chillé intentando levantarme pero era inútil.

—No hasta que hablemos. Sé que tienes una pregunta hace tiempo en mente.

—Mi pregunta no tiene respuesta —contesté con bronca.

—Hazla, sino no lo sabrás.

—Es una estupidez —dije mirando hacia otro lado pero su silencio me obligó a proseguir— ¿Quién soy?

—Si tiene respuesta, tal vez no la que esperas pero la tiene.

— ¿Y cuál es?

—Antes de decirte tienes que prometer que te quedarás hasta que yo te diga que te vayas. Solo quiero ayudarte, no te voy a secuestrar —bromeó al ver mi reacción.

—De acuerdo, dígame.

—Eres como cuando estás con él.

— ¿Con quién? —pregunté confundida.

—Tu padre. —Me reí al escuchar eso, olvidando el miedo.

—Pero él está muerto.

—Lo sé, pero cuando hablas con él, muchas de las respuestas que oyes son suyas, no porque salgan de tu boca quiere decir que tú las hayas pensado. Sé que es difícil entenderlo y esto no se aplica a todos los espíritus pero él es tu padre ¿Qué vinculo más fuerte que ese existe? y volviendo a tu pregunta, él sabe todo de ti, es la única persona con quien eres tú misma porque no tienes nada que aparentar, él ya cree que eres perfecta no necesita que se lo demuestres como lo haces con los demás y no tienes de que esconderte como haces con tu madre.

—Pero yo no lo conozco, y usted no me conoce, no sabe nada. Me iré —solté a punto de levantarme pero otra vez la fuerza me obligó a caer en el asiento de nuevo.

—Y es por eso que no puedes avanzar, ignoras a los vivos al recordar a los difuntos, te distancias de ellos para acercarte a quien jamás conociste.

— Eso no es cierto —exclamé ofendida.

—Culpas a los que tienes cerca por lo que has perdido y por la persona en quien te convertiste y seguirá así a menos que conozcas tú origen y sepas perdonar —contestó pronunciando cada palabra pausadamente y alargando las eses.

Me había dicho aquello que temía oí y ya sabía, mi destino era tener una mala vida, todo seguiría igual que siempre porque no había forma de perdonar, seguiría repitiéndose cada veinticuatro horas el mismo ciclo interminable.

— ¿Puedo irme ahora? —pregunté, y al recibir una afirmación de cabeza de su parte me dirigí con libertad a la salida.

— ¡Anna! —gritó justo antes de que la puerta se cerrara detrás de mi—¿Realmente quieres conocerlo cierto? —dijo refiriéndose a mi padre. Esa pregunta estaba de más, parecía las viejas chismosas del vecindario que solo quieren sentir lástima por alguien.

—Más que nada. —Y así me fui, dejando atrás la situación más extraña de toda mi vida.

Si había salido de la casa con pensamientos que me estaban asfixiando, volvía sin ellos y sin pulso, aquello había sido sumamente extraño y ya quería ver la cara de mi abuelo cuando se lo contara por la mañana. Por más que me lo tomaba a risa un escalofrío seguía recorriendo mi cuerpo, advirtiéndome que algo andaba mal. Abrí por segunda vez la puerta de la casa sigilosamente y me encaminé a la habitación de papá, me puse otra vez esa vieja remera gris con el nombre de una banda impreso en el frente, seguramente de algún concierto del cual nunca sabría su historia, me puse también un pantalón que sospechaba, en sus tiempos también lo usaría como pijama y por último me acosté, pero esta vez si me quedé dormida, mirando el techo e imaginando escenarios más alegres.

# Capítulo 6

Me levanté sintiéndome extraña, distinta. Abrí los ojos lentamente y me desorienté por completo, no era la misma casa, no era la misma habitación, ni siquiera se parecían. No sé cómo reaccionaría alguien en mi misma situación, pero yo grité por ayuda.

— ¡Abuelo! —solté asustada, saltando bruscamente de la cama cuando pasé justo en frente de un espejo y lo que vi en él me dejó aterrada.

Aquel no era mi reflejo, mi cabello rojo era ahora castaño, mi estatura mucho menor, y mis rasgos menos delicados. Tenía puesto un pijama rosa de dos piezas y mi cara era otra completamente, parecía la de mi madre, de hecho fue entonces que descubrí el enorme parecido que tenía ese reflejo con mi madre.

— ¿Qué ocurre cariño? —gritó alterada una mujer entrando al cuarto.

Me caí de golpe al suelo, me desmayé para ser precisa, luego de ver a mi abuela, fallecida hace años, hablándome como si nada.

Al despertar lo primero que vi fueron dos personas, mis abuelos, jóvenes y vivos, mirándome preocupados.

— ¿Esto es un sueño cierto? —pregunté mirando mis manos sin reconocerlas.

—Oh Liz, menos mal que despertaste, nos diste un gran susto —dijo ella aliviada.

— ¿Abuela?

— ¿Abuela? sí que te diste un golpe fuerte —rió exageradamente.

Evidentemente ellos también veían a mi madre, lo que quería decir que debía actuar como ella y yo no era para nada experta en la materia, sabía actuar pero no sabía nada de mi madre.

—Perdón, madre.

— ¿Por qué me llamas así? ¿Estás enojada? —inquirió reemplazando su risa por una mueca de preocupación y me tocó la frente— ¿Qué te está pasando hoy?

—Lo siento, no estoy acostumbrada. Digo...debe ser por el golpe. —Obviamente no podía decirle que yo no tenía relación con mi madre porque se suponía que ella era mi madre—. Y me siento un poco mal.

—Nada, olvídalo. Me siento un poco mal.

—Quédate en cama por hoy, de todas formas ya no hay escuela —sugirió mi abuelo riendo.

—Claro, escuela, porque tengo...

— ¿Diecisiete años? ¿No quieres que llame al médico? —preguntó mi abuela mirando a su esposo.

—Estoy bien lo juro, solo estoy cansada.

—De acuerdo, nosotros tenemos que hacer unas compras ahora, pero llamaré a Kate para que te haga compañía.

— ¿A Kate? —Entonces pensé en lo lógico que era eso, si mi mente había creado una versión de mí en el cuerpo de mi madre adolescente, luego de ver esas fotos de ella seguramente debía haber una Kate en mi sueño.

—Si cariño, a Kate, descansa —susurró mientras acomodaba las sábanas, tan rosas como el pijama que llevaba puesto. Me extrañaba que mi cabeza creara un sueño con tantas cosas de un color que jamás elegiría para mi habitación.

Así de fácil, como si me hubieran hipnotizado simplemente caí rendida en la cama, mi cabeza parecía vacía, aquello no se sentía como un sueño parecía la vida real, como una dimensión paralela. No sé cuanto habré dormido solo sé que desperté con una voz chillona rebotando junto a mí y la reconocí enseguida.

—Hola… Kate —dije incorporándome, notablemente feliz de ver una cara familiar.

—Hola Liz, creo que tu madre exageró con lo del golpe, al menos me recuerdas —contestó con cierto tono de superioridad un tanto falso mientras se arrodillaba en la cama y me tocaba la frente, claramente no era parecida a mi madre, hasta ahora tres personas pensaban que había perdido la cabeza.

Kate estaba cambiada, además del hecho de que tenía diecisiete años, el cabello rubio corto y natural teñido de rojo desgastado en las puntas y la ropa más extrañamente llamativa jamás antes vista, parecía feliz aunque no tenía motivos para ello como si siempre fuera así. Entonces pensaba que eso era lo que les pasaba a todos, lo que me pasaría a mí. Naces como una luz que poco a poco se va debilitando hasta que llegas a la edad de Kate o de mi madre y esa luz se apaga por completo, quedando solo el rastro de algo que ya pasó a ser historia, y gente de mi edad que nunca las conoció cuando la luz aun existía creen que jamás brilló.

— ¿Estás bien? —preguntó al verme tildada mientras agitaba su mano delante de mis ojos— tierra llamando a Liz.

—Lo siento —reí—, es solo que esto es muy extraño, como

un sueño.

— ¿Qué es como un sueño? ¿El hecho de que tus padres no estén en casa? Porque como yo lo veo no solemos disfrutar de esas cosas, suena como algo que podrían aprovechar los populares —rió meneando la cabeza.

— ¿Los populares?

—Sí, para reunirse y todo eso, ya sabes —comentó distraída mirando a otro lado.

— ¿No somos populares? —pregunté confundida, pensaba que mi madre era tan popular como yo cuando era joven, supuse que eso era algo que se heredaba de alguna forma.

—Si tenerme de mejor amiga es ser popular, lo eres porque no tienes otra cosa. —Se burló y salió disparada al armario, sacando de él una boa de plumas y se la puso en el cuello imitando una voz ridícula—. Somos las más populares de la escuela.

Yo no pude más que reírme, me gustaba esa Kate, era tonta y despreocupada, porque no sabía lo que sería de la vida de la persona con la que creía estar hablando; era raro comparar a esa niña con la mujer que sería algún día. Es tan extraño como suceden las cosas, un día eres una persona feliz y otro triste, un día estás vivo y otro ya no.

—Despreocúpate —siguió diciendo—, estás lo más cerca de ser popular de lo que jamás haz estado, tienes al novio más popular de la escuela ¿qué más quieres, dime?

— ¿El novio más popular? —Al parecer no estaba equivocada, la popularidad es algo que se hereda— ¿papá?

Kate miró hacia la puerta, pensando seguramente que mi padre, o sea mi abuelo estaba allí, pero yo me refería a mi padre, al verdadero, el de Anna.

—Tu padre no está aquí, va a volver tarde —exclamó extrañada.

— ¡Lo sé, lo sé! ¿Qué decías de... mi novio?

—Que es el más popular, pero ya lo sabes. ¿Estás bien, Liz?

—Perfecta —respondí casi a los gritos parándome de golpe de la cama—. ¿Dónde está su casa? —Al notar su expresión me di cuenta que era otra cosa que obviamente sabía—. Lo sé, pero el golpe me ha confundido.

—A dos calles de aquí —exclamó mirándome pálida.

— ¿Qué lado? —añadí impaciente.

—Hacia la derecha, ¿quieres que te acompañe? —sugirió preocupada.

—No, Kate, estoy bien —solté antes de salir corriendo.

— ¡Liz, tu ropa!

— ¿Qué tiene mi ropa? —pregunté parándome en seco de repente para luego volver a la habitación.

—Nada, solo que es un pijama.
—Oh, cierto. Ropa —pronuncié más para mí que para ella, en realidad no sabía dónde guardaba la ropa mi madre.
—Ponte esto —dijo con un tono apagado, mientras me extendía una remera blanca y un short un poco largo para mi gusto. Me los puse y sin decir nada salí corriendo.

Ya fuera de la casa, noté que aquel era el mismo pueblo en el que había estado el día anterior, solo que más arreglado y con luz de día; había gente por doquier y niños en bicicleta, entonces me di cuenta de lo tonta que era, la casa a la que estaba yendo era la misma en la que había estado la noche anterior, y la persona a la que buscaba dormía ahora en la misma cama donde yo había dormido. Pero el hecho de poder ver a mi papá era aun más extraño que poder ver a Kate adolescente, incluso más extraño que estar en el cuerpo de mi madre, me resultaba imposible explicar de manera lógica lo que estaba ocurriendo y no sabía si definir aquello como sueño o pesadilla, de todas formas estaba por verse.
—Recuerda que no es él, solo es tu imaginación —repetía como un mantra mientras caminaba. Mis nervios eran ahogados por la idea de que aquello era solo un sueño y eso me impedía perder el control del todo.
Cuando al fin llegué a la casa con esa puerta de madera tan intimidante, estaba tan desesperada por verlo que la toqué sin esperar ni un segundo. Al tercer llamado la puerta crujió y se abrió descubriendo al chico que estaba del otro lado, usando la remera gris con el nombre de aquella banda desconocida y ese pantalón que me había quedado demasiado grande; estaba despeinado, seguramente recién levantado y los segundos que me tomé antes de lanzarme a abrazarlo los utilicé para recordarme que no debía llamarlo papá.
—Matt —pronuncié ya colgada de su cuello remarcando cada letra con la lengua, tratando de familiarizarme con ese nombre aunque papá sonaba mejor. Estaba llorando, por primera vez estaba tocando a mi padre y tan viva parecía su imagen incluso siendo irreal, se sentía verdadero, su respiración, su pulso por debajo de su piel, su corazón y el mío bombeando la sangre con el mismo ritmo, aunque parezca ridículo, pero así fue.
La sensación de ese primer encuentro se sentía disociada, por un lado mi mente se exaltaba por haber encontrado a mi padre, pero mi cuerpo permanecía sin reacción, como sabiendo que eso solo era una imagen sin vida, como conocer a cualquier extraño casualmente.
—Liz, ¿ocurre algo? —murmuró preocupado. Me sentía feliz

de escuchar su voz al fin, pero también me sentía triste al saber que no era a mí a quien le hablaba, sino a mi madre.

—Nada solo estoy contenta de verte —respondí mirándolo mientras me limpiaba las lágrimas sin soltarlo.

—Pero nunca haces esto y nos vimos ayer —empezó diciendo preocupado para terminar riendo con ganas.

Su sonrisa era igual de grande que en las fotos, mejor aún. Parecía un niño, y no podía siquiera imaginar que de haber vivido pudiera haber perdido esa luz.

—Sí, pero quería verte.

— ¿Entramos? —preguntó, a lo que asentí y cerró la puerta detrás de mí.

— ¿Tu padre está?

—Atrás en el taller, ¿quieres desayunar?

—Sí —exclamé sin saber qué agregar, y enseguida me prendí de su brazo. Si aquel era un sueño no importaba, no quería despertar.

Ya en la cocina, nos preparó un desayuno y yo aproveché el tiempo para observar la casa desde el mismo asiento donde estaba la noche anterior, todo estaba en el mismo lugar, no podía creer lo increíble que era la mente humana para crear imágenes tan vívidas pero así era. Solo me preguntaba: ¿por qué de todo lo que podía hacer con un sueño mi mente había decidido usar el cuerpo de mi madre? Justo el suyo, y ¿por qué no el mío?

—Me encanta que hayas venido —lanzó de pronto mirando su reloj—, pero me había olvidado de que tenía cosas que hacer.

— ¿Qué cosas? —inquirí enseguida, no iba a despegarme de él fácilmente— puedo acompañarte si quieres.

—Claro, me encantaría pero será aburrido —me advirtió.

—No importa, no tengo nada para hacer. —Y si lo tenía no lo sabía ni me importaba.

—Está bien, vamos en un rato —dijo sonriente parándose para poner música mientras yo tomaba el café que me había preparado.

En ese momento empezó a sonar una canción de David Bowie, al cual solo reconocía por haber actuado en una película muy vieja, *El laberinto,* siendo el rey de los duendes, me había gustado aunque nunca busqué su música.

Pensé que empezaríamos a hablar de algo pero solo se acercó a mí con un micrófono imaginario cantando a viva voz, y muy mal, mientras tomaba la taza y casi a punto de volcarla.

Así se pasó un rato y yo intenté seguirle el juego, por más que no conocía la letra de la canción.

Cuando terminamos de desayunar papá fue a prepararse para salir puesto que aun llevaba el pijama, y yo me entretuve mirando las decoraciones que estaban en la biblioteca de la sala. De repente fui arrancada de mi abstracción por la corrida loca de un pequeño perro, la bola de pelos color crema se enredaba en mis pies como un torbellino y me lamía la pierna cada tantas vueltas, no pude contener la risa.

— ¡Todd! Siéntate —exclamó papá sin obtener una reacción del perro.

—Es tan lindo —dije pensando en que jamás había tenido una mascota, hubiera sido algo bueno, quizás.

—Todos lo dicen pero es que nadie lo ve cuando hace travesuras —rió, logrando al fin que el animal se calmara y ya con la lengua afuera permitió que le acariciara las orejas.

Era pequeño pero se notaba que crecería mucho, su pelo era muy claro, sin llegar a ser blanco y sus orejas rosadas eran más grandes que su cara, aunque lo más lindo era su larga trompa que daban ganas de agarrar para besarle la nariz a cada rato. Ese día noté un pequeño defecto en su pata, cojeaba como si lo hubieran atropellado hace tiempo.

—Llevémoslo a la plaza para que descargue su energía y mientras me ayudas a pensar que regalo comprarle a mamá —soltó mientras tomaba la correa de Todd.

Tras decir aquello abrió la puerta y Todd lo arrastró fuera de la casa, yo lo seguí y esperé a que cerrara la puerta.

Caminamos un par de cuadras sin intercambiar palabras, él me tomó la mano, como sería su costumbre, y su perro nos guió a la plaza. Aquellas calles eran de piedra, en su mayoría, y cada diez pasos había un enorme árbol decorando la entrada de las viviendas. Las casas eran bajas, eso ya lo sabía pero en ese momento pude verlas de cerca, eran similares entre sí, los mismos colores para las paredes: durazno, melocotón, rosado; los tejados relucían y se mantenían intactos a pesar de la visita de gatos vecinos, y a través de la ventanas pude observar a las familias que vivían allí, me preguntaba si ellos seguirían ahí después de tantos años, aunque me sentí tonta ya que nada de eso era real.

No pude ensimismarme demasiado porque pronto llegamos a la plaza y papá soltó a Todd para que corriera. El lugar estaba como lo había visto la noche anterior pero encontré los faroles nuevos y al parecer recién pintados de un color bronce casi dorado.

Caminamos un rato en subidas y bajadas, admirando lo extenso del paisaje y la calma que emanaba ver corretear a perros y niños por el césped. Jamás me gustaron los silencios pero esa tarde no tenía palabras que decir que no se entendieran de sobra por mi mirada y la notable ansiedad que se expresaba en mis movimientos.

— ¿Nos sentamos allá? —señaló papá rompiendo el silencio, a lo cual asentí— de acuerdo, espérame ahí, iré a comprar algo.

Inquieta, me dirigí al sitio escogido y me senté en el pasto semihúmedo, sabía que al levantarme mis piernas estarían rojas de alergia pero no me importaba, me quede embobada observando el momento, igual que la noche anterior, pero en determinado momento me llamó la atención la forma en que estaban vestidas las personas.

—Pa... Matt, —pronuncié llamando su atención en cuanto volvió junto a una bolsa enorme— ¿Puedes decirme que día es hoy?

—Dos de Diciembre, ¿porqué?

— ¿De qué año? —pregunté tratando de que aquello sonara como una broma.

—De mil novecientos ochenta y cinco —pronunció de manera marcada cada palabra divertido. Yo solo sonreí, sabía que la fecha era lógica pero debo admitir que estaba algo asustada por la cifra.

—Bien, se ve que estoy perdida con las fechas. ¿Qué trajiste? —pregunté intentado cambiar de tema, mirando la bolsa que tenía en la mano.

—No mires con tanto amor la comida, no es para ti —exclamó en tono de broma para luego sentarse a mi lado. La bolsa contenía pan, mucho de hecho.

— ¿Y entonces para quién es?

—Para las palomas, están mucho más hambrientas que nosotros.

— ¿Fanático de aves? —pregunté bromeando.

—Tú también lo eres, pero no de cualquier ave, solo las palomas.

—Hay gente que las odia —añadí sabiendo que yo era una de esas personas.

—Lo sé, pero no merecen ese odio, lo sabes —dijo en tono serio mientras partía el pan en trozos dándome algunos—. Muchos creen que los padres les enseñan a sus hijos a amar a los animales regalándoles mascotas, pero son esos mismos padres los que les transmiten ese odio por las palomas. Que hermosas son las aves de colores, que hermosos son sus cantos, pero nadie piensa en ellas —continuó diciendo tras arrojar un pedazo de pan a las aves, que pronto nos rodearon.

— ¿Por qué crees que son especiales? —inquirí interesada en saber más.

—Mira sus ojos, tienen un brillo vivaz pero cargado de sufrimiento, se acercan lentamente a recoger migajas arriesgándose a la muerte, arriesgándose a ser golpeadas, pisoteadas, mutiladas, como echarle sal a una babosa pero más divertido para aquellos que se hacen llamar humanos.

»En ningún lugar las quieren ni aprecian su belleza, a pesar de su plumaje, tan único como el resto, a pesar de su inteligencia... terminan hambrientas, envenenadas y sin patas con las cuales caminar, esperando terminar de morir o vivir un día más solo para obtener más indiferencia, y exterminio, condenadas a ver el amor que le dan a otras aves, menos comunes quizás.

— ¡Qué triste! —exclamé sinceramente con un nudo en la garganta, jamás las había visto de esa forma, me aterraba pensar en aquellas imágenes tan dolorosas.

—Seguramente los jilgueros serían igualmente exterminados si se reprodujeran tanto como las palomas y poblaran las ciudades... pero hasta que eso pase las palomas solo dependen de personas que, como nosotros, se toman diez minutos de su vida para darles de comer.

—Dicho así pareciera que las personas no quieren gastar su tiempo en cosas como esta —contesté mirando el grupo de aves picoteando el suelo.

—Pero son las pequeñas cosas las que hacen la diferencia...

—No estoy tan de acuerdo con eso —dije mirándolo sin enojo aunque mi voz era desafiante—. Las personas más famosas no hubieran llegado a ningún lado por hacer cosas insignificantes.

— ¿Eso crees? —lanzó enojado pero con un tono más decepcionante— yo no pretendo que mi nombre aparezca en libros, ni salir en televisión para que gente que tiene más poder moldee mis futuras ideas, yo solo quiero ser el héroe de alguien, y si ese alguien es un animal, pues que así sea, seré más feliz que cualquier persona que haya vendido su alma con tal de que su nombre aparezca en la historia de un país.

Tras aquello se levantó, dejando la bolsa de pan en un costado y caminó hacia donde estaba Todd oliendo unas plantas. No lo conocía y quizás mi discurso egoísta lo había afectado más de lo que creía, o su reacción simplemente había sido exagerada.

No quería discutir con mi padre, aunque solo fuera un sueño, era mi primer día con él y si bien sentía que hablaba con un extraño no debía olvidar quien era realmente.

—Lo siento, no quería molestarte. Es solo que a veces uno desea reconocimiento, eso es lo que se espera de cualquiera hoy en día.

—No de nosotros, no necesitamos reconocimiento para ser felices.

Aquello que decía me hizo pensar en cómo yo hasta entonces siempre había buscado tal reconocimiento, quizás intentado compensar mi propia visión de mi misma, una visión inferior al resto, que jamás llegaría a ser tan importante.

—Es cierto —contesté sin saber realmente que decir—, a veces debo recordarlo.

— ¿Estás bien? —preguntó poniendo una mano en mi hombro— ¿sientes presión, de algún tipo?

—No, estoy bien —mentí, era la primera vez que usaba la máscara para él, pero no sabía si era posible no usarla en ese momento ya que él veía un disfraz completo.

Caminé al lugar donde estábamos sentados antes y papá me siguió junto a Todd, aproveché entonces para acariciarlo. El pelo de Todd casi no se sentía entre mis dedos, era tan fino y suave que se deslizaba por mi piel como pequeños hilos de seda, miré sus ojos notando que solo él podía verme realmente, como si viera a través de ese cuerpo y pactara conmigo no delatarme. Ese perro no parecía un sueño ya que jamás había sentido una sensación como esa antes, jamás había tenido un perro tan cerca como para que viera mi alma.

—Debe ser lindo tenerlo, pero no podría vivir cada día pensando en que podría perderlo.

—Amar es eso ¿no?

—Pero sería horrible perderlo.

—Todos pueden marcharse cuando quieran o cuando deban. Pero amar es saber que estás dispuesto a tomar ese riesgo y en todo caso reconocer el valor que ese amor tuvo. Claro que tengo miedo, pero si dejara de tenerlo no valdría lo mismo ese amor.

Los ojos de la bola de pelos nos miraron dulcemente, con ese brillo de quien ama incondicionalmente el alma que escondes dentro del cuerpo, y pronto su lengua se apuró a lamer nuestras caras tristes.

La tarde pasó demasiado rápido para mi gusto, pronto el sol se apagó y los faroles se prendieron, aunque no habría cambiado nada de ese día. Me la pasé jugando despreocupada con un animal, aprendí otro tanto de aves y abracé largo tiempo a un desconocido, incluso un descarado perro se acercó a robar nuestros panes, el ladrón seguro se los llevaría a su dueño, aquella fue una anécdota que repetiríamos el resto del día.

Finalmente papá le puso la correa a Todd y nos dirigimos a una panadería para encargar el pastel de cumpleaños de mi abuela, al llegar el hombre nos atendió con un amigable saludo.

—Hola, Liz, ¿cómo está tu madre? —preguntó el hombre que atendía la tienda. Había olvidado que yo no era yo y que estaba en un pueblo donde todos se conocían.

—Muy bien, aunque hoy no la vi en todo el día —contesté

rápidamente.

—¿Y tú padre Matt? Dile que venga a verme.

—Le diré que venga, últimamente ha estado ocupado —respondió alegre—. ¿Vendrá a la fiesta?

—No me la pienso perder—contestó el hombre amablemente.

—Ahí lo verá entonces, dijo que le debe una charla —Luego de un rato hablando finalmente papá hizo el pedido del pastel y el hombre desapareció por una puerta.

— ¿Está invitado? —le pregunté en un susurro.

—Por supuesto, casi todo el pueblo lo está.

— ¿Todo el pueblo? —exclamé sorprendida.

—No es tanta gente, siempre los invitamos.

—Sí, lo sé, —en realidad no lo sabía—, pero quiero decir que... ¿se llevan bien con todo el mundo?

— ¿Estás bien, Liz? —bromeó—, tú también te llevas bien con todos, nos conocen desde que nacimos y nosotros a ellos.

—Tienes razón, no sé qué me pasa. Habrá de ser lindo tener una infancia así.

El hombre volvió al cabo de diez minutos con un enorme pastel blanco que llevaba una frase en color rosa, la inscripción rezaba: *«Feliz cumpleaños a la mejor madre»*. Sonreí disimuladamente, si estaba escrito en un pastel debía ser cierto, me alegraba por él pero me entristecía pensar que la mejor madre del mundo había dejado de ser madre y me dolía saber que ninguno de los dos estaba con vida en el mundo real.

— ¿Y ahora qué? —pregunté ansiosa al salir del local, luego de que papá le pidiera al hombre que guardara el pastel hasta la fiesta y le agregará algunas flores de azúcar a juego con la inscripción.

La verdad es que más que divertirme aquel día aprovechaba cada instante que tenía para recordar todos sus gestos, su postura, sus tonos de voz, la manera en la que reía pausadamente de manera contagiosa, sus pasos firmes al caminar siempre con la mirada al frente y su luz, esa luz que alegraba todo a su paso.

—Ahora te llevaré a esa clase que tanto quieres tomar.

— ¿Clase? —pregunté extrañada.

— ¿Lo olvidaste? Es hoy, hace meses que vienes diciendo que quieres tomar ese curso antes de pensar en ir a la universidad.

—Oh, es que no lo recordaba…

— ¿No recuerdas que me hablas todos los días sobre lo importante que son estas clases antes de iniciar la carrera?

Había olvidado que mi madre quería ser psicóloga, era una información reciente pero no lo había tomado enserio, al parecer mi inconsciente sí. Me preguntaba de qué serían las clases.

Tras una larga caminata llegamos a una especie de auditorio en una avenida, aquella donde la noche anterior me había dejado el micro. Se escuchaba las voces por micrófono superponiéndose en las diferentes salas.

— ¿Te veo mañana? —preguntó animado ya en la puerta.

—Por supuesto. —No podía decirle, pero él era lo único que estaba en mis planes.

De repente se abalanzó a mí y supuse que quería besarme, eso era un problema, no iba a besar a mi padre, ni siquiera en un sueño.

—Lo siento —exclamé retrocediendo mientras fingía toser—, estoy enferma, no quiero contagiarte.

—Qué extraño, no parecías enferma esta tarde.

—Estaba enferma, no se notaba, solo que ahora el viento me hizo peor a la garganta.

—Como digas —contestó algo distante besándome la frente. Y cambió de tema:— ¿Irás al juego mañana?

— ¿Juego?

—Sí, vamos a jugar mañana en el club.

—Ah, claro ese juego, obvio que voy a ir. ¿Puedo llevar a Kate? —No podía decirle que no sabía donde quedaba el club, así que lo mejor era ir con alguien que si supiera.

—Ya sabes que sí —respondió frustrado, si seguía preguntando estupideces iban a internarme en un psiquiátrico.

—Claro, adiós. —No quería irme, no quería separarme de él, pero no tenía excusas para quedarme.

Era momento de continuar sin él. Al entrar me pidieron mi nombre y luego de buscar en una lista me dieron un gafete y me hicieron entrar a una sala donde un hombre mayor estaba hablando sobre dos médicos que revolucionaron la manera de pensar la psicología. La clase me pareció un poco aburrida, no estaba acostumbrada a pensar cosas tan «profundas» pero me interesó la manera en que el profesor hablaba de la vida y su sentido.

Terminada la clase me sentí perdida pues no sabía cómo volver a la casa y ya estaba muy oscuro, entonces me llevé una gran sorpresa…

—Liz, ya vamos de una vez —gritó un chico tiritando de frio junto a un auto—, ya es bastante malo tener que venir a buscarte.

—Lo siento —dije mientras corría a su lado y me subía en el asiento del acompañante, en mi vida real hubiera dudado subirme al auto de un extraño pero presentía que ese chico no lo era.

—Mamá y papá están cenando en un restaurante así que

estamos solos esta noche —comentó mirando la calle mientras conducía. Aquella frase me había hecho comprender el vínculo, no era un conocido o un amigo, era su hermano, alguien a quien jamás había conocido ni sabía de su existencia.

—Gracias, por venir a buscarme —solté intentando romper el hielo, parecía enojado conmigo por alguna razón.

—Qué raro que me dirijas la palabra. No me agradezcas, no lo hago con gusto —contestó sin quitar la vista del frente y con gesto de que aquella sería su última palabra.

El trayecto hasta la casa fue corto, y ese chico, que esa noche supe, se llamaba Rod, era mi tío, supuesto tío creado por mi mente, que tenía tres años más que mi madre y a decir verdad no parecía llevarse muy bien con ella, podría decirse que era un total idiota.

Una vez que llegamos a la casa, entré y la inspeccioné un poco, estaba vacía, y en cuanto Rod se fue me sentí bien de estar sola un rato, todo el día había sido una montaña rusa; fingir ser otra persona, estar en los años 80' rodeada de gente que se fue de este mundo hace mucho tiempo, interactuar con personas que solo conozco como adultos pero que allí eran adolescentes, era ridículo, estaba como dentro de una película y todavía no sabía de qué género era, y eso me aterraba.

Pronto me di cuenta de la libertad que tenía en aquel momento, en aquella casa para develar secretos y entender cosas que nadie me había explicado, todo lo que había querido saber desde que era niña posiblemente tuvieran respuesta en ese lugar, sonaba extraño ya que no era más que un sueño inventado por mi subconsciente, pero confiaba en que tal vez lo que estaba viviendo pudiera ser real, o al menos remotamente cercano a la realidad.

Comencé a caminar tranquilamente hacía la sala encontrando en el camino estantes y muebles repletos de fotos y cuadros, de mis abuelos, de mi madre y mi tío, de navidades, de esa casa, de vacaciones; hasta que poco a poco cuanto más me acercaba a la sala Rod desaparecía de las fotos, y luego mi madre también, apareciendo en su lugar otros niños, supuse que eran hijos de amigos y vecinos de sus padres. Sabía que mi madre jamás había tenido una buena relación con sus padres, eso había dicho Kate, pero creer eso es tonto, los jamases son muy generales, se extienden en el tiempo desde el origen de las cosas pero no son precisos, las fotos demostraban que ella alguna vez había tenido una buena relación con mis abuelos, hasta que algo, no sabía qué, los distanció.

Su casa era muy diferente a la mía, no se sentía fría, ni vacía, incluso estando sola me resultaba cómoda, no era demasiado grande y eso me permitía caminar por ella sin desear encerrarme en mi cuarto, era un lugar acogedor y familiar. Las luces estaban encendidas y la cocina parecía tener vida propia, conservaba aun el olor de las galletas de un posible desayuno mezclada con la salsa del almuerzo, entonces recordé que no había comido nada y aunque fuera un sueño extrañamente tenía hambre así que abrí la heladera y con mucha timidez tomé algo que pudiera engañar a mi estómago un rato y en seguida fui al cuarto de mi madre, estaba muy cansada, había sido demasiada actividad. Pronto me quedé dormida sobre las sábanas, si aquel era el final de sueño me sentía satisfecha.

# Capítulo 7

Un nuevo día empezó, el primero en el que desperté exaltada creyendo que el sueño había acabado, aunque por el momento esto no había ocurrido, a mi parecer el sueño duraba varios días, pero no lo sabía. Era imposible prever cuando despertaría y era aun más difícil aferrarse a ese sueño, tenía miedo de despertar.

Todavía seguía en la cama cuando noté que eran las cinco de la tarde y había dormido todo el día. Enseguida y con un sobresalto recordé el partido de papá y supe que debía llamar a Kate cuanto antes; encontré su número en una agenda donde al parecer mi madre anotaba todo y tomé el teléfono del escritorio para marcarle, aquella debía ser la tercera o cuarta vez en mi vida que usaba un teléfono fijo, me hacía falta un celular.

— ¿Diga? —Escuché que decía una voz desde el otro lado.

—Kate soy yo, An...

— ¿Liz? —Terminó la frase por mí— soy Clara, en seguida te paso con Kate.

No tenía idea de quién era pero supuse que se trataba de su madre, y no estaba equivocada.

— ¿Liz? —pronunció otra voz más ronca a través del parlante—Me desperté de la siesta, ¿qué quieres?

— ¿Quería saber que opinabas de ir a un partido? —pregunté mordiéndome el labio, a la expectativa de su respuesta.

—Liz, siempre vamos a los partidos, además ya habíamos arreglado para ir —dijo enojada.

—Tienes razón, me refiero a que si tienes ganas de ir podríamos vernos en mi casa un rato antes y prepararnos para lucir bien —me excusé intentando no parecer una desquiciada con amnesia.

— ¿Quién eres, Cyndi Lauper?

— ¿Quién es esa? —pregunté confundida.

—Olvídalo, ¿qué te ocurre? ese golpe realmente fue fuerte, ¿cierto?

—No, solo estoy un poco desorientada.

—Esa no es la palabra que yo usaría pero como sea, aun es temprano hazme un favor, tómate un café, despiértate porque supongo que dormiste todo el día, estaré allí en dos horas, el partido no empieza hasta la noche.

—De acuerdo, tienes razón. Te espero.

—Ah y Liz...

— ¿Si?

—Busca *Girls Just Want to Have Fun*, y por el amor de Dios vuelve a ser tú. —Inmediatamente luego de decir esto me cortó y otra vez la habitación quedó en silencio.

La verdad es que no tenía idea de que era lo que me había dicho Kate, pero creía que era una música de aquella época o una película. Decidí seguir su consejo y prepararme un café en la cocina, el problema era que no quería perder diez minutos de mi tiempo buscando donde estaba el café, la taza y el azúcar y menos quería improvisar una excusa cuando alguien me preguntara porque razón no estaba usando mi taza o de porque estaba usando el café nuevo cuando había otro sin acabar.

Al cabo de cinco minutos decidí que aquello era ridículo, ese era mi sueño, todo lo que imaginara podía ser lógico y las cosas serían como yo quisiera que fueran, solo tenía que tomar el control de la situación.

Todavía con el pijama me dirigí a la cocina, pasando primero por la sala donde mi abuelo estaba escuchando la radio y una vez frente a la alacena deseé con todas mis fuerzas que el café estuviera en la sección del medio, al abrir la puerta allí estaba y una media sonrisa asomó a mi rostro.

—No fue tan difícil —susurré hablando conmigo misma.

— ¿Dijiste algo? —escuché que preguntaba mi abuela desde la puerta de la cocina lo cual me hizo saltar del susto.

—No, no. Solo estaba buscando el azúcar.

—Está detrás de ti —señaló ella un tanto extrañada.

—Tienes razón, que tonta. —Allí estaba un recipiente con un contenido blanco encima de la mesada, el cual evidentemente era el azúcar.

Disimuladamente abrí otra puerta y rogué que allí estuviera mi taza, afortunadamente la encontré, la tomé, puse el café y vertí el agua que ya estaba caliente.

La estaba hirviendo para hacer un vapor —soltó mi abuela acercándose y yo apreté los dientes. El sueño tenía sus propias reglas.

—Oh, lo siento —No sabía que decir, no sabía cómo contestaba mí madre, no había forma de que creyeran que era ella.

— ¿Estás bien? —preguntó preocupada apoyando su mano en mi frente. Estaba paralizada, no entendía nada.

—Ha de ser un resfrío —comenté intentando sonar creíble.

—Entonces no puedes salir hoy, tienes que recuperarte.

—Pero...

—Nada de peros, mejor prevenir que curar.

Esas fueron sus últimas palabras, me mandó a la habitación

con el café y me prohibió salir lo cual no era conveniente porque no podía quedarme, no era una opción. Mi abuela parecía ser una mujer agradable, pero de esas que es mejor no hacer enfadar; sospechaba que mi madre debía llevarse mal con ella siendo adolescente por esa misma razón, pero lo cierto es que yo no tenía motivos para tratarla mal así que desde ese momento me prometí ser cuidadosa y hablarle lo menos posible.

En esos momentos comprendí lo increíble que era tener libertad y una madre a la que no le interesa que estés enferma o no, aun así me preguntaba porque mi madre era como era habiendo tenido una madre con aquella, tal vez quería revelarse o pensó en hacerlo y se dio cuenta de que no podía hacer el trabajo de una madre, no lo sabía.

La primera hora que pasé esperando a Kate se pasó rápido, tomé mi café, me entretuve mirando las manchas de suciedad en el techo, conté la cantidad de flores que había en el acolchado de la cama, incluso traté de adivinar los nombres de las personas que estaban ilustradas en los posters de la pared, una era una actriz, la había visto en una película cuando era niña y había un hombre que parecía cantante pero no tenía idea de quién era, luego de esos, los demás eran completamente desconocidos.

La segunda hora fue más lenta, me quedé mirando el reloj calculando los minutos que quedaban, llegando a la conclusión de que eran infinitos, memoricé los dibujos que estaban pintados en la mesa de luz, eran todos animales, muy infantil para mi gusto. Al cabo de un cuarto de hora me di cuenta de que me estaba muriendo de aburrimiento y recordé lo que me había dicho Kate sobre aquella canción —sí, era una canción— aunque al principio me pareció imposible encontrar algo al respecto sin una computadora, fue entonces que vi en la estantería un tocadiscos y supe enseguida lo que debía buscar.

Debajo de unos cuantos libros había una pila de discos, los pasé hasta ver uno con una chica en la portada, era muy colorida, llevaba un vestido rojo y unas flores, estaba delante de un edificio azul o un bar, no sé que sería, el nombre de la cantante estaba impreso en letras rojas y el disco se llamaba *She's So Unusual*, luché diez minutos con el aparato hasta que entendí cómo funcionaba, la segunda canción era la que Kate había mencionado, debo admitir que era una canción conocida incluso para mí, pero no me llamó mucho la atención; mi favorita es la número seis de la lista, *All through the night*, hablaba sobre quedarse todo el tiempo que se pueda con una persona, incluso si es solo una noche, es sobre olvidarse de todo y empezar de cero una nueva historia que solo corre desde ese momento hacía el futuro ignorando todo lo anterior; me recordó a mí, a mi vida, como sea la escuché las veces que pude hasta que llegó Kate y me vio bailando sobre la cama.

—Bueno, creo que recordaste a Cyndi Lauper, es un progreso —afirmó mientras aplaudía desde la puerta.

— ¿Ya llegaste? —pregunté algo perdida.

—Sí, y veo que se te pasó la emoción de hace un rato por ir al partido —comentó sentándose en el borde de la cama, a lo que la imité luego de sacar el disco.

—De hecho no, tenemos que prepararnos —sentencié entusiasmada juntando mis manos y saltando de la cama, estaba en 1985 en el cuerpo de mi madre pero aun seguía siendo Anna y aunque mis compañeros pensaran lo contrario yo seguía siendo popular o al menos tenía la mente y los gustos de alguien que lo era.

— ¿Preparar qué? vamos a ver un partido de fútbol, no a una boda.

—Cualquier salida fuera de casa es la oportunidad para encontrar una cita —exclamé tomando sus manos para hacer que se parara, por fin hablábamos de algo que sí sabía.

—Pero ya tienes novio. —Me regañó.

—Lo sé, pero tú no tienes novio y yo sigo siendo una chica que debe impresionar.

—Eso es muy feo y frío.

—Es realismo, necesitas salir de tu burbuja y yo te voy a ayudar —dije firmemente volteándola al espejo para que se viera—. Eres un seis, Kate, pero con mi ayuda serás un diez tranquilamente.

—No eres tú, ¿qué te está pasando Liz? Hasta hace dos días nos burlábamos juntas de lo plásticas que son las populares de la escuela y ahora quieres ser una de ellas —soltó decepcionada, hasta con diecisiete años Kate usaba ese tono a la perfección.

—Eso no es cierto, todas lo somos, no plásticas pero todas somos mujeres y tenemos derecho a sentirnos bien con nosotras mismas.

—Yo me siento bien, Liz, no necesito usar maquillaje o ropa cara que luzca bien.

—Solo digo que tienes todo para verte increíble y no lo aprovechas, no se trata solo de los chicos, ellos son parte del paquete, se trata de ser alguien. —Al ver que mi discurso solo acentuaba su expresión inconforme decidí ir un poco más allá—. Mírate al espejo —dije volteándola una vez más—, ¿te sientes linda, te gusta lo que ves?

—Bueno, lo admito, tal vez este no sea el atuendo adecuado y mi cabello no esté peinado pero eso no significa nada.

—Significa que ahora no eres nadie, cuando la gente te ve piensa que no vales la pena —afirmé tomando sus hombros y mirando el espejo a su lado—, no te toman en serio pero eso puede cambiar si me dejas enseñarte.

— ¿Enseñarme qué? —preguntó mirando mi reflejo preocupada por lo que le había dicho y sorprendida por mi forma de hablar que seguramente era muy diferente a la de mi madre.

—A sobrevivir en un mundo de hombres.

— ¿Y cómo se hace eso? —Me miró levantando una ceja con sarcasmo en los ojos.

—Regla número uno: nunca te enamores, el amor no existe, lo único que hace es encadenarte a una persona que disfrutará de controlar tu vida, y cuando se canse se irá con alguien más y tu vida será horrible.

—Eso ya es mucho para asimilar.

—No naces sabiendo, tienes que aprender de a poco, pero ahora debes entender que las cosas van a ser a así de difíciles, vale la pena, créeme. Regla número dos: un chico nunca puede saber que te interesa, tienes que ser igual con todos y cuando estés con alguien asegúrate de que sepa que puedes irte cuando tú quieras.

— ¿Así no seré su objeto?

—Eso es aspirar demasiado alto, serás su objeto de todas formas pero irte cuando quieras significa que si te aburres lo dejas, de esa forma pasarás un buen tiempo, y aquí viene la regla número tres: cuando algo acaba, acaba para siempre, termínalo antes de que él lo haga.

—Eso es ridículo —dijo con enfado.

—Cuando te acostumbres verás lo mucho que te ahorras, dolor innecesario, lágrimas, tiempo, aprovecharás más.

— ¿Y cómo sabes eso? Siempre estuviste con Matt.

—Eso no importa, siempre hay dos caminos, dos maneras de actuar. Yo elegí una relación estable que en muchas ocasiones era una pérdida de tiempo y de lágrimas...

— ¿Era?

—Es, lo siento. La cuestión es que si tomas el otro camino, que es el que te estoy ofreciendo, tú vida será lo contrario de la mía, y por lo tanto nada de tiempo y lágrimas desperdiciadas. —La verdad es que yo estaba segura de lo que decía, si desde un comienzo no hubiera tomado en serio mi relación con Mike posiblemente la ruptura no me hubiera dolido como lo hizo.

— ¿Y qué hay con mi forma de ser, mi estilo?

— ¿Crees tener uno? Usaremos de prueba este partido y vamos a vestirte de acuerdo a él. —Dicho esto me acerqué al armario donde se suponía estaba la ropa, al abrirlo lo primero que vi fue básicamente un montón de prendas que parecían haber sido vomitadas por un unicornio, aquello era un desastre, como iba hacer de esa chica alguien atractivo si solo tenía ropa de niños de jardín de infantes— ¿A quién se le ocurre usar tanto color? —exclamé teniendo entre mis dedos algo que semejaba ser una remera.

—A ti, a mí, y a todo el mundo —dijo sorprendida de mi comentario.

—Sí, estaría de moda en los 80'. —Me burlé buscando algo que sirviera de todo lo que había.

—Es porque estamos en los 80' Liz —contestó, a lo que fingí no haberla escuchado.

De toda la ropa solo pude salvar alguna que otra cosa pero claramente tendríamos que ir de compras si queríamos vernos decentes, en el sentido general de la palabra, porque en aquella época mi definición de «decente» no encajaba en absoluto.

—Bueno, no tenemos mucho, pero algo es algo.

— ¿Solo eso separaste? —señaló el montón de ropa que había dejando a un lado.

—Tranquila, vamos a ir de compras.

—Odio ir de compras, lo sabes, además ya es muy tarde. —Se notaba su frustración, ella no dedicaba tiempo a ese tipo de cosas y yo solo la estaba asfixiando. Además ya la conocía y sabía que odiaba probarse ropa.

—No vamos a tardar mucho, te lo prometo. Por lo pronto pruébate esto. —Le ordené dándole un par de prendas.

Kate no dijo nada, se dio cuenta de que discutir conmigo era una pérdida de tiempo, así que se probó todo lo que le di rápidamente aunque de mal humor; unos shorts sueltos de jean que la verdad no me gustaban en absoluto, eran largos y sueltos, no marcaban la figura y eran muy claros, unas remeras de manga corta que parecían del talle equivocado, aunque fácilmente podía arreglarlo con un nudo, y por último un vestido rosa con puntilla en la parte baja y en las mangas, las cuales corté sin pensarlo dos veces, pero aun seguía sin estar convencida.

—Lo siento Kate, pero tendremos que ir de compras si o si, puedo hacer cambios en esta ropa para que se vean un poco mejor pero no quedaría perfecto de todas formas. —Ella solo respondió con un bufido y arrastrando sus pies se encaminó a la puerta, resignada.

Salimos juntas de la casa sin saber a dónde ir realmente ya que era demasiado tarde, estaba esperando que ella me guiara hacia algún lugar pero dado que no se movía tuve que darle el pie.

— Emm... ¿a dónde quieres ir primero?

—La única opción a esta hora es la casa de Kelly
—Casa de Kelly... ¿querrá prestarnos ropa, segura?
—Liz, la casa de Kelly es una tienda de ropa. Y aunque está cerrada de seguro nos atenderá.
. Luego de otra mirada extraña por parte de Kate nos dirigimos a la tienda y ya antes de entrar pude darme cuenta de que no encontraríamos nada, todo era igual, los mismos cortes, los mismos colores, las mismas telas, tendría que adaptarme a eso, lo sabía. Lo cierto es que me parecía exaltante poder vestirla, al fin tenía oportunidad de vengarme por las veces que me vistió de niña tan ridículamente, aunque en realidad en ese momento solo quería aprovechar a la Kate que era una amiga y nada más.

—Esto es igual que lo que ya teníamos —comenté decepcionada al llegar a la tienda, a lo que la vendedora nos miró con cara de pocos amigos.
Pero entonces encontré algo que podía servirnos, una pollera larga hasta las rodillas y un pañuelo rojo con arabescos en blanco, el único problema era el largo, era demasiado largo.
Compramos las dos cosas y unos cuantos brazaletes y collares para combinar, luego volvimos a la casa y Kate eligió quedarse con el vestido de las puntillas, no me agradó del todo pero en cuanto corté el pañuelo que habíamos comprado y se lo puse en la cabeza, su apariencia mejoró, eso y las puntillas que después de rogarle me permitió sacar estaba casi lista, pero algo faltaba.
—Bien, casi lista, pero hay que hacer algo con tu cabello, esas puntas de color no son muy prolijas.
— ¿Y qué quieres hacer? —Me acerqué con unas tijeras y aunque la expresión que me devolvió no fue muy placentera la convencí.
Debo decir que no sabía, ni sé nada sobre cortar cabello pero ese día estaba decidida, tomé las tijeras entre mis dedos y de a pequeños mechones fui cortando firmemente todas las puntas rojas que veía, hasta que al cabo de veinte eternos minutos finalmente pude ver a una Kate rubia con el cabello un poco más corto pero sin duda también más natural y relajado.
— ¿Te gusta? —le pregunté a su reflejo el cual me devolvió una sonrisa asustada.
—Está corto —indicó tocando las puntas que ya no tenía, aun así no estaba calva solo que de tenerlo hasta los hombros pasó a la nuca—, se ve bien, podría estar peor pero me gusta.
—Gracias a Dios —suspiré aliviada.
Al cabo de un rato ya ambas estábamos vestidas pero justo cuando pensaba irme mi abuela nos prohibió el paso y me vi por

primera vez teniendo que rogar y negociar una salida. El precio no fue demasiado, solo prometer que evitaría exaltarme y no regresar muy tarde, además de la condición plus... cenar algo antes porque no había comido nada durante todo el día.

La mesa ya estaba puesta y la comida servida, todos estaban en la mesa, incluso Rod, sin esperar un momento me llevé el tenedor a la boca y quedé asombrada, no solía comer comida como esa, Kate no era una chef de primera y mi madre jamás había aprendido a cocinar, y yo...prefería pedir delivery antes de quemar la casa.

— ¿Vas a salir Rod, otra vez? —soltó mi abuelo con tono serio mirando al chico que hasta ahora me parecía un estúpido.

—No soy Liz, no tengo porque excusarme —respondió sin inmutarse.

—Al menos podrías decirnos que haces en la calle hasta esas horas.

—No me prostituyo si eso crees, padre, y mis órganos están donde siempre, al menos ahí estaban la última vez que revisé —concluyó burlón justo antes de levantarse y marcharse sin esperar respuesta.

Esas formas, esa huida y el sarcasmo, me recordaban a mí, pero esta vez tuve la oportunidad de ver lo que ocurría con las personas que recibían aquellas palabras, podía ver la mirada que tanto evitaba, esa desaprobación siempre presente pero visible cuando se la provoca intencionalmente. Ese día comprobé que mis hipótesis estaban equivocadas, no era desaprobación, era miedo, miedo a que fuera demasiado tarde para salvarle la vida a quien ya estaba perdido.

Luego de cumplir nos dirigimos corriendo al club, y para nuestra fortuna nos sentamos en el sitio donde estaban los chicos más lindos. Gracias a Kate más tarde supe que por los general a los partidos asistían personas de otros pueblos cercanos e incluso de la ciudad, ya sea que vinieran para divertirse o para acompañar a uno de los jugadores.

El partido no había empezado aun cuando a Kate se le ocurrió comprar algo para comer y aprovechando la oportunidad, el chico que estaba sentado a mi lado, un total desconocido empezó a hablarme.

— ¿Vives aquí?

—Sí —afirmé emocionada de captar su atención.

— ¿Vienes a todos los partidos?

—Sí, ¿y tú?

—Es la primera vez que vengo, vine a alentar a un amigo.

—Oh, increíble. —Entonces recordé que estaba de novia,

bueno yo no, mi madre pero en ese caso era lo mismo y no podía salir con alguien más. En ese momento Kate llegó con unas bebidas y algo para comer antes de que el partido empezara y se me ocurrió que tal vez ese chico fuera lo que ella necesitaba, una de las dos debía aprovechar de todos modos.

—Kate, ¿podrías cambiarme de lugar? No veo bien.

Una vez en mi asiento pude notar que Kate estaba un poco tensa, sospechaba lo que estaba tramando y no parecía dispuesta a colaborar con mi plan.

—Kate, relájate. Ese chico que está al lado tuyo es tu solución, sabes las reglas, háblale —susurré a su oído para que él no escuchara.

—No sé qué decirle —balbuceó.

—Pregúntale a que equipo alienta.

—Pero...

—Solo hazlo. —Le ordené.

No sé si fue por temor a mi o por propia voluntad pero Kate se giró a mirarlo y por milagro las palabras salieron sin demasiados problemas.

— ¿A qué equipo alientas?

—Al visitante, soy Sam —dijo mostrando interés.

—Kate.

—Es un placer Kate —respondió extendiendo su mano.

—Estírate y dale un beso —susurré otra vez a su oído, ella debía dejar pasar el momento sino solo serían amigos. Dado que parecía dispuesta a ignorarme la empujé e irremediablemente debió seguir mi consejo, o parecer idiota.

—Disculpa —vaciló. Y dirigiéndose a mí dijo en voz baja:— ¿Estás loca? ¿Por qué hiciste eso?

—Para que tengan futuro, no puedes molestarte por un beso en la mejilla.

—Fue invasivo y ahora debe pensar que estoy loca.

—Eso no es cierto, le gustas.

— ¿Cómo lo sabes?

—Conozco esa mirada. —Y sí que la conocía.

—Oye —dijo el chico tocando el hombro de Kate para llamar su atención—, podríamos salir un día de estos, yo me voy a quedar con mi amigo en el pueblo y no conozco a nadie.

—Te lo dije —susurré, recibiendo un codazo.

—Me encantaría. —ronroneó ella de la misma forma en que Eva lo hubiera hecho, eso demostraba que solo necesitaba un empujón para que salga a la luz la chica que yo sabía, existía dentro de todas.

Kate siguió hablando con Sam todo el tiempo que duró el

partido, y yo pude aprovechar ese tiempo mirando como jugaba papá, jugaba muy bien, él podría haber sido un gran deportista, claro que aquello no era una opción, yo lo sabía mejor que nadie, pero mientras tuvo la oportunidad tendría que haberlo sido, al menos debería haberlo intentado, si es que no lo hizo, la verdad es que no sabía nada de él.

Tras la victoria, porque claramente no podía ser de otra forma, nosotros ganamos, papá creyó oportuno celebrar en la cafetería del centro y con el centro me refiero al lugar donde se encontraba el parque. Pero la cuestión era que todos tenían otros planes, incluso Kate quien estaba ansiosa por llegar a su casa y hablar por teléfono con el chico que acababa de conocer y que seguramente la acompañaría hasta la puerta; por lo que terminamos yendo nosotros dos solos.

— ¿Qué te pareció el partido? —preguntó mientras se llevaba la taza de café humeante a los labios; entonces supe que le gustaba el café bien amargo.

—Me encantó, fue divertido y ganamos —respondí entusiasmada, volcando unas gotas de café en la mesa. Aquella cafetería era muy antigua, hasta para los años 80' pero era cálida y silenciosa, no estaba muy concurrida pero la atención era muy buena.

En aquel momento se me ocurrió que esa cafetería podía ser nuestra, no el local sino el lugar, como cuando las parejas dicen que tienen una canción y es suya porque con ella se conocieron, o porque se sienten identificados, ese lugar era nuestro lugar ahora. No me gustaba pensar que también era el lugar de él y de mi madre, recuerdos de a tres no me parecían bien. Claro que pensé esto hasta que recordé que todo era un sueño y que probablemente esa cafetería ni siquiera existiera y esto me llevó a concluir que ese no era mi padre, no era su voz, no era su tacto y las palabras que decía no eran suyas, nada era real ni mi respiración, ni su risa, ni la mía, pero era algo.

— ¿Estás bien? —exclamó interrumpiendo mis pensamientos.

—Sí, me quedé tildada —contesté intentando parecer más alegre de lo que estaba realmente.

—Te pasa seguido.

— ¿Enserio? —Mas no hubo respuesta verbal, solo una mueca.

—Debes de tener muchas cosas en la cabeza —dijo al cabo de un rato.

—Ni te imaginas —respondí mientras llevaba la taza a mis labios, pero la bajé en seguida—. Mira a esa chica —susurré señalándole disimuladamente a una joven que estaba justo detrás de él, cambiando de tema—, que ridícula se ve con ese tapado, ¿acaso cree que podrá tapar su cuerpo deforme? se necesitaría una pared de concreto para ocultar una cosa así —comenté riendo, aunque su expresión me calló de inmediato, como si no me conociera sus ojos se quedaron abiertos buscando donde estaba el chiste y pronto dijo:

— ¿Qué estás diciendo? Es Lisa, ella es tú amiga, ¿así hablas de tus amigas a sus espaldas?

—Yo... no

—Nunca actuaste tan extraño, te dije que estabas rara. ¿Qué te pasa estos días? —lanzó enojado, o mejor dicho decepcionado. Su voz me atravesaba como un millar de espinas.

—No lo sé, lo siento. No te enojes —solté avergonzada, mi padre me odiaba, lo había defraudado, ella nunca le hubiera hablado así, a ella la quería y a mí no, eso estaba claro.

—Está bien, solo no te imagina hablando así de alguien —susurró mirando la ventana. Por lo que veía era una de esas personas que trataba de disimular su enojo sin lograrlo realmente.

—No me dejes. —Pedí con un hilo de voz, solo podía pensar en que él me odiaba.

—No voy a dejarte por una cosa así. Las relaciones no se acaban de un día para el otro —contestó tratando de tranquilizarme usando una voz menos severa, pero apenas me miraba.

— ¿Estás seguro de que no llegarás a casa, me llamarás y me dirás que no quieres verme más? —No sé como sonó eso fuera de mi mente, es un milagro que haya entendido mis palabras mezcladas con el llanto que empezaba a producirse. No quería desconfiar de él pero yo mejor que nadie sabía que las relaciones se terminaban de un momento para el otro, sin previo aviso, costaba que una persona marcara un número y le dijera a la otra que ya no quería verla, y si yo no había hecho nada para que Mike me dejara, papá tenía motivos suficientes.

— ¿Quién podría ser tan malo como para dejar a otro por teléfono?

—Hay personas.

—No me incluyo. Vamos, te llevo a casa. —Suspiró rendido, no quería pelear y no quería verme llorar, y yo estaba realmente harta de hacerlo, pero para ser sincera él era la primera persona por la que había llorado alguna vez, y hasta que Mike me dejó también era la única.

Ya fuera de la cafetería caminamos despacio en dirección a la casa de mi madre, la noche me recordaba a mi llegada a ese pueblo y mi momento de reflexión sobre el tiempo que transcurría dando paso a la muerte de momentos. Sabía que ese momento y los otros pronto morirían, todo allí moriría, incluso quien tenía a mi lado.

No hablamos en todo el camino, él estaba enojado y confundido, yo estaba avergonzada. Hasta que unas cuadras antes de llegar decidió romper el silencio.

— ¿En qué piensas?

—En que serías un gran jugador de fútbol —respondí intentando cambiar la situación anterior.

—Ya lo hablamos muchas veces —bramó cansado—, no voy a irme de este pueblo... sin ti —siguió diciendo más tranquilo tomando mi mano.

— ¿No cambiarás de opinión? —pregunté tristemente.

Mi madre era la razón por la que él no había seguido sus sueños, de haberlo hecho estaría vivo, pensé.

—No cambiaría nuestro futuro por nada, jamás.

— ¿Nuestro futuro?

—Sí, nuestro plan de irnos a la ciudad juntos, tener una casa y una hija, un perro tal vez —dijo contento mirándome otra vez tiernamente.

— ¿Ese es tu sueño?

—Mi sueño para los dos —respondió pasando su brazo por mis hombros mientras seguíamos caminando.

— ¿Y si ese sueño se acaba repentinamente? —exclamé sin poder evitar pensar que eso se cumpliría, todo excepto lo del perro claro, pero no estaría allí para disfrutarlo él tiempo que se merecía.

— ¿Si despierto dices? —preguntó riendo y siguió— pues supongo que algún día hay que despertar, pero hasta que eso pase lo disfrutaré.

Eso me llevó a pensar en mi propio sueño, no en mis aspiraciones, no tenía ninguna, sino en ese sueño, tendría que despertar y antes de que eso sucediera debía disfrutar todo lo que pudiera sin pensar que no era real, porque de eso se trata un sueño, cosas que se cumplen, que te hacen feliz, no eran reales pero me hacían feliz y eso era lo importante.

—Dijiste que tendríamos una hija, ¿Por qué?

—Porque lo decimos siempre, su nombre será Anna —rió.

— ¿Qué? —exclamé sorprendida, habían hablado de mi incluso antes de nacer, era tan extraño escuchar como decía mi nombre.

— ¿Acaso cambiaste de opinión? Tú misma lo elegiste, yo te dije que Anna no era nombre para una chica pelirroja, porque será igual al de tu madre, claro, pero no escuchaste opciones; supongo que el día que nazca veremos.

—Será Anna, no hay de otra.

—Podríamos por lo menos negociarlo.

—Anna suena bien —insistí, no quería otro nombre.

—Anna será —bufó falsamente resignado y yo sonreí.

—Pero el resto de los planes no cambiará.

— ¿Qué planes? —pregunté.

—De que tú le enseñes a cocinar, yo le enseñe a nadar y a jugar a la pelota, tú le enseñes a leer antes de empezar la escuela y yo le lea cuentos todas las noches; al final del día veremos películas juntos y en la cena hablaremos de todo lo que hemos hecho en el día, tú seguramente serás una reconocida psicóloga y Anna tendrá sus clases de baile que yo no entenderé nunca pero de las cuales estaré siempre orgulloso.

—Eso hubiera sido muy lindo —dije cabizbaja sin que él lo notara.

La verdad es que él nunca pudo leerme cuentos o enseñarme a nadar, Kate fue la que me enseñó a cocinar para ayudar a mi madre, a leer aprendí sola y tardé más que los demás niños de mi clase, nunca vi películas en familia y jamás fui a clases de baile porque cuando era niña nadie podía llevarme y cuando fui grande ya era demasiado tarde para empezar.

—Esa será nuestra vida —sentenció orgulloso de sus planes.

—Tal vez lo sea. —Pero no por mucho, pensé.

Una vez en la puerta de la casa nos despedimos y lo vi alejarse por la calle, entré cuando ya no pude verlo y corrí directo escaleras arriba sin saludar a nadie, aunque presentía que ya estaban acostados. Un momento antes de entrar a la habitación pasé por el cuarto que estaba al lado del mío, la habitación de Rod, estaba vacía y la cama desarmada, la ventana abierta y con un ligero olor a humo en el aire. No había vuelto a casa aún, solo Dios sabía que estaría haciendo, quizás estaba en una fiesta vomitando a un chico lindo, ah no esa había sido yo.

Me acosté imaginando lo grandioso que hubiera sido todo si hubiera tenido a papá en mi vida, y me enojé con ella, como era habitual, por habérmelo arrebatado. Luego de ahogar mis pensamientos, dormí profundamente desde ese momento hasta la mañana siguiente.

# Capítulo 8

Una vez más desperté exaltada, eran las doce del mediodía y estaba dispuesta a disfrutar lo que quedaba del sueño, me sorprendía seguir ahí pero prefería no hacerme preguntas. No sabía si estaría allí por mucho o poco tiempo y lo que era todavía más importante quería cambiar, quería que papá estuviera orgulloso de mí, no quería que se enojara otra vez conmigo.

En cuanto me cambié con lo primero que vi en el armario me dirigí a la sala, extrañamente no me crucé con mis abuelos en el camino, sospecho que habrían salido pero no lo sé, aunque si me encontré a Rod, seguía con la misma ropa de la noche anterior y estaba casi segura de que recién había llegado.

— ¿A dónde fuiste anoche? —pregunté porque debía pasar delante suyo para ir a la cocina e ignorarlo se me hacía muy descortés.

— ¿Y a ti que te importa, mocosa? —contestó mirándome superado y con un aliento alcohol que me hizo sentir nauseas.

—Solo pregunto, ¿dejarás de tratarme mal algún día? ¿crees que eres mejor que yo? —dije sin mirarlo dirigiéndome a la cocina para tomar algo, ya me sentía en casa.

Él me siguió y enseguida presentí que se avecinaba una discusión, no quería problemas, él no me interesaba en absoluto, ya había demostrado ser un completo idiota con todos.

—El caso es que tú no eres mejor que yo, pero todos creen que sí y odio ese papel de niñita perfecta que siempre es buena, ambos sabemos que con esa sonrisa me escupirías en la cara si pudieras. De hecho es la primera vez que te sinceras.

No podía soportarlo, sabía que no me trataba así a mí sino a mi madre, aunque lo que decía de ella no encajaba con lo que me imaginaba ni con lo que papá y Kate decían de ella.

— ¿Por qué me odias? —pregunté intentando entender lo que pasaba por su mente.

—Tú eres la que me odia...«ojala él no estuviera» —dijo citando una conversación, aunque no entendía a que se refería. Luego se fue a su cuarto dejándome sola en la cocina.

No tenía tiempo para lidiar con aquello, que seguro era un invento de mi mente o una discusión tonta entre hermanos, que claro no entendía porque yo no tenía uno y si hubiera podido tenerlo no hubiese querido que fuera como Rod.

Me dirigí a la puerta de entrada pensando en visitar a papá

y confirmar que realmente habíamos hecho las paces. Pero al llegar a la entrada:

—Hola Liz, necesito que me ayudes —gritó Kate alegremente mientas abría la puerta, casi me mata de un susto.

—Lo siento Kate, hoy no —respondí lo más amablemente que pude mientras cerraba y me dirigía a la calle.

—Pero necesito que me aconsejes y me digas que ponerme, mañana tengo una cita con Sam —replicó mientras me seguía por la calle.

— ¿Qué Sam? —pregunté distraída sin detenerme.

—El chico del partido.

—Ah —reí—, debes ser más específica, hay muchos chicos.

—Sí, pero no en este pueblo y no son muchos los que se interesan por mí.

—Kate, estoy ocupada ahora, ¿sí? no puedo ayudarte —solté con frialdad y seguí mi camino, esta vez no me siguió.

Inmediatamente me encaminé a la casa de papá, sabía que estaba terminando los preparativos para el cumpleaños de la abuela así que pensé en pasar el día con él y ayudarlo hasta la hora de la fiesta. Había tantas cosas que quería saber de él, y por más que quisiera no podría preguntarle todo, hubiera sonado raro por parte de mi madre.

—Viniste —dijo sonriente al abrir la puerta. Estaba bastante desaliñado, como siempre, le quedaba muy bien ser así, no descuidado sino simple, despreocupado, como recién levantado, le daba un aire infantil.

— ¿Estás decorando?

—Sí, y necesito ayuda. Pasa.

Entré a la casa y definitivamente esa sería una fiesta, había guirnaldas, globos, posters, decoración de papel de colores y se notaba que en el jardín sería la mayor parte de la celebración, la casa era pequeña, no tenía más pisos ni ambientes grandes, pero el patio era enorme.

—Parece fiesta infantil, ¿no te parece?

—Tal vez, pero es colorido, le va a gustar. ¿Dónde está ahora?

— ¿Mi mamá? —preguntó mientras yo afirmaba con la cabeza— En su club de lectura y papá está trabajando.

— ¿Qué es lo que leen? —pregunté interesada, siempre había querido ir a un club de lectura pero en la ciudad esas cosas no son muy comunes y además que alguien como yo fuera a un sitio de esos iba a ser mal visto.

—Bueno, me contó que van a una casa diferente cada mes y eligen un libro en común, después debaten acerca de los temas centrales de los libros y pasan el tiempo. A fin de año siempre organizan una feria y venden los libros que leyeron, dan charlas y todos llevan comida. Eso ya lo sabes. —Asentí incapaz de articular una respuesta.

—Suena divertido, y ¿qué libros leyeron este año? —Me senté en el sillón de la sala, y él me imitó.

—Sé que empezaron leyendo *El jardín secreto,* aunque mi madre ya lo había leído conmigo cuando era niño, después leyeron *Orgullo y prejuicio, Jane Eyre, Matar un ruiseñor* y otros como; *Los miserables, y La naranja mecánica* que es mi favorita.

— ¿De qué trata? —pregunté interesada recordando que Kate me había regañado por no leerlo.

Papá parecía emocionado por contarme esa historia y fue a la biblioteca de la sala para volver con un libro, exactamente la misma portada que el libro que Kate me había dado. Unas lágrimas quisieron salir de mis ojos impulsadas por la impotencia de haber sido tan estúpida, Kate me lo había dado porque era de papá y por eso ella amaba tanto ese libro también.

—Es una historia futurista, en un mundo donde los adolescentes recorren los barrios en bandas, como criminales y lastiman a personas, los golpean, violan a mujeres y roban tiendas.

»El protagonista de la novela es uno de estos adolescentes, el líder de su banda de amigos, hasta que un día estos lo traicionan, le tienden una trampa y cae arrestado, pero no pasa mucho tiempo en una cárcel común. —Se veía feliz contando aquello, debía de gustarle mucho hablar de esos temas, pensé. Fue entonces que decidí que no importaba si aquello era un sueño, para mí todo era verdad, se sentía real, mi cabeza no podía ser capaz de imaginar tantas cosas, al menos eso creía—. Unos médicos encuentran un nuevo método para programar de cierta forma a los criminales y convertirlos en personas buenas que detestan la violencia, pero necesitan a alguien para experimentar y al final eligen al protagonista.

»Lo malo de esto es que es una especie de tortura, donde con unas pinzas de metal mantienen abiertos los ojos del criminal mientras se reproduce una película violenta y repugnante, lo medican y hasta parece muerto. Al final sale del lugar «recuperado» pero totalmente indefenso, prisionero de sí mismo, aunque esto no cambia el hecho de que es una persona violenta pues no eligió cambiar, ese el problema.

— ¿Cómo? —pregunté sin terminar de entender su punto.

—Es como obligar a un adicto a que deje de serlo, no puedes forzar a una persona a ser algo que no quiere, porque solo lograrás que finja, no que cambie.

—Eso quiere decir que no hay esperanza.

—No, quiere decir que obligar en todo sentido es algo violento y si quieres contrarrestar la violencia debes ayudar a la persona a que elija cambiar por sí mismo.

Su respuesta nos llamó al silencio y así nos mantuvimos un rato, hasta que nos dimos cuenta la hora que era y seguimos preparando las cosas para la fiesta. Tuvimos que limpiar toda la casa y decorar las mesas, las sillas, la entrada, la sala y por supuesto organizar la comida y la música que se pasaría. Yo jamás había organizado una fiesta de ese estilo, las fiestas que se daban en mi casa no solían tener decoración, solo eran un conjunto de música, humo, alcohol y sudor, nada de charlas, nada de globos, ni siquiera comida.

—Bueno, creo que terminamos —exclamó papá orgulloso de sí mismo al admirar su trabajo, la casa había quedado impresionante.

—Eso parece —suspiré, sacudiendo mis manos polvorientas por la limpieza.

—Todavía es temprano, ¿qué quieres hacer?

—No lo sé, estaba pensando en que ponerme esta noche.

—Eso no es importante, puedes ponerte lo que te haga sentir más cómoda.

—Si es importante y además puede que no lo sepas pero para que una chica este linda debe usar todo menos lo que la haga sentir cómoda. —Le expliqué riéndome de su ingenuidad.

—Eso suena horrible.

—Solo piénsalo, los corsé, las fajas, los tacones, las pantimedias, incluso el maquillaje suele ser muy incómodo.

—En algo tienes razón y es que quien haya inventado esas cosas solo quería complicarles la existencia, pero no debes preocuparte por eso esta noche, no debes dar una primera buena impresión y nadie se dará cuenta de que no te ves linda sin todos esos artefactos del mal, no los necesitas.

—Tal vez, pero estoy bastante acostumbrada a esos «artefactos del mal» no sé si podría vivir sin ellos.

—Yo nunca te vi con ellos.

—Entonces no prestas atención. —Me excusé rápidamente.

—Bueno si estás preocupada por que ponerte te podría ayudar.

—Sí, ¡sería genial!

—Bien, apurémonos —dijo mientras abría la puerta para terminar corriendo calle abajo.

Ya en la casa nos dirigimos directo al cuarto, estaba segura de que no habría nada apropiado en ese armario pero el solo hecho de que él estuviera conmigo era suficiente para estar feliz.

—A ver que hay —musitó inspeccionando la ropa como si supiera lo que hacía.

— ¿Cómo? ¿tú vas a elegir? —Le pregunté burlándome.

—Sí, vine para ayudar no para ver —replicó fingiendo seriedad.

—De acuerdo —accedí, nunca había dejado que un chico eligiera lo que iba a ponerme, pero ese era un caso especial, él era mi padre.

— ¿Qué te parece este? —preguntó al cabo de un rato sosteniendo un vestido color verde agua, la verdad no me gustaba pero tampoco había elegido tan mal.

—Es lindo pero no creo que sea para usar en un cumpleaños.

— ¿Muy elegante, no? —comentó haciendo una mueca al guardarlo, aunque al contrario, lejos de ser elegante era muy informal pero él no sabía de esas cosas después de todo.

— ¿Por qué no buscas algo más oscuro? —sugerí intentando no entrometerme de más, pero me era imposible.

— ¿Algo así? —preguntó mostrándome un pantalón marrón, lo único verdaderamente oscuro en ese armario, aunque no era a eso a lo que me refería con oscuro precisamente.

—Con oscuro me refiero a un color más fuerte, como rojo, fucsia, azul o algo así, pero no un marrón —expliqué poniendo cara de asco y él se rió.

—Ya, ya entendí, sigo buscando —exclamó—. Creo que lo encontré —soltó orgulloso a los tres minutos.

—Ahora sí, lo conseguiste —suspiré alegre, lo había encontrado y casi por sí mismo, era un vestido color salmón oscuro, la tela era delicada y lo mejor de todo, perfecto para la ocasión, caía suavemente de los hombros a las rodillas pero no podía considerarlo largo, aun así necesitaba tacones.

—Pruébatelo —insistió—. Espera, toma estos. —Me paró alcanzándome unos zapatos de taco alto, no eran la mejor opción para ese vestido pero funcionaban.

—Pensé que no estabas de acuerdo con estos «artefactos del mal» —comenté mientras los tomaba.

—Bueno, pero si a ti te gustan...

Me lo puse, se veía bien en el espejo, pero realmente me di cuenta de que así era cuando él me lo dijo, entonces pensé en todas esas veces que Eva y Jenna me habían dicho que algo me quedaba mal estando yo en desacuerdo, ahora entiendo que solo lo hacían para que no lo usara.

—Perfecto —dijo. Su rostro cambió de inmediato y supe que se había acordado de algo—. Nos olvidamos de las velas para el pastel.

—Cierto, pensé que ya estaban. —Al ver su preocupación

seguí diciendo—. Puedo ir a comprarlas si quieres, tú ve a casa a preparar lo que quede, ya casi es la hora.

— ¿Segura?

—Voy para cuando empiece la fiesta.

—No llegues tarde —advirtió dándome un beso en la frente, ya se había acostumbrado a eso.

Salí de la casa en dirección contraria a la suya, no tenía idea de donde había una tienda para comprar velas de cumpleaños lo cual no era raro, tampoco podía preguntar así que fingí estar paseando mientras inspeccionaba cada local. Luego de una larga caminata encontré finalmente lo que estaba buscando, algo así como un almacén.

—Hola, ¿tiene velas? —pregunté en el mostrador donde una mujer sonriente ordenaba algunos artículos, al parecer en ese pueblo todos estaban siempre de buen humor, algo raro de ver en la ciudad por no decir imposible.

—Hola Liz, si tenemos ¿son para el cumpleaños?

—Así es, ¿irá? —pregunté recordando lo que papá había dicho de que invitarían a todo el mundo.

—Sí, en un rato cuando cierre —respondió acercándome las velas en una bolsa de papel marrón— ¿Puedo hacerte una pregunta? —dijo cambiando el tono alegre por uno más triste y personal.

—Claro, ¿Qué ocurre?

—Quería saber cómo estaba Di.

— ¿Di?

—Dina, la mamá de Matt. Luego de lo que pasó no pude hablar mucho con ella y no me crucé con nadie de la familia como para preguntar.

— ¿Lo que pasó?

—Le diagnosticaron Cáncer de pulmón —respondió sorprendida de que yo no lo supiera.

—Ah sí, lo sé. —No lo sabía, apenas podía respirar, enterarme de algo así…— Estoy segura de que seguirá el tratamiento y se recuperará.

Sabía que nada iba a estar bien pero cómo decirle eso a una persona que todavía tenía esperanzas, aun así aquella mujer parecía tomarlo a la ligera, claro que no era así, es solo que había tenido tiempo de asimilarlo a diferencia de mi que había tenido que asimilar su muerte incluso antes de conocerla, esa noticia me impactaba más de lo esperable, ver a una persona y saber lo que le depara pero sin tener el motivo hace que la noticia del motivo sea más impactante que el final. Supongo que a veces una muerte es más fácil de llevar que su causa, para la gente normal, en especial si es un cáncer, porque todos pueden desearle la muerte a alguien, pero a nadie se le desea un cáncer.

Salí del local lo más rápido que pude y me paré en medio de la calle, iba a cantarle el feliz cumpleaños a alguien que ya no estaba con vida, ya lo sabía pero decirlo era diferente a saberlo.

Entonces lo vi... instintivamente giré la cabeza hacia una esquina, en el mismo lugar pero por primera vez en ese tiempo, el local extraño de esa mujer extraña estaba llamándome, con el mismo fondo violeta y los objetos encima, crucé despacio esperando pasar inadvertida y toqué la puerta no dos sino tres veces. No sé que esperaba encontrar, respuestas tal vez, quería saber si ella había tenido algo que ver con todo eso porque hace mucho que aquello había dejado de ser un sueño común y corriente. El interior de la tienda estaba igual que la otra noche, pero la mujer de espaldas, además de tener otra ropa estaba diferente, como más joven, más delgada.

—Usted —exclamé llamando su atención mientras observaba el lugar, cada cosa estaba en el mismo sitio, aunque la mesa del medio tenía ahora una pequeña taza de porcelana con una bebida en su interior, eran de esas minúsculas tazas de té, como las de juguete.

—Te estaba esperando Anna —dijo sonriente sentándose en la misma silla de aquella noche. Su cara reflejaba juventud aunque su forma de ser parecía ser la misma, como si el tiempo no hubiera pasado.

— ¿Sabe quién soy yo? —Se suponía que estando en el cuerpo de mi madre nadie podía verme a mí.

—Claro, yo te traje aquí.

— ¿Traerme a dónde? ¿Es un sueño? ¿Qué hizo conmigo? —exclamé asustada.

—Algo así, estás dormida pero es más bien una proyección.

— ¿Proyección? ¿Qué hizo?

—Ven, es mejor que te sientes —dijo señalando la silla vacía. No inspiraba confianza luego de nuestro primer encuentro en la tienda pero aún así hice lo que me decía, era la única que podía explicarme lo que estaba pasando—. Quería ayudarte, no solo para que sigas con tu vida, sino también para curarte que es la verdadera razón de todo esto. Y para ayudarte necesitaba que conocieras a tu padre y a este pasado, pero para hacerlo no era posible viajar en el tiempo como si nada, aunque lo pensé, soy buena en eso.

— Viajes en el tiempo, ¿de qué habla? —Me sentía terriblemente abrumada, aunque debo admitir que aquello se me había pasado por la cabeza más de una vez.

—Sabes a que me refiero —soltó levantándose a tomar el gran libro que estaba en su escritorio y lo puso en la mesa para que pudiera ver los dibujos que contenían esas páginas marrones—. Se han ilustrado viajes a lo largo de la historia, en libros y películas, maquinas del tiempo, portales, dones naturales. —Prosiguió pasando hojas donde se veían artefactos extraños y fotografías de personas, muy antiguas.

— ¿Y usted cómo lo hace? —pregunté ya convencida, quizás fuera una tonta pero a esa altura ya nada tenía sentido.

—No me gusta hablar de mí —contestó guiñando un ojo—, pero digamos que tengo un par de dones y uno de ellos es poder compartir mi poder con otros para ayudarlos.

— ¿Y por qué dijo que no pudo hacerme viajar en el tiempo?

—Verás, no es algo tan sencillo como lo plantean en las películas, no puedes viajar a otros siglos o años en los que no has vivido nunca. Para cada persona el tiempo es diferente, empieza en su nacimiento y termina con su muerte.

— ¿Cómo una línea de tiempo? —pregunté.

—Exacto, y tu puedes viajar a lo largo de tu línea pero no más allá de los extremos. Si te hacía viajar para verlo, tendría que retroceder a cuando tenías un año y eso no valía la pena, así que hice algo mejor, tomé la línea de tu madre, solo un pedazo de hecho, y lo proyecté en un sueño, para poder introducirte luego.

—Ósea que esto es un sueño…

—Tu cuerpo aun está dormido en la casa de tu abuelo, por el tiempo que dure la proyección, pero es verdad que todo lo que pase aquí es y fue verdad, sucedió como lo ves, estas personas son reales, son vivencias de tu madre, es lo que tu madre experimentó…

— ¿Y por qué no tengo mi cuerpo? —inquirí—, si solo es un sueño.

—No lo entiendes, este es el pasado, esto es real, solo que es un fragmento del pasado. Yo te coloco en los días que quiero que vivas, lo manipulo, pero todo esto es verdad. Y no podía dejarte en tu cuerpo porque tú no naciste aún, lo que estás haciendo ahora es vivir por ella, por tu madre, todo lo que ves, lo que escuchas, todas las respuestas son reales, estas tomando su papel en su línea de tiempo, y por esa misma razón debes ser cuidadosa.

— ¿Pero por qué conmigo?

—Ya te lo dije la primera vez que nos vimos, debes curarte.

—Pero ¿curarme de qué? —insistí confundida y frustrada.

—Eso no importa. Te voy a dar un consejo, no tienes mucho tiempo, aprovéchalo y no intentes alargarlo, lo perderás de todas formas, debes dejarlo ir.

— ¿Dejar ir al tiempo?

—Sí, la vida es un conjunto de momentos, no te aferres a ninguno, déjalos pasar y vive los que siguen.

—Pero, yo no quiero volver, quiero quedarme con mi papá.

—Lo siento, no es una opción esto es solo una proyección, un sueño más real de lo normal pero al fin y al cabo un sueño, tienes que despertar en algún momento.

—Pero usted es bruja puede hacer que esto se repita una y otra vez, soñar para siempre.

—Eso solo puede hacerse si estás muerta, cariño —Me miró compasiva.

—Entonces haga algo no me importa, no tengo nada porqué volver, no quiero vivir en un mundo donde él ya no esté, no otra vez.

—Esto no es para que te quedes Anna, es para ayudarte a vivir, en el mundo, en la realidad, en tu realidad, no la suya.

—No quiero esa realidad —grité enfurecida poniéndome de pie.

— ¿Es que no lo entiendes? Esta experiencia te ayudará a cambiar tu realidad, hacer de ella lo que tú quieras, solo debes abrir los ojos, elegir curarte. —No aceptaba esa respuesta, no entendía lo que decía, yo quería quedarme aunque sí estaba feliz de saber que todo era cierto, que todo era real.

Sin ánimo para escuchar más me dirigí a la puerta, se me estaba haciendo tarde y ella lo había dicho, me quedaba poco tiempo.

—Anna, espera un segundo —dijo la bruja antes de que me marchara.

— ¿Qué?

—Deberías aprovechar esto para preguntar todo lo que quieres saber. Y tal vez sea lindo que hagas algo por ellos mientras esto dure.

— ¿Por quienes?

—No eres la única con tiempo limitado, lo sabes. Es un sueño pero ellos son reales, todos sienten y piensan hasta que despiertes.

— ¿Qué puedo hacer?

—Regálales tu tiempo a todos, hazlos felices, no solo a tu padre.

—Pero...

—Se que nunca los amarás más que a él pero despertarás teniendo a más personas por quienes llorar, ¿no te parece? —Aunque no quisiera admitirlo era cierto, extrañaría a los abuelos también, y a Kate, a esa Kate joven que era toda una sorpresa.

Me fui del lugar sin despedirme y volví a la casa con las velas en la bolsa, llegaba tarde lo sabía, muy tarde.

— ¿Tanto para conseguir unas velas? —Preguntó papá abriéndome la puerta, había ruido en la casa así que ya habían llegado los invitados y estaban bailando en la sala.

—Perdón, perdón, perdón, no quería retrasarme así, ¿es muy tarde?

—No tanto —dijo cortante pero todavía de buen humor—, pasa.

Ya en el interior de la casa pude ver mejor la situación, había un grupo mayor que estaba hablando en la cocina, otro grupo en el patio y otro bailando en la sala, a este último grupo nos unimos pero solo un rato porque enseguida nos llamaron de la cocina para ayudar con la cena.

La cena se dio de la mejor manera, una mesa larguísima en el jardín con un montón de gente diferente, aunque no había podido asistir todo el pueblo; muchas generaciones reunidas con sus propios intereses compartiendo las mismas charlas y los mismos chistes, no importaba si siempre hablaban de lo mismo o si sabían todo uno del otro, aún así se reían juntos y de manera sincera. Nunca había visto algo comparable así que solo me senté, me serví y me quedé en silencio, no porque no tuviera ganas de hablar o porque me faltara alguien con quien hacerlo sino porque necesitaba quedarme allí quieta para grabar en mi mente esa escena que sería irrepetible, grabarme las caras de todas esas personas, que ahora sabía que eran reales, la corbata graciosa del Sr. Peix, incluso la peluca de la Sra. Pellegrini y los modales ridículos de los hijos de esta última.

La comida duró más de lo que yo esperaba, hubo quienes terminaron antes y quienes tardaron mucho más, pero en ningún momento nadie se levantó de la mesa ni para ir al baño, siguieron hablando todo el rato inclusive después de que todos terminaran de comer. El postre que fue lo que le siguió consistía en flanes, frutas, helado, tartas y pasteles hechos por distintos invitados, al parecer era de mala educación llegar a una casa con las manos vacías, mis abuelos habían llevado el helado y Kate un flan casero que había hecho su madre, para mi gusto el mejor de todos. Al momento de levantar la mesa, papá, que estaba a mi lado me informó que era hora de las linternas, aunque yo no entendía a que se refería con eso.

— ¿Linternas? —pregunté en voz baja para no molestar a los demás.

—Sí, es una tradición taiwanesa que mamá quiso incorporar este año.

— ¿Taiwanesa? Qué extraño —solté confundida, ¿qué tenía que ver ese cumpleaños con Taiwán?

—Sí, lo hacen en año nuevo; arman faroles de papel con velas dentro, las encienden y los dejan flotar todos juntos, supuestamente simbolizan los deseos que se liberan, aunque para mamá cada farol o linterna representa algo que agradecemos.

—Es como los globos del deseo que soltamos en las fiestas.

—Es exactamente así, pero más chicos, decorados y para que los soltemos todos juntos.

Habían armado muchos faroles, de colores lavanda, blanco y plateado, aunque después supe que estos últimos en realidad eran color perla. Se veían hermosos todos juntos en el cielo una vez que los encendieron, esa noche no había estrellas, el cielo estaba claro y limpio, nuestras linternas iluminaron la noche. El silencio se extendía más y más conforme nuestros faroles ascendían, pero no era un silencio incómodo, era un silencio familiar de esos en donde las palabras no son necesarias, sentía que los conocía aunque no era así pero tampoco importaba, compartir eso con ellos era suficiente.

Se sentía tan raro verlos a todos juntos, parejas e hijos abrazados, niños trepando el árbol grande del patio, y papá tomando mi mano. Me hubiera gustado que aquel fuera mi cuerpo, me hubieran gustado tantas cosas, pero lo que estaba viviendo era único y no estaba en posición de pedir más.

Así terminó la noche a pesar de que todavía era temprano, a veces alargar algo no lo hace más especial por lo que puse en práctica el consejo de la bruja acerca de soltar los momentos y dejar que lleguen otros.

—Bien, fue un cumpleaños perfecto, ya se fueron todos pero Liz, ¿quieres quedarte esta noche? —exclamó mi abuela satisfecha dirigiéndose a mí, mis abuelos, me refiero a los padres de mi madre, ya se habían ido igual que el resto de los invitados, solo quedábamos papá, sus padres y yo.

—Si no hay problema, me encantaría. —Estaba más que feliz por poder quedarme en esa casa con ellos, en especial para no tener que esperar hasta el otro día para verlos.

—Perfecto, entonces ven, te daré un pijama apropiado, así no tienes que usar siempre la ropa de Matt —rió divertida mientras se encaminaba a su cuarto conmigo detrás.

—Dina —balbuceé desde la puerta mientras ella buscaba el pijama en un cajón.

—Sí, ¿qué ocurre? —dijo sentándose en la cama, pensando seguramente que lo que tenía que decirle era algo serio, y si lo era.

— ¿Eres feliz?

— ¿Qué si lo soy? —Rió nerviosa—. Liz soy muy feliz.

¿Sabes? no cambiaría este cáncer por nada en el mundo si es eso a lo que te refieres.

Escucharlo de ella era mucho más fuerte que simplemente escucharlo.

— ¿Por qué no? —pregunté extrañada de su comentario.

—Todo sucede por algo, y no todo lo malo es realmente malo ¿lo entiendes? —Tomó mis manos al decir aquello en cuanto me senté a su lado.

—En realidad no.

—Los humanos les ponemos etiquetas a las cosas, esto es bueno esto es malo, pero las cosas son cosas, no son buenas o malas, no hacen bien o mal, eso es algo que nosotros inventamos.

—Pero la enfermedad...

— ¿Sabes por qué las enfermedades son malas? —Tan solo negué con la cabeza—. Es simple, decimos que son malas porque en muchos casos traen la muerte. ¿Tú crees qué la muerte es mala?

—Bueno, no lo es en sí, pero para todos suele serlo.

—Así es y es lo peor a lo que puede temerle el ser humano porque es algo natural e inevitable. Tenerle tanto miedo a algo que sucederá quieras o no en algún momento es horrible, y ¿sabes que es peor?

—No.

—No te deja disfrutar la vida, el tiempo que te queda antes de que eso inevitable pase. Si yo supiera hoy que esto que me pasa ahora o cualquier otra cosa puede matarme entonces disfrutaría mi presente. Sí, soy feliz porque no cuento lo que me queda, vivo lo que tengo ahora.

—Te quiero —exclamé sin poder evitarlo, y aunque pareciera extraño decirlo en el cuerpo de mi madre, necesitaba que lo supiera.

—Lo sé y yo también te quiero, y quiero —agregó mientras me abrazaba— que me ayudes a que mi hijo deje de estar tan preocupado.

—Lo haré —prometí.

Mi abuela era una mujer muy fuerte, en ese momento lo entendí, se merecía llevar el título de «la mejor madre del mundo». Me preguntaba quien se habría ido primero si papá o ella, esperaba que ella, no quería que su idea de la vida y la muerte cambiara, porque era seguro que si él moría primero ella dejaría de pensar que la muerte era solo una palabra sin etiquetas.

—Hola, extraña —dijo papá desde un colchón tendido en el suelo, sería la primera vez que dormiría en esa cama desde la noche en la que llegué allí, y debo decir que tenía miedo de despertar.

—Hola —solté cabizbaja.

— ¿Te encuentras bien?

—Sí, solo que sospecho que no podré dormir esta noche —mentí.

— ¿Puedo ayudarte? —preguntó sentándose en la cama preocupado.

— ¿Podrías trenzarme el cabello? —Podría haber esperado cualquier otra cosa de un chico, pero ese era mi padre.

—Te advierto que no sé hacerlo nada bien —dijo riendo pero de todas formas se sentó en la cama detrás de mí y comenzó a separar mi cabello en secciones. Me sentía como una niña, como cuando Kate me peinaba para ir al colegio, entonces entendí quien era Anna, Anna era Liz y Matt juntos, era nieta de Dina, era una chica que admiraba a la mejor amiga de su madre por haber postergado su propia vida por la de ella, Anna era parte de una familia que aunque no la conocía estaba segura que la habrían querido, ella era parte de la vida y de la muerte de cada uno, sin etiquetas, sin finales tristes, solo una colección de recuerdos. Si la muerte no llevaba etiquetas entonces ella tampoco, entonces yo podía ser solo Anna, ni buena ni mala, solo un papel en blanco esperando ser llenado. Eso me daba esperanza, esperanza de que podía seguir sin ellos, de que no era imposible, podía despertar y estaría bien, aunque esto último ni yo lo creía, siempre me faltaría algo.

— Matt —llamé de pronto su atención.

— ¿Si? —preguntó concentrado en la trenza, se lo estaba tomando muy enserio.

— ¿Cuál es tu flor favorita?

—Las Nomeolvides.

— ¿Y tu nombre favorito?

—Anna.

— ¿Por qué?

—Porque es tu favorito.

Así seguimos gran parte de la noche, yo preguntaba y él contestaba mientras intentaba terminar la trenza, hasta que nos quedamos dormidos, él se quedó dormido primero y yo lo miré un buen rato hasta que también cerré los ojos.

# Capítulo 9

Estaba sola en el cuarto y no sabía qué hora era, así que me cambié con la ropa del día anterior lo más rápido que pude y salí de la habitación. Por un segundo temí estar en mi presente pero no era así y lo comprobé al salir del cuarto.

—Buen día —escuché que decía el abuelo al verme entrar en la cocina, estaban todos desayunando, con el sonido del televisor de fondo, que luego al mirarlo noté que se trataba de una serie de cowboys, las odiaba.

—Estaba por ir a despertarte, ayer te costo dormir. —Se excusó papá.

—Sí, pero dormí muy bien.

—Toma Liz, desayuna antes de irte —exclamó la abuela dejando un desayuno más frente a una silla vacía, mi lugar supuse.

—Gracias —contesté sentándome y empezando a devorar mi comida, la verdad es que aunque había comido lo suficiente la noche anterior, seguía hambrienta.

Finalmente, al cabo de tan solo unos diez minutos, terminé mi desayuno, me despedí y corrí hacia la puerta.

— ¿Ya te vas? —preguntó papá.

—Sí, quiero encontrar a Kate. —La bruja tenía razón, debía regalarles mi tiempo y aunque Kate siguiera viva en el presente no era feliz, por más que dijera lo contrario.

—A esta hora apuesto que está en tu casa —acotó mi abuela.

—Seguramente, los veo después, adiós.

Inmediatamente me puse en marcha, Kate se había convertido en mi amiga y el día anterior ni siquiera habíamos hablado, la necesitaba con urgencia. Caminé hasta que justo unas casas antes de llegar me topé con ella.

—Kate, te estaba buscando —dije alegremente.

—Y yo que estaba tratando de perderte —balbuceó seriamente, estaba enojada, o triste más bien.

— ¿Qué te ocurre? —Ambas dejamos de caminar y nos miramos como buscando algo en la otra.

—Le cancelé a Sam, y realmente quería verlo.

— ¿Por qué lo hiciste?

— ¿Lo preguntas enserio? —chilló antes de seguir caminando— ayer me cortaste el rosto, ni siquiera quisiste ayudarme y yo estaba muy nerviosa, era importante para mí,

Liz.

—Lo siento Kate, no sé que me pasó ayer. —Estaba transformando a mi madre en una copia de mi, mi madre no era así, la estaba haciendo quedar mal y debía solucionarlo.

—Está bien, te perdono si eso quieres, pero quiero que entiendas que estoy muy enojada contigo, me abandonaste —advirtió apretando los dientes—. No sé qué te está pasando estos días, estás muy rara, te alejas de mí, eres superficial y ¿das consejos de moda y de chicos? ¿qué te pasa?

—Lo siento, solo intentaba ser diferente. Voy a compensarte tranquila.

— ¿Cómo? —Vi como en su perfil se dibujaba un gesto de expectativa.

—En primer lugar, sí vas a ir a esa cita y vas a ser la mejor chica para él.

— ¿Cómo? Si ya no vamos a salir.

—Si lo harás, debes llamarlo y arreglar todo. Lo demás lo arreglaremos después.

— ¿Qué? —gritó— yo no pienso hacer eso.

—Vamos —dije tomándola de la mano y arrastrándola hasta la casa, la de mi madre.

Una vez en ella nos dirigimos directo al cuarto y la convencí de que lo llamara cuanto antes para arreglar la cita, aunque aún no estaba muy convencida de ello.

— ¿Qué le digo? —preguntó nerviosa con el teléfono en la mano, que suerte que Kate tenía buena memoria y recordaba su número sino hubiéramos demorado más tiempo.

—Dile que todo había sido una apuesta, que en realidad si quieres salir con él.

— ¿Una apuesta? Es una tontería.

—Solo hazlo. —Yo solía arreglar todo con apuestas, si decía algo que no debía o hacía algo atrevido… había sido por una apuesta.

—Pero...

— ¿Hola? —escuché la voz de Sam del otro lado del teléfono.

—Hola, ¿Sam? —respondió Kate nerviosa— quería saber si todavía querías salir conmigo.

— ¿Kate? Claro, pero tú me cancelaste —escuché pegando mi oído al teléfono, se lo notaba confundido.

—Si lo sé, lo siento. Es solo que fue una apuesta —exclamó ella mirándome con enojo.

— ¿Apuesta?

—Sí, una tonta amiga me obligó a cancelar nuestra cita.

—La perderás si salimos —comentó burlándose.

—En realidad no, se me ocurrió que podríamos tener una

cita doble, ella llevaría a su novio y nadie perdería nada ¿qué te parece? —Cuando quería podía ser muy ingeniosa, recuerdo cuando era niña; en un obra de la escuela, mi maestra me había dado un mal papel y Kate fue a verla para darle una sutil amenaza, y funcionó.

—Me parece genial, nos vemos esta noche ya sabes dónde.

—Sí, adiós —dijo colgando el teléfono—. Espero que no te moleste —exclamó con sarcasmo dirigiéndose a mí.

—No te voy a dar ese lujo, me encanta la idea. Ahora ya sabes lo que viene.

—Ropa y consejos —contestó con un suspiro, al parecer no le agradaba esa nueva Liz, pero yo sabía que necesitaba de la mente ingeniosa de Anna para su cita, por lo que decidí no fingir desinterés por aquellas cosas.

—Exacto y estos son consejos específicos para una cita así que debes prestar atención —dije dispuesta a ayudarla.

—Lo haré. Y ya se lo que voy a ponerme, me encanta el vestido que tienes puesto y Sam no lo vio anoche así que...

—Aprendes muy rápido —lancé sorprendida, dándole un codazo en el brazo.

—Me lo debes.

—Lo sé, puedes usarlo si quieres.

—Gracias.

—Bueno, antes de empezar debo hacer un llamado. Mientras busca unos zapatos para el vestido.

—Los que tienes son muy lindos.

—No te pases de lista —bromeé mientras marcaba el número de papá en el teléfono, también lo encontré en la agenda y lo memoricé ese mismo día.

— ¿Hola? —preguntó todavía con voz de dormido.

—Hola, soy yo. Tengo un problema con Kate, me temo que no podremos vernos esta tarde. Y hay otra cosa, quiere que tengamos una cita doble a la noche.

—Hola, Liz ¿cómo estás?, yo bien ¿y tú? —canturreó— ¿Ya me extrañas? Nos despedimos hace un rato.

—Ja ja que divertido. ¿Quieres contestarme?

—No te preocupes por mí quédate con Kate, me parece genial lo de la cita hace mucho que no salimos juntos, nos vemos a la noche.

—Espera.

— ¿Qué? ¿hay algo más?

—Pasa la tarde con tu madre —sugerí recordando la conversación con mi abuela—, llévala a comer, pasea con ella, hagan algo divertido y por favor no te preocupes tanto ¿está bien?

—Liz...

—Ella necesita tu apoyo no tu lástima.

—Tal vez tengas razón, pero ¿de qué servirá eso? —Se lo escuchaba triste. Reconocía esa reacción en mi misma, evitar el dolor y a todos los que te lo recuerdan, ignorar que el dolor existe.

—La ayudará a ella, y te sentirás mejor.

—De acuerdo, hace mucho que no salimos solos, pero no puedo prometerte que no me preocuparé.

—Sé que es tu madre y la quieres, pero no puedes vivir con miedo a algo que es inevitable, disfruta.

—Adiós Liz. Te amo. —No estaba enojado, estaba triste pero sabía que era sano que así fuera así que no lo molesté más.

—Te amo. — ¿Es extraño sentir ese te amo como sincero cuando no es a ti a quien se lo dicen? Era la primera vez que sentía esas palabras como se supone deberían sentirse.

Colgué el teléfono y me senté en la punta de la cama mientras me quitaba el vestido y los zapatos reemplazándolos por un pijama, aunque todavía pensaba en el tiempo que podría haber aprovechado junto a papá. Me sentía menos presionada luego de saber que no era un sueño, disponía de más tiempo del que creía.

—Oh, ya te lo quitaste —soltó feliz arrebatándome el vestido y los zapatos de las manos, corrió hasta el baño y se encerró, esperaba que le quedara bien para no tener que pasar la tarde de tienda en tienda pero entonces salió. Le quedaba mejor que a mí, en especial con ese corte de pelo y su color de piel.

— ¿Queda bien? —preguntó mirándose en el espejo, dando vueltas.

—No, ese color... —No sé porque lo hice, supongo que la Anna mala volvió para hacerse ver, esa Anna tan Eva y Jenna. Supongo que me sentía justificada por haber recibido esos mismos comentarios alguna vez.

—Sí, tienes razón. Es demasiado —concluyó triste. Su miseria, su tristeza me alimentaba, me hacía sentir fuerte y eso era caer bajo como ser humano, entonces no lo sabía.

—Ya encontraremos algo que se adecué mejor a ti, tranquila. —Nunca confíen en alguien que termina una oración pidiendo que se tranquilicen, solo quiere ocultar su verdadero rostro.

Dos horas nos pasamos buscando una vestuario que se adecuara mejor con su cuerpo, pero cuando lo encontrábamos la Anna mala aparecía otra vez para decirle que necesitaba algo mejor, si no era su cuerpo era su cara o sus piernas, o sus brazos, o su cabello. Hasta que vimos algo que le quedaba casi bien, un pantalón de jean claro y una remera de manga corta gruesa con unas flores bordadas en el frente.

— ¿Queda bien? —preguntó por última vez sin ganas.

—Increíble —afirmé sonriente.

—Bien —dijo mirándose al espejo, aunque no se sentía linda. Quizás si hubiese pensado en mi Kate y no en la adolescente me hubiera comportado mejor— ¿Algún consejo para la cita?

—Ríe de todo lo que diga aunque no te parezca gracioso.

—Pero eso sería ser falsa.

—No importa, él no quiere pensar que es aburrido así que ríe. Contesta de manera muy corta todo lo que él te diga, después de todo no te escuchará así que es lo mismo que nada. Di cosas interesantes de ti misma, en especial miente.

— ¿Mentir?

—Sí, descuida. Por cada tres mentiras di una verdad así no te sentirás tan mal. Hazle pensar que él tiene el control de la situación pero sé tú la que la maneje.

— ¿Cómo?

—Sé la primera en saludar, sugiérele algo para comer, niega algo de todo lo que él afirme, convéncelo de algo, que piense que estaría perdido sin ti. Y hasta que se conozcan bien se indiferente como si no quisieras estar ahí.

—Pero eso es malo.

—No lo es, a los chicos les gustan las cosas que parecen inalcanzables. Y si se aburre, busca a otro y verás como vuelve, cuando ven que una chica es requerida por otros todos la quieren, créeme son muy competitivos.

—Sam no parece de ese tipo.

—No importa, es un chico de todas formas.

—Como digas —accedió. No creía que Kate fuera una persona influenciable, pero quizás confiaba demasiado en mi madre.

El resto de las horas que nos quedaban nos ocupamos del maquillaje, de los accesorios y de tener algunas líneas ensayadas, en especial nos encargamos de que Kate no se quedara sin temas de conversación, aunque por suerte yo estaría ahí para ayudarla. Luego comimos algo en el cuarto, un almuerzo improvisado, y pasamos la tarde ensayando como si yo fuera Sam, mientras ella intentaba reproducir los diálogos de las películas románticas que esa misma tarde nos encargamos de ver, trabajo de campo necesario.

—Y recuerda, nuestro código es «necesito ir al baño».

—Sí, lo sé, lo sé. Digo eso y tú me acompañarás para que solucionemos lo que sea que esté pasando en la cena.

—Exacto, todo irá bien, lo presiento —dije y ambas sonreímos como cómplices justo cuando tocaron la puerta, Kate fue a abrir mientras yo me cambiaba rápido, estaba segura de que era papá.

—Hola Kate, vine a buscar a Liz así cuando llegue tu cita estarán solos. —Escuché la voz de papá en la entrada bajando las escaleras.

—Bien, ahora viene, se está cambiando.

— ¿Y quién es tu cita, lo conozco?

—No lo creo, lo conocí el otro día en el partido. Se quedará un tiempo.

—Bien, hace mucho que no salimos juntos. Me alegro que sea una cita doble.

—Sí, es que no iba a serlo pero tuvimos una pelea con Liz y esto es parte de mi venganza aunque la idea le fascinó.

—Ya veo, que raro, ustedes nunca pelean.

—Sí, no lo sé está muy rara estos días, no parece ella misma.

—A mí tampoco me parece, es como si hablara con otra persona.

Ambos tenían un tono de preocupación en sus voces, prefería que hablaran mal de mí a mis espaldas a que se preocuparan por mí, en especial porque en realidad se preocupaban por mi madre y yo era lo «raro» que estaba sucediéndole a ella.

—Terminé, podemos irnos —dije saliendo de la nada y arrastrando a papá hacia la calle. Pero antes de irnos los abuelos aparecieron para despedirse, y de seguro llenar de preguntas a Kate.

Ya afuera empezamos a caminar lentamente hacia el restaurante al que iríamos a comer esa noche, Sam y Kate llegarían antes porque irían en auto, a pesar de quedar cerca.

— ¿Cómo estuvo tu día? —pregunté cortando el silencio.

—Mejor de lo esperado, hice lo que me dijiste y pase la tarde con mamá.

—Y ¿qué hicieron? —pregunté interesada, por lo general no me importaba nada que no se tratara de mí pero papá era una excepción.

—Primero fuimos a su club de lectura porque tenía que retirar unos libros y charlamos un poco con sus amigas, me enteré de que mamá será la encargada de organizar la feria de este año, lo que es maravilloso porque vamos a tener otra enorme fiesta en casa. Luego fuimos a un café y nos pasamos hablando de viejos tiempos, ella dice que este año quiere irse de vacaciones a la ciudad, y estoy más que emocionado porque nunca me quedé en la ciudad por más de unos días, y además quiere que vengas con nosotros así que después hablará con tus padres. —Sonaba muy contento, estaba desbordado de buenas noticias.

—Eso sería genial y ¿qué más hicieron?

—Después del café nos encontramos con papá que al parecer quería sorprendernos y nos fuimos los tres al parque y caminamos un rato, hablamos de la escuela y papá quiere que empiece a ayudarlo en el taller... eso ya lo sabía.

—Me alegro mucho, enserio.

—Y ahora voy a cenar con mis mejores amigas como no lo hacíamos hace tiempo, es increíble.

— ¿Por qué dejamos de hacerlo? —pregunté observando cómo cambiaba su postura.

—Bueno, cuando nos hicimos novios Kate no quiso estorbar así que dejamos de salir los tres juntos, empezamos a salir por separado o de a grupos más grandes. Pero nunca fue lo mismo, nosotros tres nunca fuimos lo mismo.

—Sí —afirmé, justo en ese momento llegamos al restaurante y Sam y Kate estaban en la puerta esperándonos.

—Hubieran esperado adentro, hola soy Liz —exclamé dirigiéndome a Sam aunque él ya me había visto en el partido.

—Y yo soy Matt —agregó él saludándolo.

Luego de las presentaciones los cuatro entramos juntos al lugar, carecía de decoración pero era muy lindo, era una pizzería que había extendido sus comidas hasta ser un restaurante, aunque aun parecía una pizzería. Era grande y estaba repleto de mesas con gente hablando a viva voz. Un mozo nos trajo el menú en cuanto nos sentamos, los platos eran simples pero se veía por el servicio de otras mesas que estaban bien elaborados.

—Yo voy a pedir una ensalada por ahora —dije enseguida.

—No, yo por lo menos necesito carne —repuso papá en cuanto oyó la palabra ensalada.

—Bien, creo que tendrías que pedir pasta, las pastas de este lugar son las mejores —determinó Kate dirigiéndose a Sam firmemente, más tarde supe que Kate jamás había estado en ese lugar, por lo que aquella había sido la primera de sus tres mentiras disponibles.

—Si tú lo dices —accedió el chico inseguro, la primera victoria de Kate, no solo le sugirió un plato sino que logró convencerlo.

Mientras esperábamos nuestro pedido la conversación empezó.

—Este lugar me recuerda uno que hay en la ciudad, solo que este es tranquilo y el que yo conozco siempre está lleno, no se puede tener paz —comentó Sam para romper el hielo, obteniendo de respuesta una risa por parte de Kate, debo decir que exageró un poco.

—A mi me encantan los lugares ruidosos, este está demasiado muerto —acotó Kate, mentira dos, ella odia los lugares ruidosos— ¿Me esperan? Debo ir al baño.

Dicho aquello la seguí porque sabía que era nuestra señal. Una vez allí la encontré ya metida en un cubículo así que me metí en el de al lado.

—Vas bien Kate, ahora debes darle señales de que lo estás seduciendo —dije esperando respuesta.

—No sé qué hacer... pero ahora tengo otro problema —contestó con voz extraña, como haciendo fuerza.

— ¿Cuál?

—Digamos que no pensamos bien en el cinturón —Al decir esto escuché su puerta cerrarse y enseguida abrió la mía.

Entonces vi el problema, el sistema del cinturón de metal se había atorado y no había forma de sacárselo.

—Pues tendrás que esperar a llegar a casa...

—Si espero cinco minutos más tendré el pantalón mojado, lo digo enserio —gritó avergonzada.

La vida se nos reía en la cara, una humillación así no estaba en mis planes así que la dejé en el baño sola y volví a la mesa. Mis opciones eran: irme con papá de ese lugar y fingir que no la conocía, buscar la manera de sacar a Sam del restaurante o encontrar la manera de arrancarle ese cinturón.

Opción tres, una charla improvisada en la mesa, un cuchillo deslizándose por mi manga y una excusa para volver al baño.

—Liz, espero que tengas una solución ya —chilló con la cara roja, a lo que le mostré el cuchillo.

—No vas a usar eso conmigo —soltó mirándome asustada.

—Me dejaste usar unas tijeras, puedo usar un cuchillo.

Ya que no le quedaba otra opción me dejó intentar con el cuchillo. Me agaché a la altura del cinturón y empecé a serruchar la maldita tela que no quería romperse, en un momento una señora entró al baño, se disculpó al vernos y se marchó, no sé qué pensó que estaríamos haciendo pero tenía un problema más grande, la tela no se cortaba, maldito cuchillo de restaurante sin filo.

—Si no te quedas quieta ya no podrás tener hijos nunca.

—Solo córtalo ya, no aguanto.

Tras un rato, que pareció eterno al fin corté la tela, mis manos sentían la presión del cuchillo aun después de soltarlo y noté el increíble alivio de Kate al poder ir al baño de una vez por todas, por suerte el jean no sufrió daños.

Al volver a la mesa encontramos a los chicos hablando, papá era bueno conversando y la comida aun no había llegado.

— ¿De qué hablaban? —pregunté.

—Nada, le contaba a Matt que este lugar me encanta, es muy familiar —dijo Sam.

—Sí, lo es —contesté.

—En realidad no es tan familiar, casi no hablamos con los vecinos —afirmó Kate contradiciéndolo no solo a él sino también a mí.

— ¿Por qué dices eso? —interrumpió papá sorprendido y molesto a la vez, luego de escuchar en silencio sus palabras.

—Porque es cierto Matt, son unos idiotas.

—Bueno, tranquilos —intervino Sam intentando calmar la situación, seguramente luego de advertir la cara de papá—. Díganme, ¿son amigos hace mucho tiempo?

—Puede decirse —respondió Kate.

—Desde los ocho —masculló papá, estaba muy enojado con ella y debo decir que no era lo que esperaba que hiciera, tal vez olvidé decirle que debía ser sutil.

—Es lo mismo, Matt.

—No, no es lo mismo, nos conocemos de toda la vida prácticamente —increpó levantándose.

—A Sam no le interesa saber eso.

—En realidad sí —corrigió Sam en voz baja.

—No entiendo que te está pasando Kate, ¿por qué te comportas así?, me recuerdas a esas estúpidas chicas de la escuela.

— ¿Hablas de tus amigas? —bramó ella, también enojada.

—Ellas no son mis amigas, ustedes lo son. —Sam y yo nos manteníamos callados, encogidos en nuestros asientos esperando que explotaran del todo.

— ¿Olvidaste cuando nos cambiaste por ellas? nos reemplazaste.

—Yo no las reemplacé. Tú te alejaste de mi cuando Liz y yo nos pusimos de novios.

—Sí, imbécil —gritó, jamás la había visto así—, me fui porque no podía estar en medio de ustedes todo el tiempo, ella siguió contigo como novia pero no había lugar en tu vida para que yo fuera tu amiga porque ya tenías otros amigos. Lo entiendo, te empezaste a juntar con los populares y no podías estar con nosotras como si nada, pero no puedes esperar que nada cambie después de eso.

—Kate yo no quise hacer eso, pero siempre que te invitaba a algún lado, solo nosotros, no querías verme.

—Ya era tarde cuando te acordaste. Yo estuve contigo desde el principio al igual que Liz, pero parece que no era importante.

—Si son importantes, extrañaba esto Kate, nos extrañaba pero pensé que esta noche iba a ser buena y no, ahora me encuentro con que en unas pocas horas cambiaste por completo, esta no eres tú, hace un rato hablamos lo más bien y ahora estás hecha una superficial que solo quiere que su voz se escuche y ¿sabes qué? A nadie le gustan esas personas, no tienen amigos. Ese tipo de personas están enfermas, muertas por dentro, nunca pensé que podía pasarte eso. —Dicho esto y sin esperar respuesta tomó mi mano y nos guió a la puerta.

Eso pensaba él de las personas como yo y entonces se me ocurrió que tal vez a eso se refería la bruja con curarme, tal vez yo estaba enferma, muerta por dentro como había dicho papá.

Ya fuera del restaurante, papá y yo comenzamos a caminar de regreso.

—No entiendo que le está pasando, era mi mejor amiga. Además no entiendo porque trató a ese chico así, más que una cita parecía que lo odiaba.

—Solo estaba tratando de ser indiferente —respondí defendiéndola.

— ¿Para qué?

—Cuanto más fría, más inalcanzable, a los chicos les gustan las cosas inalcanzables.

—Eso es una estupidez, a los chicos como a cualquier otra persona les atrae lo que es difícil de conseguir pero eso no se aplica con las chicas, ustedes no son cosas. Me extraña que hables así.

—Es solo una teoría, no te enojes.

— ¿Y qué crees que hará ahora con ese chico?

—Supongo que le dará celos con otro para llamar su atención.

—Pero no necesita hacer eso, ¡Dios!, solo tiene que conocerlo, pasar tiempo con él y lo demás se dará. Lo que está haciendo es una tontería y va a terminar mal.

— ¿Por qué?

—Porque lo va a espantar.

—Eso no es cierto, al igual que las mujeres muchos chicos están desesperados y aguantarían cualquier cosa con tal de no estar solos, no quiero hablar mal de Sam pero tampoco es tan lindo como para poder rechazar a Kate.

—Basta, ya. No importa como sea físicamente, cualquier persona tiene derecho a ser querida y no por tener miedo a quedarse solo está obligado a aceptar cualquier cosa. No sé qué es lo que les está pasando a ustedes últimamente pero va a ser mejor que piensen bien lo que dicen, podrían lastimar a alguien.

No contesté, él estaba enojado con las dos y tenía motivos para estarlo, justo entonces llegamos a mi casa y sin esperar siquiera que entrara se fue sin mirarme.

La casa estaba oscura así que decidí encerrarme en el cuarto y dormirme lo antes posible, pero en esa cama ajena y esas cuatro paredes me sentía más sola que nunca.

—Ya no quiero ser así, no quiero ser mala, quiero curarme pero no sé cómo —sollocé dirigiéndome a la nada, hasta quedarme dormida una vez más.

# Capítulo 10

Aquella noche dormí mal, sentía culpa, y aunque desperté consciente de que seguía en el pasado estaba preocupada por papá, la pelea de la noche anterior casi no me había dejado dormir y ahora tenía que pensar que decirle para componer la situación.

Luego de almorzar sola, porque no tenía ganas de hablar con nadie, me encerré otra vez en el cuarto pensando en cómo arreglar mi metida de pata.

—Tal vez pueda decirle que actué de esa forma porque estaba enojada con Sam, que no era verdad nada de lo que dije, ninguna de las teorías, que solo lo hice porque quería defender a Kate y de solo pensar que Sam pudiera rechazarla por un error así me había vuelto loca —monologué sola en la habitación. Sabía que esas eran mentiras, pero en serio quería cambiar y no podía decirle la verdad de todas formas—. Ojalá te lo creas, no puedo decirte que lo hice porque soy así, no me creerías porque no estoy en mi cuerpo y estoy segura de que mi madre jamás hubiera hablado de esa forma. Sí, creo que te diré eso, espero tener suerte.

Suspiré y suspiré otra vez hasta abrir la puerta, esa sensación familiar de tomar valor para sumergirme en la oscuridad de mi casa, que no sentía como mía volvió, solo que detrás de esa puerta no había oscuridad, las luces estaban encendidas y se escuchaban voces hablando por detrás de las paredes. Abrí la puerta dispuesta a caminar hasta la casa de papá y explicarle la mentira que había ideado, pero antes de llegar a la entrada me topé con mi abuela en la sala, las voces que antes había escuchado se habían detenido, ahora ella estaba sola en el sillón, se la veía triste.

— ¿Qué ocurrió? —pregunté en voz baja acercándome a ella.

—Nada cariño, es que tuvimos una pelea con tu padre, nada grave.

—Puedes contarme. —Le pedí sentándome en el sillón frente a ella, yo no era su hija, yo no era quien tenía una mala relación con ella, yo no conocía su historia, pero estaba ahí en el lugar y momento para escucharla, y si la hacía feliz que «su hija» le hablara entonces ella se quedaría en ese sillón.

—Discutimos por lo del viaje a la ciudad —dijo aclarando su voz.

— ¿Dina los llamó?

—Sí, esta mañana.

— ¿Y por qué se pelearon?

—Tu padre no quiere que vayas y yo sí. Creo que sería bueno que fueras. Nosotros nunca salimos de aquí, pero yo pienso que sería una buena oportunidad para ti. Pero él tiene miedo.

— ¿Miedo de qué?

—De que no vuelvas. Siempre fuiste tan independiente y Matt tiene tantas ganas de irse de aquí.

—Teme que la ciudad nos atrape —reflexioné.

—Sí, ya terminas la secundaria y ahora elegirás tu camino. No me enoja que te vayas lejos siempre que encuentres lo que quieres, pero él es más difícil de convencer.

—Mamá, ¿quieres que pasemos la tarde juntas? —Tendría que posponer la visita a papá y no sabía si aquel era mi último día allí pero quería regalarle ese tiempo a ella, era lo correcto y no solo a ella también a mi madre donde quiera que estuviera.

—Eso me gustaría —exclamó feliz y a su vez sorprendida—, pero ¿por qué?

—Supongo que hace mucho que no tenemos tiempo solas.

—Sí, hace mucho —suspiró.

Enseguida me fui al cuarto a intentar llamar a papá por teléfono antes de salir, pero su madre atendió y dijo que él no quería hablar, luego llamé a Kate pero ella me cortó al segundo de escuchar mi voz, al parecer ese día no arreglaría nada, así que nos pusimos en marcha, nos cambiamos y salimos de la casa en dirección al café del pueblo, el mismo al que había ido con papá, no había muchos lugares a donde ir pero no parecía importarle, estaba acostumbrada y no conocía otra cosa.

Ya en el café nos sentamos en una mesa cerca de la ventana y un chico de mi edad tomó nuestros pedidos amablemente, aunque algo nervioso, por suerte para él el lugar estaba casi vacío, eso lo hacía todavía mejor. Se escuchaba el tintineo de algunas cucharas golpear en las tazas de café y las palabras murmuradas, fragmentos de conversaciones ocultas, quizás el cotilleo de las chicas que estaban del otro lado de la barra, o el chillar de los niños a cuyos padres avergonzaban, realmente no podía identificar de donde venía cada sonido, pero se mezclaban en perfecta armonía.

Los primeros diez minutos hablamos del clima, de la escuela, de los vecinos, del cumpleaños, de Kate y de papá, hasta que finalmente llegó nuestro café y medialunas.

—Esto me hace acordar a cuando eras niña, veníamos a este mismo café con tu hermano a esperar que tu padre saliera del trabajo —mencionó con un tono de voz indescriptible, tal vez nostálgico.

— Era divertido —dije abriendo un sobre de azúcar por el medio para echarlo en el café.

—Sí, lo extraño.

— ¿Por qué ya no vinimos?

—Bueno cuando ambos crecieron empezaron a venir con sus amigos, Rod dejó de venir primero y esto pasó a ser algo nuestro pero también creciste y finalmente dejamos de venir. No tiene sentido que venga sola.

— ¿Te dolió? ¿Qué te dejara de lado? —pregunté en un susurro mirando la cuchara que revolvía el oscuro líquido.

—Sé que no me reemplazaste, Liz, solo creciste, cambiaste. —Entonces entendí que ese lugar no era de mis padres, era de mi madre y de mi abuela, para siempre, aunque ella lo hubiera olvidado.

—Lo siento.

—No lo sientas, yo también tuve tu edad. Me de gracia verlos creyendo que nosotros nacimos siendo padres, a veces no nos damos cuenta que nuestros padres también son personas, no entendemos que tenían una historia antes de que los conociéramos.

—Ahora lo sé. —Y era cierto, solo que a diferencia de mi abuela, para entenderlo yo tuve que estar literalmente en el lugar de mi madre.

— ¿Recuerdas cuándo tu padre te regaló el tocadiscos? tenías unos ocho años y lo amabas, fue entonces que supe que sin importar cuánto crecieras siempre serías tú hasta el día que dejaras bailar y escuchar música como lo haces ahora. Cuando pienso en cuanto has cambiado recuerdo eso y todo vuelve a ser como era antes.

— ¿Por la música?

—Porque esa es quien eres. Si lo recuerdas nunca podrás perderte. —Mi madre ya no era ella misma, se había perdido por completo, pero por suerte mi abuela no estuvo presente para verlo, al menos no demasiado tiempo.

— ¿Qué te hace ser tú misma? —pregunté.

—Yo creo que ser tu madre. —Tras ver mi expresión de burla se rió y prosiguió con su argumento—. Te voy a contar un secreto antes de que nacieras yo quería tener un local propio, Rod estaba pronto a dejar de depender de mí y podría dedicarme a eso, pero entonces naciste...

—Y te arruiné la vida. —La interrumpí en tono de broma pero seria, porque yo sentía haber hecho lo mismo con mi madre, arruinar sus sueños y para rematar, ser una carga cuando las cosas se volvieron difíciles.

—Claro que no, ¿de dónde sacas eso? Fuiste lo mejor que nos pasó en la vida —exclamó—. No fue fácil, teniendo ya un niño del que cuidar pero de todas formas queríamos que creciera con una compañía. Y aunque no fuiste planeada para ese momento enserio te deseábamos y conforme pasaba el tiempo entendí que eras el mayor regalo de todos, ambos lo son.

—Pero no pudiste cumplir tu sueño. —La corté.

—Liz, las personas cambian, las metas cambian y eso es lo divertido de la vida. Yo no planeaba ser madre cuando tenía tu edad pero luego eso cambió, uno crece y emprende nuevas aventuras.

—Pero...

—No hay peros —dijo tomando mi mano, yo no la saqué—. Cuando creces los hijos son los únicos que se quedan, los matrimonios pueden fracasar, las amistades romperse, los noviazgos terminar y las mascotas morir pero los hijos siempre estarán ahí y siempre serás parte de ellos.

—Pero... ¿No tienes algo pendiente contigo misma, algo que en serio desearías?

—Mira, si estas fueran las últimas horas de tu vida te aseguro que lo único que desearías hacer es pasar el tiempo que te queda con las personas que amas, no te importaría ser millonario, cursar una carrera u obtener un trabajo, solo querrías estar con las personas a las que quieres y si no las tienes tu vida no tuvo el menor sentido.

—Tal vez tengas razón —exclamé mirando la mesa antes de llevarme la taza a los labios.

—Sé que la tengo. No digo que estudiar, trabajar y ganar dinero no sea importante, solo digo que no puedes poner al mismo nivel de importancia a las personas y a las cosas.

—Y menos elegir cosas antes que personas.

—Eso seguro.

— Mamá...

—Si... —contestó dando pie a que le contestara mientras tomaba un sorbo de café.

— ¿Crees que era buena de niña?

—Eras muy buena, ¿Por qué la pregunta? Ni siquiera hacías travesuras, creo que por eso tu hermano se encargó de hacerlas todas —contestó riendo seguramente al recordar a sus hijos pequeños—. Además eras muy graciosa, te la pasabas inventando juegos y juguetes todo el tiempo. Decías que el día que tuvieras un hijo se los enseñarías y yo te respondía que no haría falta, tendría tu misma imaginación.

No conocía todo eso de mi madre, por primera vez la veía como un misterio para develar.

—Aunque quizás hubiese sido lindo tener más amigos —exclamé recordando lo que Kate me había contado, jamás había sido popular.

—Los tuviste, pocos, estacionarios, pero siempre tuviste a Kate y a Matt —contestó cortando un trozo de medialuna—, yo a tu edad no tenía mejores amigos.

—Es verdad, ¿Crees que siempre estaremos juntos?

—Yo creo que luego de tantos años ninguna pelea es suficiente para acabar con su amistad, en especial la tuya con Kate —rió—, podría ser tu hermana gemela. Recuerdo el día que llegaron sus padres al pueblo, se mudaron dos años antes de que ustedes nacieran, eran una pareja joven y unida, era su primera casa y se encontraban muy solos al estar lejos de su familia así que pronto nos hicimos muy amigos, tan amigos como ustedes lo son ahora. No había tarde que no tuviéramos noticias de los otros incluso solíamos cenar juntos noche por medio. El tiempo pasó y ellos deseaban tener hijos, nosotros teníamos a Rod pero pensábamos tener otro en algún momento, no sé si fue obra de Dios o el destino pero se dio la casualidad de que el mismo año quedamos embarazadas y como no podía ser de otra forma ustedes se volvieron inseparables.

—Eso suena muy lindo —solté pensativa, recordando mi propia vida, mi infancia y el vacío que quedaba en mi mente cuando pensaba en la palabra amistad.

—Es lindo pensar en una historia de amistad que se formó desde el nacimiento, pero debes recordar que lo más lindo es que esa amistad perdure en el tiempo, porque bien podrían haberse alejado hace mucho. Amigos se pueden tener a cualquier edad o cualquier cantidad de tiempo siempre y cuando sea algo sincero.

—Como con Matt.

—Sí, aunque él está con ustedes casi desde siempre se llevaban tan mal ustedes dos, pobre Kate lo que sufrió por dividir su tiempo entre ustedes.

— ¿Kate dividía su tiempo?

—Claro, ¿No lo recuerdas? Tú pensabas que Matt era un tonto, no querías ser su amiga pero Kate sí, así que la pobre chica empezó a dividir su tiempo con uno y con otro, aunque esto no les agradó porque no sabían compartir; entonces llegó el día en que Kate se convirtió en la mejor amiga de Matt y tú te pusiste muy celosa, ella se hartó y dejó de hablarles a ambos, recuerdo hablar con su madre de eso, al final ella le propuso un plan para que ustedes se llevaran bien y funcionó. Desde entonces jamás se separaron.

—Y ahora ellos no son ni siquiera amigos.

—Eso no es cierto, verás es muy difícil estar en un grupo de tres en donde dos son novios y también es muy difícil darle todo tu tiempo a una persona sin recibir lo mismo.

—No lo entiendo —dije mirando mi reflejo en la ventana, aun me sorprendía no ver mi cara.

—Ya lo sabes, cuando Matt hizo nuevos amigos en el club, la relación de ustedes tres cambió, no tanto la tuya con él porque ustedes ya eran novios pero para Kate que era su mejor amiga fue un golpe bajo, por lo que enfadada dejó de hablarle, súmale eso al hecho de que ya no podían salir los tres juntos porque ustedes eran novios y ella siempre estorbaba. No es fácil estar en su situación Liz.

—Pero si ella ya no lo veía entonces todo volvió a ser como era antes de conocerlo.

—No del todo porque ustedes eran novios y ella no podía estar en el medio todo el tiempo, Kate te daba todo su tiempo a ti y tú no podías hacer lo mismo, tenías que repartirlo.

—Pero antes de que ellos se pelearan nosotros ya éramos novios —insistí.

—Sí, pero ella también repartía su tiempo entonces, ustedes tenían una pareja y una amiga y ella tenía a dos amigos, pero cuando se peleó con Matt solo le quedaste tú y a ti todavía te quedaba él.

— ¿Y crees que nunca terminaron de arreglarse?

—Claro que sí, por un año más o menos es cierto que estuvieron peleados, pero después Matt la fue a buscar, se dio cuenta de que ella seguía siendo su mejor amiga después de todo, así que la encontró y le explicó que él no había querido lastimarla, que entendería lo que le estaba pasando cuando ella también tuviera una pareja y tuviera que dividir su tiempo; así que se amigaron y ella tuvo que aceptar que las cosas no volverían a ser iguales.

—No lo sabía. —Me excusé.

—Lo sé, eso me lo contó la madre de Kate hace un tiempo.

Me quedé mirando el poco café que quedaba en la taza, intentado procesar toda esa información.

—Hablando de Clara, ella me contó lo que sucedió en el restaurante, dice que Kate parecía indiferente por la pelea con Matt.

— ¿Cómo?

—Como si no le importara.

—Eso no suena a ella.

—Creo que su actitud fue más una venganza, al parecer le dolió que Matt no la dejara ser feliz con su cita y de cierta forma estar con alguien más significa para ella devolverles a ustedes lo que le hicieron.

—Debería hablar con ella.

—Eres su amiga, pero el verdadero problema lo tiene con Matt. Siempre fue él, deberías permitirles arreglarlo solos.

—Él no tiene la culpa. Fue mi culpa —exclamé avergonzada, entendiendo por primera vez la magnitud de mi intervención—, influí a Kate para que actuara como lo hizo, pensé que la estaba ayudando.

—Entonces podrías intentar decirle eso, pero tranquila no creo que piense que arruinaste su cita, Kate no es alguien que se deje influenciar, yo creo que tenía un motivo para hacerte caso y creo que tiene que ver con Matt, le duele que para él tú y sus amigos de la escuela sean más importantes que ella y quiere que él sienta eso mismo.

—No creo que sea así, Kate no es vengativa.

—Pero es posible, debió de sentirse muy sola este tiempo.

Hablamos un rato más de cosas sin importancia pero mi cabeza navegaba en un mundo lejano, intentando asimilar la posibilidad de que Kate quisiera vengarse y de que en ese momento estuviera odiándome, la posibilidad de que papá ya no quisiera verme, y de que ese día no pudiera solucionar nada. Entonces se hizo hora de volver a la casa y tuve que interrumpir mi reflexión.

—Llegaron —saltó el abuelo alegre apenas nos vio, al parecer la pelea había llegado a su fin aquella mañana—. Me alegra que hayan pasado la tarde juntas.

—A mi también —dijo ella.

— ¿Quieren ver una película? —preguntó él contento.

—Me parece bien —contesté y me dirigí al sillón—. A todo esto ¿Saben dónde está Rod?

Ellos se miraron, una mirada de preocupación, como si ocultaran algo y no esperaran un interrogatorio.

—Ya volverá —contestó él secamente.

Me parecía que su forma de tratar a Rod y a mamá era muy diferente, ella era su niña quien había crecido y por eso los ignoraba, y él era un rebelde sin remedio que ya no hacía caso a los regaños, así que ¿para qué dárselos? Quizás eso pensaba mi madre de mí, quizás alguna vez quiso acercarse pero notó que yo ya no tenía salvación. Entonces se vino a mi mente el regaño de mi profesor: *—Escucha, no me importa que seas rebelde, que odies venir, o que no te interese hacer nada de lo que pido, pero no creo que estés bien lo que me lleva a tomar medidas para intervenir...* Después de todo quizás un regaño era señal de interés, me hubiera gustado haber sido más amable con él, pero ya no podía cambiarlo.

Luego de la película la abuela se puso a preparar la cena, ya quería saber qué cosa probaría esta vez, las comidas eran, no por poco, una de mis cosas favoritas del día en esa casa. Aquello me trajo el recuerdo de las comidas en mi verdadera casa y mi estómago dio un vuelco, deseaba que ojalá Kate hubiera aprendido de la abuela o al menos mi madre, ya que sonaba más lógico.

Ese sería mi regalo para ella e indirectamente para mí, que aprendiera a cocinar. Así que ese día me acerqué a la cocina y tímidamente le pregunté a mi abuela por qué nunca me había enseñado a preparar sus platillos. Claro que la respuesta era de esperarse: —Intenté hacerlo pero siempre terminabas teniendo que hacer otra cosa y pronto olvidabas las recetas. Mi madre se parecía más a mí de lo que creía. Pero esa vez era Anna la que deseaba aprender y no tenía ninguna otra cosa que hacer, así que me puse el delantal floreado, esa gente amaba las flores, y escuché con atención sus indicaciones, no puedo decir que aprendo rápido, simplemente hay cosas que me resulta sencillas y cosas que no y por eso desisto de probarlas, al menos en aquella época, sigo perfeccionándome.

Tras un rato al fin quedó grabada en mi memoria aquella comida y casi que la preparé sola y aunque aun no sabía que tan buena estaba, el olor indicaba que había hecho un buen trabajo.

—Mejor te apresuras a ir a tu clase o llegarás tarde.

— ¿Clase? —pregunté frunciendo el seño.

—En el auditorio… ya se te hace tarde.

Ya había olvidado aquella actividad y el canoso profesor aburrido, pero me intrigaba saber que tenía para decir ese día. Enseguida subí a prepararme, tomé un saco porque ya hacía frío y estaba oscureciendo, y antes de cruzar la puerta de entrada la abuela me llamó.

—Recuerda que Rod te irá a buscar a la salida —dijo, y yo puse los ojos en blanco. No tenía ganas de verlo, ni a su humor tan característico.

Por suerte recordaba el camino hasta el auditorio, aunque se me hizo largo y solitario sin papá tomando mi mano y Todd marcando el paso. Pensé en ir a la plaza y esperar a que fuera hora de volver pero mi madre jamás hubiera hecho eso, era un riesgo innecesario.

Al llegar me atendió una mujer en la entrada e igual que la vez anterior pidió mi nombre y me dio mi gafete, luego de colocarlo en mi saco me encaminé a la puerta que ahora estaba silenciosa y al entrar noté que la clase había empezado, pero aquellas personas eran respetuosas y no hablaban ni siquiera por lo bajo. No me atreví a arruinar la atmósfera así que sin ser vista me metí por una fila poco ocupada y me senté en el asiento suficientemente duro como para no quedarme dormida, pero no tanto como para terminar contracturada.

—Entonces —siguió diciendo el profesor—, ya planteamos que el ser humano a diferencia de los objetos tiene una existencia, no una esencia que lo determina. Pero ¿a qué piensan que me refiero con esto?

—Que el hombre primero existe y luego le precede la esencia, la cual el mismo construye con sus acciones —contestó una chica de voz chillona que estaba cerca del profesor, yo me encontraba casi en la última fila.

—Exacto y como bien agregó su compañera, el hombre se construye en base a sus acciones, no importa lo que digan ser o querer ser, si solo queda en palabras; lo que importa es lo que hacemos.

Por un instante aquel hombre se convirtió en un sabio, parecía que solo estaba hablándome a mí, y es que me sentí tan identificada. Solo en aquel momento y en aquel lugar pude entender por primera vez que yo solo me guiaba por palabras, creaba una historia y un perfil sobre mí que carecía de hechos, cuando los hechos solo mostraban que me había estado comportando como una idiota y esa era mi esencia, quizás «la chica de los labios rojos» realmente era un titulo desagradable que reflejaba verdaderamente esa esencia, una cara sin alma, un cuerpo sin deseos de vivir, solo de ser utilizado.

—Tú, la chica del saco negro —escuché decir al profesor mientras me señalaba, todos voltearon a verme—. ¿Cómo te llamas?

—Liz —contesté titubeante.

—Liz —empezó diciendo mientras se paseaba por el salón—. ¿Sabes lo que es el sentimiento de comunidad?

Obviamente no sabía la respuesta y en cuanto me encogí en mi asiento e hice una seña de negación el profesor se vio decepcionado.

—Es un concepto creado por Adler, él plantea que solo en la comunidad, en relación con otros, el individuo se convierte en una persona, la comunidad determina el marco ético y moral de los actos humanos. El sentimiento de comunidad se desarrolla a través de la educación y se trata de buscar el bien de uno mismo pero dentro del bien común, porque toda acción individual repercute en la comunidad. ¿Alguno tiene idea de cuáles son las tareas que toda persona enfrenta en relación con la comunidad?

Recordaba algo de eso, tras haber escuchado vagamente la clase anterior, me había quedado grabado porque me sentí tocada con sus palabras.

—Creo que eran el trabajo, el amor y la vida en comunidad

—respondí tímidamente pero en voz alta, odio que me hagan repetir las cosas—, aunque también se le puede agregar la relación con uno mismo y con el universo.

El profesor parecía satisfecho pero me preguntó algo más.

— ¿Y por qué crees que son comunes en todos e implican que las resolvamos?

—Supongo que en algún punto tienen relación con la cultura y la supervivencia, trabajar para vivir, amar y relacionarse con otros porque el hombre es un ser social que no puede vivir aislado del mundo, y porque sin una buena relación consigo y con el universo no podría poner en práctica las otras.

—O sea que todo comienza en uno mismo, —Me interrumpió el chico que estaba a mi lado sentado—, y se expande al resto.

El profesor al fin se vio contento con mi, ahora nuestra, respuesta y prosiguió con la clase. En cuanto terminó me dirigí pronto a la calle a esperar a Rod pero alguien se metió en mi camino.

—Me gustó tu respuesta. —Oí una voz detrás de mí, al girarme vi al mismo chico que había interrumpido mi discurso, era rubio, de pelo largo y ojos azules, con un poco de barba que se ve había olvidado afeitar esa mañana, era mayor que yo, pero su manera de hablar no lo delataba—, nuestros compañeros parecen zombies escuchando al profesor, solo unos pocos se atreven a dar respuestas propias sin citar a ningún autor.

—Solo usé la lógica, no me quedaba otra. Soy Liz, por cierto —contesté sin prestarle mucha atención, ya tenía frío y quería regresar a la casa.

—Soy Alex... —contestó tendiendo su mano la cual estreché rápidamente antes de despedirme, ya había divisado el auto de Rod y estaba feliz de verlo, raramente.

Al ingresar al auto noté que su humor era el mismo de los días anteriores, me sorprendía que alguna vez, hace muchos años, ellos dos hubieran sido más unidos.

— ¿Qué te pasó en la cara? —pregunté al ver que tras su terrible intento de ocultarse en la sombra de su capucha, un ojo morado sobresalía de su pálida piel.

—Nada que te interese —contestó sin más—, si no te importa no quiero hablar.

—Pues yo sí —dije aclarando mi garganta, adoptando la posición de una niña pequeña, sentándome cual indio en el asiento del auto, mirando en su dirección—. Ya estás preocupando mucho a nuestros padres y no me gusta verte tan perdido.

— ¿Perdido? —preguntó cambiando su postura de chico

malo, esta vez parecía tener la guardia baja, por primera vez pude ver esa expresión, la misma que yo adoptaba cuando hablaba imaginariamente con mi padre.

—Sí, no importa lo que hayan dicho, o lo que creas que han dicho de ti, no eres un caso perdido —Ya estaba cansada de verme reflejada en él, y como dijo el profesor, somos lo que hacemos de nosotros, nuestras acciones, y yo quería ayudarlo a entender lo mismo.

— ¿Y lo que dices tú? —preguntó otra vez subiendo la guardia, pero no del todo, aun tenía la puerta medio abierta—, crees que no te escucho, que no te veo, te avergüenza que sea como soy y no tienes problema en decirle eso a todos, incluso papá y mamá están avergonzados, porque te ven a ti y a mí, y claro que en esa comparación yo salgo perdiendo, no encajo con sus deseos.

—Ellos te aman, solo tienen miedo de que desperdicies tu vida y no saben cómo ayudarte. Y yo...lamento todo eso, te prometo que jamás volveré a hablar mal de ti, no me avergüenzas, y prácticamente ni te conozco, no sé qué te duele pero sé que sea lo que sea no vale tanto como para que te encierres en ti mismo.

— ¿Por qué dices esto ahora? ¿Te mandaron a hablarme o te sientes culpable? —preguntó, a esa altura ya habíamos estacionado el auto en la casa.

Se notaba que esa relación lo afectaba mucho, y quizás era como la abuela había dicho y un hermano debería ser una compañía, pero ese vínculo era tóxico y ambos se necesitaban.

—Me han pasado cosas últimamente y creo que me he comportado como una basura con mucha gente, y estás incluido en eso, realmente no quiero que por mi culpa también te sientas una basura.

—Ya era una basura, tu solo me trataste como tal —aclaró esbozando una media sonrisa, ya me había ganado un premio por ello.

—Quizás dos basuras deban ayudarse para dejar de serlo. Y quizás esta basura deba ayudarte a ocultar ese moretón antes de que te regañen.

Me sentí feliz, un poco más completa, por un momento olvidé todos los problemas que tenía y todas las discusiones que yo misma había generado, porque entendí que ningún vínculo se rompe del todo y al menos esa noche había reparado uno.

Al entrar a la casa medio apurados, medio a escondidas subimos a mi cuarto para improvisar un maquillaje sutil que tapara la notable golpiza, bajamos a cenar y no le pregunté en ningún momento que había causado ese moretón, porque seguro no querría contarme, y a mí tampoco me importa eso.

Luego de cenar y que los abuelos presenciaran ese leve pero

perceptible cambio de actitud en Rod, ambos subimos la escalera pero esta vez nos metimos en el cuarto de él. Como invitación sacó una botella de alcohol medio llena de debajo de la cama y me guió para a salir al balcón, trepamos por una pequeña escalera hasta el techo y ahí nos quedamos, hablando de la vida y de nuestras estúpidas personalidades tóxicas.

— ¿Crees que la vida tiene algún sentido? —pregunté al cabo de un rato de silencio, tomando del pico de la botella un pequeño sorbo.

—Quizás no el que esperamos, pero creo que sí, y aunque a veces pueda ser una total mierda también hay momentos que valen la pena —dijo despreocupado mirando por encima de las casas, con la mirada perdida y usando la botella como catalejo.

— ¿Y cómo dejamos de sentir la mierda?

—Creo que es la mejor parte, cuando estás tan tapado por ella que solo te queda sentirla —explicó seriamente mirándome esta vez con ojos más dulces—. Solo aprecias los buenos momentos después de una larga lucha con los malos.

— ¿Y entonces porque te anestesias? ¿No crees que tanto alcohol evita que sientas?

—Claro que lo evita, pero nadie dijo que es fácil sentirla, y yo no soy tan fuerte como crees, Liz —contestó con la mirada nublada otra vez divisando la nada, como hablando consigo mismo—, sin anestesia la vida me parece imposible y si muero mejor que sea eligiendo yo mismo la causa.

—Déjame padecerla contigo, todavía no puedes extinguirte —dije como broma pero con lágrimas en los ojos inducidas probablemente por el alcohol. El podía ser el reflejo de lo que me pasaría si siguiera ese camino y no estaba muy lejos—, ¿quién me va a insultar cuando no estés?

—Tranquila, mocosa, soy demasiado orgulloso para suicidarme —exclamó con tono divertido pasando un brazo por mi espalda—, tendrás que soportarme por un largo tiempo. Siempre y cuando dejes de ignorar mi existencia.

— ¿Me perdonas? —pregunté sinceramente, como hablándole a todas las personas que había dañado.

—Todo excepto que te tomaras el último trago —contestó moviendo la botella de un lado al otro.

En ese instante lo abracé y él me correspondió y fue entonces que sentí que realmente valía la pena cambiar, deseaba curarme.

# Capítulo 11

Pasé tres días sin hablar ni con papá ni con Kate, quería hacerlo pero sentía que no debía. Me había prometido convertirme en una mejor persona para que papá estuviera orgulloso, y estaba decidida a verlo solo cuando sintiera que lo había logrado.

Pasé aquellos días conociendo a Rod, hablando de muchas cosas que teníamos en común y debatiendo sobre otras. Aunque él seguía saliendo hasta tarde y enfureciendo a mis abuelos. Ese tiempo aprendí bastante sobre la familia de mi madre, y sobre ella.

Aquella mañana realmente me había levantado positiva, aunque por momentos el desgano se apoderaba de mí al pensar que aun no me había reconciliado con nadie.

No tenía verdaderas ganas de empezar el día con disculpas pero ya no soportaba su indiferencia, mas en ese momento decidí no pensarlo demasiado.

Intentando controlar mi ansiedad me paré para hacer la cama con calma y vestirme para comenzar el día, inundando mi mente de canciones que aun no se habían escrito y que entretenían mi mente evitando afrontar la realidad, la había jodido a lo grande; y lo que era peor... quizás mis intentos por solucionar todo lo habían jodido más.

Pero no, ese día había decidido ser alguien diferente, esta vez de verdad, no desperdiciaría mi tiempo sin antes poder sacarle algún beneficio.

*«El sentido de la vida está en sumergirse en la mierda voluntariamente y salir de ella sintiéndose totalmente limpio»*, esto decía la nota que deslicé bajo la puerta de Rod ese día y quizás se quedaría leyéndola un buen rato antes de entenderla, aunque para mí aquello tenía cierto significado. Ese corto tiempo de amistad entre nosotros había tomado la costumbre de dejarle mensajes como ese, relacionados con nuestras conversaciones nocturnas.

Tras dejar la nota bajé a poner la mesa y esperé frente a mi plato vacío hasta que todos se ubicaron en sus sillas. El ambiente parecía alegre, los abuelos habían dejado sus discusiones de lado y Rod me dedicó un guiño justo antes de sentarse, incluso lo noté más comunicativo con sus padres ese día.

— ¿Qué tal estuvo tu clase, Liz? —preguntó el abuelo con el

tenedor a medio camino de su boca.

—No tan aburrida aunque la anterior fue mejor, el profesor habló sobre existencialismo.

—Y sobre mierda —interrumpió Rod con una sonrisa cómplice mirando su plato. —Recordando nuestra primera conversación en el techo.

— ¡Rod! —Lo retó mi abuela mirándolo sorprendida.

Ambos nos reímos de nuestro chiste y los abuelos no acotaron nada, su asombro habrá sido monumental al ver cambios tan drásticos entre nosotros esos últimos días.

En pocos minutos la comida desapareció de nuestros platos y se hizo silencio. Si bien solían comer en familia no eran muy comunicativos.

—Liz, olvidé decirte —exclamó la abuela rompiendo el breve silencio—. Me enteré esta mañana que Kate está enferma, quizás quieras ir a hacerle compañía…

Ella sabía que desde el día del restaurante no hablábamos.

— ¿Enferma? —solté preocupada.

—Sí, nada grave, solo levantó fiebre en la noche y ayer estuvo todo el día en cama, de seguro le queda poco para recuperarse.

—Debería ir a verla —contesté sin esperar más información, y tras despedirme salí a la calle.

Recorrí el tramo hasta su casa pensando en que decirle, pero era mejor no planificar nada; llamé a la puerta y me dirigí a su cuarto.

—Pensé que habías muerto —dije desde el pasillo en tono de broma cambiando toda mi postura.

La criatura que se acurrucaba bajo las innumerables frazadas no dio señales de vida así que me acerqué.

—Creo que si está muerta después de todo —continué diciendo mientras me sentaba en el borde de la cama sin mirarla.

— ¿Qué quieres? —preguntó medio a la defensiva, medio convaleciente.

—Hablar, que me perdones, que volvamos a estar bien —contesté sin muchas ilusiones.

—Pides demasiado —soltó con voz nasal, incorporándose—, no debí confiar en ti. Sam se fue espantado, ni siquiera me llamó estos días.

En mi mente resonaban posibles excusas y mentiras elaboradas, razones que podría haberle dado a Jenna o a Eva, pero no a Kate, Kate sabía lo que yo haría incluso antes de que lo pensara.

—Debes creerme, yo no sabía que terminaría así, sino jamás te hubiera aconsejado…

—Yo soy la estúpida, te creí porque la Liz que conozco suele dar buenos consejos y no arriesgarse a la posibilidad de quedar en ridículo, pero parece que la nueva Liz sí. Solo te pido que ya no experimentes conmigo.

—Perdón, Kate. Quería ayudarte, deseaba que ese chico te diera una oportunidad y pensé que estaba haciéndolo bien.

—Pues eres muy mala con las citas, terrible —masculló sin ganas, se la veía decaída y no solo por la fiebre, estaba decepcionada.

— ¿Qué puedo hacer para compensarte?

—Podrías dejar de ser así. No necesitas cambiar, no tienes motivos, me gustaba la Liz que era inocente y cálida con las personas, la que me regañaba por ser atrevida e iniciar discusiones. Esta no eres tú.

— ¿Soy una peor versión de mí? —pregunté un poco triste. No había nada más feo que escuchar a la mujer que me había criado decir que era una persona horrible.

—No es una peor versión, es un intento forzado por ser diferente, no se siente auténtico. ¿Acaso te sientes tú misma actuando así?

Claro que no, pero entonces no lo sabía, y en ese momento la pregunta que tanto había resonado en mi cabeza salió de la boca de alguien más y por primera vez sabía la respuesta.

Yo había sufrido mucho de niña hasta que noté el agrado con el que otros me miraban por ser bonita, me aferré a eso como mi único valor y por mucho tiempo todo giró en torno a esa idea, pero eso hizo que mi vida se estancara, sin tener rumbo, sin armar proyectos, solo deseaba encajar y seguir teniendo esa mirada dulce y de admiración por parte de otros. Quizás el miedo al rechazo me había impedido preguntarme quien era yo, pues la respuesta podía diferir mucho de lo que otros creían.

—No, pero es que ya no sé quien soy realmente —contesté mientras me acostaba a su lado mirando el techo.

—Sí lo sabes, solo debes explorar más —soltó poniéndose de costado en la cama, mirando la expresión dolida de mi cara, su voz había cambiado—. Lo siento.

— ¿De qué hablas? —La miré sorprendida, no entendía a que se refería.

—A veces solo me preocupo por mis cosas y no te pregunto sobre las tuyas.

Quizás por eso la Kate adolescente había decidido ponerse en segundo plano cuando su amiga la necesitó... para seguir viviendo.

—Estoy bien...

— ¿Realmente lo estás? ¿O simplemente tus cosas están bien?

No es lo mismo.

— ¿Qué diferencia hay? —pregunté mirando otra vez el techo, aunque mi cabeza seguía en otro lugar.

—Qué puedes pretender controlar tus cosas pero ¿Qué ocurre dentro de tu cabeza? ¿Realmente estás satisfecha contigo? —Entonces reí, pero no una risa explosiva ni una sorpresiva, era una risa ahogada en llanto, uno que no se exteriorizaba.

No pude entender por qué sentía aquel nudo en la garganta y esas lágrimas precipitándose, yo no tenía motivos para tales expresiones de angustia pero ahí estaban... latentes.

—Estoy bien —contesté secamente y cambié de tema.

Aquella sensación de vacío siguió invadiéndome todo el día, pero me esforcé por ignorarla para poder continuar con lo que debía hacer. Kate me pidió que fuera a buscar unos libros a la biblioteca, quería enmendar lo nuestro así que me ofrecí, eso era mejor que quedarse y verla dormir.

Tardé un rato en encontrar la biblioteca pero ya no me alteraba como el primer día en el pueblo, aprovechaba para mirar el lugar y sentir la tranquilidad que emanaba, al menos hasta volver a la realidad.

*«Todos los que amas ahora van a morir o desaparecer de tu vida»* repetía en mi mente *«Al menos no será tu culpa»*. Eso no me tranquilizaba porque tampoco era culpa de mi madre y aun así lo estaba pagando.

La biblioteca era pequeña, de estructura antigua, pintada de amarillo claro y con una enorme puerta de madera tras una fina reja negra. Al entrar vi un pequeño escritorio con una mujer perdida dentro de un sillón demasiado grande, apilaba papeles a su izquierda tras estampar un sello rojo en cada uno.

— ¿En qué puedo ayudarte, cariño? —preguntó con voz delicada acomodando sus lentes de montura azul.

—Vine a retirar unos libros para mi amiga —contesté sin ganas, mi ánimo había decaído al extremo.

La mujer me miró preocupada pero se fue sin preguntar nada después de decirle el nombre de Kate.

Por un momento pude observar la biblioteca, era pequeña y muy vieja, se notaba que había sido una casa en alguna época remota, las paredes estaban llenas de carteles a punto de descolgarse y las estanterías ocupaban toda la pared del salón que estaba a mi vista. Unas cortas escaleras comunicaban cada estantería, seguramente para que todos pudieran alcanzar los libros sin pedirle ayuda a la bibliotecaria. A pesar del silencio que reinaba, el espacio de los estantes estaba lleno de personas que se sentaban a leer en los escalones, aunque presumía que debía existir una sección de lectura al fondo del lugar, quizás con mesas, sillas y sillones.

—Aquí tienes —soltó la bibliotecaria con tono de estar haciendo un gran esfuerzo. Eran bastantes libros, y pesados.

Justo antes de marcharme me encontré con una cara escasamente conocida.

— ¿Lisa? —pregunté a modo de llamado, aunque realmente tenía miedo de haber metido la pata con el nombre.

La chica de cabello castaño enmarañado me escudriñó achicando los ojos tras el cristal de sus lentes y dibujó una sonrisa al darse cuenta de quién era. Ahora que la veía y recordaba lo mal que había hablado de ella en la cafetería me alegraba de haber recibido la reprimenda de papá. Pero aun pensaba que era fea y necesitaba varios cambios.

—Liz, hace días que no te veo. ¿Qué has estado haciendo?

—Paso mucho tiempo en casa —me excusé. Parecía ocultar algo, no se veía bien, como si la hubiera atrapado con las manos en la masa. Ese día parecía identificar la tristeza a kilómetros, de estar en mi verdadero cuerpo seguramente personas como ese ánimo hubiesen pasado desapercibidas para mí— Oye, ¿quieres ir a algún lado?

No sé porque lo dije, quizás para las personas normales baste con decir que parecía triste pero eso no se aplicaba conmigo, al menos no antes.

Fue entonces que dejé los libros en casa de Kate, con ayuda de Lisa para llevarlos, y terminé pidiéndole el auto a Rod, no sin que antes se quedara estupefacto por la idea de ver conducir a su hermana. Tuve que excusarme diciendo que papá, me había enseñado, pero rogaba que no se enterara de mi mentira.

Quizás mi plan pareciera impulsivo, tonto, arriesgado, estúpido y otros apelativos igual de negativos pero no carecían de argumento. Lo cierto es que Lisa tenía esa mirada de quien planea acabar con todo de un plumazo y yo sentía que mi cuerpo pedía lo mismo. Algo me llevaba a acercarme a ella, y yo estaba intentando hacer lo que la bruja me había dicho: no aferrarme a los momentos, o sea dejarme llevar.

El auto de Rod era un Falcón color marrón, nada muy lindo realmente y demasiado antiguo para alguien acostumbrado a los modelos actuales, pero se notaba que estaba impecable y que era moderno para ese entonces. En cuanto nos subimos intenté persuadir a Lisa para que me contara la causa de su estado de ánimo, pero no conseguí nada, así que solo conduje a la salida y me incorporé a una ruta de tierra que comunicaba con otros pueblos. Estuvimos en el auto alrededor de cuarenta y cinco minutos sin despegar la vista del frente, por su parte Lisa parecía asombrada con el paisaje que iba cambiando con cada kilómetro, seguía sorprendiéndome que las personas de ese pueblo jamás salieran de él, aunque debo admitir que me complacía verla entretenida y con mejor semblante.

— ¿Qué hacías hoy en la biblioteca? —pregunté sin quitar la vista del camino. La tierra de la improvisada ruta se desprendía creando una ola, de haber estado a pie de seguro alguien se habría quedado ciego.

—Buscaba unos libros de diseño —contestó cambiando su actitud por una más abatida. Su voz era dulce aunque parecía temblar cada vez que emitía un sonido.

— ¿Diseño de qué?

—De moda.

—Genial, ¿estudiarás algo así? —pregunté sin poder evitar pensar en lo ridículo que sonaba eso viniendo de una chica como ella.

—Eso quería —respondió apoyando su cara sobre el puño mientras dejaba su vista clavada en el horizonte—, pero papá perdió su trabajo así que no podré hacer el curso que quería.

— ¿Y qué harás? —pregunté mirándola por primera vez con atención, sus movimientos estaban bien calculados y no salía de los límites del asiento ni por casualidad, quizás por timidez, quizás porque quería desaparecer en ese instante.

—Supongo que conseguir algún trabajo…

No sabía que decirle, hubiera sido increíble darle unas palabras de aliento pero yo no era esa clase de persona, jamás había aprendido palabras de ese tipo y de intentarlo seguro habría obtenido la reacción opuesta a la esperada.

Nos mantuvimos calladas el resto del camino mientras mi mente vagaba pensando en que estaría haciendo papá, pero no lo lamentaba, tenía una buena razón para no verlo ese día y estaba dispuesta a arreglar las cosas con él al día siguiente.

Los paisajes que cambiaban a medida que dejábamos atrás el pueblo eran cada vez más desérticos, las casas que empezamos viendo al salir dejaron de aparecerse, incluso los arboles que marcaban el camino y las praderas donde se veía corretear animales habían desaparecido.

— ¡Mira, allá! —chilló Lisa indicándome algo con su dedo a través de mi ventana. De haber estado menos alerta habríamos chocado.

Mi vista siguió su dedo y se topó con una enorme carpa rayada, roja y blanca, y decenas de banderines colgados guiando la atención hacia la entrada del lugar, la cual era rodeada por pequeños puestos llenos de gente. Mi idea era pasar la tarde tranquila, acompañada pero ensimismada en mis pensamientos, quizás mirando algún paisaje natural en un pueblo lejano, pero siempre que intentaba hacer algo menos parecido a mí algo no me dejaba hacerlo, y si bien un circo no era mi estilo, era más yo que gastar la tarde reflexionando.

—Vamos, será divertido —exclamó Lisa, seguramente al ver mi cara.

No me negué, después de todo aquel viaje era en parte para que ella dejara de emanar esa aura triste y por alguna razón esos pensamientos me llevaron a sentirme otra vez decaída.

Al bajar del auto nos dirigimos directo a la entrada del lugar, era una especie de feria mezclada con parque de atracciones en medio del campo; había gente por todas partes y niños corriendo excitados por la azúcar, de hecho todo el lugar desprendía un intenso olor a azúcar que llegaba a mis labios y sentía como caramelo derretido, había música de fondo, la típica del circo y pequeñas carpas por doquier, con letreros extravagantes; *«La tienda de las curiosidades», «Ruffo, el rey del fuego», «El ladrón de voces», «Mayra, la muñeca de trapo» y «La encantada, Alessia»*

Cada carpa tenía una fila de personas en la entrada y antes de seguir caminando nos metimos en uno de los pequeños puestos donde vendían recuerdos del circo. Aunque muchas cosas eran ridículas me llamó la atención una camiseta de la pantera rosa, uno de mis personajes favoritos, así que decidí comprarla antes de seguir avanzando.

— ¿Por qué no compras una? —exclamé mirando a Lisa pero esta negó con la cabeza antes de marcharse corriendo.

Yo no la seguí de inmediato, decidí escoger algo para ella y me quedé con una amplia camiseta de Scooby-Doo.

—Toma —grité corriendo a su lado dándole la prenda. Se puso roja pero tras mis insistencias se la probó encima de la que tenía y yo la acomodé para que se ajustara—. Todo cuerpo tiene sus trucos.

— ¿Pero... cómo? —soltó sorprendida al ver que le quedaba bien.

—La ropa debe amoldarse a ti, no tú a ella.

La tarde transcurrió rápidamente y reímos prácticamente todo el tiempo. Lisa era muy divertida cuando se relajaba, y se la pasaba haciendo tonterías sin importar las miradas del resto. Incluso me olvidé de mi actitud habitual de engreída y me permití divertirme sin esforzarme por ser amable. Realmente no sentía la necesidad de herirla, no era correcto luego de pasar un día tan feliz a su lado.

Cuando terminamos de ver todo fuimos a la carpa mayor, la del circo, estaba al final del camino, al lado de esta un gran cartel marcaba el horario de comienzo del show, el cual al parecer daría cierre a la festividad.

—El show es las 18hs, ¿quieres buscar algo de comer mientras esperamos que las filas se acorten? —sugerí acalorada, no pensaba quedarme parada allí media hora más, y necesitaba tomar algo.

—Claro. —La notaba renuente pero no le di importancia.

Enseguida divisé un puesto de comida, no había más que hamburguesas y ensaladas, dos cosas que no jugaban bien juntas pero que parecían atraer a mucha gente. Ese día me decidí a dejar de lado mis estúpidas intenciones de comer saludable y pedir dos hamburguesas y gaseosas, pero Lisa me miró angustiada en cuanto hice el pedido sin consultarle.

Comimos las hamburguesas en la barra del lugar, justo antes de que se llenara y nos quedáramos sin asiento, la comida era deliciosa, y más después de llenarla de aderezos. Lisa por su parte ocultaba su rostro tras su abundante y desprolijo cabello mientras comía lentamente su hamburguesa.

—Siéntate derecha, vamos —exclamé al verla encogida en su asiento.

La chica me miró desde abajo con la cabeza inclinada, su cara era lamentable y sus dedos apretaban la hamburguesa hasta sacarle grietas al pan.

—Debo ir al baño —exclamó de repente y saltó de su asiento para dirigirse a una carpa que funcionaba como aseo, mas en su interior había baños químicos igual de antiestéticos que si estuviesen a plena vista.

Tras su ausencia me ocupé mirando el lugar con libertad, el césped estaba quemado por la intensidad del sol, al igual que los toldos, y los berrinches de los niños se oían incluso a metros de distancia, incluso podía decirse que había un ligero olor a vómito en todas partes, algo que antes no había notado.

Los minutos pasaban y Lisa no volvía así que fui a buscarla a la carpa-baño.

— ¿Lisa? —llamé en voz alta al correr la cortina de entrada.

Todos los baños estaban abiertos excepto uno y tras comprobar que no tenía seguro abrí la puerta. Y ahí estaba... la verdadera Lisa, la Lisa rota detrás de la sonrisa fugaz de un buen día, el estado permanente de la chica con semblante triste, arrodillada en el piso del baño, con una mano temblando y la otra aferrándose al borde del inodoro tras haber expulsado los pocos bocados de la hamburguesa.

—Liz, ¿Qué haces aquí? —murmuró con los ojos abiertos, avergonzada.

Cerré la puerta y me quedé fuera del baño, salí de la carpa y observé ese mundo feliz, esa farsa feliz que no significaba nada para Lisa, porque quizás ya tenía muchos problemas en su vida como para simplemente no notar el olor a vómito del ambiente o los descoloridos toldos de las carpas.

Aun recordaba el sentimiento que seguramente ella estaba experimentando en ese momento; las intensas ganas de llorar y la garganta quemada, el estómago vacío pero satisfecho de estarlo, yo no podía apartar la vista de mis dedos temblorosos, obligados a corromperme, pensaba que quizás hubiera sido más fácil herir el órgano más grande de mi cuerpo pero no podría justificarlo y yo necesitaba ese poco de paz al saber que tenía todo bajo control y las causas de mis actos eran pura moda y estética en vez de declarar las razones más deprimentes.

La esperé dos minutos y pronto salió, sin expresión y con la mirada perdida.

—Ya sé lo que piensas…

—Que entiendo que lo necesitas… sí —dije enfadada y me encaminé hacia una de las carpas: *«Mayra, la muñeca de trapo»*, quien para la no sorpresa era una contorsionista.

Lisa me siguió y nos quedamos un rato mirando el show, la chica rubia de cabello corto vestía unas mallas violetas y se movía como si realmente fuera de trapo, por un momento pensé que quizás se había roto cada hueso del cuerpo para lograrlo. Si bien el escenario era pequeño, lo aprovechaba para recrear las más difíciles figuras, haciéndolo parecer sencillo, se estiraba como un chicle y sin ninguna expresión de dolor o esfuerzo en su rostro.

La carpa no estaba realmente llena, por lo que supe después la atracción ese día era Ruffo, un hombre experto en espectáculos de fuego.

Debo admitir que no estaba disfrutando el show como era de esperarse, tenía muchos sentimientos encontrados y desbordados ese día como para concentrarme en diversiones. Por momentos estaba bien y por otros tenía ganas de llorar, quería irme de allí pero volver a casa sería igual de deprimente al recordar que no había hecho aun las paces con papá.

—Necesito tomar aire —le dije sobre la marcha a Lisa.

— ¿Puedo acompañarte? —exclamó casi en un susurro la chica, quien tenía los brazos cruzados acariciando lentamente sus codos.

—No, no quiero estar contigo ahora. —Dicho aquello me fui como solía hacer cada vez que hería a alguien, correr antes de escuchar su corazón romperse. Debo decir que me arrepentí apenas salí de la carpa pero no pude admitirlo conscientemente, solo seguía caminando.

Afuera el sol había calmado su intensidad y cerca se notaba la figura de la luna, mas los puestos seguían atrayendo gente a las filas, todos excepto uno, *«La encantada, Alessia»*, no tenía nada mejor que hacer así que me encaminé a él.

La tienda era pequeña, de color azul claro y con arabescos pintados en el, corrí la fina tela para entrar, el interior estaba oscuro, iluminado por una esfera en la mesa, una esfera blanca de cristal que proyectaba pequeñas estrellas en el interior del lugar.

—Hola, querida —escuché que decía una voz familiar desde la silla al otro lado de la mesita.

— ¿Usted otra vez? —exclamé sorprendida al ver a la mujer frente a mí, la bruja que me había traído a ese lugar.

—Siéntate, Anna —dijo amablemente la mujer.

Entonces pude verla con más claridad; su cabello era castaño y estaba prolijamente arreglado, tenía un fino hilo de rojo trenzado cruzando su frente y lucía un pequeño brillante en el medio, sus ojos eran cafés y su mirada despedía un brillo que no sabría describir, se veía mucho más joven aunque unas líneas se marcaban en la comisura de sus labios y en el borde de sus ojos.

— ¿Qué hace aquí? —pregunté mirándola fijamente.

—Soy amiga del presentador del circo, me ofrecí a poner un puesto este año...

— ¿Va a decirme que es una casualidad? —La interrumpí abruptamente.

—Pues sí, casi que lo es, aunque sabía que vendrías —respondió calmada tomando una tetera y vertiendo su contenido en una taza de porcelana—, té de flores... ¿sabías que se cuenta que el origen de esta flor se remonta a la creación de Dios?

—Que interesante, pero ¿podría decirme cuándo terminará esto? Creo que merezco saber cuánto tiempo me queda con mi padre.

—Se dice que es la flor del amor desesperado y eterno, conecta al hombre con sus seres queridos y con el tiempo mismo...

—Señora, enserio necesito saber...

—Aunque a veces su nombre puede ser una forma dolorosa de recordar lo que se fue...

—Por favor.

—Anna, la muerte no se planifica, los finales no se pueden conocer, es como si me pidieras conocer la fecha de tu muerte.

— ¿Acaso la sabe? —pregunté asombrada.

—Pues no, no lo sé. Lo que digo es que si supieras cuando termina todo planificarías tus acciones y eso no es ser auténtico.

— ¿Y entonces como espera que las haga bien? —grité frustrada.

—No espero que lo hagas bien —dijo riendo—, solo espero que seas buena. —Verla reír me daban ganas de golpearla.

—Es que eso es imposible —solté a punto de llorar de impotencia recordando mis errores—, ya peleé con papá, Kate se decepcionó de mi, traté mal a esa chica allá afuera sabiendo que la está pasando mal. Haga lo que haga no puedo ser buena.

—Eres humana, todos ellos lo son y cometen errores, y parte de esta experiencia se trata de dejar de amarlos, no lo pienses mal, no quiero que los odies, quiero que tengas sentimientos encontrados, que te enojes con ellos, que no los idealices pero que al final del día los elijas y te elijas a pesar de todo.

—Pero...

— ¿Acaso no eres la chica a la que nada le importa lo que digan? ¿O lo que sientan?

—Pero ellos me importan...

—Lo sé y por eso se que si aprendes a pedirles perdón entonces podrás perdonarte por todas las veces que no lo hiciste con otros.

— ¿Puedo preguntar algo?, no entiendo por qué todo el día me sentí desanimada, es como un dolor en el pecho que me hace sentir culpa y no sé si tiene que ver con lo que estoy haciendo mal, o es una señal de algo, se siente como...

— ¿Ajeno? —preguntó segura y yo asentí—, lo es. Las experiencias y sentimientos muchas veces quedan marcados en el cuerpo, listos para brotar cuando la situación lo amerite, este cuerpo que usas no te reconoce como impostora, así que reacciona como si todavía estuviera con su dueña.

— ¿Y por qué mi madre sentía estas cosas? —dije extrañada.

—Quizás podrías averiguarlo ahora que estás en su cuerpo, piensa como es su vida, y si es realmente feliz...

—Está bien —contesté abrumada—, ¿no me va a decir nada más?

—Ya debo irme, está por comenzar el show de cierre, pero recuerda, las Nomeolvides son muy pequeñas pero crecen en grupo volviéndose hermosas —explicó mientras me colocaba un pequeño ramo de las minúsculas floreces azules en la oreja, flores que me recordaban a mi madre.

Al salir de la carpa caminé directo hacía el circo, en la entrada me encontré con Lisa, que aún seguía con el semblante triste y juntas entramos a la carpa con un tumulto de gente que nos condujo a las gradas que rodeaban el centro, donde se desarrollaría el espectáculo.

El escenario estaba decorado de vivos colores, una red de seguridad se elevaba a metros del suelo y unos cañones azules marcaban los límites del espacio usado por los miembros del show.

El presentador llevaba un traje negro y un moño rojo, tocaba su barba simulando estar pensativo mientras se paseaba por el lugar mirando a los espectadores. Aquel parecía un espectáculo muy anticuado pero lo clásico era moda y me sorprendió ver la magia que despedía.

Por cuarenta minutos desfilaron varios números, pudimos ver a la muñeca de trapo recrear sus movimientos de la tarde y a Ruffo llevarse las expresiones de asombro de todos los presentes al escupir bocanadas de fuego, se merecía ser el más aclamado en ese lugar. Ruffo era un hombre de unos treinta años, moreno y de pelo negro y áspero, trenzado hasta los hombros, llevaba unas llamas naranjas pintadas en las mejillas y su ropa era oscura con detalles brillantes, sus actos con fuego parecían rozar el borde de lo peligroso, pero igual que Mayra, los realizaba con toda facilidad. También vimos al ladrón de voces quien imitaba la voz de cada uno de los voluntarios, yo me encogía en el asiento cuando su mano recorría las gradas para incitar a alguno a pasar al frente.

Pero creo que el mejor espectáculo fue el del final, un momento donde el silencio reinó, las luces se apagaron por completo y al volver a encenderse unas mujeres aparecieron frente a nuestros ojos, flotando en el aire suspendidas en los aros que colgaban del techo, eran una visión impresionante, todas vestidas de un color plateado, dobladas por completo, con la cabeza y los pies mirando el suelo, quietas hasta que la música empezó y dio comienzo a una serie de danzas aéreas que arrancaron suspiros de todo el mundo. Pero cuando ya parecía terminar el espectáculo una melodía de tensión dio paso al último acto; una chica de oscuro cabello arreglado como los años veinte y nariz de payaso bajó en un columpio que descendía hasta una plataforma a metros y metros del suelo. La joven llevaba un corsé rojo con rombos blancos y unas medias a juego, unos pantalones cortos pegados al cuerpo y un collar de volados blancos cual reina Isabel, y de repente hizo que todos los presentes gritaran cuando saltó de la plataforma y se lanzó directo a un trapecio. Verla me dieron ganas de probar un arte como aquel.

Al finalizar el show nos quedamos esperando a los artistas, saludé a Mayra y a Ruffo, me escabullí del ladrón de voces y le aplaudí junto a todos a los restantes miembros del grupo. Lisa ya se estaba dirigiendo al auto cuando divisé a la trapecista y corrí a su lado para felicitarla.

—Amé tu rutina, hacen parecer todo tan fácil —le dije sonriente a la joven que acaba de separarse de su grupo de compañeros.

—Gracias —contestó riendo con voz tranquila—, solo es dedicación y disciplina, podrías hacerlo también.

—Quisiera hacer tantas cosas, pero no todo es posible —afirmé pensando en que desde niña siempre había querido ser una gran artista, pero todo quedó en deseos, como dijo el profesor el hombre es el conjunto de sus acciones, no lo que dice ser.

—Quizás debas concentrarte en una cosa a la vez, para poder hacer todo —exclamó sonriendo mientras buscaba una tarjeta en su bolso— toma, puedes ir a vernos un día de estos si quieres aprender algo de lo que hacemos.

Aquella idea parecía lejana pero me entusiasmaba como si estuviera en mi cuerpo real.

Ese día acabó siendo mejor de lo esperado, incluso me di el lujo de comprar golosinas antes de volver a casa.

Al llegar al auto me encontré con Lisa, tenía los ojos cerrados y estaba recostada en el asiento con una actitud más espontánea, al entrar reaccionó como si la hubiera descubierto haciendo algo indebido y enseguida retomó la postura de antes. El silencio interior se sintió extraño, luego de pasar horas completas con los oídos llenos de ruido la soledad de los asientos recalentados por el sol de la tarde nos encontraban pacíficas pero tristes.

—Lamento lo que dije hoy —comencé diciendo tomando con fuerza el volante y sin valor para mirar a mi acompañante—, no quise decir que necesitas eso, creo que estaba enojada porque no me gusta verte así.

—Lo entiendo —respondió ella mirando mis manos, seguramente carente del mismo valor para verme a los ojos.

—No necesitas esas preocupaciones ¿lo sabes? Y quien diga algo sobre tu cuerpo es un idiota —Y así era como me sentía en ese momento.

Ella río, una risa débil, sincera pero frágil.

— ¿Sabes?, no es solo por eso. A veces siento que es para...

—Sentir que tienes control sobre algo —dije sintiendo la vista borrosa, pero esas si eran mis lágrimas.

—Sí. ¿Por qué dices esto ahora? Kate suele ser la que habla de estas cosas —comentó intentado hacer una broma.

—Porque realmente me caes bien y no quiero verte triste.

—Siempre creí que te caía mal, casi nunca hablamos y cuando lo hacemos es como si quisieras salir corriendo.

—Lo siento, Lisa. Enserio lo siento, pero ahora soy sincera, no quiero que sientas la necesidad de hacer esto, siempre podemos hablar, o tomar el auto para huir de todo por un rato —reí conteniendo las lágrimas.

—Gracias… —contestó esta vez mirándome.

Entonces noté lo que la bruja, Alessia, había dicho; quizás mi madre no era feliz, porque cuando uno está roto la tristeza ajena es una carga insoportable, la otra opción era creer que ella era parecida a mí, pero a pesar de que no la conocía realmente confiaba en que no era así.

Estaba por arrancar el auto cuando noté que aquello que había dicho no era suficiente, unas palabras de aliento, una charla… eran un progreso para mí pero no eran suficientes para salvar una vida. Pensaba en Rod y en la botella vacía y el aire colándose por nuestros poros, su mirada triste tratando de que su hermanita no cometiera sus mismos errores… todas esas eran solo palabras, palabras vacías sin hechos prometidos, palabras que pronto olvidaría y ellos quedarían otra vez solos.

—Yo tampoco estoy bien —dije con la voz quebrada mirando mis uñas desarregladas, comidas por dientes ansiosos desde antes de mi llegada—, y no sé si podré arreglar algo de todo esto, pero tengo tantas ganas de hacerlo.

— ¿De qué hablas? —preguntó la chica a mi lado, ahora más fuerte que yo, posando su mano en mi hombro.

—Todos a mí alrededor sufren y yo jamás pude darme cuenta y ahora que quiero ayudar siento que es tarde.

—Nunca es tarde —dijo ya con los lentes empañados—, siempre se puede hacer algo.

—Si eso crees entonces come, por favor —supliqué en un susurro, no quería perder a nadie más— prométeme que no desaparecerás.

—Tampoco tiene importancia, no moriré pero… —Su voz quería hacer una broma pero su mirada delataba los planes que tenía para su destino.

—Eres mejor persona que yo, sería mejor que yo desapareciera, no tú. Por favor no dejes de querer vivir, estas cosas no te dan control, tú ya tienes el control y sabes lo que quieres, solo debes hacerlo. Piensa en tus padres, en tus amigos, todos ellos se perderán de ti y no mereces perderte de todas las cosas que tienes para hacer.

—Es que no se si tenga la fuerza —se excusó esquivando mi mirada.

—Tienes más fuerza de la que crees, pero no confías en ti

—contesté tomando su mano, me sentía tan culpable por todas las veces que había colaborado en la muerte de alguien sin darle importancia. Nick, Carla, incluso Jenna y Eva... mi madre... víctimas de miles de comentarios dolorosos.

— ¿Y quién lo haría? —dijo agachando la mirada.

—Yo confío en ti y prometo no dejarte sola, si tú no me dejas sola.

Ambas sonreímos y nos abrazamos y yo seguí llorando esas lágrimas febriles que al fin aflojaron el nudo que sentía en la garganta desde la mañana.

El trayecto a casa fue rápido, dejé a Lisa en su casa, a unas calles de la mía, luego estacioné el auto en la entrada y crucé la puerta esperando que la cena estuviera servida, pero para mi sorpresa no era así, al parecer Rod se había ido y los abuelos, enojados ni siquiera querían cenar así que se fueron a acostar temprano. La casa estaba en penumbras, lo cual me trajo recuerdos, y estaba tan cansada que eso era insoportable... así que fui a pedir refugio donde siempre.

—Te disculpas, me abandonas toda la tarde y luego vienes a robar mi comida y mi cama —exclamó Kate fingiendo cansancio.

Ambas estábamos boca arriba mirando el techo, una al lado de la otra, en la cama, apretadas y tapadas hasta el cuello.

—No estoy de humor para que te quejes de nimiedades —respondí en tono de broma mientras apoyaba mi cabeza en su hombro.

Pasara lo que pasara en mi vida, ella era mi roca, ese lugar en el mundo que jamás desaparecería, porque las personas pueden irse pero los lugares siempre quedan.

# Capítulo 12

Desperté sola en la cama y dolorida, seguramente debido a las complejas posturas que adopté para dormir con Kate. Los sucesos del día anterior saltaron a mi mente y sabía que había algo que ya no podía posponer, debía hablar con mi padre y solucionar todo.

—Al fin despertaste —dijo Kate entrando a la habitación, ya estaba vestida y parecía bien despierta.

— ¿Hace cuánto te levantaste? —pregunté en medio de un bostezo esperando que no fuera muy tarde.

—Hace como dos horas —contestó esperando mi reacción—. Tranquila, es temprano, mamá está preparando el almuerzo.

—Perfecto.

Nuestra conversación finalizó y ella estaba por salir del cuarto, pero sentí que algo hacía falta.

—Kate, —La llamé esperando que se diera vuelta—, ¿estamos bien?

—Sí —suspiró—, estamos bien.

Su voz no parecía sincera pero no estaba completamente segura. En cuanto cerró la puerta me cambié con la ropa del día anterior y dejé el pijama que me había prestado en una silla al lado del guardarropas. Su habitación era más grande que la de mi madre, pero los colores y la distribución de las cosas era parecida, se notaba que la habían decorado juntas, incluso había fotos de las dos por doquier. Pensé en cuanto me hubiera gustado tener a Kate como amiga, aunque tenerla de madre era bastante parecido, no había sabido aprovecharlo.

Caminé hasta la sala en donde vi a su padre, quien me saludó formalmente antes de seguir leyendo el periódico que tenía en sus manos y continué a la cocina donde Kate ayudaba a su madre a preparar el almuerzo. Me quedé observándolas desde lejos, ajena a la escena, y me puse a reflexionar; recordaba las veces que veía a Kate hacer la comida en casa, y las veces que intentó enseñarme a cocinar, cosa que nunca logré y ella tampoco. Me gustaba verla así de despreocupada y relajada, incluso teniendo problemas nada era demasiado complicado a esa edad, aquello me deprimía más, porque si en mi cuerpo sufría entonces lo que me deparara el futuro no sería algo agradable tampoco. Una pregunta llegó a mi mente, ¿era posible ser adulto y ser feliz?

—Liz, —Me saludo sonriendo la madre de Kate, Clara—,

en un rato estará lista la comida, si quieres puedes ir poniendo la mesa.

La madre de Kate parecía una copia de ella a esa misma edad, me resultaba extraño ser amiga de quien siempre cuidó de mi como una hija. Me gustaba ver como se relacionaban todos en ese pueblo, como una gran familia, y pensé que quizás por esa razón nadie se iba de ahí, no entendía porqué mis padres habían decidido dejarlo.

Tardé un rato en encontrar los platos, los cubiertos, los vasos, pero me agradaba ser parte de aquello, incluso si me creían loca por haber perdido la memoria súbitamente.

— ¿Qué tal está Matt? —preguntó Clara mientras lavaba sus manos, Kate la miraba enojada— ¿Qué? Es su amigo, no pueden pelearse así.

—Es su novio, pero ya no es mi amigo —sentenció Kate cruzándose de brazos, como hace siempre que se siente atacada.

—Matt te quiere —contesté mirándola con sinceridad—, además todo fue mi culpa, actuaste como te dije y ni siquiera a ti te gustaba esa forma de ser en mí, no puedes pretender que a él si le guste.

—Puede ser —empezó diciendo mientras su madre nos dejaba solas en la cocina—, pero en vez de arruinar mi cita podría haberme dicho lo que pensaba después, me sentí ridícula, y Sam habrá pensado que estaba loca.

—Eso no puedes saberlo, ¿Lo has llamado? —pregunté observando que su enojo volvía a acrecentarse.

—Claro que no —chilló enojada—, y él tampoco —añadió con un gesto de pena, porque no era conmigo con quien estaba enojada, aunque supuse que tampoco con él.

Por primera vez la observaba frágil, sus ojos miraban el piso y su cabello, que tan mal había cortado yo hace días, era estrujado por sus dedos ansiosamente.

—Deberías hacerlo, seguramente está igual de nervioso que tú. Salgan una vez más y se tu misma, estoy segura de que a Sam le gustarías tal como eres tan solo si le dejaras conocerte como yo lo hago.

—No hay nada que querer en mi Liz, por años he estado sola —exclamó en voz baja para que no la escucharan sus padres, pero notaba la rabia en su voz, rabia con la vida—. Aunque lo viera devuelta no sabría como estar cerca suyo.

—Eso es porque no te abres a los demás —dije pensando en la Kate a la cual nunca le conocí un novio.

—Aun así nadie lo intentó, nadie intentó incluirme en su vida —contestó mientras se sentaba en una silla, y yo me senté a su lado.

— ¿Y cuál es tu teoría?

—Tal vez lo di todo, tal vez ya no quede nada más en mí para dar, intenté pero no le gusté a nadie.

—Claro que queda, te quedan años de dar todo por una persona, te quedan años para abrazar a alguien, toda una vida para cuidar de alguien que está solo.

—Estas inventándote una novela —Me cortó seria. Pero yo decía la verdad, nuestra verdad.

—No, es una posibilidad y es más factible que pensar que mereces estar sola, aun eres muy joven, dices tonterías.

— ¿Y quién es ese alguien, dime?

—Piensa que tal vez todavía no nació.

—Ja, sería más lógico tener un hijo —contestó mirando hacia arriba, esquivando mi mirada.

—Tal vez ese alguien sea un hijo. —Ella siempre había sido como mi madre, postergó su vida por mí y por mi familia.

— ¿Crees qué algún día seré madre? —Se burló por lo estúpido de mi comentario—. Para eso se necesita un hombre primero.

—No siempre, yo creo que tendrás una hija que no se dará cuenta de todo lo que dejaste por ella, que pensará que eres una garantía cuando en realidad no tienes porqué quedarte, pero te querrá mucho, mucho más incluso que a las personas que están más cerca —dije intentando mantener la voz firme, solo tenía ganas de abrazarla y llorar.

Hay cosas que no pueden cambiarse, como una madre, Kate no era mi madre pero la quería con una y mi verdadera madre no me había dado la oportunidad de sentir lo mismo pero eso no quería decir que quisiera cambiarla.

— ¿Estás bien?

—Completamente, ahora enserio quiero decirte que lo siento. Yo jamás tuve la intención de causarte daño, eres la mejor persona que conozco, la única que confió en mí cuando pensé que nadie lo haría y lo siento pero no puedo cambiar lo que ya está hecho así que te ruego que me dejes ayudarte ahora que puedo hacerlo. —No hablaba por mi madre, hablaba por mí.

— Ya dije que te perdonaba —contestó revoleando los ojos—, no estoy enojada contigo ya, solo con Matt.

—Solo quería que lo supieras.

— ¿Y cómo planeas ayudarme? —preguntó fingiendo desinterés, pero yo la conocía bien.

— Quiero que te enamores.

—Pero dijiste que nunca debía enamorarme...

—Ya sé lo que dije pero eso no se aplica con los chicos de verdad. ¿Sabes? Este tiempo he entendido que hay personas en este mundo que te querrán incluso cuando haces las cosas mal o cuando las lastimas, y no puedes dejar que esas personas se vayan. Quizás Sam sea uno de ellos.

— ¿Y si no lo es?

—Entonces deberás arriesgarte para averiguarlo.

Kate disimuló una pequeña sonrisa y me disculpé para hacer algo en su habitación, había comprendido una cosa.

Si la vida se trataba de sumergirse en la mierda yo me arriesgaría por todo lo que valía la pena, aunque pudiese fracasar en el intento, porque como le escribí a Rod en aquella nota, siempre existe la posibilidad de salir sintiéndose totalmente limpio.

Ya en la habitación de Kate me dediqué a robarle una hoja del primer cuaderno que encontré para escribir otra nota, algo más poético que lo de Rod, aunque nunca antes me habían leído solía escribir por las noches, cosas que terminaban incendiadas en el cesto de basura. Tras varios papeles arrugados y rayados, al fin obtuve algo mejor de lo que esperaba.

*En el espejo veo un reflejo que no es mío,*
*y los días pasan recordándome mis fallas.*

*Nada me dolía antes, mas no podía ser cierto,*
*solo tu podías verme sin la máscara.*

*Hoy me encuentro con el tiempo que me cambia,*
*y aunque lo intente sigo siendo la de siempre.*

*Solo quiero que me quieras diferente,*
*sin verme como aquella que ya amas.*

*El tiempo se me agota y solo intento quererte,*
*sé que perderé el camino, pero pronto volveré a tenerte.*

Al terminar firmé con una fila de corazones y escribí una posdata pidiendo perdón por ser tan idiota, solo deseaba que aquello fuera suficiente.

— ¡Liz a comer! —escuché que gritaba Kate desde el comedor.

Clara no cocinaba tan bien como mi abuela pero si era mejor que su hija. En esa situación pude analizar mejor a su familia; su padre era un hombre que aparentaba más edad de la que tenía, era serio y correcto, formal incluso con su hija, no era malo pero sí bastante frío, en cambio su madre era muy simpática y hablaba hasta por los codos, se notaba lo cariñosa que era con su hija, incluso con mi madre, a quien consideraba como parte de su familia. No podía entender como Kate luego de tantos años no hablara de ellos más que por alguna anécdota casual, aunque es cierto que yo jamás me interesé por sus vidas, basta con decir que no sabía que habían crecido juntas en ese pueblo.

—Bueno, chicas, deberían ir preparándose —exclamó Clara mientras levantaba los platos para llevarlos a la cocina.

— ¿Para qué? —pregunté intrigada.

—La feria del club de lectura, es hoy. Dina me dijo que no podían hacerlo en su casa así que se celebrará en la biblioteca.

— ¿Por eso nos preguntaste por Matt?, yo no pienso ir —contestó Kate impetuosa girándose en la silla para verla.

—No tienes porqué hablarle si no quieres —dije intentando convencerla antes de que su madre le insistiera. Si bien pensaba que quizás no arreglaría las cosas con papá ese día, deseaba verlo.

—Si lo cruzamos pienso irme lejos, ya te lo aviso. —En cuanto dijo aquello se levantó de la mesa para ir a la cocina, quizás con el orgullo herido por no salirse con la suya, aunque ni ella quisiera hacerlo.

Mientras aproveché para salir disparada a su habitación, por segunda vez, para dar marcha a mi plan.

Aun me costaba acostumbrarme a usar el teléfono fijo, y buscar los números en la agenda de Kate era casi una hazaña imposible, ¿quién la había mandado a tener una letra tan fea?

— ¿Hola? Soy Liz —exclamé sin saber realmente que decir, dándole vueltas al cable.

—Hola, ¿Con quién quieres hablar? —contestó un chico muy dormido del otro lado.

—Con Sam…

Nadie contestó, escuché la voz gritar a distancia y luego un silencio.

—Hola, ¿Liz? —Oí la voz de Sam confundido pero amable.

—Sí, entiendo que estés sorprendido. Kate no sabe que te llamé, pero necesitaba que supieras que cualquier comportamiento que ella tuviera el otro día en el restaurante no fue su culpa, ella no es así. —Me apresuré en decir todo rápido antes de que Kate me descubriera.

—Bueno, no lo sé, yo sentí que no quería salir conmigo después de todo así que me alejé, y antes de esa noche me había cancelado una cita y luego dijo que había sido por una apuesta.

—Eso también es culpa mía —exclamé avergonzada—, enserio le gustas, pero no le digas que te dije porque me mataría —añadí y escuché una risa del otro lado—. Ella solo estaba siguiendo mis consejos, malos consejos de verdad, y lo siento, estoy segura de que quiere intentarlo de vuelta... si tú quieres.

—Si no critica mi atuendo y contradice todo lo que digo —dijo burlándose—, me encantaría invitarla otra vez.

— ¿En serio hizo eso? —solté sorprendida en tono serio— como sea, tengo poco tiempo, llámala, de seguro te dirá que sí. Adiós Sam y perdón otra vez.

Corté sin esperar respuesta porque ya oía los pasos de Kate acercándose y yo rogaba que no me hubiera escuchado.

— ¿Por qué tienes esa cara? —preguntó parándose en seco en medio del cuarto— ¿Qué tramas?

—Nada, —negué con la cabeza mientras mordisqueaba una uña—, solo quería saber si me prestarías algo de ropa...

—Sí, aunque pensé que ya no te gustaba esta ropa —contestó levantando una ceja aun desconfiando.

—No se puede cambiar de pronto, creo que fue un intento frustrado de cambio. —Me excusé.

—Pues me alegra —dijo lanzándose al guardarropa para luego tirarme unas prendas—. Pruébate.

La ropa era igual que la de mi madre, pero quizás más hippie; unos jeans anchos y una camisa floreada de mangas largas, no sabía que le pasaba a esa gente con las flores pero al parecer eran un icono de la moda en esa época.

Tras terminar, y no contenta con ello, decidí ayudar a Kate a arreglarse, llevaba una musculosa rayada y unos jeans igual de anchos que los míos pero más oscuros, decidí hacerle un peinado como una fotografía que había visto de Madonna hace años, tomé su cabello y lo tiré para delante como un flequillo y lo sujeté con un pañuelo rojo.

—Chicas, ¿están listas? —gritó la madre de Kate desde la puerta de entrada.

—Ya vamos —contestó ella alterada mientras caminábamos hasta la sala.

— ¿Podemos pasar a buscar a Lisa? —Le pregunté a Clara ya en la puerta—. Ayer le prometí que saldríamos —mentí.

—Perfecto, vamos todos juntos

Los padres de Kate estaban vestidos más formalmente, y aunque no eran viejos parecían un matrimonio de 60 años. Al salir de la casa, Kate y yo caminamos delante de ellos, tomando distancia y hablando de banalidades, yo solo me concentraba en llegar a la casa de papá. En cuanto la divisé me alejé del grupo y corrí a dejar mi poema en su puerta, esperaba que aun no hubieran salido, todavía era temprano.

Luego seguimos caminando y Lisa se incorporó al grupo, saludó a los padres de Kate y luego a nosotras. Se veía diferente, más arreglada, más divertida, enseguida se puso a hablar con Kate contándole nuestra escapada del día anterior, lo cual ella no podía creer y estuvo preguntándome todo el día cuando aprendí a conducir y porqué no se lo había dicho.

Al llegar a la entrada de la biblioteca notamos que sin duda ahí se celebraba la feria, habían colgado un enorme cartel con los nombres de las integrantes del club y las lecturas de ese año, mi abuela encabeza la lista de su grupo.

—Adelántense, nosotros buscaremos café —soltó el padre de Kate tomando la mano de su esposa para conducirla a otra sala de la biblioteca.

Los miré un momento, se sonreían enamorados y fue en ese instante que toda frialdad o diferencia entre ellos se desvaneció. Pensé en todo lo que mi madre había perdido, lo que posiblemente sentía hasta el último segundo que la vi: «Era mi mundo, y se fue para siempre»

Ahí estaban otra vez, las ganas de llorar que provenían de un corazón roto, pero sabía que esa Liz aun no lo había perdido, lloraba por miedo a perderlo.

—Liz, vamos —exclamó Kate abriendo grande los ojos, impaciente.

Ellas estaban ya al lado de la puerta que conducía a la siguiente sala, esa que estaba justo al lado de la enorme estantería que me había detenido a ver cuando la bibliotecaria se fue a buscar mi pedido.

Al pasar por la puerta me encontré con un espacio amplio, las mesas de lectura y los bancos habían sido corridos al fondo de la sala para dejar espacio a las largas mesas, todas dispuestas contra las ventanas; detrás de ellas y como si fueran un mostrador, estaban parados los miembros del club, pero entre ellos no vi a mi abuela.

Observe a mi alrededor, mirando las caras de las pocas personas que habían llegado pero no encontré rostros conocidos y me había quedado sola al distraerme por un segundo, ya era tarde para acercarme a donde estaban Kate y Lisa hablando con un grupo de gente.

La sala estaba poco decorada pero había imágenes de quienes supuse eran escritores, cada una con un pequeño resumen de su vida al costado, cual exposición de arte. Por un segundo me sentí devuelta una niña. Creo que todo el mundo conoce esa situación incómoda cuando llegas a un lugar donde no conoces a nadie y te quedas parado como un espantapájaros en medio del salón esperando que un rayo te fulmine o que por arte de magia descubras tus poderes de invisibilidad, esa sensación me era muy familiar aunque hace años que no la experimentaba, más o menos así me sentía desde que llegué a ese pueblo.

—Tomen, chicas —escuché la voz del padre de Kate, venía con cuatro tazas de café en una pequeña bandeja, hecho que nos juntó a todas otra vez en el centro de la sala—. Clara se quedó hablando con Elena.

Supuse que Elena era la bibliotecaria. En cuanto tomamos las tazas todos se dirigieron a unas sillas preparadas para descansar mientras se esperaba el inicio de la exposición, pero yo quería echar un vistazo, no tenía nada mejor que hacer y necesitaba contrarrestar ese sentimiento de inadecuación.

Me acerqué a una de las mesas que atendía una mujer muy mayor sentada en una silla, y observé los libros que tenía frente a ella hasta que uno me llamó la atención.

*El dolor en épocas de frío,* rezaba el libro de tapa blanca con un árbol congelado ilustrado en ella. Miré a la mujer como pidiendo permiso para tomarlo y tras un gesto de su parte me permití pasar algunas páginas.

—Él miró a su mujer sabiendo que el amor terminaba cuando su vida llegaba a término, —Leí en voz alta—, todo tenía fecha de caducidad y ese hospital se había encargado de dejárselo claro. —No me gustaba esa idea aunque para el pesimismo todos somos expertos— No creo que esto sea correcto.

— ¿Qué cosa? —preguntó la mujer de cabello blanco y mirada curiosa.

—El amor no tiene tiempo, tampoco las personas, yo creo que la existencia se mide por el tiempo que otros nos recuerdan —dije moviendo las manos intentando explicar mi punto, era una manía que no me quitaba—. Quizás el escritor estaba demasiado deprimido como para pensar eso.

Por un segundo sentí ganas de estar en clase, de seguro el canoso profesor estaría orgulloso de mí, pero luego pensé que sería igual de expresivo que una roca.

—No estaba deprimida cuando lo escribí —dijo la mujer a lo que yo apreté la manos queriendo desaparecer en ese instante—, pero sentí que ese hombre si lo estaría.

—Lo siento, no sabía…

—Tranquila, —Me interrumpió riendo— no dijiste nada malo. ¿Dime, tú escribes?

—Solo en invierno —bromeé señalando el título de su libro.

—Eres buena con las palabras —exclamó achicando los ojos y entrelazando sus manos para tocar su barbilla con los pulgares.

—Solo son pensamientos.

—Quizás más profundos de lo que crees.
En ese momento escuché la voz de mi abuela y al girarme allí estaba, con mi padre a su lado.
—Disculpe, tengo que hablar con alguien —dije antes de caminar hacia ellos y dejar con la palabra en la boca a la mujer.

Mi abuela llevaba un abrigo que le llegaba a las rodillas, no hacía frío pero supuse que quería verse elegante, y mi padre por su parte vestía una camiseta blanca con una campera de jean encima, estaba serio, con el ceño fruncido mirando a la bibliotecaria con quien su madre hablaba, tenía las manos en los bolsillos y presentía que estaba evitando buscarme entre los presentes.
—Hola —exclamé tocando su hombro, obligándolo a darse vuelta para verme—, intenté llamarte, estos días estuve arreglando cosas...
—Está bien, yo estuve ocupado. —Su frialdad me mataba.
Por más que intenté contenerme salté hacía él prendiéndome de su cuello, extrañaba escuchar su corazón latir y sentir mis lágrimas asomándose, aquella no fue la excepción.
—Perdóname, por favor —dije intentando no llorar porque habían demasiados testigos, aunque lo cierto es que para mí ya no había nadie que importara más que él—. Enserio me arrepiento de haber dicho esas cosas, y de arruinar la cita de Kate, y de hacer que ustedes se pelearan, prometo ya no hacerlo jamás, pero no me odies —solté en un arrebato por sacar de mí aquel nudo que tenía atravesado en el pecho.
—Salgamos de aquí —dijo simplemente poniendo una mano en mi espalda para empujarme hacia la salida.
Una vez solos nos sentamos en los escalones de la gran estantería de la entrada.
—Te amo, eso es lo primero que diré. Sí, estoy enojado porque no me gusta cómo te estás comportando estos días, me enoja no reconocerte y sentir que te pierdo, es más miedo que enojo. Pero lo que más me enoja es lo que sentí después de salir del restaurante.
— ¿Qué sentiste? —pregunté con un hilo de voz esperando lo peor.
—Que por todo lo que decías estabas expresando tu idea del amor, tu opinión de los hombres, y me sentí atacado, como si por un momento no valiera nada lo que somos, como si no fuera suficiente —contestó sin mirarme, moviendo las manos, como una manía que no podía sacarse, y sonreí con dolor al notar ese rasgo hereditario.
—Perdón —articulé aun con lágrimas en los ojos, ya

hinchados—, no quiero que pienses eso, no sé porqué hago eso, —Pero si lo sabía—, no sé porqué los lastimo tanto, no quiero perderlos y me odio por destruir todo…

—Ya no llores —pidió más dulcemente aunque motivado por la culpa, pasaba su mano por mi mejilla secando las lágrimas—, me enojaré conmigo por eso —rió intentando calmarme—. No puedo odiarte, y estoy demasiado seguro de que Kate tampoco podría hacerlo, pero no me gusta sentirme así, ni verte así… actuaste muy inmadura, y no eres de esa forma. Y quiero que sepas que si estos días no te busqué fue porque quería darte espacio, no porque estuviera enojado aun.

—Pensé que me odiabas —exclamé frotando mis ojos.

—Ahora sé que no debo hacerlo más, pero de todas formas tuve tiempo de poner en práctica lo que me dijiste, pasé más tiempo con mis padres, papá me pidió que lo ayude en el taller, así que creo que empezaré a dedicar un poco de tiempo a eso.

—Eso es bueno, ¿Realmente quieres hacerlo? —pregunté al no verlo seguro del todo.

—Bueno, él nunca está con nosotros a pesar de tener el taller en el fondo de casa, supongo que será bueno para verlo más aunque no quiero que mamá se sienta sola, pero necesitamos dinero para el tratamiento y…

Tapó su cara escondiéndola lo más disimuladamente que pudo en el hueco que formaban sus piernas, abrazándolas para que no lo viera triste. Lo abracé sin obligarlo a mirarme porque yo también odiaba que me vieran llorar.

—Cada segundo es un segundo menos con ella, y no creo que sienta que la quiero. Pasó todos los días con la idea de que ella se desvanecerá de un momento a otro —dijo con la voz deformada por el llanto.

Entonces sentí otra vez aquel nudo, ese nudo ajeno en la garganta, ese cuerpo que no era mío e intentaba expresarse, pero esta vez parte de ese nudo también era mío, ambas teníamos mil cosas que decir pero sin palabras para hacerlo, porque toda palabra era palabra que no podía salvar la vida nadie, ni tampoco calmar a quienes iban a perder a ese alguien.

—Ella sabe que la amas, y no te perdonaría jamás por culparte a ti mismo por algo que le pasa a ella —dije con la voz temblorosa, hablándole al oído.

Levantó la cabeza y pude ver ese rostro rojo por las lágrimas febriles que caían copiosamente surcando su cara. La escena se congeló y por un momento perdí la conciencia. Cuando la recuperé nuestros labios estaban pegados, me exalté por el susto y me separé de él bruscamente pero no lo notó, por suerte.

«Genial madre, buen momento para tomar el control» pensé,

ya que la única posibilidad que se me ocurría era que algo de ella seguía ahí, latente y listo para expresarse, aunque no entendía cómo era posible.

Lo sé, suena morboso, incestuoso, desagradable, yo también lo pensé y aun lo pienso, pero lo cierto es que no fui consciente de nada, y advierto que ocurrió algunas veces más, cuando alguna situación parecía desbordar sus emociones.

—Gracias —dijo volviéndome a querer—, por escucharme.

—Te amo —contesté simplemente, porque no había más que decir, y lo abracé.

Aún sentía la humedad de sus lágrimas en mi cara y pensé en lo rara que era la vida, cuando vas caminando sin detenerte en cosas importantes, te topas con datos dolorosos de la gente pero es como sí te hablaran del clima, descartas esos pensamientos y sigues, piensas que todo es feliz y banal; pero cuando te detienes a escuchar de repente llegan miles y miles de datos de personas que sufren cerca de ti y descubres que ninguna vida es perfecta y todos tienen un gran secreto que los quema por dentro, dejas de sentirte especial por no ser la única que sufre y empiezas a sentirte más miserable porque no hay nada que hacer por ellos.

Cuando regresamos a la sala donde estaban todos me encontré con varias cosas:

Mi abuela atendiendo su puesto muy feliz, porque luego me enteraría que también escribía poemas, y mucha gente la leyó ese día.

Kate hablando avergonzada con Sam, quien había llegado con su amigo hacía solo un momento.

La señora del pelo blanco firmando ejemplares de su libro.

Cada una de esas cosas me llevaba a un pensamiento, que quizás escribir venia de familia, que llamar a Sam no había sido mala idea, y que las personas son masoquistas por querer leer cosas tristes. Esa última me apenaba pero debo admitir que los finales tristes son los que mejor recuerdo.

Nos acercamos a Kate y a Sam y enseguida noté como ella cambiaba su postura, sus ojos esquivaban la mirada de papá pero él no parecía notarlo.

—Lamento lo del otro día, me exalté y de seguro pensaste que estábamos desquiciados —dijo papá dirigiéndose a Sam, aunque me molestaba que no le pidiera perdón a Kate.

—Está bien, ya estoy de vuelta —contestó Sam con una sonrisa, era perfecto para Kate—, de hecho saldremos mañana —añadió mirándola, esperando acotaciones.

—Que bien —exclamó papá aunque no parecía importarle,

o quizás solo quería parecer frío— Liz, ¿quieres que también salgamos mañana?

—Claro —contesté siguiéndole el juego, aunque sabía que en realidad estaba vengándose.

Mi atención se desvió a Kate quien observaba a papá con una mirada de dolor inexplicable, como quien es herido gravemente y sin consuelo contempla a su asesino. Sus brazos cruzados me dejaban claro que quería pretender estar bien, pero estaba rota. Entonces lo supe, no era la pérdida de un amigo, era la traición de un amor jamás sabido, y lejos de enojarme sentí pena, porque le dio su corazón a alguien que ya había regalado el suyo y estaba condenada a vivir para siempre entre ellos.

No fue hasta esa escena que comprendí la razón por la que había decidido ser mi madre cuando la verdadera no pudo, no solo era por amor a sus amigos, era por amor a un hombre que siempre fue el único en su vida, y lo siguió siendo incluso luego de casarse con otra, incluso luego de tener una hija, incluso luego de morir.

La tarde continuó tranquila pero yo seguí preocupada por Kate, y sin importar que tan feliz estuviera por estar otra vez con papá aun pensaba en ella y en el dolor que le causaba vernos juntos.

Al finalizar la feria Kate y Sam se fueron por su lado, mis abuelos y los padres de Kate se marcharon antes que ellos, y nosotros dos acompañamos a Lisa a su casa y luego recorrimos el trayecto hasta la mía, hablando de nuestra próxima salida.

Una vez que me despedí y logré esquivar su beso con éxito, me adentré en la casa, las luces estaban apagadas porque los abuelos estaban comiendo mientras veían una película, a modo de cine, así que decidí irme directo a mi cuarto, sin cenar.

Ese era mi plan pero recordé un detalle importante de la noche anterior, Rod se había ido de la casa al anochecer y sospechaba que las cosas seguían tensas.

Toqué la puerta de su cuarto, toqué tres veces pero nadie contestó así que abrí. Rod estaba acostado de lado con la vista hacia la puerta pero profundamente dormido, alcanzaba a oír su respiración agitada, me acerqué a su cama y toqué su cabello, al parecer siempre salvajemente despeinado, pero entonces algo extraño ocurrió, un pensamiento, seguramente un recuerdo, apareció frente a mí, tan claro como si estuviera viviéndolo en ese momento.

— *¡Te odio!, eres un estúpido, ¿cómo puedes hablarle así a mis* *amigos?*

*—Esos ni siquiera son tus amigos Liz, no les importas.*

*— ¿Y por eso debías romperle la cara a uno?*

*—Es verdad, ¿para qué? No vales la pena, no mereces que te ayude.*

*— ¿Ahora te ofendes? Perfecto, porque me encantaría no volverte a ver jamás.*

*—Quizás dentro de poco ya no tengas que hacerlo.*

Por un momento vi esa escena en mi cabeza, claro, porque ese cuerpo ya lo había vivido. Sospechaba que era una discusión de meses atrás, o quizás de poco antes de que yo llegara, odiaba a mi madre por tratarlo así, sé que parece un idiota al principio, pero yo no tardé tanto en darme cuenta que tenía motivos para serlo.

—Por favor, no cumplas la advertencia que le hiciste a ella —susurré acariciando su cabello, haciendo que se despertara.

—Llegaste —exclamó con la voz ronca en la que percibí sorpresa.

—Sí, ¿quieres que mañana pasemos el día juntos?

—Perfecto —contestó aliviado, de seguro tendría mucho para contarme.

—Ahora sigue durmiendo, yo haré lo mismo.

Por un segundo me observó y vi sus ojos entrecerrados esperando perderse en sueños de nuevo, luego los cerró por completo y yo cerré la puerta.

# Capítulo 13

*—Ya debes irte, no sirve que te quedes.*
*—Pero quiero quedarme… contigo.*
*—No lo entiendes ahora, pero nunca funciona.*
*—Pero quiero vivir…*
*—No perteneces aquí.*

Otra vez esa sombra, otra vez esa niña llorando, otra vez la oscuridad me envuelve y despierto agitada, esa sensación era tan familiar que ya no me sorprendía sentir el corazón en la garganta y el frío subiendo por mi columna. Las pesadillas son espantosas y esa era tan recurrente que dolía pensar en ella. Quizás alguien entienda esa sensación perturbadora que se siente al ver una escena que poco tiene para asustarte pero que sin embargo tu cuerpo percibe como peligro disparando una angustia inevitable, eso sentía al despertar, y a veces no necesitaba de una pesadilla.

Miré a mi alrededor, la habitación silenciosa apenas iluminada por el sol, y la angustia se acrecentó, solía tener días como aquellos, días donde me levantaba con un velo pesimista delante de mis ojos y me atacaba un miedo insoportable de perder toda estabilidad, en ese momento era bastante normal, pensé, y más sabiendo que cada día que pasaba era un día menos allí.

Me levanté lo más rápido que pude aunque deseaba quedarme durmiendo, y sin siquiera tender la cama me preparé para salir.

— ¿Liz? —pronunció papá al abrir los ojos y verme de cuclillas en el suelo con la cara apoyada en mi mano sobre su cama, mirándolo fijamente.

Necesitaba aquello, verlo ahí, saber que existía, saber que dormía y comía, saber que no siempre tenía el pelo perfecto como en mis sueños ni hablaba pausadamente como cuando solía imaginarlo, era tan imperfecto y aun así lo quería, y ahora me arrepentía de haber desperdiciado días que podría haber gastado con él.

—Hola.

— ¿Estás bien? es muy temprano —dijo con la voz ronca mirando la habitación, quizás buscando el motivo de mi presencia.

—No es temprano en realidad. Solo quería estar contigo, recuperar el tiempo.

Su expresión cambió, me miraba calmado con los ojos llorosos del sueño.

—No pasaron tantos días, además solo nos perdimos de días de hacer nada o de hacer lo mismo de siempre.

—Pero es tiempo que podríamos haber desperdiciado juntos —contesté levantando la ceja a modo de réplica.

Él me miró serio y me rodeó con su brazo atrayéndome para que lo abrazara, en el fondo creo que sabía que algo andaba mal.

En esa posición podía sentir su respiración en mi hombro y pensaba que incluso esos pequeños detalles lo serían todo luego de que su corazón dejara de latir. Por primera vez noté que al fin tendría derecho de llorarlo, de extrañarlo, pero el costo era alto y más pesado de llevar.

—Me cambiaré y podemos comer algo, luego haremos lo que tú quieras —exclamó luego de un momento, nos separamos y lo vi sonriendo.

Salí al pasillo esperando que terminara de cambiarse, quería ver a los abuelos pero sentí vergüenza de merodear por ahí, si bien mi madre prácticamente vivía con ellos y por mi parte llevaba su misma sangre en mis venas, aun los sentía como extraños.

—Ya estoy, pensé que estabas en la sala —dijo tronando sus dedos con fuerza, y me miró divertido por la expresión que hice.

Cuando era niña Kate me decía que hacer eso deformaría mis manos así que abandoné el hábito, reemplazándolo por comerme las uñas.

—Matt, papá necesita ayuda en el taller —exclamó mi abuela acercándose a nosotros. Llevaba un delantal de cocina manchado de tierra y en sus manos unos guantes bastante grandes e igual de sucios.

— ¿Ahora? —soltó aflojando los brazos, realmente no tenía ganas.

—Sí, ahora —contestó ella con ese tono que es imposible de contradecir.

Papá besó mi frente y sin decir nada se alejó hacía el jardín, sabía que el taller estaba en lo que debía ser la cochera pero no tenía idea que hacía mi abuelo ahí. Pensaba que debía ser la razón de que consiguiera tanto dinero, tanto como para que mi madre y yo tuviéramos una acomodada vida en la ciudad, pero ganar aquello lo había obligado a alejarse de su familia, de su hijo y de su esposa enferma, no podía imaginar cómo se sintió luego de perderlos a ambos.

— ¿Me ayudas a plantar unas flores? —dijo mi abuela

interrumpiendo el curso de mis pensamientos.

—Claro —contesté sonriendo a la vez que frotaba mis manos.

El jardín me recordaba a la fiesta de cumpleaños, respiré con los ojos cerrados en cuanto sentí una brisa mover mi cabello, mi abuela no se dio cuenta siquiera así que me apuré a alcanzarla. El césped se extendía perfectamente cortado y brilloso, se notaba el cuidado que seguramente ella le brindaba, y era tan grande que no combinaba en absoluto con la pequeña casa.

—Siempre planto estas flores aquí aunque terminan secándose. —Me explicó agachándose en un sector del límite del jardín, justo donde estaba el alambrado de separación con los vecinos.

— ¿No sería mejor hacerlo en otro lado? —pregunté agachándome junto a ella. La tierra estaba removida, y el césped un poco amarillo por el sol.

—Sí, pero aquí enterramos a Susi y Matt quiere que siempre tenga flores.

Luego supe que Susi era una pequeña perra que papá tuvo cuando era niño, y a la cual amaba mucho, incluso luego de la llegada de Todd.

— ¿Y qué flores plantarás?

Ella se dio vuelta y metió sus manos en unas bolsas, luego se volteó hacia mí para mostrarme unas macetas de plástico con diminutas flores azules.

—Son hermosas —exclamó mirando las plantas.

—Nomeolvides —solté casi en un susurro, más para mí que para ella.

Me sorprendía la afición de ese pueblo por las flores, en especial aquellas Nomeolvides, hasta la bruja me había dado un discurso sobre ellas, del cual no recordaba ni una palabra.

—Son las mejores flores, ¿no crees? —preguntó mientras cortaba el plástico para sacar las plantas.

— ¿Porqué todos aman esas flores? —Me atreví a preguntar.

—Ya lo sabes —contestó ella mirándome extrañada, su cabello se había soltado del rodete que llevaba y caía sobre su cara como una cortina pegándose a ella a causa del sudor, era tan bonita—, estás flores son un símbolo importante, su nombre lo dice todo, y se cree que al plantarlas los difuntos no pierden el lazo que tenían con sus seres queridos cuando aun estaban vivos. Por eso me gusta plantarlas aquí, aunque se marchiten pronto.

Se quedó mirando las flores sonriendo sin esperar respuesta, empezó a mover la tierra con sus manos enguantadas para enterrar las raíces y yo hice lo mismo, con mis manos desnudas.

«Son mis flores favoritas», pensé, y también sabía que eran

las favoritas de mi madre.

Cuando era niña mi madre todas las tardes salía de su cuarto para regar las plantas, unas pequeñas flores azules que entonces no sabía cómo se llamaban, yo pensé entonces que le gustaría tener más así que le pedí a Kate que me llevara a algún lugar para comprarlas y una vez que se hizo de noche y mi madre se quedó dormida, entré a su cuarto, lo que estaba prohibido, y las planté en unas minúsculas macetas para ponerlas por todas partes. A la mañana siguiente desayunó con nosotras, lo cual no era usual y sonrió diciendo que aquel era su color favorito; supongo que entonces también se volvió mi color favorito, y aquellas mis flores favoritas.

Algunos psicólogos dicen que uno adopta rasgos, gestos y actitudes de aquellas personas que ama, le hace sentirlos cerca, muchas veces lo hacemos inconscientemente, eso me pasaba a mí, yo quería sentirme parte de algo más grande, quería sentirme parte de una familia, ser como ellos, e incluso en ese mismo momento deseaba parecerme a ellos.

Una vez plantadas todas observamos por un momento nuestra obra, parecía que el césped crecía azul en ese sector, estaba satisfecha, y la abuela también.

— ¿Vamos a comer algo? —escuché la voz de papá detrás de mí, justo antes de sentir su mano en mi hombro.

— ¿Tu padre ya terminó? —preguntó la abuela acomodándose el desprolijo peinado.

—Dijo que terminaría de hacer el librero y venía.

No fue hasta varios días más tarde que me enteré a que se dedicaba mi abuelo, había trabajado casi toda su vida en otro pueblo, iba y venía cada día hasta que se hartó y decidió empezar su propio negocio en la cochera, una carpintería, oficio que su padre le había enseñado de niño y que se convirtió en una vocación que finalmente tenía la oportunidad de convertir en su trabajo. Al principio no le fue muy bien pero le alcanzaba para mantener a la familia vendiéndole muebles a la gente del pueblo, hasta que un día se le ocurrió probar suerte en otros lados, tardó pero finalmente consiguió su fama en otros pueblos, vendiéndole a tiendas locales y haciendo encargos. Trabajaba arduamente para poder pagar el tratamiento de mi abuela y mantenerlos, ya estaba pensando contratar a alguien para que lo ayudara, me ponía triste ver su esfuerzo sabiendo su destino.

— ¿Cómo resultó la feria? —pregunté cuando el silencio reinó en la mesa, estábamos los cuatro sentados, papá y yo almorzando pero los abuelos solo como compañía tomando té, ya que ellos habían almorzado al mediodía.

—Muy bien —contestó mi abuela sonriendo, ya había limpiado las manchas de tierra y sudor—, pude leer mis poemas e incluso una mujer se me acercó para darme su tarjeta, dijo que podía editar un libro con ella si le enviaba el material.

— ¿De verdad? —preguntó papá feliz lo cual me tomó por sorpresa— entonces puedes mandárselos en estos días.

—Bueno, es muy lindo pero es más complicado, nada es tan fácil —murmuró sonriente sin mirarlo. Así me di cuenta de que ella sonreía por todo, un poco de verdad y casi todo por disimular la tristeza, pensé que quizás quienes más sonreían eran los que más dolor tenían para aguantar.

—No es complicado, ella dijo que le gustaban tus poemas solo debes elegirlos y mandárselos —contestó papá un poco enojado, no quería que la abuela se perdiera esa oportunidad.

—Es cierto pero debería escribirlos a máquina, y sabes que no soy buena con eso, tendría que mandárselos por correo…

—Excusas —soltó papá—, yo te los paso a máquina.

—Y yo los llevaré personalmente con el auto, así será rápido —agregó el abuelo quien hasta el momento había estado callado.

— ¿De verdad?, no quiero que pierdan el tiempo con eso.

—No es perder el tiempo, es una oportunidad para que te lean, no debes desaprovecharla —contestó papá.

Se notaba que ella estaba feliz, no lo decía pero parecía emocionada, una emoción que no puede disimularse, de esas que al verlas en otro te hacen sonreír.

Al principio no entendí la emoción de papá por ayudar a su madre, más allá del hecho mismo de querer ayudarla, parecía tener un motivo personal que con el tiempo logré descubrir, luego de ver esa misma actitud en otras personas. Resulta que cuando hay un cambio en tu vida, pierdes a alguien o simplemente te sientes inestable, te aferras a algo, a las cosas materiales, a todo aquello con lo que formas un vínculo más allá del uso para tu beneficio. Papá necesitaba algo que fuera de su madre, quizás en ese momento ni siquiera él lo supo, pero estaba preparándose para perderla, y un libro escrito por ella era algo importante.

Yo no recordaba tener ese vínculo con nada, mi casa siempre había estado llena de cosas nuevas que con el tiempo eran reemplazadas por otras cosas más nuevas, no las veía lo suficiente como para aferrarme a ellas, ni siquiera de niña me costaba despegarme de mis juguetes. Todo lo que me importaba se encontraba en un más allá invisible, esperando mi llegada, y yo trabajaba lento y constante para alcanzarlo, aunque entonces no lo sabía.

Luego de comer dejamos a los abuelos solos y nos fuimos con Todd al parque, ese perrito jamás se cansaba de correr aunque tuviera que hacer fuerza para arrastrarnos a donde él quería.

El parque estaba igual que siempre, era como si una vez que cruzabas la calle y pisabas la vereda todo pasara a ser perfecto, la gente era feliz cuando estaba ahí y se notaba, todos hablando y riendo bajo el sol, jugando con pelotas y mascotas que corrían de un lado al otro, ni siquiera me molestaba escuchar los chillidos de los niños, quizás porque esos niños no hacían berrinches, solo reían y vivían... como niños, sin tecnología que fundiera sus cerebros, sin insultos tempranos, sin bullying.

—¿Recuerdas ese día? —dijo papá señalando un árbol enorme y torcido que jamás había notado. Él solía hacer eso, señalar una cosa como si fuera obvio que todo objeto está vinculado a un recuerdo—, nos besamos por primera vez sentados en esas ramas, fue tan vergonzoso volver a casa pensando en que ni siquiera te había gustado.

—Sí me gustó —contesté, no mintiendo, de hecho sentí esas palabras rebotar en mi cabeza de un lado a otro haciendo eco, supongo que era mi madre, ya nada me sorprendía.

—Me lamenté por días, ni siquiera quería verte después de eso, pero fue inevitable —rió y luego corrió hacia el árbol y de un salto se colgó de las ramas.

Me acerqué luego de comprobar que Todd estuviera cerca y también corrí hacia el árbol, pero fallé en el intento de alcanzar la rama así que tuvo que ayudarme, incluso se burló de mí ya que al parecer mi madre si era experta en eso, yo claramente no.

Por un rato me quedé recordando mi propio primer beso, un beso forzado pero voluntario, con un desconocido al que jamás le vi el rostro ni supe su nombre, no fue especial ni nada parecido, ni siquiera tuve que pensar que decir al finalizar porque se fue tan rápido como llegó, y así de parecidos fueron los siguientes cinco besos de mi vida. Creo que aprendí que lo importante de los besos era lo que podías decir de ellos a tus amigas una vez que terminaba la noche y volvían a casa. El amor nunca fue complicado para nosotras porque ese «amor» se encontraba en cualquier parte.

— ¿Siempre te gusté? —pregunté rompiendo el silencio mientras contemplaba la vista desde ese ángulo, todo se veía aun más perfecto.

—Claro —contestó apoyando su mano sobre la mía, ya sentía la corteza clavándose en mi palma pero no me importó.

— ¿Nunca te aburriste de estar siempre conmigo? —pregunté,

a lo que él rió como si le hubiera contado un chiste.

—¿Tienes inquietudes?, no podría aburrirme nunca, cada día me sorprendes, como ahora, un día despiertas y eres otra persona… como dijiste en el poema que me mandaste.

—Pero te sorprendo para mal.

—No son motivos para aburrirme o dejarte, no puedes pensar esas cosas, no se puede vivir inseguro.

— ¿Y si un día despiertas y descubres que quieres algo más? —pregunté mirándolo fijamente.

—Cada día me levanto pensando que quiero más, y quiero ese «más» contigo a mi lado.

Cuando pienso en la vida de mi madre me siento tonta, porque aunque su vida fuera un poco aburrida al menos ella tenía grandes hazañas que contar y tenía personas a quien contárselas sin ningún deseo de correr el rumor. Yo solo había podido presumir mis conquistas de noches de borrachera, y si bien le ganaba en número de pretendientes ¿valía algo cuando ella realmente tenía amor?

Yo habría deseado tener su vida, tranquila y hogareña, hubiera querido que la historia de mi vida tuviera personajes fijos y no temporales, hubiera dado todo por ver un árbol y recordar al amor de mi vida, si lo hubiera tenido… Y no es que no me gustaran las fiestas a las que iba y la atención que me daban en ellas, pero tampoco me encantaban, no tenía la opción de no ir. Se esperaba que fuera con mi grupo, que tomara hasta hartarme y coqueteara un poco con los chicos para que tuvieran algún chisme que presumir al día siguiente, se esperaba que conociera gente nueva y fuera la primera en probar cada locura de la noche, se esperaba que demostrara algo. Ahora que lo pienso, siento que si bien mi actitud era reprobable yo nunca había actuado sola, tenía hilos que eran movidos por el público con su risa y amenazaban constantemente con arrebatarme la atención.

Quizás por todo eso había acabado por creer que era irrompible, «deberías estar feliz», recuerdo esas palabras de Jenna al conocerme, «deberías», debía tantas cosas que existir era un trabajo, estaba cansada, a fin de cuentas toda mi vida había sido un deber y ni siquiera un deber productivo, era un deber social, de la sociedad adolescente, la más peligrosa de todas.

Ya estaba anocheciendo cuando papá le puso la correa a Todd para volver a casa, habíamos pasado la tarde recordando viejos tiempos, me enteré de algunas anécdotas bobas y divertidas, y otras un poco dolorosas, aun sentía la angustia de la mañana en el pecho y se acrecentaba con cada reflexión pero permanecía medianamente calmada a su lado. Tomé su mano para cruzar la calle y me prendí de su brazo al sentir la brisa en el rostro, por un segundo, en ese instante, me sentí feliz.

— ¿Qué te dijeron tus padres sobre el viaje a la ciudad? —preguntó haciéndome abrir los ojos.

—No iré —contesté con un nudo en la garganta,.

Lo había decidido hace un tiempo, él necesitaba estar a solas con sus padres y yo necesitaba estar con mis abuelos para ayudar a mi madre. Y en cierto punto ahora entiendo que también tenía miedo de encariñarme más, de ser posible, y que su muerte fuese insoportable.

— ¿Pero por qué? —preguntó entre enojado y triste— ¿no pudiste convencerlos?

—No es eso, es que… me necesitan, no están bien las cosas en casa…

— ¿Por Rod? —exclamó interrumpiéndome levantando una ceja con enojo.

—No, no es solo Rod, somos ambos, y necesito tiempo para solucionar eso. Y tú necesitas pasar tiempo con tus padres.

—Tu hermano no se merece a tus padres —sentenció enojado sin mirarme.

—Mi hermano me necesita —contesté remarcando las primeras dos palabras, en un segundo mi irá se desató pero recordé que era con él con quien hablaba.

—Como digas —suspiró fuerte antes de iniciar una discusión.

— ¿Me traerás un recuerdo? —pregunté para cortar la tensión del momento.

—Y muchas fotos con la cámara que me regalaste, sí —dijo ya relajado y besándome la frente. Entonces recordé las fotos que me había mostrado el abuelo y aquello que había dicho sobre que papá había sacado las fotos de mi cuando era bebé.

Ya era tarde para ir al cine como teníamos pensado hacer, así que solo nos dirigimos a casa y nos despedimos con la promesa de ir otro día.

Tenía tanta hambre que estaba muriendo, llegué justo a tiempo para poner en práctica mis artes culinarias y mi abuela me ayudó un poquito, quizás mucho… pero finalmente no quemé nada y mi abuelo me felicitó, era la primera vez que creaba algo con mis manos y alguien me felicitaba por ello, la angustia empezaba a disiparse. Quizás suene tonto pero es increíble la tranquilidad que puede darle un mayor a un joven en momentos difíciles.

Rod llegó tarde, como de costumbre, nos encontró viendo una película frente al televisor y no nos habló. Lo escuché subiendo la escalera, con más ruido del necesario, y yo lo seguí pero en cuanto llegué al final y estuve a un metro detrás de él se giró, tomó mi muñeca con fuerza y me empujó contra la pared.

—No te acerques —pronunció entre dientes lo cual no impidió que oliera el alcohol, sus ojos estaban rojos y llorosos, parecía desbordado—, ya no confiaré en ti, no debería haber confiado nunca.

—Me lastimas —dije intentando soltar mi muñeca—. ¿Qué ocurre?

—Ocurre que no cumples tus promesas, aunque no se que esperaba viniendo de ti. Te vi en el parque con Matt, pensé que pasaríamos el día juntos.

—Lo siento, lo olvidé totalmente.

—Ojala yo lo hubiera olvidado, pero esperaba poder contar contigo. Ya no importa…

— ¿Qué querías decirme? —pregunté sintiéndome un poco culpable. Entonces me soltó.

—Ya no seas falsa, princesita. Ve a hacer felices a otros, no te necesito.

En cuanto dijo aquello se arregló la campera que traía puesta y se marchó a su habitación, toqué por un rato pero no hubo caso. Volví a la sala, los abuelos me miraron apenados pero no dijeron nada, la película siguió, aunque nadie le prestaba atención ya.

Siempre es más fácil no pensar en cosas importantes, yo lo estaba haciendo por primera vez y ya quería ponerle pausa a la vida.

# Capítulo 14

Tenía la mirada cristalizada de bostezos y miraba el libro sin entusiasmo, tarareando la canción de fondo, como perdida quien sabe en qué mundo. Ya habían pasado dos semanas desde la cita en el parque, dos semanas demasiado aburrida.

Por unos días me olvidé de que estaba ahí como una intrusa, con tiempo prestado; solía mirar el reloj cada tanto, contando los segundos que pasaba con la cabeza colgando de la cama, hasta que toda la sangre llegaba a mi cabeza y debía buscar otro entretenimiento.

Parecía que todos estaban siendo felices al fin y no me necesitaban en sus vidas, no necesitaban a mi madre. Papá había empezado a trabajar en el taller del abuelo, aprendiendo de mesas y estanterías, solía verlo antes del anochecer y el olor a barniz de sus abrazos me quedaba impregnado toda la noche, Kate, por su parte, estaba muy ocupada con Sam, tanto como para no contarme nada al respecto, solo llamaba de vez en cuando para pedir algún consejo de última hora, consejos que ya no era capaz de dar con el filtro «bueno», por lo que la mayoría de ellos terminaban siendo los viejos consejos de Anna.

No tenía a nadie a quien ayudar, ni excusas para pasar tiempo con ellos, y aunque deseaba ver a papá no quería robarle el tiempo que pasaba con los abuelos. El miércoles fui a su casa, me quedé merendando con la abuela mientras papá estaba en el taller, ella habló del viaje a la ciudad y de cuan triste estaba de que no fuera con ellos, la veía mucho más relajada y eso me hacía bien.

Cerré el libro que estaba leyendo y bostecé con ganas, aun tenía el pijama puesto, uno de ositos, ya no había razones para cambiarse si ni siquiera salía de la casa. Había una sola cosa que me arrastraba fuera del cuarto cada día… comer.

— ¿Qué hay de comer? —pregunté rascando mi cabeza en medio de la cocina. Mi abuela estaba de espaldas, friendo algo.

—Buenos días —dijo sonriendo y se acercó a darme un beso. Esos días me había encargado de volver a ser la niña de sus ojos, después de todo yo tampoco había tenido padres… no como ellos—, justo estaba preparándote algo, pensé que seguías dormida.

—No, estaba leyendo para las clases —contesté sentándome en la silla más cercana a ella.

— ¿Qué tal fueron la semana pasada? —preguntó la abuela moviendo la sartén.

—Bien… el profesor me ama —contesté pensando en el viejo profesor, comparándolo con mis profesores de la escuela, jóvenes y tímidos—, nos contó sobre lo importante que es la espiritualidad para las personas, como eso puede hacer que sigan adelante incluso cuando ya no hay esperanzas. ¿Crees en Dios?

—Claro, creo que sin él ninguno de nosotros estaría aquí. —Parecía muy segura de lo que decía. Me sorprendía la capacidad de mis abuelos para tener respuestas a todas mis preguntas, incluso las difíciles. En mi época hasta los adultos necesitan preguntarle a Google, y cambian sus creencias por los dichos de cualquier «famoso».

— ¿Y en Jesús? —pregunté, sabiendo que aquella pregunta separaba religiones.

—Sí —afirmó casi en un susurro y dejando la sartén quieta.

Recordaba cuando Kate me había explicado quien era Jesús y como lo habían matado, recuerdo imaginar al hombre colgado en la cruz de una iglesia siendo blanco de flechas que todo el pueblo disparaba desde la calle. Kate no explica bien las cosas.

— ¿Cómo estás tan segura? —Se vino a mi mente la imagen del cura explicando el significado de la figura en la capilla del cementerio.

—Supongo que nadie puede estar seguro, pero es lindo imaginar que alguien te cuida y escucha incluso cuando estás solo.

Para mi ese alguien siempre había sido papá, pero en ese momento pensé que quizás no había sido él después de todo.

Hubiera deseado preguntarle más cosas pero el abuelo llegó y besó mi cabeza con el periódico en la mano y las manos llenas de tinta, me recordó al padre de Kate, luego abrazó a la abuela y encendió la radio, la misma estación de siempre, un partido de futbol, seguramente un fragmento de repetición.

Luego de comer y hablar un poco sobre la situación del país y la economía, que no conocía en absoluto, me retiré para ir a la casa de Kate pero su madre dijo que había salido con Sam así que tuve que volver a casa; papá estaba a esa hora repartiendo entregas con el auto del abuelo y bien sabía que Lisa solía quedarse en casa los martes, cuando su madre la obligaba a hacer una limpieza exhaustiva, así que no había más distracciones. Ese tiempo compartí muchos ratos con Lisa ya que Kate estaba ocupada teniendo una vida amorosa. Lisa sabía muchas de las cosas que yo recién estaba estudiando en mis clases, y me preguntaba si en mi escuela hubiese aprendido lo mismo de haber prestado atención.

Di una vuelta por el pueblo mirando los rostros ya casi familiares de los vecinos y atreviéndome a saludar a un par mientras me concentraba en perderme, era casi imposible pero el intento valía la pena. Llegué hasta el sitio donde se encontraba el auditorio y vi algunas tiendas, esas que son útiles como almacenes y mercerías pero no divertidas como locales de accesorios caros y maquillaje de celebrities. Los edificios aledaños tenían carteles de venta y alquiler, ninguna luz encendida, ninguna decoración atrayente en ningún lugar, aquello me volvía loca y pensaba en lo necesarios que eran los celulares.

Fue entonces que mi atención se posó en un chico que ya conocía, el entrometido de la clase que siempre me interrumpía cuando daba una respuesta. En las últimas clases había intentado sentarse cerca de mí pero afortunadamente alguien le ganaba siempre. No tenía amigos en ese lugar pero tampoco los necesitaba, era un ambiente muy universitario pero me sentía parte, por primera vez me encontraba cómoda en una butaca frente al pizarrón.

Lo único que sabía de él era que se llamaba Alex y era callado, más bien misterioso, y aunque era mayor parecía un niño. Me escabullí como pude entre las personas y me escondí detrás de un teléfono público para evitar que me viera y se acercara a hablarme. Él por su parte guardaba algo en una mochila, inclinado sobre la bicicleta en la vereda de enfrente. En cuanto se alejó en sentido contrario al pueblo salí a la calle y caminé hacia la casa, pero justo cuando estaba por dejar el centro oí una voz familiar.

—Así que fui hasta la barra y le grité —escuché que decía Rod arrastrando las palabras, estaba frente a unos chicos más jóvenes que lo miraban atentos sentados frente a él en el cordón de la vereda. Rod tenía un vaso de contenido azul, quien sabe que estaría bebiendo ahora.

Toqué su hombro haciendo que se girara rápidamente y volcara unas gotas del líquido en mi suéter blanco.

— ¡¿Qué crees que haces?! —grité con furia viendo el suéter arruinado, recordando mi bolso de la escuela.

—Hola, hermanita —contestó calmado sin reacción a mis palabras, estaba ebrio. Su tono me era más que familiar, era de esos chicos que al emborracharse se violentaba con los hombres y coqueteaba con las mujeres, sin importar que fuera su hermana.

—Eres idiota, ¿lo sabías? —dije con odio al recordar incidentes con chicos como él, aunque no lo creía capaz de llegar tan lejos.

—Dime algo que me importe, ¿Qué se siente que todos te quieran ahora? Incluso nuestros padres te adoran otra vez…

Ya no quería escucharlo pero tampoco quería que siguiera diciendo esas cosas así que le hice una seña a uno de los chicos y este me ayudó a arrastrar a Rod hasta casa; siguió diciendo estupideces pero al menos nadie lo escuchaba, en ese momento entendí porqué mi madre se avergonzaba de él.

Una vez en la casa, luego de lograr meterlo sin que mis abuelos lo notaran, lo acostamos en su cama y el chico se fue. Rod había cerrado los ojos pero no estaba dormido del todo, me preguntaba cuanto había bebido y qué, lamentablemente había tirado el vaso por ahí para que no me diera más motivos para matarlo.

Me senté unos segundos en la cama para mirarlo, empezaba a quererlo, no como un extraño sino como se quiere a alguien de tu misma sangre, como un vínculo presente aunque inexplorado. Le quité los zapatos y lo tapé con una frazada, se dio vuelta dándome la espalda y acurrucándose, yo fui a buscar el libro para terminarlo a su lado y se lo leí en voz alta aunque sus pensamientos ya estuvieran en el reino de los sueños.

*Un psicólogo en un campo de concentración*, es un libro de Viktor Frankl que el profesor mandó como lectura opcional para aprender más sobre los enfoques fenomenológicos existenciales, al principio di por hecho que no lo leería pero como mi semana empezó siendo aburrida y solitaria decidí pasarme por la biblioteca y buscarlo. El libro trata de la vida del autor en los campos de concentración y de cómo sobrevivió a estos sin perder la fe, curiosamente se dedicó a desarrollar la Logoterapia para que las personas encontraran el sentido de sus vidas, algo con lo que me sentí identificada. Me preguntaba si las personas que conocía habían encontrado el sentido de sus vidas, mi madre sin duda era la que más perdida estaba, pero ¿el sentido de Kate era vivir para ayudarnos?, ¿el sentido de Jenna y Eva era ser siempre unas zorras?, ¿el de Rod era acelerar su muerte?, ¿papá había logrado entender su sentido? quizás por eso había muerto, quizás quienes encontraban el sentido morían…

Pasé más de una hora leyendo sin parar, ya tenía la garganta dolida de la falta de costumbre y Rod despertó unos minutos después de que cerrara el libro, yo seguía a su lado pero ahora acostada mirando el techo, su techo estaba más sucio que el mío.

— ¿Qué haces aquí? —preguntó de golpe pero sin enojo.

—Esperaba que despertaras de una vez, aun hueles a alcohol —dije arrugando la nariz mientras él refregaba sus ojos.

— ¿Quién te preguntó? Vete de mi cuarto —exclamó recordando que estaba enojado, pero no era muy creíble.

—No creo que quieras que me vaya, creo que quieres que me quede —contesté incorporándome y sentándome cual indio frente a él.

—Entonces me voy yo —dijo abriendo grande los ojos y se paró mareado, yo me aferré a su cintura como si tuviera cinco años y volvió a caer en la cama—, ¿qué se supone que haces?

—Basta —lancé seriamente apuntándolo con el dedo—. Sé que me equivoqué, lo siento, pero no me ignores, con eso no ganas nada.

—Qué bueno que lo sepas —respondió aun sorprendido corriendo mi dedo y volviéndose a parar—, pero no ganas nada pidiendo perdón, pensé que estábamos bien pero volviste a ser como siempre.

— ¿Puedo ser sincera? —pregunté más seria agachando la cabeza, Rod asintió y se sentó en la cama frente a mí—, no volví a ser la de siempre, si bien Matt y Kate me criticaron por no serlo, estoy intentando hacer a todos felices pero es difícil. Son muchas personas para darles atención y se contradice con lo que yo quiero en el momento y…

—Tonta —contestó Rod intentando que lo mirara pero esquivé sus ojos, parecía más sobrio que nunca—, no se trata de lo que haces, se trata de lo que sientes, se trata de cumplir tus promesas y estar para cuando te necesitan. Lo demás corre por cuenta de cada uno. ¿Tú qué quieres? Porque te aseguro que tampoco estás haciendo a los demás felices.

— ¿Yo? No lo sé.

—Piensa en lo que quieres ahora, en este momento, aunque no sea posible.

Al decir aquello me tiré hacia atrás dejando que mi cabeza colgara de la cama, miré todo dado vuelta y pensé que me gustaría hacer en ese instante.

—Conducir a toda velocidad, desaparecer, comer todo el helado del mundo…

— ¿Quieres todo eso junto? Porque parece una combinación extraña, ¿no te parece? —dijo riendo, ya no parecía enojado.

Ese era un factor común de todas las peleas que involucraban a mi madre, podían estar muy enojados con ella pero en cuento comentaba algo triste que le ocurría, que ME ocurría, entonces volvían a quererla. Me preguntaba cuan especial era para ellos para que olvidaran de esa forma cualquier conflicto.

—Quizás solo el helado —contesté sonriendo y él suspiro, parecía que iba a hacer otra cosa pero desistió.

—Te invito uno.

La heladería del pueblo era pequeña pero muy diversa en sabores, olía a infancia. Kate solía llevarme a una heladería diferente cada vez que alguien me trataba mal en la escuela cuando era niña, decía que quería probar todos los helados para elegir su tienda favorita, quería saber que estaba haciendo con Sam en ese momento, y que estaría haciendo la Kate adulta mientras yo no estaba.

—Banana split y chocolate, ¿verdad? —preguntó Rod desde el mostrador donde un chico se mostraba impaciente en la fila detrás suyo.

No esperó mi respuesta, me senté en una de las mesas de afuera y me pregunté cómo es que sabía que esos eran mis sabores favoritos.

—Toma —dijo trayendo dos vasos servidos con helado dos veces su tamaño, y se sentó en la silla de enfrente.

— ¿Cómo supiste que sabores quería? —pregunté intentando sonar espontánea.

—Son tus sabores favoritos, y los míos —dijo atragantándose de helado y entonces noté que había pedido lo mismo para él—, ¿o te olvidas que me copias todo?

Reí, no sabía que contestar y aunque quería saber más me quedé callada, pensando en esa pequeña casualidad que nos conectaba.

No hablamos demasiado esa tarde, terminamos el helado y seguimos hablando de cosas depresivas, como siempre, de la vida sin sentido y la falta de diversión de esos días, recordaba mi lectura y pensaba en la falsedad de mis palabras, tan natural como programada.

Rod era el típico chico malo que en realidad se odiaba a sí mismo. Lo entendía, yo nunca logré quererme de verdad porque no me habían enseñado a hacerlo. Sé que no es algo que se pueda aprender en sí, pero confío en el aprendizaje espontáneo de las experiencias y deseaba tanto que Rod como yo pudiéramos aprender algún día.

Cuando al fin parecía que empezábamos a reconciliarnos alguien se unió a nuestra conversación y se disparó un plan para la noche. Un amigo de Rod nos llevaría a una fiesta en la ciudad junto a otros chicos, Rod le pidió llevar a su hermana y aunque no estaban muy felices por hacer de niñeros, aceptaron. Aquello extrañamente no me alegró por ser una fiesta sino porque me sentí incluida por sus amigos.

El auto al que subimos olía horrible, como goma quemada

y orina de gato, el cuero de los asientos estaba arañado y manchado, ni siquiera quería sentarme en el cuando pensé en las cosas que podrían haber ocurrido allí. Fuimos los primeros en subir, el conductor era un chico rubio de pelo corto y sonrisa enfermiza, luego supe que Rod lo había conocido en la casa de un amigo de la escuela, y se había convertido en su mejor amigo hacía casi un año, se llamaba Noa. Luego recogimos a dos chicos más en una casa casi a las afueras del pueblo, eran dos hermanos que traían todo el alcohol para la fiesta, y por último, luego de una hora y algo luego de salir, recogimos al último, que claro debía arruinarme la noche... Alex.

Alex se sentó en el asiento de acompañante, miró para atrás saludando a todos y pasando la vista sobre mí, sonriendo como si alguien le hubiera contado un chiste, luego se volteó y puso música, una canción de rock que odiaba. En un momento bajó el parasol y clavó su vista en mí a través del espejo, levantó una ceja que me hizo poner roja y desvié la mirada fingiendo inútilmente no haberlo visto.

Tres horas pasamos en el auto que cada vez se oscurecía más, llegamos a nuestro destino, una enorme casa cerca de un puente lujoso, iluminada por todos lados y con un diseño bastante moderno para la época.

Al entrar nos despojaron de todas las botellas de alcohol y nos dejaron guardar los abrigos en una antesala. La casa estaba a oscuras por dentro, se olía una mezcla extraña de humo y sudor, presentía que era la típica fiesta de niño rico que invita a todos los que conoce y no se preocupa por los destrozos, o sea alguien como era yo.

Todos permanecimos juntos un tiempo hasta que fuimos perdiendo gente en el camino, entendí enseguida la lógica del lugar: primero estaba la antesala o «guardarropas» que pronto se convertiría en el sector de los amantes tímidos que quieren privacidad, luego le seguía la sala de estar que cumplía tres funciones: pista de baile, sector de antisociales y cama de pasados, o sea los que ya tienen suficientes sustancias en sus cuerpos y dicen basta. Después estaba el patio, el sector drogadictos y fumadores, cerca de la cocina o sector de anfitriones o falsos populares que tienen miedo de salir de esa zona segura, y por último los baños y las habitaciones de arriba, el refugio de amantes y de los flojos que no aguantan tragarse el vómito.

—No te vayas de aquí, ya vuelvo —gritó Rod a mi oído intentando tapar la música.

Yo asentí y él se alejó con Noa al patio, suspiré decepcionada y vi que estaba totalmente sola, los hermanos habían desaparecido primero, ambos se habían ido arriba y Alex estaba fuera de mi vista…

—Toma —exclamó sorprendiéndome al tocarme con un vaso helado el hombro.

Yo lo miré un poco enojada. Llevaba el pelo largo suelto, detrás de la oreja y en ese momento parecía mucho más alto y grande que en las clases.

—Solo es gaseosa, si tomas esto creerán que es alcohol y tu dignidad quedará intacta.

—Así que eres de los que fingen —contesté tomando el vaso con los brazos cruzados. Alex rió.

—Tengo veintisiete, no hay nada para demostrar —contestó apurando el trago. Me sorprendí por la cifra, sabía que era mayor pero no sabía cuánto.

— ¿Y qué hace un viejo como tú con unos niños como ellos?

—Noa es mi hermano. Lo sé, es una mierda ni lo digas, pero uno no elige a la familia.

—No iba a decir nada —contesté sin mirarlo. Ambos estábamos parados en medio de la sala, contemplando la entrada hacia el patio.

—Lamento que tu hermano se junte con él, parece un buen chico.

—Cuanto quieres a tu hermano —dije riendo para bajar la tensión.

Alex me miró pensativo como buscando confianza en mis ojos.

—No deberías estar aquí..

—No me dirás que hacer.

—Eres muy inocente… aún.

—Lo dice el que solo toma gaseosa y tiene veintisiete años.

—A eso me refiero, crees que ser mayor significa beber e ir a fiestas, de seguro esta es como una iniciación para ti pero no deberías seguir el ejemplo de tu hermano.

—No me conoces —lancé enojada. Tenía tantas ganas de golpearlo, odiaba que me dijeran que hacer y más que me trataran como una niña inocente, había trabajado mucho en mi vida para no serlo, como para que él viniera a decirme eso… claro que él solo veía a Liz, pero tampoco la conocía.

Me alejé de él y sin mirarlo me acerqué a un chico que apenas podía mantenerse parado lo arrastré a la pista para hacer como que bailábamos, de seguro se veía desastroso pero era mi venganza para Alex, aunque en las miradas furtivas solo pude observar que tomaba su frente con la mano indignado y se sentaba en un sillón casi avergonzado de haber sido visto conmigo.

Los minutos pasaron y yo me iba acercando cada tanto a

la mesa del rincón con tragos y «tortas especiales». Las noches empezaban todas iguales, tragos preparados en pequeños vasos, mirando a los invitados como sabiendo que pronto los dejaríamos de lado, y es cuestión de tiempo para que alguno se apodere de las botellas de vodka y apresure el caliente líquido por su garganta, anestesiado ya como para sentir náuseas.

Paré justo antes de marearme tanto como para expulsar todo, no quería repetir lo mismo que había pasado con Max, de ser así no volvería a ver a ninguno de esos chicos a los ojos, en especial a Alex, quien sabía estaba clavándome los ojos.

Al cabo de un rato solo me preocupaba por mantenerme despierta, pero todo esfuerzo era inútil en ese cuerpo, el alcohol controlaba mis movimientos.

—Creo que tomaste de más. —Escuché decir a una voz.

—Es una buena fiesta, buen presupuesto para bebidas —articulé sonriéndole a la figura que se materializaba frente mí, era Noa.

—Eres de las que toma hasta desmayarse, igual a Rod. —Sentía sus manos en mi cintura y sus pies en mi camino para que tropezara.

—Quiero irme —dije en un susurro inaudible.

—Vamos, solo eres una puta más, te estuve observando.

—Suéltame —exigí entre dientes, había pasado varias veces por eso.

—Si me besas quizás lo hago. —Su aliento era asqueroso, y su fuerza sobrehumana, era extraño ese efecto del alcohol, muy habitual también.

—Me das asco —contesté escupiendo su cara. Él me empujó hasta una pared, miré alrededor pero ya solo estaban los pasados durmiendo en los sillones.

—De seguro te encanta, pero te haces la difícil —susurró junto a mi oído, acercándose más y bloqueando mis movimientos con su rodilla clavada entre mis piernas.

—Aléjate o grito.

— ¿Crees que te escucharán? Están tan borrachos como tú, además les encanta mirar...

—Le diré a Rod —chillé buscándolo con la mirada, pero no vi a nadie. Noa rió.

— ¿Y qué?, ¿piensas que él no hizo esto con otra niñita como tú? Creías que tu hermano era un santo, lo siento.

Pegó su boca a la mía y rió pasando su lengua por mis labios, era repulsivo.

—Estas mintiendo, él no haría eso.

— ¿Segura, princesita? —Esa había sido la misma palabra

que usó Rod la noche que se enojó conmigo, no podía creer lo que decía pero tenía ganas de llorar.

Empecé a marearme y por un momento me asusté como nunca, antes solía asegurarme de tener cerca algún amigo para salir de esas situaciones, pero ese chico era un sociópata y yo estaba contra la pared, podría hacer lo que quisiera conmigo.

No recuerdo lo que ocurrió solo recuerdo que Noa se separó de golpe y hubo un ruido de vidrio rompiéndose, y entonces me sentí flotar.

— ¿Estás bien? —escuché una voz al abrir los ojos, estaba en el auto, acostada en el asiento trasero, el olor desagradable penetraba en mi nariz y me daba ganas de estornudar.

—Sí —contesté incorporándome en el asiento para ver a Rod... pero no era él—, Alex.

—No volverás a un lugar así nunca —sentenció serio mirando la carretera, ya estábamos cerca de casa, todos se habían quedado en la fiesta—, ¿qué habría pasado si no hubiera llegado a tiempo? —agregó con tono enojado.

—Tú dímelo, es tu hermano.

—Sí, es mi hermano y un maldito —respondió volteándose a verme.

— ¿Rod está en la fiesta? —pregunté cambiando el tema.

—Sí, decidió quedarse. Estaba demasiado tomado como para elegir, y yo tenía los brazos ocupados contigo como para también traerlo a él a rastras.

— ¿Por qué me ayudas?

—Porque no mereces esa vida y tienes bastante cerebro como para quemarlo con esa mierda, se lo que digo, yo también estuve en esos lugares, pero cambié.

— ¿Por qué?

—Digamos que el mundo real no acepta adultos alcohólicos.

Esa frase me pegó, era normal que los adolescentes tomaran, incluso las cantidades de un adulto alcohólico, pero no eran considerados alcohólicos como ellos hasta que fueran considerados adultos, Alex era adulto, ¿Rod lo era?

Alex me llevó a casa y me ayudó a entrar sin que me vieran mis abuelos, aunque él quería que ellos se enteraran, quizás para no tener la responsabilidad de encargarse en controlarme, de todas formas no quería eso tampoco pero los abuelos me daban más miedo.

Esa noche no vi a Rod, supuse que él y sus amigos debieron conseguir otro transporte, solo esperaba que ninguno de ellos condujera en ese estado.

# Capítulo 15

La luz de la lámpara brillaba como sacando chispas de soldadura y sentía una voz lejana como si mi alma estuviese fuera de mi cuerpo. Tardé en darme cuenta de donde estaba y recordar lo que había ocurrido la noche anterior, al pensar en Alex un calor subió hasta mis mejillas y entonces abrí los ojos.

—Al fin despiertas —dijo papá mirándome con una sonrisa en el rostro. Llevaba una camiseta blanca sin mangas y unos pantalones enormes, era tan delgado, me sorprendía ver como las modas habían cambiado y los chicos de mi época se esforzaban cada vez más por conseguir músculos de gimnasio.

— ¿Qué haces aquí? —pregunté bostezando y sonriendo al mismo tiempo. Sentía el cuerpo pesado, el contraste de la noche. Todo es ligero hasta que cae por su propio peso.

—Ayer ni siquiera nos vimos, vine cuando terminé en el taller pero no estabas —contestó serio pero acariciándome el cabello, como esperando una explicación.

—Salí a dar un paseo, Kate y tú estaban ocupados, así que...

— ¿Algo interesante? —preguntó perdiendo su vista en la pared detrás mío.

Nunca entendería como es que siempre adivinaba lo que ocurría, incluso antes de que me dejara inventar una mentira, así de bien conocía a mi madre. Pensar aquello me hizo sentirme débil, no había pasado nada en la fiesta, no por voluntad propia, y de todas formas yo no era Liz... pero sabía que no estaba bien jugar con fuego.

—No, todo está igual que siempre.

—Eso es bueno —contestó suspirando sonoramente—, ¿cómo estás?

—Bien, ¿y tú? ¿Qué tal el taller? —pregunté dejando atrás sus sospechas, o lo que fueran.

—Bien, aburrido, pero aprendí algunas cosas —dijo articulando las palabras con dificultad mientras se estiraba para ubicarse al lado mío en la cama—. Tenemos mucho trabajo y hay que hacer muchos viajes, me gustaría que papá tuviera una camioneta para no tener que pedir una prestada cada vez que hay que hacer entregas.

—Quizás puedas comprar una para él, podría ayudarte... debemos buscar un trabajo —añadí al ver su cara, ya me estaba acostumbrando a la idea de no volver jamás a casa—, hasta puede que Kate quiera ayudarnos.

—Hablando de Kate —exclamó terminando la conversación para cambiar de tema—, fui a su casa ayer, le pedí disculpas por lo del restaurante —dijo torpemente llevándose una mano a la nuca—. No quiero repetir lo de hace años y dejar de hablar por meses…

—Eso está bien, ¿y de qué hablaron? —dije sin celos, aunque me preguntaba si mi madre hubiera reaccionado diferente, no lo creía, Kate era su mejor amiga.

—Me contó cosas sobre Sam y luego hablamos tonterías, películas, libros… le dije que le prestaría *La naranja mecánica* para que pudiéramos discutir sobre eso. Nada.

Pasaron unos cuantos minutos hasta que noté algo… había cosas tan simples como una conversación que podían iluminarte como si hubieses descubierto la cura del cáncer, y no por el contenido de dicha conversación sino por esa sensación de seguridad y bienestar que te genera una tonta charla de mañana en la cama.

Entonces apareció alguien más para sumarse a nuestro club matutino, la pieza que faltaba.

—Espero que no estén hablando de mí —gritó Kate tomando carrera para saltar en la cama, aplastando mis costillas y las piernas de papá—, oye Liz, necesito que me acompañes a un lugar hoy —añadió incorporándose, estaba totalmente despeinada y vestida con una amplia remera de *AC/DC* que me llamó la atención.

— ¿Tiene que ver con Sam? —pregunté con complicidad.

—No en realidad, es mamá. Quiere que la ayudemos en el asilo hoy, habrá una especie de convivencia de los niños de la iglesia ahí, y necesita controlarlos.

Más tarde supe que Clara era enfermera y trabajaba en el asilo del pueblo hacía años.

—De acuerdo chicas será mejor que vayan y yo me iré al taller —soltó papá parándose enseguida de la cama y se acercó a besar mi cabeza—. Diviértete, nos veremos más tarde —susurró en mi oído como adivinando mis pensamientos. Aquello me calmó y me permitió separarme de él sin lamentos.

Kate y yo hablamos un rato sobre la película que habían ido a ver al cine con Sam y de cómo él pasó su brazo por sus hombros, cual película de John Hughes, aunque no recordaba si sus películas tenían una escena como esa. Luego comimos algo, aún no había rastro de Rod. Cuando estábamos por irnos fui a tocar la puerta de su habitación pero no se abrió, ni escuché sonidos en su interior, tenía un mal presagio y pensar en que habían quedado solos en la fiesta sin transporte no ayudaba, pero por alguna razón quería tenerlo lejos, aun resonaban en mi cabeza las palabras de Noa: «¿piensas que él no hizo esto con otra niñita como tú? Creías que tu hermano era un santo…»

Al llegar al asilo, que solo quedaba a unas calles, la madre de Kate nos recibió, dirigiéndonos a la cocina para poder explicarnos nuestra tarea.

El lugar era bastante grande, se trataba de una antigua casa, salas espaciosas, pisos de madera, gruesas paredes pintadas pulcramente de blanco y ventanales enormes que daban a un patio trasero bien cuidado. Allí estaban todos los ancianos, me daba pena observar como habían sido relegados para la llegada de los ruidosos niños, como si tuvieran una peste o algo así. Claro que era a estos a quienes querían proteger de los bulliciosos chiquillos de doce años que corrían por el interior de un lado al otro, por momentos me daban ganas de extender un hilo a la altura de sus tobillos mientras corrían.

— ¿Les quedó claro? —preguntó Clara severamente, jamás la había visto tan seria.

—Sí, mamá —contestó Kate de mala gana—. Solo debemos vigilar a los niños y ver que no salgan afuera.

—Bien, si necesitan algo estaré en el jardín.

En cuanto la madre de Kate se alejó nosotras nos miramos con aburrimiento, observamos a los niños, al fin calmados, sentados en el suelo de madera escuchando a una monja.

Por un segundo imaginé una realidad alternativa de esa escena, los niños sentados con miedo, la monja volviéndose más y más oscura hasta que unos afilados dientes salieran de su boca dispuesta a devorar a los niños, había visto demasiadas películas de terror, pero esa mujer parecía muy cálida, hasta me daban ganas de sentarme con ellos a escucharla. Yo siempre fui a escuelas públicas, nada de religión, nada de iglesias, pero desde que había empezado a ir al cementerio por papá todo eso me había empezado a interesar.

— ¿Vamos al patio? —exclamó Kate impaciente, como si no soportara un segundo más ahí.

—Pero debemos vigilarlos.

—Están vigilados, además solo hay que controlar que no salgan, podemos hacerlo desde afuera. —Era gracioso oírla, como si me estuviera proponiendo saltarnos una clase para salir a fumar.

El jardín era extenso, con árboles y plantas, y mesas con cuadros de ajedrez incorporados y otras de hierro blanco como esas que solo tienen las abuelas. Los ancianos estaban apiñados con sus sillas, jugando con cartas y pasándose chismes, me preguntaba qué clase de chismes podían circular en un asilo y me reí de solo imaginar una versión mía de anciana desparramando rumores tontos, como: «la cocinera está loca por el jardinero» y «mira, Elisa tiene una nueva dentadura postiza»

Pero entonces vi un rostro conocido y de inmediato me acerqué dejando sola a Kate en medio de la puerta.

—Oh, si es la niña de la feria —exclamó la anciana mujer sentada frente a una mesita de jardín, otra señora estaba sentada con ella—. ¿recuerdas que te conté de ella?

La mujer que había conocido hace unos días estaba distinta, hablaba mucho más fuerte como si todos estuvieran sordos allí y su mirada era pícara.

—Lamento lo del otro día —contesté jugando con mis manos mirando el sencillo mantel de la mesa.

—Descuida, la mejor herramienta de los escritores son las críticas, en especial del público joven —dijo guiñando un ojo y tocando el asiento a su lado para que me sentara con ellas, olía a perfume concentrado y algo que no podía describir, era el olor de los abuelos, el mismo que pude oler en el abuelo ni bien llegué al pueblo—. Dime, ¿ya has escrito algo?

— ¿Por qué lo piensa? —pregunté sorprendida.

—Supuse que hablar el otro día de eso te haría pensar en escribir algo, deberías intentarlo, es liberador.

—Ella lo sabe mejor que nadie —bromeó la mujer que nos acompañaba, su cabello era igual de blanco pero más corto y su voz acolchonada, como retumbando bajo una montaña de almohadones.

La anciana la calló moviendo sus manos como avergonzada, no pude más que reírme.

—No soy tan buena como usted, no sabría cómo explicarme…

—Lo importante no es cómo sino qué, y estoy segura de que tienes historias para contar. Clara me contó de ti, se que eres callada y bondadosa, eres la protagonista perfecta.

— ¿Para qué historia? —pregunté riendo.

—La tuya. —Me pareció absurdo entonces pero luego entendí que escribir siempre había sido una terapia y sin duda se trataba de mí.

— ¿Tiene algún consejo para darme? —pregunté semi interesada pero más bien para seguirle el juego.

—Aprende a observar y escuchar, incluso a ti misma... me pasé una vida entera adormecida por los hechos de mi vida como si estuviera viendo una película, entonces supe que la vida se parece más a un libro y hay mil gestos que debemos interpretar por nuestra cuenta. Recuerda... todos tienen un lado B.

Inmediatamente pensé en Rod, quizás su lado A fuera el hermano casi cariñoso e inofensivo y el lado B fuera el ebrio que acosa a las chicas, pero no quería pensar en eso... no quería pensar en Rod, pero por más que lo intentara seguía haciéndolo, en su despedida, en su ausencia, en mi llamándolo sin tener respuesta, me recuerdo indefensa y siento un escalofrío, sin querer pienso en Alex.

En cuanto pude inventar una excusa me alejé de las mujeres, ya era la segunda vez que huía de ella, esta vez fui al baño, miré mi reflejo unos diez minutos intentando reconocerme para sentir al menos un poco de odio hacia mí, buscando los defectos que sabía me harían olvidar los demás problemas. Pero ese no era mi cuerpo, no eran mis defectos y la verdad es que no había problemas para olvidar, más bien era una sensación conocida pero antigua, lo que sientes cuando el chico que te gusta te besa justo cuando menos lo esperas, pero Alex ni siquiera me había besado, simplemente me había salvado de ser abusada por su hermano menor, suena estúpido pero él era diferente y eso me gustaba.

—Gracias por abandonarme —soltó Kate casi escupiendo mi cara al verme salir del baño.

—Los ancianos hablan mucho...

—Bueno al menos tú no tuviste que separar a dos niños que jugaban a ver quien tenía más mocos en su nariz.

—Qué asco —exclamé arrugando la nariz—, pero son grandes para eso...

—Pues no, eran los hermanos de los mayores, ni siquiera se para que vinieron. En fin, te odio —soltó tomándome del brazo, muy convincentemente mientras me arrastraba a la cocina, era el momento más esperado... los chismes sobre Sam.

Yo realmente no tenía ganas de escuchar a nadie, solo quería acostarme en la cama y mirar el techo, o quizás el techo de Rod ya que el suyo era más interesante... y entonces pensaba otra vez en él y debía redirigir mis pensamientos.

— ¿Siquiera me estás escuchando? —preguntó enfadada con los brazos en jarra.

—Perdona, estoy distraída —respondí moviendo la mano delante de mi cara.

— ¿Es por Matt? ¿segura que no quieres ir a la ciudad con él?

— ¿Te lo contó? No es por eso, simplemente estoy distraída.

Sabía que no me creía, Kate conocía a la perfección al lado A y B de ese cuerpo, pero decidió dejarlo así y permitirme pensar en soledad mientras ella se encargaba de los revoltosos niños.

Me acerqué a un ventanal y observé hacía afuera la mesa donde antes estaba la anciana, ni siquiera sabía su nombre ni ella el mío, al menos no el verdadero, pero estaba bien, era de esas cosas innecesarias, los nombres no son tan importantes como se cree.

Desde ese ángulo tenía la perfecta visión del límite de la vida, los niños de un lado, seguros y con mucho tiempo por vivir, y los ancianos del otro lado, afuera, aislados pero cómodos, incomprendidos, listos para ser llamados en cualquier momento.

La vida no es lo suficientemente larga y sabía que ese viaje tampoco lo sería, no importaba cuanto me aferrara a el e intentara creer que estaría allí para siempre, en cualquier momento sería llamada y debería partir.

Cuando pensé que debería participar en mis tareas, igual que Kate, papá llegó para salvarme y pude despedirme para pasar tiempo con él. Kate me miró con algo de enfado pero enseguida se le pasó, seguramente al recordar sus sospechas de mi falta de ánimo ese día, aunque no tenía ni la más mínima idea.

Odiaba mi mente, siempre que encontraba alguna preocupación se aferraba a ella y me impedía pensar en otra cosa, en mi época hubiera entrado a mi cuarto y puesto música a todo volumen, solía funcionar pero ahora no estaba en mi cuarto, ni había computadoras, ni yo era ese tipo de personas que gusta de molestar a los vecinos.

Mi único recurso en ese momento y lugar era tomar el brazo de papá con tanta fuerza hasta que se irritara y pidiera que lo suelte, lo cual no pasó, también imitaba sus pasos para sentirme flotar por las calles, el tenía la costumbre de esquivar las líneas en la vereda y daba saltos muy graciosos, pero nadie se burlaba porque todos lo conocían.

Caminamos varias calles en silencio, papá quería ir al centro donde habían inaugurado una galería con tiendas de ropa y cosas por el estilo, su padre le había dado una paga por su trabajo y él tenía ganas de renovar su guardarropas antes del viaje. Más tarde supe que se instalarían en la casa de un conocido, bastante lejos de donde vivía en mi realidad, él estaba muy emocionado aunque se notaba que iba a extrañar a mi madre.

Me dejaba colgarme de él a cada segundo y abrazarlo cuando se quedaba parado mirando vidrieras, yo necesitaba recordar la circunferencia perfecta que hacían mis brazos al rodear su tronco y la altura a la que quedaban mis ojos cuando me paraba frente a él, no quería perderme ni un solo gesto, de esos involuntarios que uno hace cuando no lo miran… yo quería verlos, necesitaba verlos.

—Ya estás poniéndome incómodo —dijo absurdamente fingiendo una voz asustada, ni siquiera me estaba mirando, tenía los ojos clavados en mi reflejo, el reflejo de mi madre.

—Voy a extrañarte —dije sin pensar en nada, solo mirando el reflejo borroso que estaba frente a mí.

—Serán dos semanas, nada más —contestó riendo obligándome a verlo, con sus manos en mis hombros.

—Pero ¿si te gusta la ciudad? —dije excusándome al recordar el miedo del abuelo porque su hija dejara el pueblo—. ¿Si te atrapa?

—Qué tontería —exclamó dándose vuelta para tomar mi mano y guiarme dentro de un local—, quiero vivir allí, pero contigo, algún día…

— ¿Por qué tienes tantas ganas de irte de aquí? —Realmente era algo que hace tiempo quería saber.

—Todos esperan algo de mí, lo sabes. Es como si llegáramos con una vida construida.

— ¿Llegar a dónde?

—Al mundo. Todos nos conocen tan bien que creen que saben todo de nosotros y cuando les cuentas algo que no saben lo descartan como si solo estuviéramos desvariando.

Conocía ese sentimiento, era lo que sentía cuando debía hablar con mis amigas sobre chicos y cuando fingía interés en lo que decía Mike, incluso con Max el día que nos vimos en el shopping, simplemente sentía que todos sabían lo que quería y lo que pensaba, pero ni siquiera yo lo sabía, solo estaba haciendo y diciendo lo que ellos deseaban, como un reflejo, como un reflejo dañado, un chiste de feria que creía real. Hasta que el espejismo se volvió una versión desagradable.

— ¿Y crees que en la ciudad será distinto?

—Allí nadie me conocería, sería como un extranjero, nuevo en todo y nadie pensaría algo erróneo de mí, no tendría que fingir ni ser responsable por otros...

Yo sabía perfectamente que eso no era así, la ciudad es solo un lugar donde te sientes más anónimo pero también más solo, y los demás tienen una impunidad para atacar a otros que en ese pueblo no existía.

— ¿Y por qué no quieres ser responsable por otros? —pregunté recordando una de mis clases de existencialismo, donde la responsabilidad es lo que da sentido a la vida humana.

—No quiero cargar con eso —respondió bajando la mirada en un mostrador de la tienda—, no soportaría que cayeran por mi culpa.

—Pero irte no lo solucionará, solo estarás evitando la responsabilidad, pero ellos seguirán necesitándote, ¿podrás cargar con eso? —Fue justo en ese preciso instante que comprendí la importancia de las clases, me habían enseñado más cosas de la vida que la misma vida en sí, aunque quizás si no hubiera tratado de esquivarla por tanto tiempo hubiera aprendido más de ella.

—Lo siento —contestó mirándome con la mano en la nuca, como cada vez que estaba avergonzado—, soy cobarde y lo sabes, al menos para esas cosas. ¡Mira! —añadió cambiando de tema y yo revoleé los ojos, odiaba eso de él, aunque yo hacía lo mismo.

Papá señaló un pequeño collar en el mostrador de cristal, un colgante con un minúsculo trébol de cuatro hojas de oro e instintivamente me llevé la mano al cuello, donde éste solía estar cuando estaba en mi cuerpo.

—Así sucede —susurré en voz alta sin querer, pensando que era así como papá se lo regalaba, eso me recordó que era a Liz a quien él le hablaba, no a mí.

— ¿Qué? —exclamó al pasar y luego siguió— ¿Lo quieres? Te lo compro.

—Me encanta…

Papá me llevó a casa cuando empezó a oscurecer, parecía que solo había pasado un rato luego de dar miles de vueltas por la galería y parar en cada tienda. Al final se compró un par de remeras y una camisa, solo porque se lo pedí para poder verlo formal algún día, por lo demás solo miramos cosas imaginando que nos gustaría tenerlas, pero no era cierto en sí, poco nos importaba.

Yo seguí sujetando el colgante todo el camino a casa y pegándome a sus pies con cada paso, sorteando las líneas y las grietas del suelo, incluso corrimos jugando a ser espías que no debían ser vistos por los vecinos, me reí tanto que me dolía el estómago al llegar a casa. Él prometió que me escribiría cartas pero no me hacía ilusiones, sabía que probablemente él llegara antes que el correo.

—Llegaste —pronunció mi abuela cuando puse un pie

adentro, tenía los brazos cruzados, el pelo suelto y desprolijo, y las cejas arqueadas enmarcando unos ojos que expulsaban decepción.

No estaba acostumbrada a enfados por parte de adultos, a menos que provinieran de Kate pero solía ignorarlos y ella no se enojaba por mucho tiempo, excepto por la travesura del acto de primavera cuando rompí el vestuario de una de las chicas antes de que tuviera que salir a escena haciendo que se fuera corriendo a llorar al baño, su madre lo había confeccionado, yo era su reemplazo y Kate no me habló por dos semanas.

— ¿Ayer fuiste con tu hermano a la ciudad verdad? —preguntó mi abuelo más tranquilo pero igual de enfadado.

— ¡No puedo creer lo que hicieron! —gritó mi abuela tocando su cabeza— De él espero lo que sea Liz, pero de ti... estoy decepcionada.

Aquella palabra, tan escuchada de boca de mis profesores, pero ni siquiera mi madre lo había dicho jamás, entonces entendí que quizás mi madre sintiera lo mismo que papá, la responsabilidad de cumplir con las etiquetas que otros les ponían, la presión de ser siempre correcta, quizás ella también pensaba que irse lejos era la solución, escapar antes que enfrentarse a mostrar quienes eran realmente, arriesgarse a no ser lo que otros esperaban de ellos, yo sentía lo mismo en el fondo.

—Rod es un desastre, no puedes seguirlo a donde va —lanzó el abuelo, aún enojado.

—Qué lindo —interrumpió Rod entrando a la casa—, ahora entiendo quienes la habían puesto en mi contra, sigan haciéndolo.

—Rod —dijo la abuela con cansancio, sin siquiera sentirse avergonzada—, tu padre se refiere a que tú ya eres así pero no puedes incitar a tu hermana...

— ¿Incitar? —interrumpió Rod—, ¡no iba a dejar que la mataran, dios!

—Pero tampoco debías estar muy alerta —exclamó el abuelo levantando la voz—, debías estar muy borracho para cuidarla. Tanto que volvió sin ti, ¿crees que no nos dimos cuenta que llegaste hoy a la tarde a casa? ella ya estaba en su cama en la mañana.

—Llegamos juntos —mintió Rod—, la dejé y me fui.

— ¡Ya deja de mentir! —soltó el abuelo con la cara roja, sentí miedo, y él golpeó la pared al lado de Rod.

— ¡Basta! —grité intentando contener mis lágrimas pero todo estaba borroso ya, solo distinguí a Rod, pegado a la pared como protegiéndose. Nunca había visto a alguien tan enojado como al abuelo en ese momento.

La discusión terminó con la puerta de calle cerrándose y yo corriendo hacia el cuarto, deseaba pedirle perdón a Rod pero se había ido y al día siguiente mi orgullo volvería a tomar el poder.

Los adultos a veces no entienden cuanto pueden doler las palabras, como uno recuerda luego de años esos dichos con un rencor que envenena. Los abuelos tenían razón en que él no debería a haberme llevado, fue peligroso, pero yo también había ido por mi cuenta. Muchas veces había puesto mi vida en peligro y no me importaba, a veces al subir al auto pensaba si me pondría o no el cinturón ese día, si realmente ese día me arrepentiría de arriesgarme o me daría igual, por lo general no me lo ponía, y por lo general nunca pasaba nada malo, quizás por eso seguía haciéndolo.

Como sea, ellos no tenían derecho a herirlo de esa manera, porque Rod no era un caso perdido, solo era un chico intentando que lo vieran, que después de mucho tiempo alguien se preocupara por él. Ya no importaba si me había dejado tirada, entendía que aún no era un adulto, aun creía que era irrompible, indestructible, aun creía que la muerte solo es algo que le pasa a otros y que la maldad solo existe en las películas.

# Capítulo 16

El fin de semana pasó sin que lo advirtiera, me levanté decaída, era uno más de esos días angustiantes, sin pesadillas ni nada que lo justifique, solo era un velo cubriendo mis ojos, tiñendo todo de un negro intenso, egoísta. Quería pasar el día con la familia de papá, en su casa, ayudar en el taller y luego volver para pasar el tiempo con los abuelos y quizás disculparme con Rod por no salir en su defensa, llamar a Kate en la noche y planear otra cita para salir con Sam y papá, una mejor cita que la primera... pero no pasó, ya había sido demasiado altruista, necesitaba un día para mí, para ignorar los errores y los problemas, un día para pasar sola con mi padre... pero tampoco pasó. No podía simplemente elegir que hacer y obligar a todos a seguirme, debía escuchar las opiniones de esas personas y resignar mis propios deseos, no entendía como mi madre era capaz de vivir así cada uno de sus días, aunque por otro lado era entendible... después de todo ser líder y planificar el día de un grupo de gente no era normal, al menos no en su vida.

La tarde no fue tan mala después de todo, fue agradable de hecho, pasamos el día en el parque con amigos, aunque solo conocía a papá, a Kate y a Lisa, también estaban dos chicos amigos de él y tres chicas amigas de mi madre. Todos fueron divertidos y pasaron el día hablando tonterías y colgándose de árboles, se sorprendían de que no pudiera trepar ni a la rama más baja, morí de vergüenza incontables veces pero estuvo bien; aunque no se sentía bien, yo no estaba bien, tenía tantas ganas de echarme a llorar y salir corriendo, solo quería estar en mi cama, mi verdadera cama, en mi verdadera casa. Entonces no lo entendí pero creo que ahora comprendo lo que sentía. Todos veían a mi madre y eso aumentaba el valor de la pregunta con la que había llegado, «¿Quién soy?», no solo ocupaba cada rincón de mi mente sino que extrañaba que me hablaran, a mí, extrañaba que me vieran... en todo ese tiempo solo me sentí escuchada como Anna al hablar con la anciana del asilo y claro, con la bruja, todos los demás solo veían a Liz.

Las dos semanas que siguieron lloré todas las noches y escribí en miles de papeles que luego daban a parar al cesto de basura y eran quemados con un fósforo. Nada era especialmente bueno ni tan desastroso pero no quería darme demasiada fe porque al volver a casa debería soltar todos esos nuevos hábitos para sobrevivir en la sociedad adolescente y confinar esos pensamientos a la noche, como siempre desde que todo comenzó, aunque no estaba segura de poder hacerlo, de querer hacerlo, ya estaba cansada de fingir.

Una mañana abrí los ojos sorprendida, me había quedado dormida un instante, quizás una hora, y desperté con un paquete de cartón a los pies de la cama, una caja blanca con un lazo rosa y una tarjeta colgando de este, una cita resaltaba:

*«Felices 18, te amamos. Papá y mamá»*

Me hubiera gustado pensar «que bonito gesto» mientras una sonrisa se dibujaba en mi rostro, o «que hipócritas palabras» al recordar la discusión de la noche pasada, pero solo pensé «es su cumpleaños y ni siquiera lo sabía». Pensar que mi propio cumpleaños hubiera sido al día siguiente de llegar al pueblo, pero todavía no había despertado, me creaba confusión.
En otra época ni siquiera me hubiera importado recordar esa fecha, en otra época jamás me importó pero ahora sentía culpa. Celebramos el cumpleaños de mi madre hasta que cumplí ocho, después no le gustaba celebrar nada, como si siempre hubiera sentido que no lo merecía, entonces recordé que eso también era mi culpa. Cuando tenía ocho años, ese último cumpleaños sentía tanto dolor, estaba tan peleada con todos los que me rodeaban que le eché en cara su participación en la muerte de mi padre… supongo que su estabilidad mental siempre pendió de un hilo y cualquier frase era capaz de marcar el curso de sus acciones. Obviamente no me di cuenta del efecto de esas palabras porque cuando eres niño un año pasa muy lento y en su siguiente cumpleaños ya había olvidado todo, además con ella nunca se sabía, un día estaba bien y otro ni siquiera salía de su cuarto, se hizo fácil tomar aquello como un nuevo mandato… no celebrar nada.

Abrí el regalo de los abuelos y solté un pequeño suspiro al tocar la suave tela de un vestido de fiesta color azul, mi favorito, su favorito. Lo saqué de la caja y rápidamente me lo probé frente al espejo, era largo, demasiado, pero delicado y perfecto. Me senté en la cama, aun frente al espejo mientras cepillaba mi cabello, su cabello que ya sentía mío, me había acostumbrado a encontrarme con su cara todas las mañanas y cada vez que iba al baño, a veces hablaba sola con ese reflejo y se sentía como hablar con alguien muy callado pero presente, como hablar con mi madre… si fuese que hubiéramos hablado alguna vez, claro que lo hacíamos pero no era como una conversación real, era como esas charlas obligadas con la cajera de un supermercado.

Pero después de todo era mi madre, era una persona que había perdido absolutamente todo lo que amaba, su marido, sus padres, su pueblo… quizás su hermano, y seguramente lo único que la había mantenido con vida era esa horrible responsabilidad enfermiza que no le daba sentido a su vida pero la mantenía aferrada a la tierra: yo.

—Feliz cumpleaños, mamá —Le dije avergonzada al reflejo que me miraba y al cual toqué con la punta de mis dedos fríos, sus manos siempre estaban frías.

Quizás todo el mundo esperaría una dramática y memorable escena de un llanto ahogado tras articular esas pequeñas e importantes cuatro letras, pero esto fue mi vida, esta es mi vida real y no sonó una triste canción de fondo ni obtuve respuesta alguna del reflejo, pero se sintió bien, se sintió como debía sentirse decirle así por primera vez en muchos años, la sentí tan cerca como nunca.

— ¡Feliz cumpleaños! —gritó mi abuela al verme entrar a la cocina, estaba poniendo la mesa para almorzar.

Rod estaba sentado pero no se volteó a verme y seguía cumpliendo a rajatabla su ley del hielo con toda la familia luego de lo sucedido, solía ausentarse todo el día desde muy temprano y volvía tarde por la noche, lo escuchaba desde mi cuarto cerrar la puerta con más fuerza de la necesaria, luego entendí que era una forma de avisar sobre su llegada a la abuela, quien no se dormía hasta escuchar el golpe, incluso ebrio era considerado.

—Gracias —dije sonriendo levemente tras recibir un beso de cada uno de mis abuelos y un almuerzo especial, el favorito de mi madre por esos días.

— ¿Te gustó el vestido? ¿Te lo probaste? —preguntó mi abuelo desde su silla tomando una servilleta. Desde la discusión que no podía verlo como antes.

—Me encanta, es mi color favorito y es justo de mi talle —respondí jugando con el tenedor, pero mi abuela me lanzó una fulminante mirada para que dejara de hacerlo.

—Fue difícil conseguir ese color, espero lo uses para la fiesta de esta noche.

Claro que habría una fiesta tan grande como la de Dina, quizás más reservada pero igual de concurrida.

—Sí…

El almuerzo fue tranquilo, más preguntas y felicitaciones y alegría desbordando de los mayores, pero Rod y yo nos manteníamos callados lo más que podíamos, a él no le dirigían la palabra y a mí me llenaban de atención que no quería en ese momento, se sentía horrible verlo ahí sentado comiendo con nosotros pero tan solo como únicamente él podría estarlo.

—Ah, Liz —dijo la abuela interrumpiendo el breve silencio que se formó al final de la comida—, creo que te llegó una carta, la encontré en el buzón esta mañana.

—Qué extraño —exclamé levantándome para ir a buscarla, feliz de tener una excusa para dejar la mesa.

Las cartas estaban apiladas en un montón sobre una pequeña mesa de madera al lado de la puerta de entrada, las miré leyendo hasta encontrar el nombre de mi madre en una de ellas. El sobre era delgado y tenía el sello de una universidad, en seguida me retiré al cuarto de mamá y lo abrí una vez en el.

*«Por medio de la presente se le informa su admisión en nuestra casa de estudios, en la carrera de psicología, después de haber logrado suficiencia en el examen de admisión. Estaremos encantados de recibirla en nuestra institución en tanto termine sus estudios. Para confirmar su admisión es necesario que se presente a nuestra central en el lapso de los próximos quince días con todos los requerimientos necesarios que próximamente estará recibiendo.»*

— ¿Realmente quieres tomar otra decisión? —susurré, caminaba de un lado al otro con la carta en la mano—, ¿quieres dejar todo e irte a la ciudad?, perder todo lo que tienes para perseguir un deseo desconocido, en un lugar desconocido, un lugar donde dentro de años tampoco serás feliz.

»Podría presentarme pero los abuelos estarían tristes y también papá, sé que cuando me despierte quizás todo esté igual que siempre pero quiero que sean felices al menos dentro de este sueño y no sé dónde estás tú, también quiero que seas feliz pero ni siquiera sé dónde estás si es que estás en algún lado, probablemente oyendo todo lo que digo, quizás preguntándote quien soy. —Es difícil ser quien toma todas las decisiones, antes estaba encantada de hacerlo pero jamás la vida de otros estuvo en mis manos tanto como en ese lugar— ¿Alguna vez pensaste en qué hubiera pasado si te hubieras ido? no te habrías casado con mi padre, no me habrías tenido a mí, vivirías en la ciudad seguramente con otra persona que podrías haber conocido en la universidad, tu vida tendría más color que ahora y tal vez tendrías más amigos.

El verbo «hubiera» es una de las palabras más tristes, entierra todo sueño que podríamos haber tenido, nos recuerda que a veces escogemos sin querer el camino equivocado y otras veces simplemente nos muestra que había más opciones de las que elegimos. Como sea, me era imposible ir, amaba mucho a papá y no podía no ser egoísta en ese momento.

Allí me quedé, acostada, hablando sola como siempre, ¿Por qué es más fácil hablarle a alguien cuando no está? Realmente no lo entiendo, pero así es, solo quería que ella supiera que lo sentía, que sentía no poder hacerla feliz, que por primera vez estaba literalmente en sus zapatos y la entendía mejor que nadie.

El tiempo pasó sin que viera un rostro por horas, dibujé sus ojos en el techo intentando no olvidar sus expresiones, en especial las de aquellos que jamás volvería a ver cuando estuviera en casa, sentía un nudo en la garganta y el cuerpo pidiéndome movimiento, pero una voz irrumpía en mi mente con cada nombre que llegaba a mis labios, decía: *«Intrusa», «aléjate de ellos», «no eres yo».*

Quería apagarla pero me daba curiosidad pregúntale cosas, intenté hablarle pero era como escuchar una radio o una grabación repetida interminablemente, no sabía si ella me estaba hablando directamente o si solo eran sus pensamientos mezclados con los míos… se sentía como tener una conciencia parlanchina y terriblemente quejosa en el interior de los ojos, justo detrás de ellos.

—Podríamos poner esto así, ¿te gusta Liz? —escuché la voz de papá y al aclararse mi vista lo encontré al final de una escalera de dos hojas colgando una guirnalda en la sala de casa.

— ¿Qué pasó? —exclamé asustada mirando a todas partes. Los abuelos estaban en la cocina, los escuchaba hablar y a mi lado Kate me observaba extrañada.

— ¿De qué hablas? —dijo papá bajándose de la escalera olvidando la guirnalda, miraba a Kate y a mí una vez tras otra, asustado—, ¿estás bien? ¿estás pálida? ¿te mareaste?

No sabía cuánto tiempo había pasado desde que miraba el techo del cuarto sin nada para hacer mas que escuchar la voz de mi madre en mi cabeza, ahora estaba completamente parada participando de algo que no tenía idea qué era.

—Creo que será mejor que vayamos a sentarnos —esugirió Kate agarrándome del brazo y luego se dirigió a papá—, tomémonos un descanso.

Fuimos a sentarnos al jardín ya prácticamente oscuro, había tres largas mesas en medio de el, adornadas con manteles blancos y centros de mesa con flores de varios colores, todo eso había sido preparado durante mi ausencia, y el interior de la casa también estaba ordenado y arreglado, decorado con globos que aun seguían inflando los abuelos y desperdigados por el suelo flotaban esperando ser ubicados. Me preguntaba cuanto tiempo había pasado, claro que largas horas, pero que habría estado haciendo ese tiempo, jamás lo sabría.

—Preparamos bien la casa, ¿verdad? —dije intentando calmarme y obtener algo de información sobre ese tiempo.

—Sí, quedó linda —contestó Kate mirando a su alrededor, ambos parecían calmados y felices, todo les estaba saliendo bien al fin, parecían en paz—. La fiesta será un éxito.

— ¿Todos vendrán? —pregunté jugando con el mantel.

—Vecinos de siempre y compañeros de escuela... algunos de mis amigos —dijo papá orgulloso de nombrar a tantas personas.

—Incluso Sam dijo que vendría —añadió Kate antes de recibir una palmada en el hombro por parte de papá, lo cual la hizo ponerse roja.

—Genial, baile, comida y...

—La comida es sin duda la razón para que todos asistan. —Me interrumpió Kate y papá se echó a reír. Era lindo verlos felices, Kate estaba totalmente loca por Sam y pasaba casi todo su tiempo con él y papá estaba satisfecho con su nuevo trabajo y su relación con sus padres— Solo espero que no hayas invitado a tus amigas zorras —soltó mirándome directamente.

Se la veía un poco distante como si hubiera recordado algo que le dolía mucho.

—Kate, ya pasó no empieces —contestó papá antes de que pudiera decir algo.

—No digo nada, solo que no quiero repetir lo del año pasado... además hace meses que no nos hablan no creo que sean un problema.

—Ya déjala tranquila, bastante mal la pasó —dijo papá para luego susurrar como si yo no estuviera allí— y Rod...

— ¿Qué hay con Rod? —salté instintivamente usando el tono que solía ponerle a Jenna para amenazarla.

—Ya sabes... se alteró por lo que te hicieron y le rompió la cara a los novios de esas chicas... —exclamó Kate mirando a la puerta del jardín, seguramente buscando a Rod.

—Algunos eran mis amigos —agregó papá con cara de decepción, no era la primera vez que veía que alguien hacía esa cara por Rod—. Ya sabes que puede ser muy violento, incluso sobrio.

—Ya dejen de hablar así de él, ni siquiera lo conocen —lancé en voz naja pero enojada, harta de que todos lo odiaran. Era cierto que yo no lo conocía pero ellos menos, ellos no lo habían visto débil, no lo vieron abrazarme ni guiñarme el ojo en las comidas por un chiste nuestro, jamás lo escucharon hablar de la muerte y quejarse de lo que otros decían de él.

No los callaba solo porque me incomodara lo que decían sino porque me dolía ver que no eran tan distintos a mí… a esa Anna mala que siempre se encargó de herir a quienes ni siquiera conocía, inventando rumores y arruinando vidas impunemente. Kate no era así, y no quería pensar que papá lo era.

Ninguno respondió, se limitaron a mirarme callados, extrañados, seguramente porque mi madre había alentado todo ese tiempo, ella tampoco lo conocía, así como no me conocía a mí, ¿o acaso me dejaba ser mala porque le recordaba a su hermano? Quizás se sentía culpable por no saber entenderlo y ayudarlo a no destruirse.

Los seres humanos somos cobardes, tenemos tanto miedo que preferimos imitar a otros, resguardarnos en rencores antiguos y mantener una barrera de orgullo separándonos del resto, dividimos a todos en categorías «nosotros» y «ellos», para mi madre Rod estaba en el «ellos» y yo era demasiado cobarde para cambiarlo, y pensaba que quizás ya era demasiado tarde para hacerlo.

En ese instante imaginé algo horrible, quizás él ya estuviera muerto en el presente, olvidado por todos y sin siquiera una persona que le quite la tierra a su lápida, si es que tenía una; me preguntaba si alguien lo había amado todos esos años, si alguien había entendido quien era realmente o si siempre estuvo solo, con esa expresión de tristeza y dureza que muchos confundían con frialdad.

Solo podía pensar en llegar a casa y buscarlo, no sabía cómo pero no perdería nada intentando, solo encontrar las marcas que había dejado, seguir los pasos que dio y saber dónde había estado todo ese tiempo cuando no sabía de su existencia, le preguntaría a mi madre que es lo que pasó y porqué lo había dejado.

—Debo irme —solté de repente interrumpiendo la conversación que Kate y papá tenían hace rato, y de la que yo estaba ausente.

— ¿Qué? —exclamó papá mirándome sorprendido y supuse que enojado—. Falta poco para la fiesta.

—Volveré a tiempo —contesté sin prestarle demasiada atención, deseaba quedarme con él pero mis valores recientemente adquiridos no me permitían ser indiferente al sufrimiento de otros, no teniendo a esa persona tan cerca.

— ¿Y nosotros?, queremos pasar el tiempo contigo —añadió Kate pero yo ya estaba dentro de la casa. Quería encontrar a Rod, necesitaba encontrarlo.

Corrí por las calles, estaban desiertas, llegué a la calle del auditorio y recorrí cada bar, pregunté por él a los chicos con quien lo había visto hace días pero nada sabían, me metí en la galería, incluso le pregunté al hombre de la boletería del cine y a la dueña del almacén donde siempre lo encontraba comprando, pero nadie lo había visto, cuando…

—Lo siento, ¿te lastimé? —soltó un chico luego de casi atropellarme con su bicicleta.

—Tú

—Tú —repitió Alex al verme con cara de pocos amigos, lo cierto es que me alegraba de encontrarlo pero aun estaba avergonzada por lo de la fiesta.

— ¿Qué haces aquí? Pensé que vivías fuera del pueblo —exclamé mirando el suelo dispuesta a seguir corriendo pero mis pies se mantenían clavados en el lugar.

—Sí, de hecho así es pero hoy es la clase y suelo quedarme por aquí…

— ¿Vienes temprano? —pregunté mirándolo por primera vez, llevaba el cabello rubio suelto y húmedo cayendo sobre sus ojos y olía ligeramente a perfume, me sorprendía que hubiera mantenido ese aspecto incluso luego de pedalear kilómetros por la polvorienta y calurosa carretera.

—A veces, me gusta pasear por aquí —respondió llevándose una mano al cabello usando sus dedos de peine.

—Qué extraño que no te aburras.

—Recuerda que alguna vez viví por aquí cerca, la nostalgia puede más que el aburrimiento. —Al verme impaciente se quedó en silencio un momento— ¿Qué buscabas con tanto apuro?

— ¿Tan obvio es que busco algo? —exclamé con un tono seductor pero me arrepentí enseguida y volví a dejar caer mis hombros—, a mi hermano… hoy es mi fiesta de cumpleaños y no lo veo desde el almuerzo.

— ¿Es tu cumpleaños? —dijo sorprendido— felicidades…

—No es tan feliz… —Otra vez me arrepentí—. ¿Lo has visto? Quizás tu hermano…

Su cara cambió y se puso serio, toda su postura se transformó y endureció, parecía más alto.

—Está con él… en casa de mi padre.

— ¿Podrías llevarme? —pregunté pensando en que debería volver a ver a Noa y no quería estar a solas con él.

—No —sentenció sin expresión.

— ¿Por qué no? Sé que tu hermano es un idiota pero no me da miedo —mentí.

—No es por él, es por mi padre. Desde que me fui que jamás volví a su casa, nunca más hablamos, me mataría si me viera —

soltó mirando hacia otro lado, estaba tenso.

—Lo siento, puedo ir sola si me dices donde queda.

—No es seguro para ti tampoco.

—No me da miedo —dije a la defensiva como si me hubiera tratado otra vez de inocente.

— ¿Siempre quieres salirte con la tuya, cierto? —dijo ya un poco más relajado y se subió a la bicicleta, tras un bufido cansado me miró—. Me quedaré afuera por cualquier cosa.

Me indicó el manubrio de la bici y entendiendo su mirada me subí en el. El viaje fue corto porque pedaleaba ligero y parecía que flotábamos sin tocar el suelo, el viento nos cortaba la cara como hojas de cuchilla, disfruté esa vista pero me avergonzaba tenerlo detrás, estar con él se sentía incorrecto.

— ¿Por qué no estás en tu fiesta en vez de buscar a tu hermano? —escuché que decía antes de que el viento se llevara sus palabras.

—Debía hacerlo, discutimos... hace días no están nada bien las cosas en casa. —No sabía si me escuchaba aunque estuviera gritando, me volteé para verlo por el rabillo del ojo y en seguida volví la vista al frente.

—Eres buena con él, quizás demasiado tolerante —Desaceleró y pude escucharlo mejor.

—No necesitó paciencia, él también soporta muchas cosas de mí, lo decepcioné.

—Él te abandonó a manos de su amigo...

— ¿Por qué te importa? —exclamé enojada, al parecer le encantaba hacerme enfurecer— Todos lo tratan mal, ¿cómo esperar que él sea bueno?

—Quizás tengas razón —dijo y tras una pausa en que estacionó la bicicleta siguió—. Llegamos, me quedaré aquí solo debes llamarme si pasa algo.

Lo miré un instante mientras acomodaba mi ropa al bajar, el viaje no había sido precisamente cómodo. Alex parecía triste, como ausente más bien, nostálgico quizás.

Toqué el timbre dos veces pero no funcionaba, golpeé la puerta otras tres, decidida. La casa era pequeña, la fachada descuidada y el césped demasiado crecido, las paredes estaban sucias y había marcas de suelas por doquier; unas macizas persianas de madera tapaban cualquier oportunidad para espiar el interior, especialmente porque estaban rotas.

Me volteé a mirar a Alex pero estaba detrás de unos arbustos jugando nervioso con sus manos y su cabello tapaba su rostro por completo, sabía que estaba preocupado. En ese momento la puerta se abrió y un hombre tan grande como un ropero me escudriñó con la mirada, olía tan mal como Rod en sus peores días y sus ojos estaban sobre mí pero sin verme realmente.

—Vine por mi hermano —solté con fuerza esperando a que se apartara por completo.

Al entrar en la casa noté que estaba completamente a oscuras y tan desordenada como para caer con cualquier paso que diera en falso, debía mantenerme alerta mientras seguía el ruido de las voces, estaban borrachos y fumando, lo sabía, solo esperaba que Alex no tuviera que entrar a salvarme otra vez. Despacio me encaminé siguiendo las voces y esperando que el aterrador hombre de la puerta no estuviera siguiéndome. En cuanto llegué a lo que era la cocina me encontré con una escena lamentable: Rod en el suelo vomitando, Noa tironeándole del cabello sin delicadeza y otros dos chicos que no conocía vertiendo el contenido de las botellas en el suelo, salpicando la cara de Rod que por poco se embarra con su propio vómito.

Grité, grité porque no sabía que estaba pasando, grité porque veía su cabello, que días antes había acariciado, siendo jalado, grité porque no quería que le hicieran daño.

No es que no haya vivido escenas como esa, no es que no las haya visto siendo protagonizadas por otras personas, pero no Rod, no en él, no en alguien que me importaba de verdad.

Mis gritos no detuvieron lo que ocurría pero si trajeron a Alex, quien le dio una bofetada a su hermano y lo empujó sentándolo directo en una silla, luego tomó a Rod del brazo, lo levantó y lo llevó fuera de la casa, los otros chicos nos siguieron mientras gritaban barbaridades, pero Rod de repente se puso muy recto como si estuviera completamente sobrio y nos miró a ambos.

— ¡Vete a casa! —me gritó—. No necesito tu ayuda.

—Ya veo como no la necesitas —exclamé herida, pero entonces se acercó a mí, tanto que olía lo que había comido en el almuerzo.

—Puta —susurró y dolió tanto como si me lo dijera realmente a mí, quizás si me lo decía a mí, quizás era porque me vio con Alex... mi madre jamás se hubiera ido con un chico de esa forma.

—Vámonos —exclamó Alex tomándome del brazo y luego con más fuerza al ver al hombre aterrador salir de la puerta—, ¡Vamos!

Subimos a la bicicleta y nos dirigimos a casa, al llegar a la calle donde vivía mi madre observé que algunos invitados ya estaban entrando, la noche había tomado lugar por completo cerrándose sobre nosotros.

— ¿Ese era tu padre? —pregunté al ver su expresión de dolor.

—Sí... lo siento, seguro te asustaste mucho, te dije que...

—Está bien, mi familia también estaba ahí, recuérdalo. —Lo interrumpí intentando que no se sintiera avergonzado, después de todo no era su culpa, uno no elige a la familia—. Me gustaría invitarte a pasar pero…

—Lo entiendo, no hay problema, además debería ir a clase ya aunque de seguro está por terminar —rió y se perdió en el camino.

Al entrar noté que aun era temprano, solo había un par de personas y la abuela preparaba las mesas, el abuelo encendió las luces del patio y se dirigió a la sala para acomodar los sillones ya que habría un karaoke esa noche para entretener a todos y necesitaban despejar el espacio, Kate y papá ya se habían ido a sus casas para prepararse y buscar los regalos, irían con su familia en un rato, lo que me daba un tiempo para saludar a todos y ver la casa a solas ya decorada y preparada, se saboreaba un ligero olor a dulce en el ambiente y todo estaba tranquilo.

Me dirigí a donde estaba el abuelo peleándose con la música, debía dejar todo listo, sabía que debía hablar con él de algo importante.

—Me llegó una carta hoy… de una universidad, una admisión —exclamé sin preámbulos.

—Lo imaginé —contestó con una sonrisa triste sentándose en un sillón esperando que lo acompañara. Otra vez volvía a sentir por él lo mismo de siempre, ya no lo veía como aquella noche.

—Sentía que debía decírtelo, porque sé que te preocupa que me aleje.

—Lo agradezco… y enserio estoy feliz por ti, aplicar es un paso enorme y se que puedes ser lo que tú quieras —dijo mirando sus manos, no le era fácil expresarse, ya lo sabía.

—No voy a ir. —Estaba decidida, no podía arriesgarme a tomar una decisión tan diferente y radical en la vida de mi madre, por alguna razón ella había elegido no irse.

—No lo hagas por nosotros Liz, nos podemos cuidar solos.

—Pero…

—Siempre pusiste a los demás por encima de ti, hija nadie confía en la gente que hace eso —rió—, a veces temo que explotes y te desvanezcas de un momento a otro, porque nunca piensas en ti.

—Lo sé —dije con ganas de llorar porque sabía que él estaba triste y lo que decía ya había ocurrido aunque no aún.

—Debes empezar tu vida y lo que elijas estará bien para nosotros. Sé que a veces te exigimos mucho pero estamos orgullosos de lo que has conseguido y lo que menos queremos es que arruines todo por quedarte con nosotros.

Era sincero y sentía que si al menos no había logrado cambiar la vida de mi madre por lo menos le había hecho un poco más fácil la existencia.

Tras un rato de preparativos y charlas obligadas con los invitados más y más personas empezaron a llegar, felices entraban a montones por la puerta y así la esperada fiesta inició. La mayoría eran adultos y muy charlatanes, papá todavía no llegaba, lo cual era muy extraño pero no me preocupaba demasiado, me limité a escuchar lo que todos decían y aceptar las felicitaciones, cada vez me convencía más de que aquella era un gran familia. Kate por su parte llegó luego de sus padres, con Sam de la mano y los tres nos quedamos hablando un largo rato hasta que Lisa se nos unió y también las chicas que había conocido el día anterior.

— ¿Y cómo se siente tener dieciocho? —preguntó la Sra. Pellegrini apartándome de mis amigos mientras yo tenía toda mi atención en la puerta de calle, esperando una salvación.

—Supongo que usted lo sabe mejor que yo —contesté sin quitar la vista de la entrada.

—Creo que tienes razón —rió—, pero ya no lo recuerdo.

—Bueno se siente igual que tener diecisiete pero no tan espectacular como tener veinte.

—Yo creo que es mucho más espectacular que eso.

—Ahí lo tiene, ¿ve que lo recuerda? —comenté con voz de engreída, más de lo que quería por cierto.

Entonces lo vi, estaba bien vestido y con su sonrisa de siempre puesta, era quien más luz tenía en el lugar y nos conectamos con la mirada desde el primer momento; un hombre lo detuvo en el camino y a su vez la Sra. Pellegrini seguía hablándome, no importaba cuantos metros nos separaban hablábamos de todas formas, él haciéndome muecas y yo revoleando los ojos, esa era nuestra manera de decir: «que plática más aburrida señor/a váyase por el amor de Dios» Recordé entonces el sufrimiento de mamá, lo que significó perderlo después de todo eso, es difícil conseguir a la persona correcta para compartir la vida y que luego de hacerlo esta se vaya de un momento a otro.

Al parecer nuestro juego de miradas funcionó pues a los dos minutos de comenzar los adultos se fueron dejándonos libres y en paz, nos acercamos tratando de que en el camino nadie más pidiera hablar con nosotros y así fue, por suerte.

—Dios, no me liberaba más —exclamó papá.

—Fue bastante rápido.

—No lo suficiente —dijo sonriendo al suelo para luego

levantar la vista, amaba esa mirada en él— ¿Quieres bailar?

—Emm… no sé bailar. —Y era verdad, nadie me había enseñado nunca y tampoco había tenido la necesidad, de hecho iba a tomar un par de clases antes de la fiesta de la escuela, pero como todavía eso no había sucedido—. Además nos esperan nuestros amigos.

—Ellos pueden esperar y por lo otro solo tienes que saber caminar y escuchar —dijo tirando de mi brazo al centro de la sala, donde algunas personas ya estaban bailando.

—Los sordos también pueden bailar que yo sepa —contesté falsamente ofendida.

—Pero tú no eres sorda así que tienes algo más a favor.

—Ja ja —reí sarcásticamente.

Me obligó a bailar incluso luego de decirle que no sabía hacerlo, puse las puntas de mis pies en sus zapatos y me sentí flotar, no solo porque no estaba tocando el suelo sino porque volvía a sentirme una niña. Lo cierto es que no sabía muy bien como se sentía eso tampoco, mis recuerdos de infancia nunca fueron muy infantiles, solo recuerdo estar en mi cuarto hablándole al techo o a veces al espejo.

Bailamos por mucho tiempo, y comimos y reímos y puedo jurar que entonces me sentí plena, no me faltaba nada y a la vez algo grande faltaba y me hacía doler el pecho, pero no quería pensar en ello, tenía todo lo que había querido, todo lo que alguna vez había imaginado y sé que suena ridículo o tal vez me contento con poco, pero verlo reír, verlo feliz, simplemente el hecho de tomar su mano y sentir su pulso me dejaba tranquila.

Cuando era niña tenía tanto miedo de que mi amor por él fuera falso que me convencí de que yo no era su hija, pero ahora me doy cuenta de que no podría amarlo más, no lo amé más por conocerlo, pero conocerlo me hizo darme cuenta de que todo el amor que sentía era sincero, de alguna forma ilógica y patética pero así era.

Supongo que uno de los mayores regalos que pudieron darme fue aquel, conocerlo, vivir ese tiempo, tenerlo cerca, sentirlo cerca, lo cual hubiese sido imposible de otra forma. Sé y sabía entonces que todas las cartas estaban jugadas pero en ese instante no parecía algo malo. Hay una frase que dice que todo tiempo pasado fue mejor y es verdad que todos creemos que hubiese sido mejor haber tomado otras decisiones, solemos creer que lo que elegimos es erróneo o malo, pero para ser franca no pensaba que hubiese sido mejor tener otro padre, no hubiese elegido tener otro ni para salvarlo, ni para mejorar la tormentosa vida de los que aun lo lloraban, porque estoy segura de que ninguno de ellos cambiaría un solo minuto de su felicidad con él.

Estaba totalmente segura de que mi madre nunca hubiese sido ni un tercio de lo feliz que fue con él y me gustaba pensar que su corta vida había valido la pena, que valía la pena estar triste, llorar y ser infeliz porque él era toda la luz de sus vidas, en especial de mi madre.

Casi por terminar la noche, papá y yo salimos al jardín, no había faroles pero había estrellas y eso era lo único que necesitaba para que mi mente considerara aquel momento digno de ser recordado como una fotografía.

—Hoy me llegó una carta de la universidad. La admisión — solté de repente.

— ¿Vas a irte? —preguntó cambiando su sonrisa por una mueca triste y una mirada al cielo. Era en esos segundos de no mirarme que sabía que había algo que intentaba disimular.

—No, no podría dejarlos, pase lo que pase nunca voy a dejarte.

—Eso dices ahora pero las cosas cambian —respondió aun sin mirarme.

—Esto no.

—No tienes nada que te ate, deberías irte.

—Si me voy no te volveré a ver.

—Es tu vida, no quiero interferir.

—No podría estar alejada de ti tanto tiempo. —Me excusé.

— ¿Cómo sabes que lo nuestro, lo que sientes no va a cambiar nunca? ¿Qué tal si te arrepientes? Sé que planeamos muchas cosas y quisiera que todas se cumplan pero no quiero ser lo que te ate a esa vida si quieres más que eso.

—Deseé esto diez mil veces cada noche desde que tengo memoria.

— ¿Qué deseaste?

—Tiempo. Contigo, y no lo cambiaría por nada. —Claramente estaba hablando por Anna, no por Liz, pero sabía que mi madre tampoco lo hubiera dejado, de hecho no lo hizo ni siquiera para seguir sus sueños.

— ¿Cómo es que deseas algo que siempre tuviste?

—Intento no dar por hecho nada, las cosas pueden cambiar de golpe cuando menos lo esperas.

—Enserio Liz, es una gran oportunidad. —Sus ojos estaban clavados en un punto fijo, como intentando que su mente quedara ausente, no podía verlo así.

—Se que lo que siento jamás cambiará, no podría no quererte, es imposible para mí no hacerlo. Yo me sentiría vacía si no te tuviera, como si el motor que me permite ser feliz y luchar por algo se apagara.

—Siempre vas a tenerme, pero tu futuro es importante.

—Yo no siento que mi futuro valga la pena si no estás conmigo.

Sabía que aquella conversación era hipotética, que yo tenía razón con lo que decía y que nada de lo que dijera cambiaría mi decisión, en especial por el hecho de que aquello ya había pasado una vez; pero por alguna razón lo sentía tan real y tan serio que me conmovía y solo deseaba que entendiera lo mucho que lo necesitaba y lo mucho que significaba, porque es cierto que las parejas pueden separarse pero uno no puede separarse de los hijos, eso es para siempre.

—No quiero que te sacrifiques por mí —dijo, esta vez mirándome a los ojos.

—El amor es sacrificio, no porque sea un favor que le hacemos a otro sino porque de todos los caminos que podemos tomar elegimos solo uno sin saber hasta dónde nos puede llevar, o hasta cuándo, pero sabiendo que no nos arrepentiremos de ello.

—Pero podrías elegir otro camino y durar más, quien sabe…

—Puede durar más y no ser feliz, pero cuando elijes el amor siempre serás feliz, dure lo que dure. Hay que ser inteligente para arriesgarse a eso, creo que lo soy.

Quisiera creer que la noche tuvo ese hermoso final feliz de película, ese abrazo con papá bajo las estrellas y ambos sabiendo que todo estaba bien, pero no fue así… nunca es tan fácil.

— ¡Rod vete arruinarás todo! —escuché que gritaba papá desde la puerta de entrada, al acercarme vi a Rod y a Noa parados sosteniéndose el uno al otro en un estado deplorable.

— ¿Sabías que tu novia es una puta? —soltó Noa, pero no pudo terminar porque papá le dio una golpiza en medio de la nariz, la cual empezó a sangrar.

Rod intentó golpear a papá pero Sam lo tomó por detrás y casi se caen ambos al suelo.

Algunas personas empezaron a acercarse a la escena sin dejarme ver nada.

— ¡Vete a la mierda Rod o cuento todo! ¿Quieres eso? —gritó papá con rabia, nunca lo había oído tan enojado.

En ese momento Noa se abalanzó sobre él y Rod aprovechó para soltarse y golpearlo, varias personas se metieron en la pelea pero ya era tarde, lo había visto, un corte en el labio inferior y un golpe en el ojo eran suficientes.

— ¡Sal de la casa! Ya no puedo soportarlo —exclamé acercándome a Rod dispuesta a abofetear su cara y echarlo de la casa y lo hice—. Te ganas que todos te traten mal, inútil. Si quieres arruinarte nadie te lo impide pero deja de joder a quienes intentan ayudarte.

Rod se quedó atónito mirándome pero entonces volví a golpearlo como un reflejo y me acerqué a Noa para darle otro tanto, rasguñé su asquerosa cara con tantas ganas que ni siquiera pudo defenderse, hasta que unos brazos, los de papá, me alejaron permitiendo que los dos se fueran de la casa.

Claro que estoy arrepentida, pero no tenía porqué lastimar a papá, podía decirme puta, podía amenazarme, pero no meterse con mi familia. Al menos eso pensé hasta recordar que él también era parte de ella.

# Capítulo 17

Era un fin de semana que se sentía como un lunes de mucho trabajo, decir que quería quedarme sola en la cama era decir poco pero a la vez sabía que esa no era una buena idea. A veces podía ser muy autodestructiva y lo mejor era estar acompañada, como una paciente mental que necesita ayuda para no hacer lo que le dicen sus voces.

No podía sacar de mi cabeza lo que había pasado la noche anterior, el rostro de Rod desencajado por mi violencia y esas palabras las cuales estaba arrepentida de haber dicho, me hubiera gustado poder callar mis sentimientos pero ver la cara de papá había sido suficiente para detonarme, incluso después de que se fueran y todos fingieran que nada había ocurrido, ver a papá y curar las heridas seguía enfureciéndome.

Había sido extraño ver como la fiesta seguía su curso sin murmullos por lo bajo ni rumores exagerados, aunque ya había vivido suficiente tiempo allí como para comprenderlos, Rod era como su familia, aunque fuera un alcohólico, aunque fuera agresivo, aunque arruinara el cumpleaños de su hermana a quien todos querían, Rod era suyo…

— ¿Y tú qué piensas, bola de pelos? —exclamé en voz alta dirigiéndome a Todd, quien estaba a los pies de la cama ocupando todo el espacio—. También lo extrañas…

Todd me miró con la lengua afuera y los ojos entrecerrados, amaba dormir cerca de los humanos, varias veces lo había visto ocupar la cama de papá en cuanto este se levantaba y esperaba que volviera a acostarse, como siempre lo hacía, para refregar su cara contra la suya, perro bobo.

Papá había partido hacia la ciudad a la noche bien tarde, nos despedimos de los abuelos y de él en cuanto todos se fueron a sus casas, nos trajeron a Todd para que lo cuidáramos hasta que volvieran y se perdieron en el camino.

Yo no sabía cómo haría para no extrañarlo todo ese tiempo pero principalmente me daba miedo no tener la oportunidad de despedirme. Él se había transformado en un amigo… digo, si conocen a alguien por primera vez y tiene la misma edad que ustedes, ¿podrían recordarle a su cerebro que es su padre?, y si además todo lo que idealizaban de esa persona no fuera real ¿Qué tan fácil sería quererlo como creían que lo querían? Amaba a mi padre, en especial al real, solo creo que desperdiciaba el tiempo lejos de él para mantener el sentimiento idealizado y para no decepcionarlo siendo Anna, quizás hubiera pasado más tiempo con él si no hubiese tenido tanto miedo de perderlo, de perderlo de verdad.

Contrario a lo que pedía mi cuerpo decidí levantarme y ver a los abuelos para almorzar, estaba segura de que seguirían enojados con Rod, quien como se puede suponer jamás regresó a la casa.

Todd me siguió moviendo la cola y se acostó bajo mi silla en cuanto me senté.

— ¿Saben algo de él? —pregunté sin saludarlos, la abuela estaba parada sirviendo la comida y el abuelo leía el periódico, sabía que solo lo hacía para evitar el contacto visual.

—Nada —contestó ella poniendo un plato cargado de comida frente a mi—, pero seguramente volverá tarde.

— ¿No les preocupa? —No lo dije con ánimo de pelear solo quería saber porque eran tan fríos con él, porqué todos lo odiaban, incluida mi madre.

—Claro que sí, Liz —saltó mi abuela a la defensiva y el abuelo bajó el periódico, sentía su mirada clavada en mí—. Es nuestro hijo y si somos estrictos es por su bien.

—Y el de toda la santa iglesia —contesté revoleando los ojos, era la primera vez que era yo delante suyo.

— ¡Liz! —exclamó mi abuelo con los ojos muy abiertos—, no te burles, tu madre habla enserio, ¿qué te está pasando? Anoche golpeando a Rod y a ese otro chico y hoy contestando así.

—Lo siento —murmuré clavando mis uñas en mis piernas para tragarme la respuesta venenosa que realmente quería soltar—. Solo creo que ya fueron muy duros, no es manera de solucionar nada.

— ¿Y qué propones? —preguntó riendo burlonamente—, ¿qué le festejemos sus estupideces?

—Solo lo desafían, siguen alimentando su enojo.

— ¿De qué puede estar enojado? —contestó el abuelo soltando el periódico—, le damos todo, va a una escuela muy buena y lo expulsan, le regalamos un auto y a la semana lo choca por estar ebrio, le pedimos que consiga un trabajo cuando termina la secundaria ¿Y qué hace? desparece todo el día y vuelve tarde, borracho y seguramente drogado, perdió a todos sus amigos para juntarse con ladrones.

— ¿Y cómo creen que eso lo afecta? —dije levantando la voz—, nadie hace esas cosas porque sí, jamás le preguntaron cómo estaba ¿verdad?, porque tiene un casa, una familia y cosas... porque es joven, su vida debe ser fácil ¿cierto?

—Cuando crezca entenderá que esto no era nada comparado

con lo que tendrá que lidiar entonces—dijo calmado y se levantó.

—Si acaso llega…

Dicho aquello me levanté, no por miedo a su respuesta sino porque sentía que no valía la pena hablar con ellos, estaban seguros de que hacían lo correcto pero no entendían nada. No los culpo, quizás olvidaron lo que era ser jóvenes o en su época la vida era más sencilla, pero ahora no… yo sabía que ser joven era sinónimo de estar triste e indefenso, solo contra un mundo que los adultos creen maravilloso.

Rod no era un chico ejemplar, yo tampoco lo era, ni siquiera mamá lo era pero a diferencia de nosotros ella se esforzaba mucho por aparentar que sí.

Es increíble cómo se puede odiar tanto a alguien sin dejar de quererlo, eso sentía por mis abuelos en ese momento, y es aun más increíble descubrir el lado A y B de una persona, no las dos caras que nos muestra sino la cara que nos muestra a nosotros, dulce y buena, y la cara que le muestra a otros, tóxica y amarga, no hay problema cuando esos otros nos son indiferentes, pero cuando también los queremos aparece el dilema.

Fui a casa de Kate porque era la única persona que podía calmar mi enojo, ella siempre encontraba la manera de hacerme reír de nuevo, aunque nunca lo admitiera. Pero su madre, que estaba por ir al asilo, dijo que no estaba en casa, había ido a la biblioteca a leer, lo cual pensé que debía de ser mentira puesto que recién empezaba a gustarle la lectura realmente, sospechaba que había hecho alguna escapada romántica con Sam, nada digno de esa Kate adolescente pero me reía de solo pensarlo. De todas formas me dirigí a la biblioteca, si no la encontraba allí iría a tocar la puerta de Lisa y asegurarme de que estaba bien.

No hizo falta, en cuanto entré al lugar y me dirigí al sector donde se había celebrado la feria del club de lectura encontré un bulto sobre una de las mesas, Kate, con el rostro oculto entre sus brazos en posición de dormir en clase, no estaba bien, lo sabía.

—Hola, ratón de biblioteca —reí intentando mejorar su humor.

La conocía perfectamente, de niña cuando ella estaba triste solía hacer piruetas y tonterías para que se riera, terminaba con moretones y chichones pero valía la pena, era mi mejor amiga.

—Hola —susurró levantando la cabeza y pude ver el libro que estaba leyendo.

— ¿Qué lees?

—La naranja mecánica, Matt me lo presto. —Su voz estaba extraña, como si hubiera llorado toda la noche.

— ¿Qué ocurre? —pregunté más preocupada sentándome a su lado y ella me abrazó muy fuerte.

—No quiero hablar de eso —dijo suspirando y luego me miró con sus ojos llorosos—. ¿Podemos pasar el día juntas? cómo antes...

Sabía a qué se refería: antes de Anna, antes de que yo entrara en ese cuerpo, o quizás antes incluso... cuando mamá no repartía su tiempo entre ella y papá.

Solo asentí y salimos de la biblioteca en dirección a su casa.

Estaba vacía, sus padres trabajaban así que nos dispusimos a hacer lo que queríamos, yo solo intentaba levantar su ánimo y ella quería que lo olvidara. Obviamente vacié su heladera porque no había comido en el almuerzo y la ira ya se había mitigado lo suficiente para sentir el vacio de mi estómago, por alguna razón siempre tenía hambre.

— ¿Qué? —pregunté con la boca llena, Kate me miraba con las cabeza apoyada en sus manos.

—Me gusta verte comer —contestó.

—Suenas igual a... no importa. —Iba a decir que sonaba igual a ella pero hubiera sido raro.

El resto de la tarde nos la pasamos viendo películas, películas que ya había visto con ella de niña, películas viejas que eran nuevas entonces. Kate siempre fue fanática de las películas de romance adolescente, en particular aquellas llenas de clichés con finales felices, quizás porque ella no había tenido ni clichés de amor ni finales felices en su propia vida, o al menos nunca me había contado sobre ello.

— ¿Cómo están las cosas con Sam? —pregunté, segura de que ese era el problema y conociéndola lo suficiente como para saber que no me lo contaría voluntariamente.

—No quiero hablar de eso. ¿Cómo llevas el viaje de Matt, ya lo extrañas?

—Gracias por recordármelo —dije cruzándome de brazos fingiendo enojo—. Solo son dos semanas.

—Cierto, pero nunca estuvieron separados tanto tiempo —exclamó acostándose en la cama y dejando su cabeza colgar de la punta, yo seguía sentada en el piso frente al televisor.

—Por ahora estoy bien, pero necesitaré que me distraigas.

—Yo necesitaré lo mismo —contestó sin mirarme.

— ¿Resignarás tu tiempo por mi? —dije sarcásticamente abriendo grande los ojos pero solo ahogó una pequeña risa y no me miró.

—Haría lo que sea por ti —bromeó, pero era verdad—, eres mi mejor amiga.

—Lo sé, —Lo sabía. Kate era el mejor regalo en la vida de mi madre... y la mía—, te quiero.

—Yo también te quiero —exclamó y me golpeó con una almohada, esta vez riendo sinceramente.

El día pasó demasiado rápido, supongo que eso lo hacia un buen día, conocí una Kate asustada y triste, una Kate sin problemas ajenos que resolver, una niña con un futuro que la atemorizaba y la hacía sentir tonta. Sus padres le habían trazado un futuro, como a todos, pero ella no se sentía suficiente para el, solo deseaba conocer el mundo y a una persona que la acompañara a hacerlo, temía no ser suficiente para nadie, pero yo deseaba decirle que ella era demasiado para cualquiera, porque era la verdad, no había mujer más trabajadora y buena que ella, amaba profundamente a todos pero no se lo decía a nadie por miedo a no estar lista... quizás no había mucha diferencia entre esa Kate y la Kate adulta.

La noche llegó y con ella sus padres, ella no quería que la vieran triste porque cuando su madre se preocupaba por alguna razón reaccionaba como si estuviera enojada, en vez de pensar en que estaba sensible para soportar aquello. Por esa razón decidimos ir al cine, distraernos hasta tarde y volver a casa cuando el día hubiera acabado.

— ¡Bendita idea se te ocurrió! —gritó Kate con el abrigo en su cabeza, intentando que la escuchara bajo el ruido de la lluvia golpeando el suelo—. No solo no podremos ir al autocine sino que ahora estamos empapadas.

En cuanto habíamos llegado al lugar, un enorme estacionamiento, la tormenta se había desatado en nuestras cabezas.

—Fue tu idea colarte, yo te dije de ir al cine normal.

—Parecía buena idea cuando dije que tomemos el auto de Rod. —Su cabello estaba totalmente mojado y su cara me daba risa.

—No podía tomar su auto después de lo de anoche... aun podríamos colarnos —dije mirando el lugar pero estaba repleto de parejas besándose—, o mejor vamos a mi casa. —Quería saber si Rod había llegado.

—Donde sea pero vámonos.

Afortunadamente la abuela tenía palomitas y ya no estaba enojada, yo aun sentía un pinchazo de orgullo que latía en medio de mi pecho pero me contuve, tenía hambre y frío. Además de las golosinas nos había preparado chocolate caliente, así que nos relajamos y luego de secarnos y cambiarnos con unos pijamas nos dispusimos a preparar la sala con colchones y mantas, Rod no estaba en casa y los abuelos ya habían cenado así que nos dejaron solas.

— ¿Por qué me miras así? —preguntó Kate mientras buscaba la película que miraríamos, había un maratón de películas de terror en uno de los canales, yo las amaba pero ellas jamás miraban ese tipo de películas.

—Solo pensaba que deberíamos hacer esto más seguido. —No extrañaba a mis amigas, con ellas jamás había hecho eso, pero me hubiera gustado.

—Es cierto, pero ya estamos muy grandes, además en poco tiempo ya seremos oficialmente adultas —dijo haciendo comillas con sus dedos—, tú te escaparás a la ciudad y me dejarás olvidada.

— ¿Escapar?

—Sí, como decían con Matt el año pasado. Casarse y fugarse lejos.

—No te dejaría.

—No necesito que me hagas compañía, debo acostumbrarme a esta vida —contestó mirando el televisor—. ¡Mira, ahí empieza!

Pero yo apagué lo apagué.

—Hey —chilló.

—No estarás siempre sola, deja de pensar eso.

—No quiero hablar de eso, Liz.

—Pues tendrás que hacerlo —exclamé enojada, más bien frustrada.

—No vale la pena, Sam vuelve a su casa, no volverá al pueblo y ni siquiera le gusto…

— ¿De qué hablas? —Estaba segura de que estaban bien—. Sabíamos que tendría que irse pero ¿por qué dices que no le gustas?

—Anoche se enojó conmigo y dijo que era una histérica, que no sé lo que quiero y solo salgo con él para presumir y no es cierto. Hice todo lo que me dijiste, sin ofenderlo…

—Espera. —La interrumpí más calmada al notar que estaba a punto de llorar—. Te dije que debías ser tu misma. —Entonces recordé los tontos consejos telefónicos que le había dado sumados a los primeros malos consejos y me odié.

—Ser yo misma no sirve.

—No ser tú tampoco, ni siquiera intentaste ser tú.

— ¿Para qué? —Ya notaba lágrimas subiendo a sus ojos— solo vería a la chica que nadie quiere, la que nadie mira, la que es atrevida con sus amigos pero demasiado tímida con los que le gustan ¿Y qué pensaría de mí?

Era extraño escuchar a Kate hablar de esa forma de sí misma, me dolía creer que aun pensaba eso incluso después de años, me sorprendía porque no era compatible con su imagen, ella era fuerte y divertida, directa aunque fuese sensible. Acomodé su cabello que ya se pegaba a su rostro húmedo.

—Pensaría que eres increíble, divertida, buena...

—Tú misma lo dijiste, sería la amiga. Ya no quiero ser la amiga. —Sabía que no hablaba de Sam.

—Sam no es Matt. —Aquello hizo que abriera lo ojos enormemente y se apartara de mi—. No soy ciega Kate, se que te gusta y entiendo porqué, odio verte así por él.

—Pero, ¿por qué no dijiste nada?...

—Porque eres mi mejor amiga y sabía que ya era suficiente no ser correspondida.

—Nunca quise quitártelo —exclamó mirándome con la cara roja y llena de lágrimas.

—Lo sé, pero esto ya no es por él, es porque tienes miedo de que siempre sea él. No mereces seguir atada a alguien que no te da el amor que quieres, sé que puedes conseguir eso con alguien, alguien que sienta por ti lo mismo que sientes por Matt.

Estaba incómoda, lo notaba, pero debía decirle todo eso porque mi madre no lo haría.

—Siempre lo...

— ¿Amaste?, lo sé. —Incluso muerto—. Pero puedes amar a otras personas, y equivocarte y odiarlos, y seguir enamorándote... siempre de maneras diferentes, de alguien... —Que siga vivo— que sea para siempre.

No podía hacer que mi madre dejara de amarlo para que no sufriera su pérdida, pero podía hacer que Kate dejara de amarlo.

— ¿Cómo sabes que me querrán como soy?

—Porqué te conozco y porque no todos van a abandonarte, quizás Sam pueda ser ese alguien, si...

—Lo dejo entrar.

No sabía si me haría caso, no sabía si había arreglado algo, nunca es fácil arreglar el pensamiento que una persona tiene sobre sí misma, pero al menos lo había intentado. El resto de la noche se la pasó riendo relajada y yo la miraba feliz de que volviera a estar bien, luego hablamos de cosas más alegres y le expliqué lo que había estado aprendiendo en las clases; ella me habló del libro que papá le había prestado, y allí entendí que no había solucionado nada, incluso si ella no lo amaba como antes jamás dejaría de sufrir su pérdida, pero estaba bien, así debía ser.

Tampoco perdió oportunidad para echarme en cara que ya no le contaba nada desde que había empezado las clases en ese lugar, mi madre siempre le contaba todo pero me alegraba que ahora tuviera algunos secretos para sí misma, al menos secretos inocentes y felices.

— ¿Qué es eso? —exclamó mostrando con su dedo la puerta de entrada.

— ¿Qué? —Había un papel bajo la puerta, inmediatamente pensé en papá pero obvio que no era él.

Fui a recoger el papel y Kate me siguió pero lo escondí luego de sonreír por lo que decía: «Lamento lo que hizo mi hermano en tu fiesta, me enteré de todo y te *prometo que tendrá su merecido, Alex. PD: Espero verte el lunes, necesito que hablemos»*

— ¿De quién era? —preguntó y no podía mentirle, cualquier respuesta sería sospechosa.

—Un compañero…

— ¿De esas clases? —preguntó con un pequeño tono de enojo, quizás preocupación— ¿Crees que podría ir contigo el lunes?, así me presentas a tus nuevos amigos...

Claro que sabía que solo quería controlarme, o al menos conocer al remitente de la nota. Pero se lo permití porque otra respuesta hubiera sido sospechosa.

La diversión se terminó con la segunda película, Kate estaba muerta de miedo pero a mí me causaban gracia los malos efectos, me hubiera encantado revelarle los avances tecnológicos de los siguientes años pero claro que jamás me hubiera creído.

Ella se durmió primero, y yo me quedé viéndola dormir. Nunca me había parado a pensar en que también ella tenía los días contados, todos los tenían, mi madre, mis abuelos principalmente, incluso Todd, todos vivimos para morir, avanzamos hasta que simplemente no hay más camino por delante, y aunque me gustaba pensar que el profesor nos enseñaba los distintos significados de vivir, conocimientos que creía útiles, estaba segura de que no se aplicaban a todos, entonces me preguntaba «¿para qué vivir si moriré?» ahora pienso que cada uno debe encontrar su «por qué» antes de que sea demasiado tarde.

Cuando era niña pensaba que si eras muy bueno y encontrabas la razón por la que Dios te había puesto en este mundo entonces morías, eso fue hasta que mi madre dijo que Dios estaba muy ocupado como para escuchar mis plegarias, ese corto tiempo de religiosa se esfumó pero en mi interior siempre pensé que él jamás está demasiado ocupado porqué todos somos especiales, fue cuando empecé a hablarle a papá, quería creer que para él si era especial.

En ese instante, mirando a Kate dormir y pensando en papá

lejos de mí, solo deseaba que Dios existiera de verdad y los hiciera felices el tiempo que fuera, aunque murieran delante de mí, aunque murieran demasiado pronto.

Al fin me quedé dormida y tuve el sueño de siempre pero esta vez la sombra abrazaba a la niña y se iba, dejándola sola.

—Despierta —escuché la voz de Kate revotando en el colchón a mi lado—. La casa está vacía, no se a donde se fueron.

—Bien —Lo cierto es que no quería lidiar con mi orgullo y esos sentimientos contradictorios hacia mis abuelos, aun estaba un poco enojada pero no quería pensar en ellos, aunque si quería saber donde estaba Rod, más bien haciendo qué.

— ¿Comemos algo? —preguntó yendo hacia la cocina.

—Sí.

Mis días empezaban a estar vacíos, como cuando todos eran felices y no me necesitaban, solo que ahora todos eran infelices y no podía hacer nada por ayudarlos.

—Kate... ¿Qué sientes por Sam? —Solté a sus espaldas, ella ya estaba echándole aceite a una sartén.

— ¿Por qué la pregunta? —Estaba un poco avergonzada—. No lo sé, me gustaba...

—No puedes decir que te gustaba, te gusta, aunque creas que no le gustas.

—Si no le gusto entonces trataré de olvidar que me gusta, tampoco soy masoquista —contestó levantando las cejas como si dijera lo obvio y yo revoleé los ojos harta.

—Quizás si te empiezas a hacer cargo de lo que sientes podrás decírselo convencida y él se sentirá bien.

Si algo había aprendido en ese tiempo era que incluso los chicos necesitaban que les recordaran cuanto los querían y les importaban, supongo que no es cuestión de ego o narcisismo sino cuestión de autoestima.

—Él dijo que lo estaba usando y que yo era histérica —exclamó ofendida dejando lo que estaba haciendo.

—Pero es porque le mostraste eso en vez de ser tú misma, y sé que es mi culpa así que lo arreglaremos.

—No todo se arregla porque sí...

—No es porque sí, solo vas, le dices que lo quieres y lo besas antes de perder la adrenalina del momento.

—Pero... yo jamás besé a nadie —murmuró mirando el suelo—. Lo sabes. No quiero que sepa eso.

En una situación normal yo me hubiera burlado y seguramente pensaría que es importante que el chico no se enterara pues sería humillante. Pero estamos hablando de Kate.

—Le gustará porque eres tú.

Esa tarde nos la pasamos hablando de besos y chicos, trazando un plan para reconquistar a Sam, uno que involucraba seducirlo y enamorarlo siendo Kate. Ella parecía ansiosa y positiva mientras caminaba femeninamente y se maquillaba delante del espejo sin que yo interfiriera en nada, ni siquiera cuando combinó su atuendo de la manera más inapropiada y aunque pedía consejos me contuve de dárselos, no quería cometer un error y estropear todo.

—Estás muy linda —dije mirando el espejo a su lado—. ¿Dónde lo verás?

—Pensaba ir a la casa de su amigo, una vez me dijo donde era, pero… no sé cómo llegar si es tan lejos.

Lo primero que pensé fue en Alex, él debía de tener un auto además de la bicicleta, de solo recordarlo me ponía nerviosa, pensar en su nombre ya me hacía sonreír, no era buena señal. Pero entonces pensé en el auto de Rod, aun seguía estacionado en la entrada, podíamos tomarlo y devolverlo enseguida, él no podía enojarse si ni siquiera estaba en la casa.

—Vamos con el de Rod, solo espero que no me mate si se entera.

Lo dicho fue hecho, esperamos hasta que fuera más tarde y salimos de la habitación directo a la entrada, sin dar excusas a los abuelos que estaban charlando en la sala, salimos luego de agarrar las llaves de repuesto que sabía que Rod tenía en el cajón de su mesa de luz, porque sí, había revisado su habitación en uno de esos arranques de ira cuando él salía de la casa desapareciendo por días enteros.

Una vez afuera abrimos las puertas del auto y nos sentamos, yo como conductora y Kate a mi lado, pero entonces descubrimos que no estábamos solas. Un bulto yacía acostado en la oscuridad del asiento trasero, cubierto por una manta.

— ¿Qué haces aquí? —grité y el bulto se despertó.

— ¿Por qué tienes que gritar? —gritó Rod exaltado, obviamente lo había despertado de un sueño profundo, mejor dicho un coma profundo.

— ¿Qué haces aquí? Deberías estar en casa de Noa.

A todo esto Kate estaba mirándonos sin acotar nada, era lo que solía ocurrir con Rod, nadie intervenía solo lo ignoraban, en cierto punto me gustaba ser la única que tuviera su atención, era como una especie de exclusividad, a veces deseaba no haber sido hija única.

— ¿Debería? —preguntó levantando una ceja— Tú deberías estar fuera de mi auto.

—Lo necesitamos.

— ¿Y a mí que carajos me importa? —exclamó sentándose mejor en el asiento, dejando de lado la manta.

—Por favor —dijo Kate por primera vez, me preguntaba hasta qué punto se conocían, si había o hubo alguna vez algún tipo de relación entre ellos—. Tengo que ir a disculparme con alguien...

—No me interesan sus asuntos amorosos, solo quiero que se bajen de mi auto.

Yo no contesté, me limité a introducir la llave en la ranura, poner el cambio y apretar los pedales, en cuanto pisé el acelerador con delicadeza Rod me miró desafiante, era una advertencia. Pero entonces apreté con mayor fuerza, puse el cambio y el auto se incorporó al camino.

—Será mejor que frenes —dijo Rod con todas las de perder.

— ¿O qué? —pregunté inocentemente acelerando.

—O nunca más usarás mi auto.

Yo sonreí, aun me quería... quizás Rod si veía a Anna, quizás él era el único capaz de entenderla.

—Perfecto —contesté mirándolo por un segundo para seguir conduciendo.

Nadie dijo nada en todo el camino, sabía que Kate estaba avergonzada por la presencia de Rod, y Rod debía estar pensando en cómo matarme por tomar su auto y volver a hablarle. A mitad de camino se desató por segunda vez una tormenta, estaba nublado pero no creíamos que llovería, se nos arruinarían los planes.

Al llegar a la casa del amigo de Sam, Kate tomó aire y bajó del auto, pensé que por la lluvia no lo haría pero así fue, nosotros estábamos estacionados a metros de la puerta pero no podríamos oír nada, solo podíamos verlos.

Ahora entendía que los clichés de las películas románticas de la disculpa bajo la lluvia a veces puede ser cierta, Kate no llevaba paraguas y estaba totalmente empapada, apretaba las mandíbulas con fuerza y se mordía el labio inferior mientras esperaba que alguien abriera la puerta, yo pensaba que la imagen era lamentable, quizás a Sam le causara más pena que amor.

Pero entonces él salió por la puerta y la llevó bajo un techo de la casa, seguramente el interior fuera un desastre para hacerla pasar, además no era su casa.

Él la miró y se sacó la chaqueta que llevaba para ponérsela a ella, Kate miraba el suelo y Sam sus ojos, buscando su cara, le llevaba dos cabezas. Luego de unos segundos la boca de ella se movió, no podía saber que estaba diciendo pero Sam no respondía aún. Entonces Rod, que había estado en silencio ese tiempo, se pasó al asiento del acompañante y me miró, yo tenía la vista fija en Kate, aunque su imagen era borrosa tras el cristal húmedo y el ir y venir de los limpia parabrisas, esperaba que todo resultara bien.

— ¿Le gusta mucho? —preguntó Rod sacándome de mi ensimismamiento.

—Eso creo, pero no es buena demostrando lo que siente.

—Sí... suele pasarle a la mayoría.

—También a ti —contesté mirándolo por primera vez bajo la luz, tenía los ojos vidriosos y el semblante triste, decaído.

—Yo ya no tengo remedio —rió por compromiso, quizás para no hacer de ese momento algo más tenso.

— ¿Nunca pensaste que quizás no lo intentas lo suficiente?

— ¿Intentar qué? ¿Encajar? ¿Ser bueno? —respondió irritado.

—Más bien poner de tu parte...

— ¿De qué hablas?

—Nadie es malo, supongo que todos tienen sus problemas, yo he conocido muchos problemas ajenos el último tiempo, y es difícil vivir con ellos. Lo que intento decir es que ellos no te odian y tú no deberías vengarte por lo que crees que ellos sienten.

—No me estoy vengando. Lamento que creas eso —contestó sin mirarme.

— ¿Y entonces por qué?

—No puedo pensar todo el tiempo en los problemas de otros, ¿no crees que sería lindo que ellos también pongan de su parte para no juzgarme? Y no hablo de ahora, hablo de hace años, cuando no era así aun.

—Sé que es injusto pero...

—No me dejaste terminar, no estoy vengándome de ellos, solo pienso que si me rechazan al menos les daré un motivo real para hacerlo.

No contesté y él no siguió hablando, no hubo lágrimas, ni confesiones, ni alcohol de por medio, ni siquiera un abrazo final, porque nada se arregló, solo tuvimos una pequeña conversación sincera que sirvió para que se sintiera escuchado y pudiera decir eso que tanto estaba acostumbrado a callar, no creo que le haya sido fácil hacerlo, es difícil compartir nuestros fantasmas, yo lo sé bien.

Tan solo nos limitamos a mirar a Kate y a Sam en silencio, cuando observamos la escena ella estaba en puntas de pie besándolo, no sabíamos cómo había ocurrido ni qué pasaría después, pero supongo que era suficiente con ver esos invisibles fuegos artificiales que por un instante pararon el tiempo para ellos, porque esa también era su despedida, Sam se iría al día siguiente.

# Capítulo 18

Me desperté con renovado humor, una indescriptible necesidad de calma que esperaba conseguir durante el día, la conversación con Rod aunque corta había sido suficiente para hacerme sentir menos culpa, aunque no pude disculparme él tampoco hizo mención de lo ocurrido la noche de la fiesta. Yo seguía preocupada por él dado que no me contó porque estaba durmiendo en el auto, supongo que me trataba como la hermana pequeña que no debía saber de esas cosas, o al menos creyó que no me interesaría, esperaba que fuera la primera.

Luego de la despedida de Kate y Sam los tres volvimos a la casa pero Rod se llevó el auto, y aunque me hubiera gustado ir con él y tener ese momento de hermanos que en ocasiones anteriores habíamos tenido sospechaba que ya había arruinado la oportunidad al humillarlo aquella noche. Por eso, sin decir nada, entré a casa con Kate y pasamos otra noche más juntas y aburridas.

Kate también se levantó con renovado humor aquella mañana, se notaba en su rostro que la valentía de ese primer beso la había dotado de algo más de superioridad, y hacer las paces con Sam, más que paces de hecho, le habían hecho recuperar la tranquilidad que la caracterizaba.

— ¿Y qué haremos hoy? —preguntó apenas abrió los ojos, la escena era cómica y su forma de tratar a mi madre con esa complicidad de hermanas me hizo sonreír.

—Dime tú, ¿qué sueles hacer cuando estás sola? —contesté mirando el techo, extrañaba mi techo. Enseguida sentí como Kate se incorporó para fulminarme con la mirada.

— ¿Me recuerdas que siempre me dejas sola? Está bien que tengas novio pero no es razón para dejarme tirada —exclamó haciéndose la ofendida y yo levanté una ceja.

—Lo siento, pero te recuerdo que cuando andabas de enamorada con Sam también me dejabas sola.

—Solo era una venganza.

—Como digas… entonces ¿qué hacemos?

Había pasado más de una hora cuando reaccioné, una hora de memoria en blanco, totalmente vacía. Cada vez empezaba a odiar más esos momentos en que mi madre volvía a controlar su cuerpo y me preguntaba si ella sentiría lo mismo que yo en esa situación, una especie de coma inducido donde simplemente no hay conciencia de nada. Ya me daba miedo que alguna vez tomara el control por un día entero, quizás días enteros donde yo no existiría.

Para mi fortuna no me costó incorporarme a la conversación en la que estaba participando, no me miraron como si estuviera loca pero esperaba que no hicieran ninguna pregunta que me delatara.

Estábamos en la mesa de la cocina, mi abuela, Kate y yo, ellas hablaban de lo que Kate haría luego del verano cuando tuviera que iniciar una carrera, su madre quería que ella dejara el pueblo para ir a una universidad en la ciudad, ellos venían de allí así que era de suponer que no tuvieran los mismos miedos que mis abuelos con mi madre, pero Kate no quería irse, lo sabía.

—Creo que cada uno debe elegir su futuro por su cuenta —decía mi abuela a sabiendas de que Kate no quería irse aunque ella le mintiera al respecto—. Yo a diferencia de tu madre opino que es peligroso que se vayan solas, pero si eso quisiera Liz...

Estoy segura de que si no fuera por mi interferencia en su vida los abuelos jamás habrían cambiado de parecer pero de todas formas no podía dejar que mi madre se fuera del pueblo.

—Yo creo que es importante tener una carrera, pero si viviremos siempre en este pueblo entonces no entiendo para que me iría —exclamó Kate con la cara apoyada en su mano.

—Tú madre quiere que tengas más opciones, si quisieras irte podrías tener un futuro más asegurado con una carrera, si solo fuera un oficio estarías demasiado sola en la ciudad, los trabajos no son estables como antes, y para chicas jóvenes es difícil.

—Creo que ella no confía en que yo sepa hacer algo —bramó en respuesta mirando hacia otro lado.

—Claro que sí, pero nunca hay que confiarse demasiado, hay personas que se aprovechan de la necesidad y explotan a las personas.

—Entonces es mejor quedarme aquí, no conozco a nadie en otro lado, mi vida siempre estuvo aquí. No podría vivir sola en la ciudad... sin Liz —dijo Kate mirándome con dolor. Si tan solo supiera que la vida daría tal giro y su hogar sería la ciudad, junto a mi madre.

—Aun hay tiempo, todo puede cambiar. Nadie dice que debas estudiar ya mismo, podrías tomarte un año —añadí mirándola con compasión.

—Bueno... eso es cierto —exclamó y todo terminó allí.

La abuela debía hacer sus cosas y nosotras ya teníamos planes de los que yo ni estaba enterada. Me limité a seguirla por la calle conversando de tonterías y jugando en el camino.

El día estaba soleado pero fresco, nos dirigíamos al límite del pueblo, pero no podía adivinar sus planes. Estaba segura de que Kate me había llevado allí con alguna excusa queriendo realmente encontrar a mis compañeros de clase, pues estábamos muy cerca del auditorio, no conocía ese lado entrometido de Kate pero creo que se debía a sus deseos por conocer todo lo que no le había contado ese tiempo.

Las calles estaban vacías, unas pocas personas caminaban deteniéndose en las pequeñas tiendas pero no eran rostros conocidos, yo tenía la esperanza de encontrar a Rod o quizás a Alex, sí más bien quería encontrar a Alex. En general «gustar» significaba buscar la atención de cualquiera que pudiera dármela, con Alex no quería eso, solo tenía ganas de escucharlo hablar, incluso cuando todas sus críticas me hacían querer golpearlo.

— ¿Quieres un helado?, y me cuentas de la vida —soltó Kate de golpe tomándome del brazo para dirigirme a la misma heladería a la que había ido con Rod.

— ¿Estás celosa porque tengo nuevos amigos? —pregunté divertida queriéndola hacer enojar.

Ya estábamos sentadas en una de las mesas exteriores y aunque el paisaje no era del todo animado era mejor que quedarse encerradas.

—En realidad me agrada pero me sorprende que no dijeras nada sobre ellos, ni siquiera los conozco.

—Kate, no tienes que saber todo sobre mi —dije intentando no parecer maleducada.

—Bueno... pero soy tu mejor amiga —contestó bajando la vista.

—Y siempre lo serás, a lo que me refiero es que me gusta sentir que no soy tan transparente.

—Eso nunca te había molestado, pero hace un tiempo que estás rara así que no discutiré. Iré a hacer el pedido.

Kate había perdido el ánimo de la mañana y no quería ser la culpable así que estaba dispuesta a aflojar la tensión, en otro tiempo no me habría importado pero no quería arruinarme el día yo misma.

Al volver trajo consigo dos vasos con helado, el suyo de frutilla y crema, el mío chocolate y banana split, debo admitir que esa fue la mejor parte del día.

—Oye —dije llamando su atención—. No me molesta ser transparente solo que me agrada pensar que tengo algo para mí, ni siquiera se trata de esas personas, la verdad es que no hice amigos... la mayoría son mucho más mayores que yo. Pero lo que aprendo ahí, siento que es algo que me pertenece. —Kate me miró con extrañeza, no le contaba eso para evitar sospechas, le decía la verdad.

—Me hubiera gustado que compartieras eso conmigo, me alegra que te guste tanto —dijo apoyando la cara en su mano para mirarme de costado.

—Ahora lo hago. Sabes... se siente como algo importante, nunca me había tomado enserio nada como eso, ni creí jamás hacerlo.

No sabía si era extraño que mi madre dijera aquello pero necesitaba contárselo a Kate, aunque no fuera mi Kate, yo seguía siendo Anna, pero una que nadie reconocería.

— ¿Y qué es lo que más te gusta de lo que aprendiste?

—Bueno, siempre pensé que la escuela enseñaba cosas inútiles para la vida, y es verdad, pero no todo lo que se estudia es así, ni siquiera es que sea interesante para mí por un capricho, como estudiar cosmética o modelaje, no, esto enseña cosas sobre la vida, incluso para alguien que la odia. Y no te enseña a vivir, te muestra opciones, opciones que no creías que tuvieras. ¿Es patético verdad?

—No —contestó con suavidad—, lo patético es que lo descubrieras recién ahora —exclamó agresiva tirándome helado a la cara—. Pero ya enserio, que bueno que te guste tanto.

— ¿Qué ocurre? —pregunté al verla decaída.

—Me gustaría cambiar de lugares contigo, tus padres quieren que te quedes y tú te quieres ir, y yo que me quiero quedar estoy obligada a irme.

—No estás obligada —dije poniendo una mano sobre la suya—. Sé que es difícil que tus padres lo entiendan pero será peor si en unos años los terminas culpando por tu infelicidad. Para todo hay tiempo, intenta disfrutar todo lo que puedas de lo que deseas ahora.

— ¿Y si mi madre tiene razón y no tengo futuro?

—La gente en la ciudad que no tiene dinero vive en la calle, Kate. Pero aquí todos son familia  y estoy segura de que nadie dejaría que eso te pasara, si eres feliz aquí ¿por qué irte lejos?

—No hablas como tú —rió—, pero es verdad...

Claro que no hablaba como Liz, porque ella idealizaba la ciudad y yo la conocía de verdad. Había pasado una vida mezclándome entre personas que vivían sus vidas a toda velocidad quejándose del insomnio, los robos, las enfermedades, la soledad, suficiente para entender que es mejor tener confianza que reconocimiento, porque allí no era necesario, ¿para qué resaltar en un lugar donde todo el mundo sabe tu nombre? Se resalta por la sola existencia, por hacer buenas o malas acciones, no por la ropa que lleves o por la popularidad que tengas. Me preguntaba qué dirían Jenna o Eva al verme cambiada, que diría Mike... o Nick, realmente podría ser su amiga ahora que ya no había reglas por ser popular, incluso podía ser agradable tener amigos sinceros.

El helado se derritió con rapidez pero me gustaba saborear el líquido azucarado, Kate me habló de Sam, sincerándose sobre lo que sentía por él y supe que estaba loca, loca por darle todo sabiendo que podía destruirla, pero quizás de eso se trataba, yo sabía que él podía matarla con una sola palabra pero de eso se trata también ¿no?, me alegraba que tuviera en su vida algo que valiera la pena, me gustaba que mi madre tuviera en su vida alguien que valiera la pena, todos ellos eran eso para mí ahora.

Kate me contó sobre los fuegos artificiales que brillaron imaginariamente a su alrededor cuando ambos se besaron, ya no temblaba su voz ni desviaba su vista al nombrarlo porque había conseguido uno de sus mayores logros, no era un número más de una lista de besos húmedos e incómodos, era su primer verdadero amor y puedo jurar que sus ojos brillaban con una intensidad que jamás había visto en los ojos de nadie.

Ellos se despidieron ese día con ese beso pero estaba segura de que era el inicio de algo nuevo, porque la distancia mata toda relación excepto esa mezcla de amor y amistad que compartían, solo deseaba que el destino los juntara de nuevo para continuar con esa relación en pausa que llenaría de vida a Kate, deseaba que su vida fuera más que responsabilidad.

La tarde continuó avanzando, el día estaba siendo exactamente lo que quería, paz y calma, dos cosas que antes significaban quedarme encerrada en el cuarto deprimiéndome por todo lo que no tenía o por lo que debía fingir tener, ahora disfrutaba lo que tenía aunque no fuera totalmente mío ni permanente.

—Oh, maldita sea —exclamó Kate mirando a mis espaldas, el helado se había terminado hace rato pero habíamos decidido quedarnos a esperar que fuera hora de entrar a clase.

— ¿Qué? —pregunté asustada de que fuera Alex, pero ella no lo conocía, también pensé que sería Rod o quizás peor... Noa, ya que ella lo había visto en la fiesta.

—Plásticas a la vista —dijo sonriendo falsamente aunque más bien parecía nerviosa.

Por un segundo no entendí pero luego recordé a ese grupo de chicas que habían tenido una pelea con mi madre luego de que intentara ser su amiga, y a cuyos novios Rod había golpeado.

—Hola, niñas —dijo una alta morocha lo suficientemente estúpida para llamar niñas a dos personas de su misma edad.

—Hola —exclamé sumisamente esperando que borrara su sonrisa.

Eran tres, la líder era la morocha de pelo lacio, bastante más alta que yo, las otras dos parecían clones, pelo ondulado atado en una coleta de costado, todas con vestidos veraniegos, pensé en lo ridícula que me habría visto yo usando algo tan desacorde con el clima y compararme con ellas se me hizo repulsivo. Hice una pequeña lista mental de ropa nueva para comprar, algo más cómodo quizás.

—Kate, que linda te ves, supe que ya te acostaste con ese lindo chico rubio... cómo se llama, ¿Sam? Liz... no te veo desde... ese día que vomitaste en clase luego del examen.

Claro que sí, la chica popular debía ser cínica incluso en los ochentas.

—Qué lindo que te fijaras tanto en mí, me hubiera encantado vomitarte la cara pero creo que fallé —contesté venenosamente con una sonrisa que borró su expresión. Kate me miró con los ojos bien abiertos sorprendida—. Y qué bueno que sepas de Sam, imagino que tú ya no tienes estabilidad ¿o sí?, creo que mi hermano hizo un buen trabajo con sus chicos.

—Para tú información si la tengo. Ah y escuché que empezaste unas clases en el auditorio —exclamó riendo estúpidamente fingiendo no sentirse atacada, para luego dirigirse a los clones—. Siempre supe que la rata estaría entre libros incluso en vacaciones.

—Al menos una de nosotras se preocupa por su futuro.

—Yo no lo necesito, me han ofrecido participar en televisión... quizás en un futuro cercano me veas allí —dijo tirando su cabello hacia atrás.

—El logro por no tener cerebro —contesté aplaudiendo en su cara—, debes estar orgullosa, solo recuerda usar protección, ya sabes... cuando quieras aparecer en algún programa, quizás a tu novio no le agrade que hagas esas cosas.

La cara de las tres se transformó, el ácido de 1985 no era el mismo del 2014, por un momento me di cuenta de que no era completamente necesario hacer desaparecer a la Anna del pasado, no cuando dirigía su odio en la dirección correcta.

No quería tirar a la basura la tranquilidad de mi día así que le dije a Kate que debíamos irnos y tras levantarnos de las sillas me despedí con la mano y nos alejamos caminando hacía el auditorio.

— ¿Qué fue eso? —preguntó ella susurrando, aunque ya estábamos muy lejos como para que nos escucharan.

— ¿Qué? —pregunté a la defensiva al sentirme acusada—. Te trataron de puta y a mí de nerd, no pretendías que las dejara hablar así, ¿verdad?

Kate seguía mirándome perpleja.

—Es que... jamás imaginé que pudieras decir algo como eso, ¿cómo se te ocurrió?

Al parecer era un don saber insultar a las personas, de ser así yo ganaría un premio por ello, solo que no podía pasarme de la raya o perdería todo lo que había logrado construir hasta el momento.

—Me hizo enojar —contesté simplemente.

—Pues enójate más seguido con ellas —rió—, y nombrar lo del examen, Dios, lo siento.

—Habrá sido muy penoso —dije intentando no sonar sorprendida.

—No le hagas caso, nadie debería burlarse de algo así. Ellas creen que son mejores que nosotras.

—Porque son estúpidas, ni siquiera lo creen pero quieren que tú si lo hagas.

Sabía eso porque yo lo había hecho cientos de veces, si los demás se sentían mal consigo mismos entonces era más fácil estar por encima suyo, aunque siempre me sintiera por debajo. Me dolía que mi madre tuviera que haber sufrido por culpa de alguien como yo y me dolía aun más que su sufrimiento fuera un misterio para todo el mundo, no había siquiera un diario donde volcara su dolor o preocupaciones, como si hubiera querido olvidarlo o tuviera miedo de que alguien lo descubriera. Mi madre no es una víctima pero todos le adjudicaron ese papel desde que tengo memoria, cometió errores como todos pero fue una roca para sus conocidos, cargando con el peso de su dolor.

El auditorio estaba lleno de gente, yo buscaba con la vista a Alex, quería hablar con él desde que había leído su nota, más bien desde que nos despedimos el día de la fiesta, pero a su vez tenía miedo de que Kate sospechara algo, si me conocía tan bien como había demostrado ese tiempo se daría cuenta enseguida de que él me gustaba, porque sí... quizás era una locura pero tenía tantas ganas de estar cerca suyo.

Nos ubicamos en mitad de las gradas, teníamos la perfecta visión del profesor y su voz llegaba a nosotras completamente clara como para no distraerse.

— ¿Sabes de que se tratará la clase? —preguntó Kate en un susurro en mi oído.

—No realmente, falté varios días —contesté atenta a las

personas que entraban por la puerta.

La clase inició sin que encontrara a Alex, me decepcioné un poco pero no quise darle importancia y me concentré en el profesor.

El profesor comenzó escribiendo en la pizarra a sus espaldas, nombres ilegibles de autores conocidos, esperé a que leyera en voz alta porque a esa altura no podía descifrar nada. Ese día nos hablaría de que las enfermedades mentales son el resultado de la imposibilidad de vivir una existencia auténtica, me preguntaba a que se refería con eso, y si yo no vivía auténticamente ¿significaba que tenía una enfermedad mental?, me respondí a mi misma con un sí porque siempre me consideré neurótica y los problemas afectaban mi mente más de lo permitido, o quizás solo exageraba para sentir pena de mi misma, no quería reflexionarlo.

— ¿Está aquí el chico que te mandó la nota? —preguntó Kate en mi oído, lo último que quería era que el profesor le llamara la atención.

—No lo creo —contesté intentando mostrar desinterés y no le quité los ojos al profesor.

—Deben ser muy amigos, si se pasa por tú casa a la noche...

—Supongo que estaba ahí por casualidad, era una nota de disculpa, —Me apuré a decir ya que era cierto y podía contárselo para que dejara de imaginar cosas—, Noa, el chico que estaba con Rod en la fiesta, es su hermano. Se enteró de lo que ocurrió y se sentía avergonzado.

— ¿Enserio? Qué horror tener un hermano así —dijo sorprendida y yo me ofendí porque lo poco que ella había visto de él es que estaba ebrio... igual que Rod.

—Como sea, solo quería disculparse por él, lo he visto pocas veces y casi nunca hablamos. —Era cierto de alguna manera, solo que esas pocas veces habían sido muy intensas.

—Entonces ¿no son amigos?

—No exactamente.

El profesor nos interrumpió para preguntarnos algo, obviamente tuve que improvisar y poner en juego lo que había aprendido hasta el momento, eso o dejar que Kate se llevara un reto por parte del hombre que odiaba que hablaran en su clase.

Me gustaba participar, siempre me hacía sentir mejor conmigo misma, en cierta forma era más fácil sabiendo que no estaba en mi cuerpo y nadie se burlaría por dármelas de inteligente y posiblemente fracasar en el intento, aunque pocas veces fracasaba.

Ya había pasado un poco más de media hora cuando nos dio una actividad para hacer, nos dividió en pequeños grupos y nos repartió unas páginas con la descripción de un caso clínico, cada grupo debía interpretar el caso a partir de los contenidos de la cursada y exponerlo frente a todos al final de la clase. Kate fue separada de mi, quedó en un grupo que ocupaba su lugar en las primeras dos filas, justo frente al profesor, yo por mi parte me quedé en la misma grada en la que estaba junto a tres personas más.

— ¿Aun hay espacio para uno más? —preguntó una voz a mis espaldas e inmediatamente se sentó a mi lado.

—Álex —susurré sin querer en voz alta y él sonrió. Los mechones de su cabello saltaron cuando se los acomodó detrás de la oreja y puso los libros sobre la mesa.

—Hola, pensé que no te vería.

—Yo pensé lo mismo —contesté sonriendo involuntariamente—, como no te vi en la sala.

—Con que estabas esperándome —rió—, es broma.

Me puse roja, tan roja como podía y me estaba conteniendo para no coquetearle.

Nos concentramos en el trabajo y yo usaba cada oportunidad para acercarme más a él y chocar «accidentalmente» mi mano contra la suya. Cada tanto observaba a Kate completamente nerviosa y callada, pero al menos no me miraba, sentía que estaba haciendo algo incorrecto aunque ella no pudiera saber que Alex era ese chico… aun así podía descubrirlo.

—Viniste con una amiga —soltó Alex de golpe.

Ya habíamos terminado la actividad y una de nuestras compañeras exponía el trabajo, yo había rogado por no pasar al frente por suerte hacerme la distraída había sido suficiente.

—Sí, Kate… quería ver que hacíamos en este lugar.

—No parece muy entretenida —rió él y ambos nos quedamos viendo a Kate.

—No se le dan mucho estas cosas, pero más bien es porque tiene miedo de que le pregunten algo que no sepa.

—Creo que todos tenemos ese miedo —exclamó Alex sonriendo y juro que de solo verlo yo también quería sonreír.

—Puede ser, pero por eso hacemos lo posible por saber lo que nos van a preguntar.

—Sí… bueno después de tantos años yo aprendí que son más las veces que me equivoco que las que digo algo correcto, pero eso es lo que me ayuda a aprender.

—Pero tú eres extrovertido e inteligente, así cualquiera se arriesgaría.

—Por un segundo esperaba que me halagaras más pero está bien… —Si su coqueteo hubiese sido más disimulado quizás no le habría seguido el juego tan fácil, o quizás sí.

— ¿Esperabas que dijera lindo? —reí con tono seductor aunque traté de parecer inocente.

—No aspiraba a tanto, pero gracias —dijo sin inmutarse, pensé que debía estar acostumbrado a que le dijeran aquello, además era mayor, posiblemente no necesitaba que se lo recordaran.

—Oye... ¿has visto a Noa? —La pregunta lo tomó por sorpresa.

—Si ibas a preguntar por tu hermano ya no está con Noa, creo que lo amenacé lo suficiente como para que no se acerque por un tiempo.

Eso me desconcertó porque si no estaba con él, ¿dónde pasaba el tiempo que no estaba en casa?, aunque por otro lado me sentía aliviada de que ya no se juntara con él, quizás eso solucionaría las cosas.

—Es qué tampoco está en casa —contesté con seriedad mirando al frente, por pensar en Alex me había olvidado de Rod.

—Estará en casa de un amigo.

—Creo que ya no le quedan —exclamé—, él no es malo, solo cometió errores, muchos y grandes...

—Lo siento, en parte me siento responsable porque lo más probable es que se deba a mi hermano. Antes no era así —empezó diciendo y bajó la vista a sus manos, el cabello le tapaba el rostro—, era un buen chico hasta que me fui de casa, tendría que haberlo arrastrado conmigo.

—No es tú culpa, cada uno es culpable de sus propias decisiones, incluso siendo un niño —dije, pero no estaba convencida—. A lo que me refiero es que quizás eso era responsabilidad de los adultos.

—Sí... pero ahora yo soy adulto y ni siquiera sé cómo ayudarlo.

—Pues estamos en la misma. —Por primera vez me miro como mira un adulto a un niño ingenuo, pero no me enojé.

—No, yo te admiro, eres más pequeña que él y haces todo para salvarlo. Yo en tú lugar estaría con mis amigos y me olvidaría de él.

Si tan solo me hubiera conocido antes no hubiera pensado aquello, y esa descripción me recordaba a mi madre, no había sido enviada allí para repetir sus errores, en otras palabras, no tenía otra opción.

—Él es mi amigo también —exclamé sinceramente, y sentí un pinchazo en el pecho, aun seguía afuera, solo y triste...

—Eres una buena hermana, Rod es afortunado.

Hubiera querido decir algo más, me hubiera gustado hablar

con él más tiempo, pero era nueva e inexperta en conversaciones profundas y estaba segura de que ese no era el lugar ni el momento para hacer eso.

Al finalizar la clase Kate y yo volvimos a juntarnos y me las arreglé para alejarla rápidamente de Alex en cuanto lo vi caminando hacia nosotras, lo que menos necesitaba en ese momento era dar explicaciones y meterme en un lío, mejor dicho meter a mi madre en uno. Pero cuando ya estábamos por salir...

— ¡Liz! —gritó Alex desde lo lejos, un grupo de chicos se interfería en su camino—, ¿vendrás la próxima clase verdad?

—Supongo —contesté fríamente para aparentar que no teníamos la relación que en verdad teníamos, aunque pensándolo bien no teníamos ninguna relación.

— ¿Puedo decirte algo un momento? —preguntó mirando a Kate, claramente quería privacidad y tuve que aceptar y separarme un poco de ella.

—Espero que no te moleste pero... bueno creo que hoy no pudimos hablar mucho, quizás mañana podríamos vernos, si te parece.

Ya sabía que era un error, sabía que estaba mal, sabía que Kate sospechaba y que eso no era propio de mi madre. Mi corazón empezó a latir con fuerza, tenía miedo de que llegara ese momento pero estaba ansiosa por responder que sí, la sensación era extraña, me gustaba tanto y a la vez era tan imposible que solo quería que viviera en mi imaginación sin crearme problemas.

—Me encantaría —respondí firmando mi perdición.

# Capítulo 19

Qué es el amor más que una colección de recuerdos guardados en el fondo de la mente, en el mejor de los casos capaz de actualizarse, en nuestro caso condenado a ser solo «algo que ocurrió». Me niego a creer que «solo» somos eso, quiero pensar que fuimos suficientemente importantes para el otro, quiero pensar que fui importante para ti, Alex.

En el papel es fácil leer estas palabras pero para nada es fácil escribirlas, no cuando solo fui un alma entrometida en un cuerpo que no le pertenecía, fue un privilegio pero soy demasiado egoísta aun como para no querer más, quiero más de ti, quiero mucho más aunque sé que no podré tenerlo, y por eso te escribo.

Sería mejor para mí saltear este tiempo, este pequeño fragmento de nuestra historia en que te volviste el actor principal, sería más fácil contar todo desde el final y seguir hablando de mi padre, pero no puedo, porque no sería quien soy ahora si no te hubiera conocido y te hubieras metido en mi vida esperando algo de mí que era incapaz de ofrecerte.

Creo que esta historia merece tenerte como yo te tuve, fugaz e intensamente, no te haré justicia pero espero transmitir lo que solo tú pudiste hacerme comprender, y por eso partiré nuestra pequeña vida en cuatro lecciones, las que me enseñaste cada uno de esos días que compartimos, dos cortas semanas que parecieron años.

Me considero incapaz de relatar la evolución cronológica de nuestros sentimientos así que no lo haré, me limitaré a rendir homenaje a tus enseñanzas, y la primera se llama «Amor y amistad», como uno de mis libros favoritos y porque sin esas dos cosas seguiría siendo la Anna de antes.

Creo que a las historias se las empieza por el principio y por eso hablaré de esa primera salida juntos. Ya había admitido que estaba nerviosa dado que no dormí en toda la noche pensando en que salir contigo estaba mal, me conocía y sabía que si te atrevías a besarme no podría negarme. No habían pasado tantas horas desde que nos habíamos visto en el auditorio pero la propuesta de salir solos me hacía pensar en una cita oficial, yo nunca había tenido una cita oficial.

Llamaste por teléfono en la mañana, todavía no entiendo como supiste el número, quizás por Noa, mi abuela atendió y fue muy vergonzoso pero supiste decir que eras un compañero, claro que no sabías que yo tenía novio. Quedamos en ir al parque, algo casual porque no admitirías que querías verme más que para ser amigos, eso me tranquilizó.

No olvido cuando te vi desde la calle de enfrente, tú aun no me habías visto pero me quedé parada viéndote, con la bicicleta apoyada sobre ti esperando cruzar y la mirada vacía, quien sabe que estarías pensando, no te habías arreglado, tampoco te hacía falta, eras exactamente como me gustaba verte.

—Hola, me encontraste —exclamaste al verme y tan sonriente como un niño, por primera vez me sentí nerviosa, era más fácil pensar en ti como un conocido...

Los primeros minutos empecé hablar sin dar paso a los silencios, es algo que odio, aunque luego entendería que contigo los silencios no son para nada incómodos, por el momento solo sabía que el contacto visual no era lo tuyo, tú valentía se terminó el día que me invitaste a salir y era divertido ver al chico extrovertido y maduro desviar la mirada, quizás estabas avergonzado de invitar a salir a la chica borracha que habías salvado de las garras de tu propio hermano.

Pronto empezamos a hablar tranquilamente y dos cosas me sorprendieron, tu capacidad para cambiar de postura y personalidad y nuestra capacidad de hablar de cosas banales y poco a poco más profundas, ya no parecías nervioso ni avergonzado aunque evitabas hablar del pasado, y yo también.

A la hora de hablar sobre la fiesta ambos insultamos a tu hermano, pero más allá de la vergüenza se notaba dolor en tu rostro, Noa no podía ser tan malo y quisiste dejarme eso en claro toda la tarde, pero cada vez menos convencido a medida que avanzaba la conversación.

Tras dejar atrás el tema, lo olvidamos, nos concentramos en nosotros y me permití ser yo misma aunque dijeras «Liz» a cada rato. Me imaginaba como sería escuchar mi nombre pronunciado por ti pero eso me hizo ponerme triste y desistí de imaginar cosas, era yo la que te tenía en frente y eras tú el que me miraba con esa sonrisa confusa y sorprendida que hacías al verme contar toda clase de cosas estúpidas, ahí supe que me encantaba tu sonrisa y ese gesto que hacías con los ojos, mirabas sin mirar y analizabas todo casi imperceptiblemente.

No sé cuantas veces perdí la dignidad ese día, ni cuantas veces habrás pensado que estaba loca, pero me encantaba hacerte reír, hasta me tomé la libertad de mezclar mi propia vida en mis relatos, quería que me conocieras a mí, no a mi madre.

—Tus amigas son muy malas —dijiste luego de que te contara acerca de Jenna y Eva, evitando hablar de popularidad y de Mike—, no deberías hacerles caso. ¿Qué clase de amigos te hacen eso?

—Los falsos —contesté mirando el cielo y me acosté sobre el césped recordando mi vida—. Pero no todo es malo, cuando todo se destruye conoces los verdaderos pilares de tu vida.

—Como Kate... —exclamaste en un suspiro mientras de acostabas a mi lado, como si te pesara escuchar mis problemas.

—Sí, Kate siempre estuvo para mí, desde que tengo memoria —contesté pensando en cómo me era de difícil imaginar un momento de mi vida donde no estuviera ella.

—Yo perdí muchos amigos —dijiste poniendo una mano bajo tu cabeza, te miré de reojo y noté la expresión de tu cara—. Supongo que antes era tonto y...

—Irrompible —Te interrumpí y posé mis ojos en ti—. Yo también me sentía así, creía que todo era permanente y estable por el solo hecho de estar ahí.

Te incorporaste apoyando la cabeza en tu mano, te veías tan lindo, demasiado serio.

—Nada puede darse por hecho, todos se cansan cuando dejan de valer la pena para ti.

— ¿Cómo? Esperaba un discurso más motivador y sabio de alguien como tú —solté entre dolida y divertida.

—Todos merecen ser amados y claro que estarán ahí para ti incluso cuando te pongas difícil, pero ellos también merecen ser amados, no son una colección de zapatos que puedes usar para salir cuando te place. Aprendí eso a la fuerza, destruí algunas relaciones en el camino y me di cuenta de que así como yo necesitaba un hombro para llorar ellos también lo necesitaban.

Estaba claro que eras la voz de mi conciencia, aun lo eres.

—Eres increíble —dije sin pensar, no era un halago, más bien era asombro mezclado con culpa—, ya te redimiste y lo haces parecer sencillo.

—Pues te aseguro que no es así. Cuando reconoces que te equivocaste debes cambiar de verdad, debes ver a la cara a las personas que dañaste y pedir perdón, debes mirar a los que se quedaron contigo y preguntarles si extrañan la persona que eras, y debes estar preparado para sacarlos de tú vida si responden que sí.

— ¿Sacarlos?

— ¿Confiarías en alguien que te quiere siendo un idiota egoísta? Porque yo no.

Así entendí que para empezar de cero debía perder absolutamente todo, aunque tenía la esperanza de reconstruir algunas relaciones. Entendí a lo que te referías, Alex, primero debía juzgarme y perdonarme, y debía hacerlo sola.

Esa tarde se terminó temprano pero fue tan perfecta e inocente que me sentí extraña, no de la mala manera sino satisfecha por lo conseguido, incluso sin haber conseguido nada realmente, esa clase de intimidad que se tiene entre mejores amigos, una clase de intimidad que no conocía.

Pasaron un par de días llenos de amistad, conduciendo como extranjeros por carreteras polvorientas y pueblos aburridos, dijiste que los habías recorrido con tu bicicleta, superficialmente, sin detenerte, porque pedalear te hacía sentir libre y activo, dijiste que debía verlos por mi cuenta y tenías razón, aunque contigo todo era adrenalina y acción, incluso cuando solo nos quedábamos sentados en el auto de Rod, que siempre terminaba robando, o en el de Noa, que pocas veces lograbas quitarle para hacer una escapada.

Creo que lo que más me gustaba eran tus visitas sorpresa, te aparecías de improviso haciéndome olvidar que debía seguir un papel en ese lugar, por suerte nadie te vio conmigo o hubiéramos tenido problemas, estaba claro que te dabas cuenta de que algo ocurría pero no decías nada.

—Se me ocurrió ir a un pueblo extraño hoy —exclamaste luego de un largo tiempo manteniendo el misterio.

Habíamos tomado el auto de Rod y el sol ya quemaba nuestros rostros, hacía días que nos tratábamos como amigos y algo más aunque nunca habíamos llegado a nada que no fuera alguna que otra indirecta. Me gustaba ser solo tú amiga, pero me gustaba saber que no era solo eso para ti.

— ¿Por qué extraño? —pregunté sin demasiado ánimo, estaba decaída ese día y lo notaste desde que me llamaste por teléfono. Kate estaba distante y solía juntarse más con Lisa que conmigo, si bien hablábamos todos los días y no se mostraba enojada estaba segura de que sus sospechas aumentaban y posiblemente nos habría estado siguiendo… quizás todo el pueblo sabía lo nuestro pero intentaba no pensar en ello, porque valías la pena.

—Bueno, digamos que es un pueblo fantasma. Ha habido inundaciones graves hasta que todos los habitantes, que eran pocos, decidieron irse, pero como no vendieron sus tierras el pueblo se mantiene exactamente como estaba antes de que lo abandonaran.

—Qué horror —exclamé, aunque la verdad me intrigaba, era un escenario digno de una película de terror—, ¿y ya has estado ahí?

—Varias veces, mi madre me llevaba cuando era niño, con Noa, y solíamos jugar en el parque desierto, en el cementerio, dentro del hospital…

— ¿Dentro del hospital? —chillé horrorizada y te miré, tú te reíste sin sacar la vista de enfrente.

—Sí, no da miedo, es casi una obra de arte. Imaginar que allí solo vive el tiempo, marcándose en las paredes como humedad, en la naturaleza como enredaderas y maleza que entierran todo a su paso, como polvo acumulado por décadas tan fino que por un momento si lo vez a contraluz pareciera comerse todo…

Entonces pensé en mi primer día en el pueblo, mi llegada luego de la discusión con mi madre, la felicidad por conocer una parte de mi vida que no existía antes y el miedo de no ser querida, recordé sentarme indefensa viendo el tiempo pasar, era el mismo tiempo que pasaba en ese lugar pero percibido de otra manera, mi pueblo era felicidad y unión, ese pueblo tal como lo dijiste era sitio de un solo habitante, el tiempo y posiblemente el olvido.

—Lo triste puede ser lo más bello —contesté mirando por la ventana mientras pasábamos por unas tiendas vacías y apenas pintadas de un tono rosa pálido, el cinturón de seguridad se clavaba en mi hombro pero gracias a ti no pensaba en quitármelo.

—Y es todo nuestro.

—Mientras lo vengas a visitar entonces puedes decir que es tuyo, en cierta forma sigue vivo gracias a ti.

—Claro que sí, yo creo que la vida es cambio, es tiempo, incluso luego de morir seguimos…

— ¿Descomponiéndonos? —reí.

—Existiendo —dijiste mientras conducías por la calle frente al cementerio—. Tal vez parezca egoísta pero intento hacer las mejores relaciones posibles para que quizás cuando ya no esté más aquí alguien pueda contar historias sobre mí.

Sin duda yo quiero escribir miles de historias sobre ti.

—No es egoísta, todos tenemos miedo de desaparecer, mejor que sea una vez que estemos muertos. —No quería decirlo en voz alta pero contigo siempre fui sincera, recordaba ese sentimiento de soledad que solo duró unos días en la escuela y pensé en cómo se sentían todas las demás personas a las que yo había denigrado… como se sentía Nick o Carla al refugiarse en la biblioteca para no estar cerca de gente como yo.

—Quizás debas trabajar más para volverte inolvidable, pero te aseguro que yo jamás de olvidaré.

Me miraste, te miré y por un segundo pensé en tus palabras, aun resuenan en mi mente de vez en cuando, trabajar para volverse inolvidable suena algo que vale la pena.

Seguiste conduciendo y el paisaje cada vez se nublaba más, poniéndose a tono con la penumbra del pueblo, hasta que irremediablemente comenzó a llover.

—Tengo la sospecha de que solo llueve sobre este pueblo y por eso se inunda, quizás es alguna maldición —solté agradecida de estar dentro del auto.

—Petricor —comentaste conduciendo más cerca del parque y frenaste para luego cerrar los ojos.

— ¿Qué?

—Petricor, el olor de la lluvia cuando cae al suelo.

— ¿De dónde sacas esas palabras? Nerd —reí mirándote, abriste un ojo y sonreíste.

—Leo muchos libros y me gusta usar palabras nuevas. Dime nerd pero de los dos yo tengo más vocabulario.

Fingí sentirme ofendida pero era verdad, desde entonces yo también busco palabras nuevas para recordarte.

—Dime otra —exclamé cerrando también los ojos.

—Inefable, como nosotros —contestaste tomando mi mano sin reparos y la acariciaste con tu pulgar, sentí cosquilleos el resto del día.

— ¿Qué significa? —pregunté mirándote extrañada, necesitaba saberlo.

—Tendrás que buscarlo por tu cuenta, yo no te diré. —Hasta hoy no sé si lo hiciste por vergüenza o por simple juego, de haberme dicho el significado en el momento te habría besado.

*«Inefable: aquello que no se puede describir ni expresar, algo tan fuera de lo normal que las palabras no logran explicarlo»*

O como dirías después: «somos tan raros, a un punto que solo nosotros percibimos natural, solo yo puedo explicar quién eres y solo tú puedes explicar quien soy»

Quizás fuera pretencioso de tu parte decir aquello, casi no nos conocíamos y a la vez nadie nos conocía mejor que el otro. Era fácil hablar contigo y nunca me sentí juzgada, ni siquiera cuando te explicaba las cosas malas que hice en mi vida como Anna, te limitabas a decir: «Eras, pero puedes ser mejor». Entonces dejé de intentar ser buena para serlo de verdad, no por papá, no por ti, sino por mí, porque quería ser digna de ser recordada, quería ser parte de ese tiempo que viaja sin rumbo cambiando sin destruir… como tú, porque el amor era eso, contigo lo entendí, quien nos ama nos cambia sin destruirnos.

Para cuando salimos del auto la lluvia se había calmado dejando solo las gotas cayendo de los árboles y el canto de los pájaros anunciando que ya no era peligroso volar, el aroma del ambiente nos inundaba de recuerdos infantiles y aunque detestaba mojarme los pies te reté a una carrera pisando charcos, cabe aclarar que terminaría enferma al día siguiente pero no lo habría cambiado por nada. Corrimos hacia una colina al ver una estatua de pie en la cima, sabías todo sobre esculturas aunque dijeras ser ignorante, pero de camino hacia ella resbalamos por el barro y por poco te quedas sin brazo cuando me aferré a ti para no caerme, admito que el tacto de tu cuerpo sosteniendo el mío me produjo una sensación de bienestar.

No contento con nuestro paseo deseabas que conociera el hospital en el que tú y tu hermano jugaban a ser soldados, perfectas trincheras eran las camas y escritorios viejos cuando se los ponía en la posición adecuada, y yo me reía al imaginar a tu madre harta del bullicio que resonaría en el edificio abandonado.

—Te ríes de mi pero yo siempre ganaba —dijiste con falso orgullo acomodando tu campera.

—Solo me rio de lo ridículos que debían verse.

—Hey, que solo teníamos siete y trece años.

—Bastante mayor para esos juegos digo yo.

—Pues que madura habrás sido tú dejando las muñecas a los cinco años —reiste divertido pensando que solo me burlaba de ti.

Claro que en aquel entonces la infancia duraba más tiempo y no había razones para crecer de golpe.

— ¿Cuándo dejaron de venir? —pregunté sentándome en una de las camas sin pensar en la suciedad.

—Cuando empecé el secundario… Noa vino solo con mamá un tiempo pero luego ella dejó de salir.

—Todos crecen, tú vivías otra etapa, es normal —dije intentando hacer que olvidaras lo que debías estar recordando.

—Ven, te mostraré algo —saltaste más animado y empezaste a caminar hacia un pasillo.

Siempre admiraré esa capacidad para cambiar de humor.

Recorrimos los pasillos húmedos, fríos, oscuros, conocías el recorrido de memoria pero yo tenía miedo de que el techo se cayera sobre nosotros.

—Esta era nuestra guarida secreta —exclamaste frente a una puerta pintada de blanco.

La abriste y pude ver una habitación, posiblemente un antiguo consultorio, convertido en sala de juegos, había pelotas y muñecos, fichas y autos de juguete, cartas desparramadas y pistolas de plástico sobre mesas cubiertas con papeles llenos de color.

Noa era tu mejor amigo, en un tiempo lejano cuando ambos eran inocentes, cuando sus mundos eran uno solo y no había más preocupaciones que saber a que jugarían ese día.

—Es muy linda...

—Es un desastre —me corregiste riendo y te volviste a buscar algo en un armario—, te traje por esto.

Tenías un tocadiscos muy viejo en las manos, me sorprendía que aquello pudiera funcionar.

— ¿Dices que eso funciona? —pregunté mientras lo encendías con éxito, poniendo el único disco que había en esa sala.

—Cállate —dijiste y en seguida una melodía empezó a colmar la sala de sonido, regresando a la vida al lugar que te extrañaba hace tiempo.

Te acercaste a mí sin decir nada y mirándome fijamente, tomaste mi mano helada y me hiciste dar una vuelta completa al son de *The Show Must Go On* de Pink Floyd, canción que sabía de memoria gracias a mi madre y su colección de música. Al encontrar tus ojos de vuelta llevaste mi mano con rapidez a tu cuello y me acercaste con fuerza desde la cintura chocando nuestros cuerpos, no pude evitar sonreír nerviosa, quería atesorar ese momento para siempre. Empezaste a marcar el ritmo moviéndote muy despacio por la habitación hasta que simplemente nos dejamos llevar haciendo tonterías, saltamos de un lado al otro sin separarnos hasta que pasaron demasiadas canciones y solo tenía ganas de abrazarte sin excusas, pero en cuanto me acerqué a tu boca...

—No —me retaste para añadir:—, no aquí, no así. —Pasaste tus dedos por mi cabello mirándolo y pusiste tu frente contra la mía, jamás tuve el corazón tan acelerado como entonces.

Me hubiera encantado besarte esa tarde pero no me dejaste y tuve que contener mis deseos para seguir fingiendo que no quería probarte, quizás fue lo más sensato porque el remordimiento habría hecho estragos con mi mente.

Claro que no estaría completo este fragmento de nuestra historia si no hablara de uno de nuestros últimos días felices, el día del árbol.

Hacía calor y no querías viajar, no querías escapar y esconderte y estúpidamente acepté porque no merecías que te ocultara, no nos merecíamos eso.

Dimos un paseo con tu bicicleta a algunos lugares alejados del pueblo, con pocas personas y poco ruido, felices y divertidos contando historias inventadas y disfrutando el tiempo caminando de la mano bajo la sombra de los árboles que daban aspecto de bosque a la enorme pradera. Me contaste sobre la historia del acantilado que estaba a pocos kilómetros del lugar, dijiste que cuando eras pequeño algunas personas terminaban su vida allí, saltando al vacío... hablamos de las distintas maneras de morir probables y te conté sobre mi miedo a morir ahogada, me miraste apenado quizás pensando en que era depresiva al imaginar esas cosas, pero estaba rodeada de muerte desde siempre, en especial en ese momento.

—Como sea, por suerte ya no tiene sentido llamarlo «Acantilado de los suicidas» porque hace tiempo que es exclusivamente usado por los adolescentes para hacer fiestas nocturnas y cosas como esas... Noa suele venir con sus amigos aquí, cuando lo supe quería matarlo, ¿te imaginas que en medio de una fiesta algún borracho se tirara por ahí?

— ¿Habrá venido con Rod? —pregunté pensativa, sabía que no era suicida, no del todo al menos, pero nunca se sabe.

—Probablemente sí, pero tranquila, no creo que tenga en mente hacer una estupidez. —Me tomaste de la mano y por un segundo pensé en quitarla.

Odiaba que la gente dijera «estupidez» a un suicidio porque creo que no hay acto más serio que ese, acabar con una vida es ponerle punto final a tu propia historia y eso nunca puede ser considerado estúpido.

—Cuando algo duele tanto que dejas de sentir eres capaz de hacer cualquier cosa, creo que todos sacamos fuerzas de donde sea cuando algo deja de ser soportable.

—Tu hermano es un engreído creo que no se permitirá irse de este mundo por su propia cuenta —reíste apretando mi mano para luego pasar un brazo por mis hombros.

—Eso quiere que todos piensen... —contesté en un susurro pero ya te estabas alejando hacia un árbol.

—Ven, ¿qué te parece si dejamos nuestra marca para que el tiempo no nos olvide? —exclamaste sacando un cortaplumas del bolsillo y pensé lo bueno que era que ya nadie llevara uno de esos en el pantalón.

— ¿Harás un corazón con nuestras iniciales? —me reí al pensar lo cursi que sonaba eso.

—No, porque podría ser cualquier A y cualquier L, esto tiene que ser nuestro.

Me gustaba pensar que el árbol no tendría la inicial de mi madre a tu lado porque no soportaba creer que era a ella a quien mirabas.

Escribiste en el árbol una de tus extrañas palabras, algo que para mí será siempre especial.

— ¿Yuanfen? Suena a comida —dije con cara de asco y te

reíste.

—No, es un concepto chino que define los amores que nacieron predestinados.

*«Predestinado: destinado fatalmente a desarrollarse de una manera determinada»*

Me gusta creer que somos eso, que de alguna manera con principio y final escritos seguimos estando unidos por el destino, que no fuimos ni un error ni una casualidad.

—Te quiero —susurré sin pensarlo ni mirarte, casi sin expresión porque solo me concentraba en sentir esas palabras en mi mente, sinceras y solo tuyas.

—Te quiero —contestaste tomando mis manos y entonces te miré.

Tenias una mirada feliz, sonreías con los ojos y me abrazaste como nunca, como presintiendo que no había un futuro entre nosotros. Me limité a escuchar tu corazón latiendo y me pregunté si seguirías con vida en el presente.

—Gracias por eso... por ver el tiempo pasar conmigo —dije sabiendo que no nos quedaba mucho.

—Gracias por elegir detener el tiempo conmigo —respondiste pero viste que estaba preocupada.

Creíste que aun pensaba en Rod pero pensaba en nosotros, sentía culpa por tener que dejarte ir después de aprender a quererte.

—Te prometo algo... cuidaré de Rod, hablaré con él y quizás las cosas mejoren, puede que me vaya mejor que con mi hermano.

—No te rindas con Noa, estoy segura que algún día entenderá lo que tú entendiste hace años. —Incluso siendo un imbécil él era tu familia y después de todo solo era un niño.

—Ojalá tengas razón.

Cuando te recuerdo en todos esos momentos juntos lo hago así: Quieto, con la mirada clavada en algún punto fijo detrás de mí, asoma esa sonrisa de punta a punta cuando un pensamiento llega a tu mente y se te lee en los ojos, en la perfecta forma que inclinas tu cabeza mirando al suelo y negado como si se te hubiera ocurrido una locura; no te das cuenta de lo lindo que te ves haciendo eso, de lo tierno e infantil que pareces, incluso al mirarme directamente como pasándome mensajes secretos me desafías inconscientemente y eso es tan terriblemente tentador, todo en ti es tentador y misterioso, desde tus inocentes preguntas hasta tu tono de voz más serio, desde la risa desenfrenada hasta la nerviosa, desde tu personalidad de cinco años hasta el adulto sobreprotector.

No podría escribir cosas malas en tu nombre, quizás eso signifique que perdí la cordura del todo o quizás significa que simplemente eres perfecto sin importar cuantas vueltas de tu cabeza o cuantas inseguridades tengas guardadas en tus cicatrices, quizás significa más que todo, porque eso eres... todo, la persona más altruista, arriesgada y bondadosa, todo lo malo y lo bueno, la historia oscura con final feliz y para siempres que realmente duran para siempre, como promesas que nunca se cumplieron.

Si quisiera describir que se siente quererte diría que es igual que tirarse en paracaídas, te da miedo pero sabes que será la experiencia más increíble de tu vida, temes que el paracaídas no se abra, temes morir pero a la vez no hacerlo no es una opción, porque ya estás arriba, a punto de tocar las nubes, a punto de desgarrar el aire y esos momentos pueden ser infinitos y la caída muy muy larga y lenta. ¿Qué se siente quererte? Es como si todos los días fueran el mejor día, es saber que no importa si eres mío o no, solo saber que eres increíble y eso basta, basta saber que alguien así existe y que las mejores personas no solo están en los libros; me basta con darme cuenta de que hay quienes prometerán y cumplirán, afirmarán sin mentirse y sin mentirme, le importaré en todos los aspectos y seré mejor con él que con nadie porque me dio los motivos suficientes para tirarme con el paracaídas y esperar no morir en el intento.

Creo que eres la mejor decisión que alguien podría tomar, porque lo vales y porque eres la clase de persona que puede irse sin que jamás me arrepienta de que haya estado en mi vida, la mejoras con solo haber estado en ella, incluso sin verme, incluso cuando tus manos tocaban otra piel y tu sonrisa se grababa en otras retinas.

# Capítulo 20

El amor nos vuelve egoístas pero también mejores personas, el amor nos vuelve mentirosos pero también desinteresados, hubiera arriesgado mi propia existencia por seguir contigo pero no hubiera sido correcto. Por un tiempo me sentí celosa de pensar que estabas enamorado de mi madre y no de mí, celosa de pensar que ella te tenía, hasta que comprendí que simplemente no eras su tipo, ni ella el tuyo. No importaba a quien vieras te gustaba lo que pensaba, no te parecía rara ni mala y eso me hizo quererme un poco más.

El amor nos ayuda a querernos a nosotros mismos al vernos reflejados en los otros, gracias por ser mi espejo, Alex.

Es por eso que la segunda lección se llama «Encontrarme y elegirme», porque eso hice al permitirme estar contigo y ese fue uno de tus mayores regalos.

Iba a ser nuestro segundo día juntos y habíamos acordado vernos en el centro pero Kate tenía otros planes.

— ¿Dónde estuviste ayer? Si se puede saber —inquirió Kate en cuanto abrí la puerta de mi cuarto, seguía tontamente feliz por haberte visto el día anterior en el parque y no me interesaban sus acusaciones.

—Tenía que hacer algo —contesté sin prestarle atención mientras elegía la ropa para salir, un vestido pensé al principio pero me decidí por algo más cómodo porque no tenía nada que probarte.

— ¿Salir con ese chico, verdad? —dijo furiosa como nunca—, Liz ¡para! escúchame.

— ¿Qué? —pregunté igual de enojada dejando la ropa sobre la cama.

—Has estado rara por semanas pero esto ya es el colmo... Matt se fue hace cuatro días y estás saliendo a escondidas con un chico que ni siquiera conozco, no me vengas con que es un amigo.

—Yo no me escondo, tenía que hacer un trabajo con él, nada más —contesté a la defensiva para parecer creíble—. ¿Por qué dudas de mí?

—Lo siento —exclamó pareciendo más tranquila y se sentó en el borde de la cama—, pensé... ya no importa. Oye, Lisa me convenció de ir a la feria esa que fueron una vez, ¿te gustaría venir con nosotras? No sé si hoy estarán pero en caso de que no, podemos caminar por ahí.

—No sé si podré, le dije a mi madre que la ayudaría con algo. Pero iré si tengo tiempo, no me esperen... Además no terminé el trabajo ayer.

Kate parecía decepcionada de mí, supongo que mi madre nunca le habría dicho que no o quizás hubiera comprendido que «solo compañeros» era una mentira.

—De acuerdo, si te decides iremos después de comer.

Dicho aquello se fue y yo no la detuve, no quería pasar el día con ella pero tampoco quería quedar mal así que te llamé por teléfono y aceptaste muy feliz mi propuesta de pasar un día en una feria con mis amigas, «¿Qué clase de chico acepta algo así?» pensé, más tarde entendería que eras experto en derrumbar mis estereotipos.

Almorcé esperando tu llegada, Rod había vuelto a casa la noche anterior en cuanto volví de nuestra cita y aunque no cruzamos palabra estaba un poco más tranquila al saber que no estaba afuera solo. Podría decirse que nuestra relación era más fría que al comienzo y los abuelos discutían sobre él varias veces al día, ya no me esforzaba en defenderlo porque estaba demasiado emocionada contigo y creía que Rod era grande como para arreglárselas solo, claro que era una excusa tonta para no sentirme culpable, incluso cuando lo veía más irritado que de costumbre y más quejoso por dolores «musculares», de seguro palizas que se llevaba de parte de algún chico al que iba a enfrentar, ya no me esforzaba por mantener relaciones con él porque no quería sentirme triste por sus problemas, que no eran míos.

— ¿Qué harán hoy? —preguntó el abuelo sin dirigirme ni una mirada mientras se llevaba la servilleta a la boca.

—Iremos a una feria, la encontramos con Lisa una tarde, quizás ni siquiera siga allí.

— ¿Por qué no acompañas a tu hermana? —soltó la abuela dirigiéndose a Rod que estaba totalmente en otro mundo—. Llévalas con tu auto, será más seguro.

Podría decirse que visto de afuera las cosas habían vuelto a la normalidad pero solo era hipocresía y hábito.

—Qué conduzca ella, ahora que puede.

—Rod —dijo el abuelo mirándolo con severidad. Rod debía volver a ganarse su confianza y una manera era ser otra vez el chofer de mi madre.

—Está bien —contestó sin levantar la vista del plato, no quería saber nada conmigo.

El corto trayecto hasta la casa de Kate fue silencioso, Rod estaba claramente molesto por tener que seguir órdenes y yo esperaba no tener que contestar preguntas. Todo estuvo bien hasta que llegamos a su casa y no estaba allí porque ya habían salido.

Al volver al auto Rod empezó su interrogatorio.

— ¿Se fueron sin ti? —preguntó con curiosidad sin apartar la vista del camino.

—Sí... quedamos en que si decidía ir las encontraría allí —contesté cruzando las piernas.

— ¿Pensabas ir sola?

—No exactamente —exclamé jugando con mis manos heladas.

El auto se detuvo de golpe y Rod se giró a mirarme.

— ¿Alex? —preguntó serio apoyando su mano en la cabecera de mi asiento y yo asentí, él suspiró forzadamente apretando los puños—. No lo vas a ver.

— ¿Qué? ¿Ahora haces el papel de hermano mayor? —grité enojada, más de lo que debía.

—No me hago nada, soy tu hermano mayor y no te voy a llevar con él.

—Te recuerdo que es hermano de Noa.

— ¿Y eso qué? —suspiró sin mirarme—, no sabes nada, yo... no lo conoces, no es bueno.

— ¿Cómo Noa dices? —lancé ácidamente clavando mis ojos en él.

—Yo tampoco soy bueno pero no te haría daño.

—Eso crees, —Me crucé de brazos para luego añadir—, no hiciste un buen trabajo protegiéndome de Noa, Alex me sacó de la fiesta ese día, no tú.

Noté como sujetaba con más fuerza el volante, se estaba conteniendo o quizás estaba enojado consigo mismo.

—Está bien, pasaré a buscarlo pero no me alejaré de ustedes. Si quieres darte la cabeza contra la pared hazlo.

No le contesté porque en el fondo empezaba a quererlo de verdad y una discusión habría roto toda posibilidad de mejorar el vínculo, pero tenía ganas de irme caminando.

El camino hasta el auditorio fue silencioso y el aire tenso podría habernos matado en cualquier momento, me ponía nerviosa de solo pensar que en minutos tú entrarías al auto y quizás Rod no seguiría tan callado como hasta entonces.

—Hola, no pensé que pasaran a recogerme —dijiste amablemente a través de la ventanilla baja de mi puerta y entraste rápidamente por la parte de atrás.

—Yo ni estaba enterado de esto hasta recién —contestó Rod dándole marcha al auto.

—Oh —exclamaste—, si quieres irte podría conducir yo o tomar el auto de Noa.

—No —sentenció mirándote por el retrovisor—. Yo los llevo y me quedo.

—Está bien. —No lo tratabas como a Noa, había compasión y respeto en tu forma de mirarlo sin contradecir nada de lo que decía, no querías perder su confianza.

No hablamos en todo el viaje pero yo estaba feliz porque me gustaba tenerte cerca y el día anterior había sido perfecto. Rogaba que la feria siguiera en su lugar, algo me decía que sería un buen día y los tendría a todos cerca para que nada me preocupara, excepto a papá y posiblemente su nombre vagando por ahí impidiéndome ser feliz contigo.

Yo estaba convencida de querer ser tu amiga, quería más pero pensaba conformarme con tal de no perderte del todo y eso pasaría si te enterabas de que todo ese tiempo había tenido novio.

Luego de que el sol nos quemara y el asiento nos cortara la piel sudorosa por el calor, finalmente llegamos al lugar donde había visto la última vez con Lisa la enorme carpa de circo y las pequeñas tiendas coloridas, ahí estaba aún e igual de concurrido que aquella vez.

— ¡Llegamos! —exclamé señalando con el dedo, ignorando la incomodidad de la situación.

— ¿Aquí? —preguntó Rod mirándome enfadado.

— ¿Qué esperabas? —respondí de mala gana saliendo del auto y tú me seguiste.

Era un día perfecto para pasar con amigos, el sol brillaba sobre nosotros y la diversión estaba a solo unos cuantos metros.

—Más te vale que valga la pena —gritó Rod desde el interior del auto antes de apagar el motor y reunirse con nosotros.

Caminamos hasta la entrada guiados por los banderines multicolores y la avalancha de niños corriendo lejos de la vista de sus padres.

—A que está genial, ¿no creen? —dije pensando que ese día la feria traía consigo más magia que la anterior, o quizás solo era mi buen humor.

— ¿Ves a tus amigas? —preguntaste acercándose a mí pero Rod se puso en medio de los dos, me preguntaba si siempre había sido tan sobreprotector o solo te odiaba.

—Deben estar en la carpa —dije señalando con el dedo el punto donde todos entraban—, esta vez debe dar inicio al show en vez de cerrarlo.

—Vamos —contestaste poniéndote en frente y enseguida me puse a tu lado dejando a Rod detrás.

El lugar estaba más lleno de familias con niños que la vez anterior, lo que significaba más ruidos y estorbos. En nuestro camino hasta el final de la feria pude observar los carteles de las tiendas a cada lado, allí seguían estando *«La tienda de las curiosidades»*, *«Ruffo, el rey del fuego»*, *«El ladrón de voces»*, *«Mayra, la muñeca de trapo»*, pero en ningún lado estaba Alessia, eso me desanimaba porque estaba ansiosa por preguntarle más cosas a la bruja acerca de todo lo que había vivido ese tiempo.

— ¡Miren eso! —exclamaste entusiasmado señalando una tienda verde—, hay una vidente.

— ¿Crees en esas estupideces? —se burló Rod cruzándose de brazos y mirándote con desprecio.

— ¿No me dirás que al menos no te parece divertido?

—Me parece estúpido —contestó volviendo a caminar en dirección a la carpa.

Yo te miré con vergüenza y me sonreíste antes de seguirlo.

La carpa estaba llena de gente, las luces tenues y enfocadas en el centro del lugar donde pronto aparecería el presentador del moño rojo. En seguida divisé a Kate en una de las gradas del centro, a unos metros y a su lado Lisa acomodándose los lentes y riendo avergonzada, no sabía de que reían pero me gustaba verlas felices.

—Llegué —grité junto a ellas adelantándome a ustedes—, pero no pude venir sola.

—Pensamos que no vendrías —contestó Kate entre sorprendida y fingidamente ofendida.

—Hola —exclamaste a mi lado y enseguida Rod apareció del otro, la cara de las chicas se transformó, avergonzadas y quizás enojadas conmigo por traerlos.

—Él es Alex —dije presentándote—, habíamos quedado y tuve que decirle que venga —continué mientras reía para que no te sintieras dolido, ahora me arrepiento—. Y Rod… fue obligado a venir.

Creía que aquella presentación le bastaría a Kate para no acrecentar más sus sospechas y di gracias de que no nombrara el supuesto trabajo que debíamos hacer juntos.

—Siéntense —dijo Kate simplemente, parecía más confiada y maleducada que de costumbre—, está por empezar.

—Lamento que se comporte así, es que está celosa de ti — murmuré en tu oído para que ella no oyera.

Ya estabas sentado a mi lado y al tuyo Rod ajeno a toda la situación.

—Está bien, es tu mejor amiga. Ya empieza —exclamaste y entonces todas las luces se apagaron.

La carpa quedó en penumbras hasta que el centró se iluminó justo encima del presentador.

— ¡Bienvenidos una vez más! hoy les traemos algo especial, algo que hará volar su imaginación y los convertirá en nuevas personas.

Pensando en sus palabras imaginé que saldría de allí sin ningún problema en mente y como nueva. Pero eso era imposible.

—Hoy les traemos sueños —dijo alguien desde las gradas y el reflector lo iluminó.

Era un chico vestido de rojo, parecía un guardia real, y en cuanto levantó los brazos y un trapecio se lanzó sobre él, lo tomó y salió despedido cruzando la carpa por los aires.

—Les traemos magia —gritó la misma trapecista que había visto aquella vez con Lisa.

Se lanzó desde la punta contraria que el chico e hizo el mismo recorrido hasta pararse en una minúscula plataforma.

La gente gritaba y vi como tú abrías los ojos con cada sorpresa, me divertía ver tu expresión.

El show continuó sorprendiéndonos con actos fugaces en momentos inesperados, gente que iba y venía por doquier, saltaba desde telas y barras de metal, colgaba de aros y hacía acrobacias en el aire hasta lanzarse al suelo en caída libre para ser atrapado por sus compañeros formando pirámides humanas imposibles. Sentía que estaba dentro de un circo de los años 20', incluso sus vestimentas imitaban dicha época.

Aquella presentación que nos dejó con las bocas abiertas finalizó con un acto de Ruffo, el rey del fuego, haciendo piruetas coreografiadas y acercándose al público peligrosamente.

— ¿Nunca se les habrá incendiado la carpa? —preguntaste asustado haciéndome reír.

Tras la apertura empezó el número de los distintos artistas y el primero fue el ladrón de voces, yo me achiqué en mi asiento para que no me mirara y fui afortunada porque la luz se posó justo sobre ti. El ladrón de voces no aceptaba un no como respuesta y te hizo pasar al frente para que leyeras unas frases escritas por él.

—Este circo es el mejor del mundo, jamás fui tan feliz —leíste pausada y aburridamente lo que hizo reír a más de uno, yo incluida—. ¿No le parece que esto es muy egocéntrico?

—No, niño —contestó el ladrón con tu voz lo que me dejó helada—. Tú lo dijiste no yo, es el mejor circo y no creo que ninguno de ustedes haya visto algo como esto antes.

Esperaba que aquello fuera obra de alguna tecnología porque

de verdad me parecía imposible que ese hombre fuera capaz de hacer aquello.

Tras pedirte que siguieras hablando finalmente continuó con otro voluntario y la luz se posó sobre Rod esta vez.

—No lo haré, prefiero los payasos —contestó él. Estaba sentado prácticamente solo y con cara de amargado.

—Quizás te saque una sonrisa —dijo el ladrón acercándose a él.

—No me causas gracia.

—Que aburrido. Está bien, cada uno elige su humor —contestó sin inmutarse y luego se dirigió al resto del público dándole la espalda a Rod—, pero recuerden que a veces ese estado les impide ver algunas buenas cosas que son capaces de hacerlos felices.

Rod se levantó y abandonó la carpa, no lo seguí pero todos se voltearon a verlo.

Tú volviste a mi lado sonriendo y seguimos viendo el espectáculo, el ladrón llamó a otros voluntarios y luego Mayra nos deleitó con su contorsionismo, incluso pudimos ver unos actos de magia de un mago clásico con conejo y todo. Y cuando llegó la hora de las acrobacias y trapecistas de nuevo, la trapecista que ya conocía pidió voluntarios y levanté la mano sin dudarlo movida por mi reciente valentía adquirida al ver tu valor.

— ¿Podemos ir juntos? —pregunté gritando señalándonos a los cuatro.

—Cuantos más mejor —contestó la trapecista sonriendo y ustedes me miraron enojados... ellas en realidad, tú parecías encantado.

— ¿Estás loca? —exclamó Kate por lo bajo furiosa mientras yo me levantaba.

—Yo no quiero ir —añadió Lisa claramente asustada.

—Lo haremos juntos y será divertido —dije mirándote en busca de apoyo.

—Vamos, ¿Cuándo volverán a tener una oportunidad como esta? —añadiste tocando mi hombro y aunque nos miraron poco convencidas se levantaron de sus asientos.

En cuestión de minutos estábamos sujetos a arneses, uno parado al lado del otro en una plataforma a metros y metros del suelo. La idea del acto era tirarse en caída libre mientras los acróbatas marcaban la dirección de la caída con unas cuerdas.

—Si no me muero hoy quiero que sepas que voy a matarte —soltó Kate a mi lado antes de tomar mi mano con fuerza y clavarme las uñas.

Todos nos tomamos de las manos cuando nos lo indicaron y yo cerré los ojos.

—Me agradecerás esta experiencia, ¿qué mejor manera de llenarte de adrenalina?

Tú te reíste y Kate suspiró enojada, Lisa por su parte no hablaba, estaba segura de que temblaba de miedo.

—Salten chicos, ahora —escuché que decía la trapecista a nuestra izquierda—. Estarán bien.

Los cuatro saltamos al mismo tiempo y sentí el aire golpear mi cara con fuerza mientras mi estómago saltaba golpeando el resto de mis órganos. Abrí los ojos. Y en ese momento me sentí bien. La vida estaba bien. La vida podía ser complicada pero no aburrida. Sí moría en ese momento al menos moriría con estilo.

Pero no morimos, por suerte para Kate, tampoco me mató, por suerte para mí. Salimos con el estómago revuelto y caminando como borrachos riéndonos nerviosos, Rod estaba a fuera parado junto al cartel que presentaba el show de la carpa, nos miraba con cara de pocos amigos, debía sentirse ajeno a nuestra aparente felicidad y amistosa diversión. Y empeoró cuando le contamos lo que se había perdido.

Tras nuestro acto de acrobacia todos estábamos más relajados y Kate parecía divertida por los chistes que hacías ahora que te sentías parte del grupo, incluso Rod pareció sentirse mejor luego de que Lisa le dirigiera la palabra mientras comíamos algo en una de las barras de hamburguesas y ensaladas, ese día todos parecíamos felices, incluso tuvimos unos momentos a solas cuando nos dividimos para ver las tiendas y nosotros fuimos a la de curiosidades.

— ¿No te arrepientes de haber venido? —pregunté mientras comía mi helado y caminábamos por las exposiciones de la tienda.

—No, tus amigas son divertidas y Rod puede serlo cuando baja la guardia —reíste—. Me sorprende que te ofrecieras como voluntaria en el show, no te imaginaba así aunque ya sabía que eras muy extrovertida… es increíble conocer a alguien que se arriesgue así por diversión.

— ¿Enserio? —pregunté recordando todas las veces que había hecho locuras en fiestas, arriesgando mi vida sin pensarlo—, pensaba que ser inconsciente estaba mal.

—No, es bueno ser confiado y arriesgado cuando sabes que tu vida no está en verdadero peligro, me gustó esa parte de ti.

Fuiste la primera persona que me hizo entender que yo no era una falla ni todo estaba mal en mí, quizás a eso se refería la bruja con estar enferma, debía curar aquello que parasitaba mi vida pero sin cambiar quien era realmente, y ser extrovertida y temeraria eran dos cosas que me gustaban de mí, solo debía encontrar la manera de convertir esas cosas en un servicio u algo útil para mí.

El día terminó perfectamente, volvimos a casa en el mismo auto recordando las anécdotas del día, incluso Rod se reía al contar como casi mata a uno de los acróbatas cuando se interpuso en su camino haciéndolo caer, pero se oscureció un poco al contar que la vidente le reveló un futuro trágico sin ningún detalle. Escuchar aquello me preocupó pero tú reíste diciendo que eran puras mentiras para el público, y el viaje continuo tranquilo y todos tuvimos náuseas por tanto dulce y movimiento del auto. Dejamos a todos en sus casas y Rod y yo continuamos hasta la nuestra.

—Al menos no desperdiciaste el día —Le dije animadamente ya que estaba de buen humor y eso no ocurría casi nunca.

—Sí... oye, quizás me equivoqué con Alex, parece buena persona aunque los rumores digan otra cosa —dijo con la mirada puesta en la entrada de la casa—. Pero no olvides a Matt por pensar en él, Liz. Todos fingimos ser ingenuos pero sé que te gusta... al menos un poco.

No contesté nada porque ya habíamos llegado y además me sentía como un niño al que descubren robando, pensaba que ese día nadie tendría sospechas pero había ido demasiado lejos, Rod tenía razón.

No hablé más con él, Alex, ya no tenía su confianza, sabía que no se arriesgaría en abrirse conmigo luego de abandonarlo siempre por otros aunque la relación estaba mejorando y ya no me miraba con odio ni evitaba mis palabras, era el mismo hábito que tenía con mis abuelos, rutina, comodidad, pero no había relación alguna más allá de compartir la casa y la sangre. Como dije al principio... ya no lo defendía cuando sus padres lo criticaban a sus espaldas, ese fue un error.

Pero no te escribo para hablar de Rod porque gastamos mucho tiempo hablando de él y de Noa, en especial aquel día... ese día al final de nuestra primera semana juntos, cuando tu hermano chocó con el auto.

Era domingo, era temprano pero me llamaste llorando, no tenías con quien hablar y sabías que nosotros éramos eso, un hombro para llorar, lo habíamos sido desde que me contaste lo que hacía tu padre cuando bebía y me dijiste porqué todos se habían alejado de ti por lo mismo. Te llamaron del hospital porque en casa de tu padre nadie atendía, no querías decirle a tu madre porque la habrías preocupado, aunque se enteraría pronto.

Noa era malo pero no había querido atropellar a ese perro, prefirió hacer una maniobra arriesgada y terminar estampado en el paredón de una vieja casa, el perro estaba bien… pero Noa estaba roto, literalmente.

Al llegar al hospital nos encontramos con que Rod ya estaba junto a su amigo sosteniendo su mano y en cuanto lo viste no pudiste contener las lágrimas, te lanzaste hacia él y tocaste su cara, estaba dormido, Rod te miraba con pena y luego me miró a mí. Rod era un buen amigo y por un momento olvidé que Noa no lo merecía, no los merecía.

— ¿Por qué todos llorando? En mi funeral quiero que todos beban felices —exclamó tosiendo Noa, en cuanto abrió los ojos.

—Podría ser tu funeral —afirmaste enojado secando tus lágrimas, habías olvidado la tristeza—. Ya no conducirás.

— ¿Y no puedo elegir cómo morir? —preguntó él riendo pero se calló, debía dolerle todo.

—Sabes bien que no querías matarte.

—Al menos el perro está bien —exclamó Rod riendo y Noa lo miró divertido.

—Maldito perro.

Noa siguió siendo tan malo como siempre después de eso pero supe que adoptó a ese perro en cuanto salió del hospital, quizás no era del todo malo. Solo sé que tu preocupación llegó al máximo esos días, el hospital era un desastre y tuviste que cruzarte con tu padre varias veces, tu madre iba de noche para no verlo y yo te acompañaba todas las mañanas. Kate no me lo hizo difícil esos días porque se dio cuenta de que me necesitabas como amiga y Rod estaba demasiado preocupado por entretener a su amigo, aunque yo temía que su relación volviera a ser tan tóxica como siempre.

—*Gracias por ayudarme estos días* —dijiste en cuanto le dieron el alta y estábamos yendo a buscarlo—. *Si no me hubieras calmado estoy seguro de que habría colapsado, no soy tan tranquilo como tú.*

Creo que esa frase me dio un propósito que me ayudó en los siguientes días cuando mi mundo colapsó igual que el tuyo y tú fuiste quien me tranquilizó esa vez.

No eran mis problemas exactamente pero si de personas a quienes quería, Kate estaba triste porque Sam dejó de llamarla y me recriminaba el no estar para ella cuando me necesitaba, tú estabas preocupado por tu hermano y yo porque Rod volviera a ser su amigo, y para empeorar todo una carta de papá llegó diciendo que la estaba pasando muy bien pero su madre se encontraba débil y cansada constantemente, quizás no tuviera que ver con su enfermedad pero de todas formas me entristecía.

Intenté ayudarlos en lo que pude pero todo se sentía

insuficiente, me hubiera encantado ser omnipotente y tener poderes en ese momento, encontrar la manera de meterme en sus cuerpos y absorber sus tristezas como con mi madre, pero no era posible. Por eso al final de aquella semana acudí a la única persona que pensé que sabría darme respuesta.

— ¿Puedo hablar con usted un momento? —Le pregunté al profesor en cuanto todos se hubieron ido, tú habías faltado ese día a la clase.

—Claro… Liz —dijo señalándome para que me acercara, me sorprendía que recordara mi nombre.

Su escritorio estaba completamente ordenado, era obsesivo en cuanto a organización se refería y dedicaba mucho tiempo a las clases, se notaba que le gustaba su trabajo.

—Espero no importunarlo, pero no sabía con quien hablar —empecé diciendo ya poco convencida de haber acudido a él—, ¿Qué se puede hacer cuando sabes que las personas sufren y no hay nada que puedas hacer para resolverlo?

—Que pregunta difícil —exclamó abriendo grande los ojos, había sido demasiado directa—, bueno si no se puede hacer nada no hay nada por hacer.

—Pero usted dijo que siempre hay que intentar apoyar a otros —dije un poco frustrada, me sentía traicionada.

—Liz, no se espera que ustedes arreglen el mundo, nadie espera eso de ti, solo se espera que no colaboren en destruirlo más. A veces las personas acuden a ti contándote sus problemas porque necesitan saber que estás ahí, no para que los salves sino para saber que seguirás ahí incluso cuando todo salga mal.

Y era cierto, intentar arreglar los problemas de los demás era imposible, si bien uno es el conjunto de sus actos a veces lo único que puede hacer es escuchar sin intervenir, estar sin opinar, tal como habías dicho… yo no había hecho nada más por ti más que estar para cuando me necesitabas, solo «estaba» y eso era suficiente. Yo no podía curar enfermedades milagrosamente ni hacer feliz en un instante a quien estaba perdiendo a un ser querido, no podía jugar a Cupido y arreglar corazones rotos, ni podía sacarle sonrisas a quien solo deseaba llorar, ni quería poder hacerlo, solo quería ser útil. Yo solo podía estar ahí para amortiguar su inminente caída y quedarme para ayudarlos a reconstruir lo que quedara de sus mundos tras esta.

Tú me ayudaste a ser útil y me ayudaste a entender que posiblemente aquello había hecho infeliz a mi madre… intentar salvarlos y darse cuenta de que era imposible, tal como yo había intentado esos días.

# Capítulo 21

El amor es aprender a sentir sin límite, sin tener que pensar dos veces las cosas. El amor es sentir no solo por esa persona sino por todas las que tenemos cerca.

Siempre viví adormecida, sin querer mirarme al espejo más que para criticarme cuando el dolor me sobrepasaba y no podía controlar el llanto, cuando lastimar mi imagen era más fácil que sentir el dolor de verdad. Jamás lo había pensado hasta que te conocí, pero enserio odiaba que me tocaran, el contacto con otros me ponía los pelos de punta y ni siquiera yo me encontraba a mi misma diciendo algo bueno de mí, supongo que nadie me ganaba en despreciarme, ni siquiera mis peores enemigos.

«Amor» es lo que siento por mí cuando te pienso queriéndome, Alex, ese es el mayor logro en todo este tiempo.

Por esa razón esta lección se llama «Sentir».

Fue unos días después de ir a la feria, antes de que Noa se accidentara y llegara la carta de papá, justo antes de que todos estuvieran tristes.

Decidiste que yo no conocía nada del mundo y tú querías mostrármelo, aquel viaje fue el comienzo de nuestras escapadas. No querías decirme a donde iríamos y aunque no soy fanática de las sorpresas yo tampoco quería saberlo; solo me pediste que le diera una excusa a mis padres, algo que me permitiera ausentarme la noche entera, créeme que no fue fácil idear un plan, mis abuelos no eran el problema sino Kate, desde el día en la feria que no me pedía explicaciones de mis salidas y aunque la notaba extraña no interfería en absoluto, no sabía si relajarme o sentir miedo de que explotara en cualquier momento.

—Liz, no sé si estará bien engañar a tus padres. Y no entiendo porque no puedo contarle esto a Kate.

—Sabes que se pondría pesada. —Me excusé con voz suplicante y mirándola con ojos de cachorro—. Rod necesita que vaya.

—Está bien, lo haré —cedió mirando hacia arriba—, pero si algo sale mal…

—Gracias, te debo una. —La interrumpí.

Claro que contaba con Lisa para que me cubriera, luego de

decirle que mi hermano, que al parecer le agradaba mucho, necesitaba que lo ayudara con un favor en la ciudad. Mentir fue mi fuerte toda la vida pero en esa ocasión no perjudicaría a nadie por hacerlo.

Luego de preparar el engaño y segura de que no me descubrirían, pues mi madre tenía toda su confianza, me dediqué a armar un bolso, elegir la ropa que llevaría y entretenerme intentando adivinar que estabas tramando. Jamás esperaría algo atrevido de tu parte más bien imaginaba algo divertido y emocionante.

— ¿A dónde nos llevas? —exclamé fingidamente alterada.

El auto de Noa, que tú habías tomado «prestado», olía a incienso, más bien era un aroma amaderado, pesado, dulce, olía a hippie… con cada bocanada se me revolvía el estómago. Ya era de noche y no había cenado nada aún porque estaba demasiado nerviosa, lo cual no era común en mí, y a juzgar por tu expresión podía imaginar que compartíamos el sentimiento.

—Ya verás, no pienso arruinar la sorpresa —contestaste sonriendo antes de poner una mano sobre mi rodilla, pocas veces te habías aproximado a mí de esa forma y aunque deseaba apurar las cosas me divertía sentir aquellos cosquilleos.

—Odio las sorpresas —dije apoyando mi mano sobre la tuya, no te inmutaste.

—Estoy seguro de que esta te gustará.

Me gustaba estar contigo, Alex, no importaba a donde fuéramos.

Estuvimos alrededor de una hora viajando, yo intentaba distraerme viendo los carteles del camino sin posibilidad de conocer nuestro paradero, también te obligué a jugar tontos juegos que te gustaron aun no entiendo porqué, y finalmente pasamos el rato haciendo preguntas sobre nuestros gustos, supe que tu color favorito es el rojo y amas los días de lluvia, te gusta escribir todo el rato y en cualquier lugar y eres bueno en miles de cosas porque tuviste más trabajos que años vividos… y de más joven te metiste en malas apuestas que te dejaron arruinado, y has escapado de problemas sin enfrentarlos, como todos… y te has arrepentido de cientos de cosas. Alex, creo que estabas listo para morir, creo que hiciste todo lo que una buena persona debe hacer para que Dios lo elija, yo te elegiría si fuera él.

—Llegamos —exclamaste en determinado momento, tan fuerte que abrí los ojos exaltada.

No podía ver nada, estaba demasiado oscuro y eso me

hizo intuir que estábamos en el medio de la nada. En cuanto encendiste las luces del auto me invadió una sensación de extrañeza, estábamos ante una pradera enorme y a nuestra derecha se alzaba una colina prominente, y lejos, muy lejos bajo la colina las luces de diminutas casas brillaban intensamente.

— ¿Aquí pasaremos la noche? —pregunté abriendo la puerta para salir, el aire me recibió cortando mi piel.

—No me digas que jamás acampaste —dijiste cerrando la puerta para dirigirte al baúl.

—Nunca —exclamé mirando el cielo.

Las estrellas en el pueblo se veían como jamás las vi en la ciudad, más bien se veían… pero nunca tan increíbles como en ese lugar, allí era mágico como parecían formar parte del negro fondo que todo absorbía, como pequeños hoyos en una tela por los que se filtra la luz que proviene de otra fuente lejana.

—Cierra la boca que te entrarán moscas —dijiste riendo mientras empezabas a caminar hacia la colina cargando con muchas cosas—, trae lo que queda.

Habías preparado todo tan detalladamente y quiero aprovechar este momento para agradecerte porque ese día no pude demostrar todo lo que hubiera deseado. Jamás se habían tomado tiempo para mí, ningún detalle considerado romántico, al menos no pensados para mí, quizás los clichés esperados entre parejas, pero eso fue especial. Una pequeña fogata y tienda improvisada, bolsas de dormir, comida y dulces… incluso colgaste unas luces en los árboles, todo era perfecto, creo que cualquier cosa se hubiera visto perfecta allí.

—Solíamos venir todos los años con mi familia —soltaste de repente mientras te sentabas a mi lado frente al fuego—. Noa era muy chico, seguramente ni lo recuerde, pero yo jugaba con la pelota por allá —señalaste un punto bajo la colina.

— ¿Eras feliz? —pregunté ya acostumbrada a hablar de temas importantes.

—Sí… yo también era muy chico y no entendía lo que pasaba.

—Tu padre —asentí recordándolo de repente. No podemos cambiar a las personas que no quieren cambiar, aunque eso ya lo sabes.

—Pero ahora podré recordar este momento y no esos —exclamaste cambiando tu expresión en un instante, entonces entendí que todos somos un poco falsos a veces.

—Gracias por traerme, necesitaba esto —contesté mientras tomaba el plato que me pasabas.

Habías hecho la comida y guardado para traerla y servirla, aun estaba un poco caliente y a pesar de mis nervios comí todo, te reíste de cómo no paraba de ensuciarme y yo me burlé de ti por cada tontería que contabas. En ese lugar y momento precisos me sentí feliz de existir y tenerte, aunque fuera solo un parpadeo en un mar de años, éramos nosotros, eras mío, exclusivamente, aunque ni siquiera hubiera nacido aun, aunque no supieras mi nombre, eras mío.

— ¿Por qué siempre dices que no eres divertida? —preguntaste de pronto llevándote a la boca lo último que quedaba en el plato.

— ¿Qué? —Me sorprendías siempre con tus observaciones, a veces pensaba que podías leer mis pensamientos.

—Siempre dices eso cuando me río por algo que dices o haces.

—Supongo que nunca nadie me dijo que era divertida.

Y eso era cierto, siempre destaqué por otros dotes muy diferentes al humor, mis amigos reían cuando estaban bajo la influencia de alguna sustancia, el resto del tiempo vigilaban y analizaban el momento perfecto para volverse más populares, más conocidos, aunque fuera por los motivos equivocados, y yo luché mucho tiempo por eso mismo intentando no desaparecer.

—Yo creo que eres muy graciosa —dijiste acercando tu mano a mí para apartar un mechón de cabello que cubría la mitad de mi cara—, deberías conocerte un poco mejor y no guiarte por lo que dicen.

—Es difícil, uno vive sin pararse a pensar, uno es así porque sí y muchas veces no sabemos quiénes somos hasta que otro nos describe.

—Pues deberías mirarte en las personas correctas.

Olvidándome un poco de todo apoyé mi cabeza en tu hombro mirando hacia las casas que cada vez desaparecían ante nuestra vista más rápido, y sentí como te congelaste sorprendido por mi actitud.

— ¿Y cómo sabes quienes son las personas correctas? —suspiré y me rodeaste con tu brazo.

—Por experiencia son esas personas a las que llamarías en situaciones que te superan, personas que se quedan cuando estás triste, las que te abrazan por más tiempo del necesario y sus abrazos no se sienten insuficientes, personas a las que les cuentas todo aunque no quieras y que sin importar porqué estés enojado siempre terminas olvidándolo cuando estás con ellos.

— ¿Por qué eres tan profundo? —reí sin dejar de pensar en tus palabras.

—Porque me cansé de decir estupideces que no me importan para nada —contestaste cambiando de posición rodeando tus piernas con los brazos, abrazándote—. Una vez un profesor me dijo que vivir es como escribir un libro, y los escritores solo escriben las escenas que son importantes, me dijo que si quería vivir bien no debía desperdiciar esas escenas haciendo y diciendo cosas que no me importaban.

—Era un buen profesor —solté imitando tu posición y recordando a mis propios profesores, esos a los que siempre ignoré.

—Era joven y en ese momento me pareció estúpido, si lo hubiera apreciado a tiempo quizás no habría desperdiciado tanto mi vida.

—Por lo que me cuentas estas cambiándola para bien, pero haces algo mal —indiqué mirándote como si fueras un niño—, te odias por tus errores, una vez alguien me dijo que primero debía saber perdonarme a mí para avanzar.

— ¿Quién te dijo eso?

—Un cura. —Recordé riendo.

Ambos reímos y te juro, Alex, que no me arrepentí de ninguna de las cosas que dije esa noche, por más que fueran charlas profundas y dolorosas, del tipo que no me gustan, te prometo que tus secretos estarán a salvo conmigo y te prometo que tú serás el único que conozca los míos.

La noche fue perfecta, en especial porque no me sentí juzgada ni un segundo, porque podía ser yo sin verme perfecta y se sentía bien, se sentía bien que me miraras sonriendo y aprovecharas cada oportunidad para tener contacto con mi piel, incluso sin aspirar a más. Amé ser tu amiga y divertirnos haciendo chistes, no sé cómo conoces tantos, amé caminar solo con el ruido de los grillos de fondo y oler la humedad que se colaba en las ráfagas de viento, amé dormir cerca de ti aunque separada por las bolsas de dormir y con el cielo de techo porque hacia suficiente calor. Aquella noche entendí que era cierto que no conocía el mundo, que había visto muchos techos pero todos tenían un color parecido y marcas distintas, pero ese techo... nada se parecía a él.

El siguiente creo que fue nuestro día más importante y esperé hasta este momento porque la noche del campamento fue la que me hizo desear tener más de ti, dejar de conformarme con tu amistad, pero el día que te recordaré ahora fue el que cambió todo en verdad.

Ocurrió unos días antes de que Noa saliera del hospital, en esos días en dónde estabas triste y el resto de planetas en mi sistema también empezaban a resquebrajarse.

Kate había tenido una pelea con Sam porque este no podría ir a visitarla pronto como había prometido, él se iría con su familia de vacaciones y al volver se prepararía para una mudanza, aun más lejos; yo intentaba calmarla, distraerla en el tiempo que no estaba contigo pero nuestros estados de ánimo no estaban en sintonía y más de una vez terminamos discutiendo. Por otro lado pensar en Rod también me molestaba, aquel tiempo no había mejorado y aunque ya no volvía a casa borracho todos los días si se notaba que su ánimo estaba terriblemente bajo, excepto por el tiempo que pasaba con Noa en el hospital, lo cual me preocupaba aun más.

Intentaba no mostrarme triste cuando estaba contigo aunque mil pensamientos rondaban por mi cabeza comiéndose mi felicidad y aunque intentaba aprovechar cada día al final siempre tenía ganas de llorar. Era poco el tiempo que nos queda juntos y con cada minuto papá estaba más próximo a volver, y todos eran infelices mientras yo estaba siendo clandestinamente feliz.

— ¿Estás bien? —preguntaste dejando de caminar.

Estábamos paseando por un parque cerca del hospital esperando entrar a ver a tu hermano, estábamos tomados de la mano, una costumbre que adquiriste días antes cuando me necesitabas para no derrumbarte, creo que eso te permitió acercarte más a mí sin medir consecuencias, aunque todo el tiempo repetías que no eras bueno para mí y que debía ser feliz y lo merecía... nunca dijiste abiertamente que me querías ni admitíamos estar saliendo.

—Sí, más o menos.

—Puedes contarme si quieres...

— ¿Me quieres? Digo... ¿crees que soy suficientemente buena? —exclamaste mirándote antes de sentarme en uno de los asientos de madera del parque, me imitaste y recordé a Nick y su intento por salvarme, ahora lo pienso de esa manera, quizás él quería ser mi héroe.

— ¿Para quererte? —preguntaste claramente nervioso y casi te pones rojo—. Liz, me gustas mucho...

— ¿Pero? Cada vez que hablas de tus sentimientos sin hablar realmente de ellos siento que solo tienes miedo de rechazarme, miedo de lastimarme, es como si le hablaras a una niña tonta que estúpidamente se enamoró de ti.

—Eres una niña —reíste haciendo que te dedicara una mirada de furia pero enseguida pasaste un brazo por mi espalda—, es que creo que ya estoy demasiado herido para ti, puedes ser más feliz...

Yo quería estar contigo y en ese momento era Anna la que hablaba pero si lo hubiera pensado mejor jamás hubiera dicho aquello sabiendo que no estaba en mi cuerpo real.

—Me gustas, y quizás si pueda ser feliz con otro...
— ¿Nunca me dejarás terminar, verdad? —reíste acariciando mi cabello y yo moría por abrazarte—. Quiero esto, enserio, y te propongo una cosa... quédate conmigo hasta que encuentres a alguien mejor y si no quieres eso entonces aléjate ahora.
No me moví ni un milímetro, estaba segura de quererte y eras la mejor persona que había conocido.
Tras ver mi reacción tu mano me acercó hacia ti y acariciaste mi nuca mirándome a los ojos con una extraña expresión que no sabría describir... y entonces acortaste la distancia y a centímetros pegaste tus labios a los míos, sentí tu nariz acariciando mi piel mientras mis brazos se dirigían instintivamente a tu cuello para abrazarte y te correspondí, te correspondí y luego te seguí abrazando porque no había nada más cómodo que eso, tu cuerpo, el mío y el silencio que lo decía todo, te abracé mientras una voz se apoderaba de mi mente: *« ¡No! ¡Basta!», «yo jamás le haría eso», «vete».*

«Ahora no mamá, estoy ocupada»

La controlé pero más tarde se vengaría apropiándose del cuerpo más horas que antes, me dejó desconcertada. Supongo que hacer cosas que ella no haría la hicieron manifestarse con mayor fuerza, toda esa semana fue un subibaja de emociones extrañas, pensamientos que iban y venían y momentos en donde no era yo quien tomaba las decisiones.

Alex, ese beso fue la mejor sensación de mi vida, los fuegos artificiales que sintió Kate al besar a Sam solo que para mí, que ya había tenido demasiados besos con luces y música de fondo, se sintió como un tiempo derrumbado, inexistente, un tiempo que solo tenía lugar para nosotros dos.
Besar a Mike jamás se sintió como besarte, yo dejaba que él me tocara, porque era lo que debía hacer, aunque nunca se sintió real, no se sentía como debía. Ni siquiera cuando me besaba soltando frases tan perfectamente robadas de algún poeta, no sentía mariposas ni temblores en las piernas como sentí contigo ese día, solo era una lengua rodeando la mía y entonces pensaba: «besa bien, pero ni siquiera me importa». Contigo no, tú besabas haciéndome sentir a salvo, querida y con la promesa de no dejarme sola nunca. Nunca habrá nadie mejor que tú.

Alex, debo confesarte algo, algo que ocurrió mucho después de nosotros, algo que me hizo darme cuenta de cómo marcaste mi vida, fue un sueño pero tan real que me desperté sonriendo. En el sueño era yo, yo ante el espejo de mi baño en la ciudad, en mi propia casa, desvistiéndome para meterme en el agua de la bañera, por primera vez no evité esa mirada furtiva en el espejo que antes solía recordarme el odio por ese reflejo. Por primera vez pasé el jabón con mis manos, intentando que mi cuerpo perdonara mis acciones, creo que jamás había pensado en que tan poco era capaz de darme... y lloré, quizás porque me sentía sola pero sabía que ahora si estaba a salvo conmigo misma, ya no necesitaba adormecerme cuando la mierda me tapaba por completo porque podía salir por mi cuenta. Ya no evito mi mirada, trato de mirarme con tus ojos, trato de pensar en que me dirías y entonces la vida es más feliz.

# Capítulo 22

El amor es felicidad y tristeza, es aprender a vivir de despedidas que nos destruyen, el amor es saber que un corazón sanado nunca será el mismo que antes de haberse partido, pero vale la pena arriesgarlo porque es la única manera de conocer lo que es sentir de verdad.

Me rompiste, Alex, y yo también te rompí, pero al menos sé que no te perdí para siempre, no como mi madre perdió a mi padre. Soy egoísta pero ni siquiera siéndolo pude salirme con la mía, esta será la última vez que te escriba, Alex, y por eso la llamaré «Despedidas».

Incluso luego de ese día tallando nuestra historia en el árbol, luego de habernos declarado felices juntos, luego de aceptar que arriesgarse podía ser bueno... incluso luego de todo eso yo seguía sin pensar en el final, el final que conocía, el final que sabía te iba a destruir. Empecé sin creer que podía quererte de esta forma, sin creer que podías enseñarme a vivir, y cuando me di cuenta ya era tarde, no podía dejarte ni decirte la verdad sin herirte, así que continúe sin pensar, hasta que el final llegó golpeándome la cara una mañana.

—Liz, arriba, cámbiate. —Me despertó exaltada la voz de Kate a mi lado.

Desde nuestro beso en el parque que las cosas habían cambiado, empezamos a vernos más lejos, por pedido mío, y a mostrarnos más cercanos, temía que todo el pueblo supiera lo nuestro, era lo más probable, y Kate había dejado de hablarme por completo, simplemente ocurrió, sin discusiones, sin reproches, era como si no nos conociéramos, hasta esa mañana.

— ¿Qué ocurre? —pregunté restregándome los ojos sin sorprenderme por su presencia, unos días de ignorarme no iban a cambiar nada.

—Vístete y ve a la sala, quiero hablar contigo —dijo y eso me hizo estremecerme, eran las palabras que usaba cuando era niña y me esperaba un regaño.

Tras decir aquello se marchó, me quedé sola en el cuarto y me vestí con lo primero que vi en el armario, así y sin siquiera mirarme al espejo, salí.

La casa estaba silenciosa, sin sonidos provenientes de la cocina en dónde la abuela siempre estaba preparando alguna cosa, ni sonidos en la sala, ni la televisión ni la radio encendida como cada los días que despertaba tarde.

Al llegar al salón noté que estaba a oscuras a pesar de la luz que entraba por las ventanas, solía ser muy iluminada y los abuelos odiaban estar en penumbras, muy diferente a la costumbre de mi madre.

Entonces sentí a alguien detrás de mí y unas manos se apoyaron sobre mis ojos desde atrás.

—Sorpresa —escuché que decía mi padre justo antes de darme vuelta a verlo.

Encendieron las luces y allí estaban los demás, estaban sus padres, y Todd saltando para saludarlos, estaba Kate e incluso Rod comportándose mucho más amistosamente que siempre, lo cierto era que en los últimos días su humor había mejorado, y aunque seguía haciendo de las suyas al menos no estaba peleado con medio mundo.

—Hola —exclamé sorprendida pero feliz y salté a abrazarlo.

No me malinterpretes, Alex, era mi padre y mi tiempo con él también se estaba agotando, a diferencia de ti yo sabía que él si iba a irse para siempre.

Papá me abrazó por largo rato, largo rato que usé para oler su perfume y sentir las pocas gotas que aún caían de su cabello, de seguro se había bañado antes de visitarme, sentía sus brazos rodeándome y me pregunté cuando tardaría en dejarme él también. Despedirse no es fácil y tú lo sabes, odio las despedidas, jamás tuve que dejar atrás a nadie que me hiciera bien, mi vida no era feliz antes pero si era constante, supongo que así es para la mayoría hasta que llega a una edad donde las despedidas son inevitables.

—Vas a ahorcarme —exclamó separándose de mí y acarició mi cara con sus nudillos, me recordó a ti—. Te extrañé.

No sé porqué, seguramente no era yo, era mamá, empecé a sentir lágrimas que invadían mi visión y papá me miró extrañado, no era felicidad, era culpa y tristeza, era mi madre expresando que yo era una basura.

*«Vas a matarlo», «jamás me perdonará», «vete»*

Cada vez su voz se oía más clara, cada vez tenía menos dudas de que era ella, era su voz, era su llanto, empezaba sin aire e iba en subida hasta que se apagaba y descontrolaba su respiración.

Todo se oscureció y ya no podía hablar, no estaba respirando.

«Respira»

—Respira —escuchaba que decía papá pero apenas era una mancha frente a mí.

—Liz —gritaba la abuela a mi izquierda, o derecha, no sabría exactamente.

Sentí como tomaban mi mano dirigiéndome a otro lado, un sillón, estaba completamente a oscuras, ya ni una sombra, ni un color, solo negro y voces distorsionadas que hacían eco y giraban alrededor de mi cabeza.

— ¡Basta! —grité, gritó…

Entonces desaparecí, desaparecí igual que siempre que tomaba control del cuerpo, pero no fue igual que siempre, esta vez podía verla y oírla, gritaba pero nadie me escuchaba, era ella y yo estaba recluida dentro suyo, desvaneciéndome.

Todos la miraron extrañados y su visión estaba clara, sus rostros mostraban preocupación pero le dieron espacio.

Se levantó del sillón en donde me habían sentado y se dirigió a donde se encontraba papá y lo abrazó.

—Te extrañé —soltó, con esa voz que ya sonaba mía, no podía sentir nada, solo podía observar.

—Yo también, ¿estás bien? Deberías sentarte, debe haberte bajado la presión.

—Estoy bien —dijo, y se volteó a ver a todos, supongo que estaba sonriendo.

Luego los abuelos se acercaron a saludarla y ella también los abrazó, y luego a Kate, retorció su cabello alrededor de su dedo y lo miró como extrañando el contacto, imagino que todo ese tiempo estuvo en mi lugar creyendo que jamás volvería a hablarles con libertad total.

— ¿Estás bien? —preguntó Kate tomándola de los hombros.

—Sí —rió mamá—, gracias.

Después se dio vuelta a donde estaban sus padres, los miró un momento y luego los abrazó dejando de lado a Rod que se encontraba a su lado, él tocó su hombro y ella se alejó para acercarse otra vez a papá.

—Te amo —le susurró al oído y lo besó.

Yo me sentía tan lejos de la escena, ni siquiera podía hacer que ella me escuchara en su mente. Las horas pasaron, horas de almuerzo todos juntos y miradas raras, algunos pensarían que era hipócrita, otros que volvía a ser aquella persona que creían extinta.

Habló con todos y cada uno de ellos, recordando anécdotas que ya eran viejas, intentando que olvidaran mi existencia.

—Qué bueno que estemos juntos otra vez —exclamó mamá feliz con su suave voz característica, idéntica al día que me alejé de ella antes de escapar al pueblo.

Estaban ella, papá y Kate sentados en una mesa de la cafetería, aquella que les pertenecía a mi madre y abuela, estaban solos porque mamá no quiso buscar a Lisa a su casa por más que Kate se lo propusiera, ella no le insistió, era común que mi madre respondiera así, después de todo casi nunca hablaba con Lisa.

— ¿Qué esperabas? —preguntó papá bebiendo de su tasa, extrañaba poder hablarle y sentir su mano sobre la mía.

—Cierto —contestó ella simplemente bajando la vista a sus manos.

Debía sentirlas frías, tenía los dedos entrelazados y se escarbaba los pellejos del pulgar con la uña de su opuesto, notaba su nerviosismo, debía pensar en ti, en lo que yo había hecho contigo.

— ¿Cómo lo pasaste? —le preguntó Kate a papá, esperaba que ella no le contara nada a él, era imposible que le hiciera eso a mi madre—. De seguro te la has pasado recorriendo lugares.

—Sí, fuimos a lugares históricos —empezó diciendo ya sin mirar a mi madre—, recorrimos restaurantes y cafeterías, barrios tranquilos con casas lujosas y parques enormes, no importaba a donde fuéramos siempre había gente y emoción en todas partes, nada de pararse a saludar a conocidos... obviamente éramos uno más de miles.

—Te encanta parecer invisible —rió Kate.

Entonces entendí, mamá sabía perfectamente lo que sentía Kate por papá y ella jamás se sentiría suficiente para él, por alguna razón, quizás su forma de ser tan callada y pensativa, ellos dirigían la conversación y reían y gritaban, mientras ella se guardaba las acotaciones y observaba su reflejo en la ventana.

*«Es cuestión de tiempo»* Oí que pensaba sin poder contestarle y sabía a qué se refería... es cuestión de tiempo para que me deje por ella, o quizás por otra.

Al final mi intervención solo la había alejado más del mundo, pero no había aprendido a ser como yo por su cuenta, porque estaba segura de que eso era lo que quería, ser como yo, ser como ellos.

—Deberíamos ir a casa —soltó papá, y mamá levantó la vista—, quiero ver a Todd.

—Sí —accedió mamá mirándolo, pero él no la escuchó.

—Sí —exclamó Kate sonriendo y mirando a mamá.

Los tres se levantaron y salieron de la cafetería dirigiéndose a la casa de mi madre, papá la tomaba de la mano y acariciaba con su pulgar, ella lo miraba atenta a cada movimiento, no sabía si se había enterado por mí culpa de su muerte o si sería así siempre, pero como fuera era invisible, completamente.

Papá siguió relatando su viaje y contando anécdotas, hasta que llegó a la parte en donde la abuela se empezó a sentir mal, se enmudeció y mamá apretó su mano para luego apoyar la cabeza en su hombro, él la miro sonriendo débilmente.

Llegaron a la casa y al entrar Todd los recibió enloquecido, la bola de pelos corría de un lado al otro como si le hubieran dado una descarga eléctrica.

—Llegaron —dijo la abuela recibiéndolos y tras saludarla se colocaron en la mesa.

—Estábamos hablando de ustedes —canturreó la madre de Kate, sentada junto a su marido, debían de haber llegado un rato antes.

— ¿De nosotros? —preguntó Kate sentándose frente a su madre y los demás junto a ella.

—Sí, de que Liz se quedará en el pueblo y tú irás a estudiar a la ciudad, quizás veas a tu novio allá, quien sabe. —Clara impacientaba a Kate siempre que hablaba de la ciudad—, Dina dice que hay lugares hermosos allí.

Kate no contestó y su madre no esperaba que lo hiciera.

—Tranquila, al final harás lo que tú quieras. —Le susurró mamá al oído mientras los demás hablaban, aquello me llamó la atención.

— ¿Y Rod que tal está? —preguntó el abuelo.

—Volvió hace poco, luego de irse por días —murmuró mi abuela para que Rod no escuchara. De seguro seguía en su habitación.

—Rod... tengo que hablar con él —exclamó papá para que solo nosotras lo escucháramos.

Enseguida se levantó de la mesa y se dirigió a su cuarto para buscarlo, nadie lo siguió ni llamó su atención, más tarde supe que había ido a disculparse por lo sucedido en la fiesta ya que jamás tuvo oportunidad de hacerlo, Rod lo recibió bien, sobrio y calmado, luego desapareció y no volvió hasta casi terminada la tarde.

Se sentía extraño ver todo como un espectador, bueno... más o menos era lo que mi madre hacía incluso con el control de su cuerpo, pero no la hacían menos por eso, era ella quien se sentía así. Papá le prestaba atención a cada palabra que decía, cuando la escuchaba, y la miraba enamorado, Kate se reía cada vez que intentaba hacer un chiste, pero en soledad hablaba mal de sí misma, incluso cuando todos la elogiaban, yo sentía que ella quería ser rebelde, correr y salir de allí sin mirar atrás, gritar e insultar a todos, pero no podía y seguro que ni siquiera ella entendía porque deseaba esas cosas, supongo que simplemente soñaba con hacerse escuchar, que la notaran porque fuera imposible no hacerlo y no solo porque le tenían cariño. Estaba casi segura de que mamá no quería irse del pueblo, era demasiado cobarde, sin despreciarla, ella solo quería hacer feliz a papá, y ese era un error.

Hubo un tiempo donde odié a mi madre por no estar para mí jamás, por no cuidarme, pero ¿cómo juzgar a alguien por no saber hacer algo?, ella no sabía cuidarse a sí misma, ella de seguro seguía sintiéndose indefensa incluso siendo adulta, incluso siendo madre. Pero de todas formas no quiso alejarme de su vida, aun cuando yo le recordaba todo lo que había perdido, no me dejó con mi abuelo para que creciera preguntándome porqué me había abandonado, aunque si crecí preguntándomelo, ella no lo sabía.

Su mente era frágil, toda ella lo era, o al menos eso creía, quizás por eso deseaba estudiar psicología, para poder «arreglarse».

Por alguna razón mamá intuía que pronto sería recluida otra vez en la cárcel que yo ocupaba, sabía que ese tiempo con control había sido un regalo, no hubo momento en donde me sintiera más intrusa que entonces, y me sorprendió cuando se dirigió al baño y se miró en el espejo con esa mirada helada que jamás olvidaré, no era maldad, era seriedad.

—No sé quién eres ni por qué me ocurre esto, quizás esté loca y seas una de mis posibles muchas personalidades dormidas, no lo sé, pero sabes demasiado y actúas demasiado diferente a mí. Si acaso no estoy loca y eres algo poseyéndome quisiera saber porqué, pero cómo nunca hablas entonces solo diré que puedes tomar el control, les caes mejor que yo.

*«No»* grité y al fin logró escucharme, lo noté por su expresión en el espejo. *«Ellos te aman a ti»*

—Tú voz, si eres una chica… y tienes tu propia voz —soltó ya un poco más asustada.

*«Tranquila… no quiero tu vida, solo quiero ayudarte»*

No podía decirle que era su hija del futuro porque parecía no saberlo y era mejor que siguiera siendo así.

— ¿Ayudarme cómo?

*«Solo quiero que seas más feliz, arreglo tus relaciones para que sepas lo que ellos necesitan»*

— ¿Relaciones? ¡Hiciste que engañara a mi novio! y peleara con mi mejor amiga.

*«Pero te ayudé con tu hermano y tus padres»*
No podía justificar lo nuestro, Alex... pero algo es algo.

—Lo de mis padres está bien, pero Rod era innecesario.

*«No es cierto, lo lastimaste, es una buena persona. Podría ser quien te escuche cuando no le hablas a nadie»*

—No tenemos una relación, nunca hablamos.

*«Gracias a mí sí, con él no tienes que ser falsa... ya que no te importa»*

— ¡No soy falsa!

*«Eso dices frente al espejo pero con ellos no eres así. Rod puede ser como esto y Alex, puede ser tu amigo si lo dejas»*

—Lo besaste, arruinaste todo con Matt.

*«No arruine nada, si no quieres conocerlo entonces no lo veas más pero es muy buena persona y tú tienes pocos amigos»*

—Pues lamentablemente no soy buena eligiéndolos.
Sabía que se refería a aquellas populares tontas y sus novios, pues sí mamá, mala elección.

*«Rod estuvo ahí cuando ellos te lastimaron»*

—Para meterse en peleas siempre está presente.

*«Para defenderte, para apoyarte, incluso cuando lo odias»*

— ¡Basta! —gritó y se marchó.

No me habló más ese día pero yo seguía observándola, noté

que al llegar Rod a casa lo miraba fugazmente viendo que entre ambos las cosas habían mejorado, lo miraba sin que yo entendiera su intensión, sintiendo que quizás nuestra charla había tenido algún efecto en ella, lo suficiente como para quitarle la atención a papá.

Fue así que algo ocurrió, algo que yo no hubiera esperado; mamá siguió a Rod por las escaleras cuando este se dirigía a su cuarto y abrió la puerta al llegar a la habitación, Rod no estaba había salido por la ventana, su escondite favorito, ya lo imaginaba yo sentado en el techo, botella en mano mirando la calle.

*«En la ventana»* exclamé esperando que me escuchara.

Mamá caminó hasta ella y miró al exterior, levantó la vista instintivamente y fue a sentarse a su lado.

— ¿Podemos hablar? —preguntó ella tímidamente sin que él la mirara siquiera— ¿Qué haces aquí?

La vista seguía siendo igual que aquella noche en donde nos volvimos algo así como amigos, me preguntaba si seguiríamos siéndolo de no ser por mi culpa.

—Me gusta el silencio.

—Quien lo diría —exclamó ella, ojalá se haya dado cuenta de que con él no era la misma que con los demás, era más auténtica.

— ¿Por qué es tan sorprendente? —contestó Rod mirándola sin enojo—, pensaba que ya me conocías lo suficiente como para no sorprenderte.

—Sí...

— ¿Para qué viniste? —preguntó con la botella en la boca y luego se la tendió, ella la rechazó y se cruzó de brazos.

—Necesitaba preguntarte algo —contestó con un hilo de voz.

—Hace tiempo que no hablabas tan bajo —rió él—. Suéltalo.

—El año pasado —empezó diciendo y sentí que se acercaba una pelea—... ¿Porqué lo hiciste?

—Pensé que ya lo sabrías —suspiró decaído mirando hacia abajo—. Por ti. Siempre me pareció extraño que no te dieras cuenta que te seguía a todas partes, incluso siendo una niña cuando otros te molestaban yo siempre estaba ahí, pero nunca me veías... yo me encargaba de que no lo hicieras, pero esperaba que sí.

— ¿Por qué? —preguntó mamá extrañada.

—Porque eres mi hermana, es mi trabajo protegerte, aunque no quieras, y aunque yo sea bastante malo haciéndolo.

—Pero nunca hablamos.

—Pero cuando éramos niños sí, nos llevábamos mal pero luego todo volvía a estar bien, hasta que un día dejó de estarlo. No te culpo, Liz, yo me volví despreciable —dijo para luego volver a darle un trago a la botella.

—No creo que seas despreciable, creo que tenía razón...

— ¿Quién?

—Nada... solo que quizás yo también soy despreciable, todo este tiempo trabajé para que me quisieran, pero creo que terminé desapareciendo.

—Al menos puedes volver a aparecer, estás haciendo un buen trabajo, lo mío es irreparable.

—Porque te esfuerzas para que lo sea.

—Es la única forma de mantener mi autoestima alta —sonrió congelando su vista en la calle.

—Créeme que pronto todo se arruinará peor para mí.

— ¿Por qué?

—Alex —contestó ella lo que me hizo desear gritar en ese instante.

— ¿Qué te hizo? —preguntó Rod con esa mirada que solo significaba problemas.

Mamá no contestó, su mayor error, solo lo miró como analizando sus ojos, lo miró triste, con culpa, culpa que él interpretaría de otra manera.

Aun no entiendo cómo funcionaba ese sistema de conciencia, porqué justo en los momentos importantes yo me apagaba por completo.

Luego de la charla con Rod mi mundo se volvió oscuro, literalmente, mamá estuvo sola en su cuerpo un largo rato, hasta que alguien tocó la puerta y Rod abrió, entonces volví a tomar el cuerpo.

— ¡Vete! —escuché vagamente que gritaba Rod frente a una persona.

Estaba volviendo de un mareo y apenas si podía concentrarme en lo que ocurría a mí alrededor... entonces te vi, Alex, estabas frente a él y te había golpeado en cuanto abrió la puerta, de seguro armando una historia en su cabeza luego de hablar con mi madre.

— ¡No! —grité aun confundida corriendo hacía ustedes sin advertir que papá y Kate estaban mirando también.

—Basta Liz —exclamó Rod deteniéndome con la mano y sentí que papá se acercaba por detrás, Rod no se dio cuenta.

— ¿Qué ocurre? Solo quería saber si estabas bien, no supe

nada de ti hoy —exclamaste tan paciente como siempre incluso después de que te golpearan sin razón, y me sentí morir.

— ¿Quién es? —susurró papá en mi oído, yo ya estaba temblando.

—Vete, Alex —dijo Rod sin gritar esta vez pero no reaccionaste—. Ya no puedes verla, tiene novio, lo que sea que pensaste lo malinterpretaste.

Noté como papá se acercaba más a mí y la tensión aumentaba, pero ver tu cara de tristeza me daba más dolor aún.

—Entiendo —contestaste sin defenderte mirando a papá y luego a mí.

Fuiste lo mejor que tuve y fuiste a quien más decepcioné, Alex, créeme que no quería eso, no pensaba que te lastimaría tanto hasta que me enamoré de ti. Hay muchas formas de perder a las personas, y tú me perdiste de la peor manera al saber que nunca me tuviste realmente.

Ni siquiera luego de saber la verdad, al saber que todo ese tiempo te había mentido, ni siquiera entonces me delataste, no dijiste nada, aceptaste la culpa de todo y te vi levantar la vista y caminar hacia tu bicicleta con el corazón en mil pedazos y el orgullo atragantado.

Al cerrar la puerta tuve que lidiar con otro corazón roto, incluso más roto y vacío que el tuyo. Papá me miraba sin mirarme, no sabía nada pero por mi cara lo entendía todo y eso le dolía más.

— ¿Por qué debes meterte en dónde no te llaman? —Le grité a Rod una vez en silencio—. Por eso te odian, ¡no quiero verte!

—Entonces ya no lo harás —dijo simplemente.

No lo decía enserio pero tampoco iba a retractarme, lo que conseguí fue que Kate y Rod se fueran de la casa y Rod no volviera esa noche, no había ningún adulto presente, no sabía dónde estaban, así que estábamos papá y yo solos, dolidos por motivos diferentes y distanciados como nunca.

— ¿A qué se refería Rod? —exclamó papá acabando con el silencio. Me hablaba como se le habla a un niño que hizo una travesura, me sentía insignificante.

—Nada —solté sin saber que decir y sin rastros de culpa, más bien era enojo porque era la mejor forma de no sentirme una basura.

—Ya no puedes mentir, Liz —suspiró triste—. Hace semanas, meses, que siento que algo cambió en ti, pensaba que era por todos los cambios, por terminar la escuela… pero no imaginé que era por nosotros.

—No es por nosotros —exclamé con un tono de voz similar al de mi madre.

— ¿Entonces solo me engañaste por qué sí? —contestó tragando el odio.

No quería contestarle, no quería que me odiara así que salí corriendo, huyendo hacia el auto de Rod que afortunadamente estaba estacionado afuera.

Papá me tomó por el brazo con fuerza y me hizo retroceder para luego poner la mano sobre la puerta del auto.

— ¿Por qué tienes que huir? Siempre te quedas callada —dijo levantando la voz y sabía que no era a mí a quien le hablaba sino a mi madre.

—Quizás ese sea el problema, quizás ya no quiero quedarme callada pero debo hacerlo.

— ¿Por qué? ¿Huir resolverá las cosas?

—No lo sé, pero necesito esto, porque no quiero que me odies y si me quedo lo harás —grité con ganas de llorar, no era yo… era ella y cada vez tomaba más control del cuerpo.

— ¿Crees que no lo hago ya? Siempre logras fastidiarme, pero aun así sigo aquí. Hablar contigo a veces es como hablar con una pared, no sé lo que piensas y no sé si me cuentas todo tal como yo lo hago, te hablo y solo te quedas ahí como si vieras a través de mí sin escucharme, cuando se que por dentro te encantaría insultarme o decir que no estás de acuerdo.

Peleaba como intentando defender su vida, como si yo fuese capaz de destruirla en un pestañeo, llevaba la rabia en la boca sin saber que mi corazón estaba en su mano, que con un solo apretón podría haberlo hecho añicos. Quizás sí lo sabía, quizás no quería hacerlo y por eso sentía que tenía su perdón incluso antes de hacerlo enojar. Papá solía hacer eso, perdonar a las personas antes de que lo decepcionaran.

—Jamás podría insultarte…

— ¿Sabes por qué no le caes bien a las chicas de tu escuela? ¿Por qué Rod no te habla?, no es porque les caigas mal o porque hayas dicho o hecho algo malo, es porque no tienes el valor para defenderte, para mostrarte, no sabes decir lo que quieres.

— ¡¿Y si no se lo qué quiero?! —grité aturdida.

—Entonces averígualo, porque los que si lo sabemos despertamos cada día con miedo a que descubras que no somos lo que quieres.

—Eso no podría pasar —Pero ya había pasado.

— ¿Cómo lo sabes? ¿Y si despiertas un día odiando tu vida? No se puede volver el tiempo atrás, Liz. ¿Qué es lo que quieres? —preguntó para luego gritarlo— ¿Qué quieres?

Entonces mi vista se nubló y mi madre peleó por salir con

todas sus fuerzas, sentí que arrancaba mi alma de su cuerpo pero solo me recluyó en el fondo de su mente un momento.

— ¡Dejar de ser perfecta! —gritó mamá con la voz deformada—, quiero descansar y quiero dejar de sentirme invisible.

—Entonces deja de intentarlo. Te seguiré queriendo incluso si te das cuenta de que no me amas, incluso si no me eliges.

—Claro que te amo, no podría elegir a otro, eres lo único de lo que estoy realmente segura.

No sé cómo interpretó papá esa conversación, no sé qué pensó de ti, Alex, no sé cómo olvidó aquello, solo sé que perdonó a mamá inmediatamente y la abrazó hasta que finalmente volvió a su casa, nada estaba bien pero a la vez todo estaba mejor, y yo me quedé pensando en el auto de Rod, sabía que había cometido los peores errores ese día y debía arreglar las cosas contigo así que fui a buscarte al único lugar que se me ocurrió, nuestro árbol.

Allí estabas, en medio de la oscuridad, parado mirando el cielo, pensando quizás en derrumbar los planes que tenías conmigo, intentando no odiarme.

Al conocerte pensaba en que no podía darte todo porque podría quedarme sin nada y yo tendría que seguir viviendo incluso con el corazón roto, pero ningún argumento fue suficiente, solo quiero que entiendas que al final si te di todo.

—No deberías estar aquí —exclamaste al verme acercándome a ti.

—Necesitaba despedirme. Estoy muy avergonzada —admití.

— ¿Sabes?... estás loca y puedes ser insoportable, pero eres adorable… aunque ya no sé quién eres —Aquello último enserio me dolió.

—Solo tú podrías decirle adorable a una chica sin obtener una bofeteada a cambio —te reíste incluso sabiendo que era yo quien la merecía, pero no me lo dijiste.

—Debes irte, Liz, se nota que es un buen chico, para que este contigo debe serlo. Me alegra que tengas a alguien así, de verdad.

—Lo sé… tú también lo eres, aunque creas que no, me has enseñado más cosas de las que crees.

— ¿Enseñarte? No necesitabas eso —exclamaste mirándome por primera vez.

—Yo creo que sí —contesté acortando las distancias, deseaba besarte una última vez—. Te extrañaré.

—Yo también, sabía que tarde o temprano pasaría pero no

pensé...

—No pensaste que sería por esto. —Te interrumpí—. Lo siento, no quería lastimarte, ni a él, supongo que ya era tarde para decírtelo cuando pensé en hacerlo.

—Me hubieras ahorrado quererte.

— ¿En verdad? —pregunté sintiendo mi corazón desvaneciéndose.

—No, no la verdad. —Al decir eso te acercaste a mí y cuando pensé que ibas a besarme sentí tus brazos rodeándome y continué el abrazo hasta que me soltaste y tocaste mi mejilla por última vez—. Tienes el cinturón de Orión en el rostro —exclamaste tocando de a uno cada lunar que desde siempre solía odiar—: Alnitak, Alnilam y Mintaka.

—No entiendo —dije confundida.

—Son los nombres de cada estrella y las tres están en tu rostro, no lo había notado.

—Son solo defectos —solté sin recordar que aquel era el cuerpo de mi madre, porque sí, yo también los tengo justo en el mismo lugar.

—Claro que no...tienes el centro de un cazador marcado en tu piel, eso te guiara a un buen lugar.

—Estás loco —reí.

—Quizás un poco, estrella —dijiste mirando el fondo de mis ojos, como buscando olvidar algo.

No eres el tipo de chico que besaría a la chica que tiene novio, no eres el tipo de chico que podría aceptar un beso de despedida, ni yo lo merecía. Entonces te metí en la camisa una pequeña carta que había escrito en el auto y te alejaste sin notarlo, supuse que a buscar tu bicicleta.

— ¿Nunca volveré a verte? —grité a metros de ti y te volteaste a verme con una sonrisa inesperada.

—Al contrario, quiero estar siempre en tu vida. —Eso me tomó por sorpresa y debo decirte que aquella promesa me permitió volver a casa en paz.

*Alex,*

*Imagino como debes sentirte en este momento, como si tu mundo se derrumbara un poco luego de haberse reconstruido, lamento ser la culpable de lo primero, pero me hace feliz ser la culpable de lo segundo. Mi pecado siempre será ser egoísta pero no me arrepiento de haberte conocido, con esa forma de ser tan locamente auténtico, con esa forma de ser negativo sin ver que eres realmente más de lo que crees. Eres mucho más de lo que crees y sin duda eres mejor de lo que fuiste alguna vez, siéntete orgulloso de eso, porque lo lograste solo.*

*Posiblemente no quieras saber nada de mí pero será la última vez que sea egoísta y me permita no ser olvidada, no quiero que olvides nuestras cosas, nuestros pequeños momentos y el agridulce «fuimos», fuiste mucho para mí, Alex, pero jamás pienses en lo que podríamos haber sido, eso no existe, de hecho es imposible incluso en las mentes más fantasiosas, pero créeme que hubiera sido feliz eligiéndote.*

*Solo espero que nuestros caminos vuelvan a coincidir algún día y entonces seas capaz de reconocerme en otros ojos, quizás con las palabras extrañas que tanto te gustan y que me has enseñado estos días.*

*Sé feliz y perdónate por haber sido malo alguna vez porque ya no lo eres, no mereces ningún castigo.*

# Capítulo 23

¿Saben cómo se siente un corazón rompiéndose? Yo diría que es como un montón de pedazos de vidrio roto impactando en una sala vacía, suena como un chirrido que te hace cerrar los ojos de pronto, como un sonido que sientes en los dientes...

Muchas personas crecerán para que otros les rompan el corazón muchas veces, creerán que una pareja puede hacerlo, creerán que un amigo puede hacerlo, que un divorcio, un despido, una traición...

Pero yo no creceré para que me rompan el corazón de esa forma, porque son puras mentiras.

Para que un corazón se rompa debes despertar un día sintiendo impotencia, sintiendo una energía recorrer tu cuerpo, una energía que te pide saltar de un balcón sabiendo que es la única forma de solucionar algo... algo que no puedes remediar, sin perdones, sin dedicación, sin estudio...

Así desperté yo ese 9 de Mayo de 1997, un día antes de que él desapareciera para siempre, justo después de una pelea, y justo después de sentirme la peor persona del mundo.

Durante la noche soñé que volvía a casa y que mamá había encendido todas las luces, soñé que Kate ya no era nuestra vecina y aunque era nuestra casa no estábamos en la ciudad, sino en el pueblo.

A veces los sueños son impredecibles, extraños, locos; los psicólogos dicen que estos reflejan nuestros deseos inconscientes incluso cuando soñamos algo malo, yo pienso que de ser así las personas que tienen pesadillas todo el tiempo serían masoquistas, tal vez todos lo somos, puede que disfrutemos nuestro propio sufrimiento porque eso nos hace sentir más vivos, no lo sé, solo me gusta pensar que podemos controlar todo lo malo que nos pasa, me gusta pensar que todo tiene un sentido bueno que es difícil de ver, pero que ahí está, siempre.

Al abrir los ojos noté que ya no tenía tiempo. No estaba en el cuarto de mi madre, no estaba en su casa sino en un pequeño departamento oscuro, en una cama matrimonial, sola. Noté que llevaba puesta una camiseta vieja y un pantalón con más costuras que tela; me levanté despacio temiendo lo que podía encontrar a través de la ventana, era un gran ventanal y detrás de él, la ciudad, toqué el cristal escuchando como el metal se golpeaba con el vidrio, un pequeño aro dorado quemaba mi dedo imperceptiblemente, mis padres ya estaban casados, los años habían pasado volando en una noche, años desconocidos para mí, perdidos, consumidos, gastados...

Ahora entiendo un poco más la vida, y la frase de «no dejes para mañana lo que puedes hacer hoy», lo cierto es que el día anterior había arreglado algunas cosas y otras las había estropeado, como Rod y nuestra pelea, la discusión con papá y el dolor de Alex, hechos que con ese nuevo día estaban más lejos que nunca, incapaces de ser reparados ya.

Tras mi sorpresa al despertar y sentirme desorientada escuché un familiar toque en la puerta principal del departamento y con un nudo en la garganta y envuelta en sábanas fui a abrir.

— ¡Kate! —grité al ver su rostro, maduro y más parecido al de mi Kate, la abracé soltándome a llorar aunque quise contenerme, ese nuevo cuerpo era más débil, lo podía sentir casi adormecido, cansado.

— ¿Estás bien? —preguntó siguiendo el abrazo—. Apenas nos vimos ayer.

—Te extrañé —dije sonando demasiado infantil y así me sentía, por un segundo deseé estar en casa—... ¿y Matt?

La pregunta me asustaba a pesar de que sabía que aún quedaba un día.

—Está trabajando —dijo cortante, su luz había empezado a apagarse, lo notaba en sus ojos que ya no tenían la chispa de los días anteriores y en su sonrisa forzada. ¿Por qué con los años la felicidad se desvanece sin sentido? No creemos que eso es posible cuando somos niños, nadie nos avisa que estamos hechos para fingir que todo está bien, cuando no es así.

—Bien —dije igual de cortante que ella y me senté en una silla que había ahí mismo.

Era un departamento muy pequeño, con una habitación cerrada y un baño minúsculo, la cocina, la cama y la mesa junto con dos sillas estaban todas juntas en la sala, casi sin amueblar.

—Hey —exclamó Kate tomando mi mano sin sentarse—, todo saldrá bien, se recuperarán.

— ¿Qué pasó Kate? —pregunté sin detallar nada esperando que me dé información relevante por sí misma.

—Crecimos, hicimos cosas muy abruptamente. ¿Sabes? Cuando Matt te pidió matrimonio pensé que estarían comprometidos un largo tiempo mientras las cosas mejoraban en el negocio de su padre, pero todo fue más rápido de lo que creí.

— ¿Cómo?

—Bueno, esperaba que se quedaran más tiempo… por Dina, pero entiendo que ya no podían quedarse más. Yo todavía sigo de novia y espero seguir así un largo tiempo, claro que ustedes ya habían tenido suficiente de eso —rió y enseguida se levantó para caminar hacia la cocina a preparar café.

En ese instante mi mente colapsó y me sentí como una anciana con Alzheimer que está condenada a revivir el dolor de una pérdida olvidada, ni siquiera había podido despedirme de la abuela, ni siquiera fui yo quien la abrazó el día anterior por última vez, al menos no conscientemente, y ahora… sin saberlo estaba más que convencida de que ella ya no estaba.

—Cometimos grandes errores —exclamé con la mirada vacía pensando que todo se había repetido y nada podía arreglarse, ya no.

—Querían una vida propia —dijo tratando de tranquilizarme mientras apoyaba las tazas contra la mesada.

— ¿Para qué empezar de cero si estaban bien? —grité enojada.

— ¿Quiénes?

—Nosotros.

—Liz —dijo con un tono que no podría describir—, lo hecho hecho está, no podemos cambiarlo.

— ¿Para qué viniste?

—Matt me llamó, ya no quiere pelear más, dice que estas desbordada, que te enfermas constantemente y eso no es bueno.

— ¿Qué me enfermo? —pregunté extrañada mirándola con los ojos bien abiertos mientras se sentaba a mi lado.

—Sí, eso es algo que pasa cuando estas demasiado preocupada. Discuten sobre su futuro ¿cierto?

—Supongo.

—Me contó que quieres dejarlo. Puedes contármelo. —Aquello era horrible, entendía que mi madre se sintiera tan mal, tan acorralada pero seguía sin entender como era capaz de tirar tantos años a la basura.

— ¿Sí? ¿Te contó?

—Sé que es difícil, no me puedo ni imaginar cuanto, pero él te ama.

— ¿Y qué hay de ti?

—Yo estoy más que feliz con Sam —dijo sonriendo—, después de que él volvió a la ciudad se hizo difícil, tú lo sabes, cuando volvió a aparecer y me sorprendió con mudarse al pueblo, eso es algo que jamás pensé que pasaría.

—Todos merecen un final feliz.

—Yo creo que deberían aceptar la oferta del padre de Matt —sugirió mirándome como a una niña.

— ¿Qué oferta?

—La de ir a vivir a su casa, al menos un tiempo hasta que consigan un buen trabajo y un lugar para instalarse mejor que este —dijo señalando el departamento—. Además a él le haría bien la compañía, no sabes lo triste que ha estado este tiempo.

—Creo que lo mejor sería volver —contesté sin pensar en lo que decía, el abuelo estaba triste y perdería a su hijo sin poder despedirse ni una vez.

— ¿Realmente lo crees? Estoy tratando de convencerte hace meses pero siempre me dices que no quieres dar el brazo a torcer, que solo lo hacen para demostrar que ustedes no son capaces; pero yo creo que intentan ayudarlos. Tus padres te ayudarían si se los pidieras.

—Sí, lo sé. Estoy tan perdida.

—Entiendo, son demasiadas cosas, han tenido mucha mala suerte pero creo que después de esto viene lo bueno.

— ¿Y si no es así? —solté mirando la taza frente a mí, tomar café parecía ridículo, estar allí sentada con Kate era ridículo sabiendo que papá solo tenía unas horas...

—Tendrán que dejar su orgullo y volver al pueblo, nadie se reirá por eso, lo intentaron, lo intentan, no es su culpa que las cosas estén así, es difícil tener un lugar en la ciudad viniendo solos de un pueblo tan chico. Y con Anna...

— ¿Anna? —pregunté con sorpresa haciéndoseme extraño escuchar mi nombre en sus labios.

—Sí, con la bebé sus gastos crecieron, creo que sería mejor para ella estar en otro ambiente, y a ustedes les vendría bien un tiempo a solas.

No fue hasta entonces que recordé mi existencia. Dicen que dos versiones de uno mismo no deben juntarse en una misma línea temporal o desatarán una paradoja, creo que esto desde el principio fue extraño... y nada más extraño, que verte a ti mismo de bebé.

—Tienes razón...

—Has dormido todo el día, Matt dice que es por esas pastillas que tomas por el insomnio, no creo que sea bueno, Liz. —Me advirtió dándome a entender que mi aspecto era deplorable.

Kate se quedó a mi lado el resto de la tarde mientras yo miraba las manecillas del reloj girar sin que la puerta se abriera con ninguna de sus vueltas. Necesitaba ver a papá, debía gastar el poco tiempo que me quedaba con él y sabía que escapar o negarme a creerlo no me daría más tiempo, solo me dejaría sin nada.

— ¿Dónde te hospedas? —pregunté en cuanto Kate se

despidió de mi. Ya era de noche.

—En un hotel a unas cinco cuadras, llámame si necesitas algo, toma —dijo dándome una tarjeta del hotel—, cualquier cosa, lo que sea.

—Sí, estaré bien. Voy a esperar a Matt.

—Él llega muy tarde del trabajo, tal vez sea mejor esperar hasta mañana para hablar con él. Pero háblale, todo mejorará.

Me dedicó una mirada triste y entonces la vi salir por la puerta, dejándome sola, o más bien con mi otra versión pequeña de compañía. No sabía a qué se refería Kate con llegar tarde, ¿cuánto era tarde?, ya era tarde.

Me acosté en la cama dispuesta a no dormir, aunque era complicado que lo hiciera luego de tantas noticias, solo deseaba desaparecer.

A pesar de mis intentos por imaginar escenarios felices hasta que llegara papá y contenerme de llorar al imaginarlo mucho mayor, a pesar de todo eso me quedé dormida; y los sueños que tuve se cargaron de fantasías, nubes flotando frente a mí como neblina, luces y sonidos angelicales, luego una puerta, luego una silla...

—Hola otra vez, Anna. —Escuché una voz a lo lejos, pensé que era un sueño hasta que abrí los ojos cuidadosamente luego de apretarlos con la mayor de las fuerzas, veía todo salpicado de colores rojo, verde y amarillo pero gracias a Dios seguía en el mismo pequeño departamento, solo habían pasado unos minutos.

—Usted —susurré sin ánimo ni sorpresa, era la bruja, ante mí como una visión, se veía nublada y extraña, como una alucinación borrosa.

—Lamento esto —exclamó compasiva—, no tenía otra opción, tu madre ya tenía mucha fuerza y pronto habrías desaparecido.

— ¿Desaparecer? —pregunté nerviosa aferrándome a las sábanas.

—Fue demasiado tiempo y la subestimé, si no te sacaba de ahí habría terminado por absorber tu alma y nunca regresarías.

Aquello sonaba demasiado retorcido pero lógico después de la última lucha que tuvimos por ocupar el cuerpo.

—No entiendo —solté aún medio dormida intentando tocarla pero algo me lo impedía. Sus ropas eran blancas y resplandecientes, incluso su piel, más pálida, parecía iluminarse cada vez que enfocaba mi vista.

—Ya sabrás que día es —dijo tranquila ignorándome, me preguntaba si alguien más podría haberla visto en ese momento.

—Sí…

— ¿Sabes cómo ocurrió? —Sabía que se refería a la muerte de mi padre, me incorporé y dirigí mi mirada a la ventana donde la noche ocupaba todo y la calle se escuchaba totalmente vacía.

Jamás había tenido que escuchar lo que le dije esa noche a la bruja, jamás tuve que decirlo en voz alta.

—Sí… mamá quería irse, el último tiempo peleaban demasiado, me tomó y guardó algunas cosas, se fue antes de que papá volviera del trabajo… él llegó y seguramente leyó la nota de despedida que ella había dejado, corrió por la calle buscándola… estaba tan desesperado que no escuchó el auto… no escuchó…

»Nadie imagina que puede pasarle algo así a uno, nunca pensamos que esas cosas les pasan a personas que conocemos. Kate lo encontró, ella lo vio en el suelo y ya lo sabía antes de que se lo dijeran, ella sabía…

»Siempre imaginé la sangre, por años era una sombra y luego un cuerpo y luego solo un cadáver… y —Ya no podía respirar, nunca le había contado aquello a nadie, jamás había tenido que pensar en eso mientras lo conocía, y ahora… justo antes de perderlo debía recordarlo así.

—Lo siento, —Me interrumpió y la miré con la cara hinchada de lágrimas queriendo salir—, pero sabes que la muerte es lo único que no puedes cambiar, eso y los nacimientos.

—Yo esperaba que sí —exclamé contando mi deseo en voz alta porque era lo único que me había mantenido en pie todo ese tiempo desde el inicio—, esperaba quedarme en casa, evitar que ella se fuera.

—Este tipo de viajes no permite que intercedas en esas cosas. Puedes cambiar a las personas si estas te lo permiten, puedes vivir cosas, pero no puedes salvar a nadie, es una regla, Anna.

— ¿Entonces para que me trajo? —grité sin querer, mirándola con furia.

—Después de todo lo que viviste pensé que ya lo sabrías.

—Creo que sí, pero…

—Ya no puedes vivir para los muertos, Anna. Estas viva y debes aprovecharlo.

Tras decir aquello un brillo inundó la sala y Alessia desapareció, su voz quedó como un eco rebotando en las paredes.

Así entendí que es cierto que a veces solo puedes quedarte a observar y eso es suficiente, pero incluso si no lo es debes conformarte.

Papá llegó realmente tarde, a las dos según lo que marcaba el reloj que estaba encima de la puerta y sin ponerse ni siquiera el pijama saltó a la cama hundiendo su rostro en la almohada, me extrañaba que pudiera respirar, pero así era.

Tenía muchas cosas que preguntarle, muchas cosas que quería hacer antes de despertar, pero entonces se dio vuelta mirando el techo y supe que ya no era el mismo, su sonrisa había desaparecido, sin contar los cambios de todo su cuerpo, ya no era un acto reflejo como antes, parecía olvidado, perdido, era otra persona por completo, comprendí que había una única cosa que quería hacer y era quedarme ahí, mirándolo, memorizar por última vez el color exacto de sus ojos, el brillo de su pelo, la curva de su boca que ahora solo se arqueaba hacia abajo, su perfume que seguía intacto, y por último, la forma en que su pecho subía y bajaba mientras respiraba.

— ¿Por qué siempre me miras? —preguntó sin despegar la vista del techo, no entendía por qué a veces tenía esa maldita costumbre de no mirar a los ojos, eran pocas las veces que podría verlo y él simplemente no me miraba.

Jamás he mirado a las personas a los ojos, excepto cuando podía conseguir algo con ello, pero esa noche entendí que poder ver es un privilegio, sentir es un privilegio, y aunque las mejores cosas de la vida se hagan con los ojos cerrados yo deseaba poder abarcar todo con mi mirada, para recordar cada detalle.

—Porque no puedo darme el lujo de no hacerlo, el tiempo se agota y no quiero olvidarte.

—No vas a hacerlo —exclamó sin cambiar de posición—, estoy aquí.

—Lo sé —sollocé con un nudo en la garganta mientras ponía mi cabeza en su pecho, porque no podía hacer nada más por retenerlo.

—No voy a irme si eso crees —dijo seriamente sin moverse.

—No lo sabes.

—Sí lo sé, tenemos problemas pero vamos a superarlos —explicó más calmado pero todavía serio y tocando mi cabello como siempre.

—Tendríamos que volver al pueblo, podríamos empezar de cero, las cosas irían mejor.

—No —articuló con enfado—, siempre quisimos estar aquí, sé que es difícil estar sola todo el día, lejos de tu familia mientras yo trabajo. Pero todo irá bien, confía.

— ¿Y si nos sigue yendo mal? ¿Seguirás buscando excusas para quedarte? —inquirí levantándome para verlo, no deseaba pelear pero quería que él estuviera en paz antes de que todo terminara.

—Claro que no —dijo endureciendo su rostro—, pero

intentaré seguir, no renunciar.

— ¿Hasta cuándo? Nos estamos hundiendo y no quiero ver cómo te destruyes. —Nada iba a cambiar la historia ni el hecho de que moriría, pero necesitaba saber que por lo menos en aquel tiempo había sido feliz, sin dolor, sin preocupaciones.

—No me estoy destruyendo estoy intentando que tengamos una vida, nuestra.

—La vamos a tener donde sea si estamos juntos, no necesito que vivamos en la ciudad, lejos de todos, lejos de nuestro pasado. ¿No fuiste feliz allí?

—Claro que sí pero los cambios son necesarios. No todos fueron momentos felices allí tampoco. —Aquello me recordó a Alex y eso que para mí había pasado hace un día, lo que para ellos había sido hace más de una década.

— ¿Y por qué tantos cambios de golpe? Tal vez se necesitan cambios, pero solo cambios buenos, y estos ya no son buenos. No éramos así —grité por no poder hacer que entrara en razón.

—Todas las parejas pelean.

—Sí, pero no todo el tiempo. No somos nosotros, es la situación.

—Eso es negación.

— ¿Las peleas empezaron aquí? —pregunté, odiaba que fuera tan cabeza dura.

—Sí, ¿y eso qué? Peleamos porque nos casamos.

—Un papel no cambia las relaciones, si peleamos cuando antes eso no pasaba no es porque nos casamos, es porque nos alejamos de todos, elegimos los empleos equivocados, el lugar equivocado. Fue un error irnos, tendríamos que haber aprendido a ser adultos primero.

—Ahora hablas como mi padre, él al igual que tus padres y todos en el pueblo decían que éramos muy jóvenes para casarnos, muy jóvenes para vivir juntos, muy jóvenes para preocuparnos por otra persona además de nosotros mismos, —estaba recordando lo que había pasado—, ¿no recuerdas por que nos fugamos?, lo hicimos porque estuvimos mucho tiempo de novios y crecimos rápido teniendo millones de planes, planes que nuestros padres y ese pueblo se encargó de destruir, ellos no querían....

—No digas que no querían que estuviéramos juntos. —Lo corté seriamente—. Solo querías escapar, como siempre.

— ¿Ahora es mi culpa? ¿Solo yo quería venir? Si volvemos estaremos con todos esos hipócritas que nos sonreirán y hablarán como siempre pero que solo piensan en que hagamos lo que nos dicen.

—Eso no es cierto, nuestros padres nos aman y puede que

creas que están destruyendo tus planes pero solo querían que fuéramos felices.

—Bajo sus órdenes. —Me cortó. Podía entenderlo después de todo no eran mis padres, quizás si lo hubieran sido habría estado de su lado.

—No, esperando, aceptando su ayuda, como la que ahora nos están ofreciendo. Los hipócritas solo quieren tu infelicidad, quieren quitarte todo lo que tienes de la forma más horrible y cruel posible; fingen quererte, fingen que les importas porque saben que cuando los desenmascares solo intentarás defenderlos e incluso protegerlos de aquellas personas que los señalan para ayudarte, pero no puedes verlo hasta que te conviertes en otro de los tantos que señalan a un hipócrita. Nuestros padres no son esa clase de personas, ellos quieren que estés a salvo.

—Tal vez no quiero estar a salvo, tal vez solo quiero caer y levantarme solo.

—Deberías tener más cuidado con lo que deseas, porque puede que un día caigas demasiado bajo y nadie pueda sacarte.

No era fácil que él entendiera el tamaño del problema, porque no sabía lo que yo sabía, no tenía idea de que tener esperanza no era suficiente. Tal vez pensara que al conseguir el trabajo correcto, o amueblar la casa, o tener fe y dejar de discutir haría que sus problemas desaparecieran, pero no podía decirle que al día siguiente moriría, no podía decirle que nos dejaría solas.

Entonces entendí, no sé porqué, que la abuela seguiría siendo «La mejor madre del mundo» aunque estuviera muerta y su hijo también, su padre seguiría siendo su padre, Kate siempre sería su mejor amiga, mamá tal vez no sería su esposa porque cuando alguien fallece los papeles que los unen dejan de tener valor, pero siempre sería el amor de su vida, sabía que lo era, y yo sería siempre su hija, aunque no pudiera verme crecer, porque yo necesitaba que los lazos que nos unían fueran mucho más fuertes que la muerte. Estaba segura de que así era porque incluso luego de morir él seguía estando en todas partes, en el cuarto de mamá y en sus pequeñas flores azules cada vez que se encerraba pensando en él, conmigo cuando hablaba sin obtener respuestas verdaderamente suyas, con el abuelo en su casa, en su ropa, en cada silla y pared, y con Kate cada vez que intentaba hacerme un poco más feliz y fingía no ver que él ya no estaba. Porque lo amo y no importa donde esté, yo siempre seré un pedazo de él.

Y por esas razones es que no importaba cuanto discutiéramos o cuanto intentara hacerlo entrar en razón, ninguna justificación podía ser suficiente si no le decía que se le agotaba el tiempo, y no iba a hacerlo. Pareciera que fui egoísta y decidí quedarme con él en vez de encontrar la manera de que pudiera despedirse de los que lo amaban o hacer posible lo imposible y salvar su vida... soy egoísta y no soy estúpida, la bruja ya me había dejado en claro las reglas y en cierto punto tenía razón, incluso con magia uno no puede jugar a ser Dios, y yo solo soy una persona.

Así que a pesar de las discusiones y los gritos, al final de la noche terminamos comiendo una cena improvisada, juntos, porque aunque los años pasaran no estaban rotos del todo. Hasta que se levantó de la cama para ir al cuarto, ya había ido otras veces desde su llegada pero yo me resistía a verme a mí misma; esa vez lo seguí y al entrar noté algo familiar, el cuarto estaba totalmente a oscuras y pequeñas velas lo iluminaban escasamente, en una punta había una pequeña cuna con un bebé que era yo, lo cual era de lo más extraño y siniestro. Papá la levantó en brazos, y digo «La» porque decir Yo sería confuso, estaba muy tranquila, al parecer no era de esa clase de bebés que se la pasan llorando y chillando todo el día.

—Que suerte que se me ocurrió esto, ¿no crees? —me preguntó refiriéndose a las velas—. Es la única forma en que duerme ¿no es así, cariño? —dijo haciéndole muecas a la bebé, entonces pensé que tal vez esa era la razón por la que mamá insistía en usar velas, para tenerlo cerca y tal vez también como un símbolo de que él estaba conmigo y seguía haciendo aquello por mí.

Papá agarró su cámara, la misma que mi madre le había regalado y le sacó una foto a la bebé luego de ponerla devuelta en su cuna; yo solo sonreía, sabía que lo extrañaría y sabía que esa bebé que entonces reía al ver como su padre escondía su cara detrás de esa cosa, se convertiría en mí en unos años y cuando llegara a mi edad pasaría por eso mismo, aunque pensándolo así es un círculo vicioso y no lo comprendo del todo.

— ¿Qué ocurre? ¿Estás triste? —preguntó papá al verme perdida en mis pensamientos.

—No, es solo que al verlos pienso en como el tiempo para amar se acaba.

—El tiempo se acaba, el amor no, Liz.

—Te quiero —dije saltando a sus brazos y así nos quedamos un largo rato. La discusión estaba ya olvidada.

Tras volver a la cama, luego de verme dormir pacíficamente y resignada a perder a papá, nos acostamos y me quedé dormida pensando en que aquel hombre que recién estaba conociendo poco a poco desaparecía, quizá no hubiera un mañana en ese sueño, pensaba en que tal vez esa sería la última vez que lo vería, en cierta forma quería eso puesto que era doloroso imaginar que debía irse él primero, prefería que fuera al revés... aunque también quería estar allí, cerca, cuando las luces se apagaran por completo, era lo mínimo que podía hacer por él, era la única despedida digna.

# Capítulo 24

Despertar nunca fue difícil, hasta ese día. No creo que nadie jamás haya tenido la oportunidad, o desgracia, de saber la fecha de muerte de un ser querido, a menos que fuera una eutanasia programada. Las despedidas son difíciles y más sabiendo que ese mismo día será uno de los peores de tu vida, yo esperaba no tener que ver morir a mi padre con mis propios ojos.

Esa mañana desperté muy temprano; me levanté y abrí las cortinas, caminé por la casa hasta que tomé valor para ver a mi otra versión moverse en la cuna como un cachorro con pesadillas, y luego de atenderla un momento volví a la sala... no sabía qué hacer, no tenía nada para hacer más que ver a papá dormir y memorizar sus posturas y su respiración, el tamaño de su cuerpo, ya mayor, y la forma en que sus facciones se habían endurecido con los años. Verlo tan cambiado era extraño pero se parecía más a la visión que siempre imaginé de él, más a mi padre y menos al adolescente, posible amigo, que llevaba viendo ese tiempo. Mi madre por otra parte estaba casi igual que siempre, era fácil asimilar su cambio en el espejo porque a ella no la perdería en cuestión de horas y después de todo estaría allí para ver cuando su cuerpo siguiera cambiando y más líneas se marcaran en su cara. Papá por su parte quedaría congelado en el tiempo siendo eternamente joven.

Estando allí, mirándolo soñar y sin que un solo ruido llegara a mis oídos, me quedé pensando en las despedidas, en cuál es la mejor despedida cuando no hay posibles «hasta luego».

He llegado a la conclusión de que la única forma de despedirse para siempre es simple y consta solo de tres pasos:

1. Decirle a esa persona que la quieres.
2. Demostrárselo.
3. Abrazarla por última vez.

Sencillo, complicado, de la forma que se vea no deja de ser importante, e incluso si tuviera la oportunidad de decirle verdaderamente quien soy nada hubiera cambiado, hubiera hecho lo mismo que hice ese día.

Mi plan de último día con mi padre era bastante improvisado, solo una salida al cine en familia, nosotros tres, un plan que hace tiempo habíamos pospuesto, tenía ganas de ver una película con él, o quizás no quería pensar en que ya no tenía la opción de posponerlo.

— ¿Al cine? ¿Hoy?, pero más tarde debo ir al trabajo, me lo pidieron el miércoles —exclamó papá al contarle mis planes, ser adulto podía poner a cualquiera ansioso, en especial un adulto sin dinero.

—Es sábado, iremos los tres y será divertido... luego puedes irte pero al menos disfrutemos el día. —Notaba que se había levantado de buen humor y era mejor que siguiera de esa forma— Tú eliges la película...

Sonreí mostrando todos los dientes y poniendo cara de cachorro hasta que no pudo contener la risa y desistió en sus intentos por convencerme de quedarnos en la casa.

—De acuerdo, pero mejor que no te arrepientas de eso...

—Mientras no sea de acción —contesté cruzándome de brazos y luego él siguió con sus cosas.

Yo me quedé pensando en cómo mejorar el día hasta que fuera hora de salir y lo primero que se me ocurrió fue preparar algo para comer, para ver si las enseñanzas de la abuela habían dado resultado.

— ¿Compraremos dulces en el cine? —pregunté desde la cocina mientras él leía un libro en la cama, la receta estaba saliendo mejor de lo esperado.

—Cuesta mucho, ¿no crees? —respondió y lo noté algo nervioso.

—Es cierto —dije sin más—, que bueno que subieron el precio de las golosinas.

— ¿Por qué? —exclamó extrañado y aquello me hizo reír.

—La gente estaba demasiado gorda para entrar en las butacas.

Y quizás no fuera mentira, esa era la razón o simplemente los cines habían dejado de colaborar con los dentistas que luego arreglaban los dientes de los cinéfilos.

Aquello no alteró mis planes, me dediqué a hacer unas golosinas caseras mientras papá cargaba a la bebé en la sala y le cantaba canciones tontas, que yo estuve tarareando todo el día después de eso. Lamentaba que todos esos recuerdos se hubieran perdido en mi mente prematura, olvidados para siempre, era lindo ver como él se alegraba con solo ponerme en sus brazos hablándome como si lo entendiera.

Luego de comer nos alistamos para ir al cine y yo decidí vestirme lo mejor que pude, por suerte el guardarropas de mamá estaba más actualizado entonces y pude poner en acción mis conocimientos de moda, además de un poco de maquillaje y una cepillada a ese cabello que tanto lo necesitaba. Terminé por usar una camisa con unos jeans ajustados y un saco beige a tono, unas botas y un bolso que encontré por ahí.

—Te ves hermosa —soltó al verme con los ojos bien abiertos y las manos en el cochecito de la bebé.

Entonces pensé que mamá había dejado de sentirse hermosa porque él ya no estaba para decírselo.

—Tú tampoco te ves mal —reí bromeando al ver su ridícula camisa, sus gustos habían cambiado mucho.

—No te burles, se que la odias —rió y luego se giró hacia la puerta—, ¿vamos?

—Sí —respondí casi sin voz y me aferré a su brazo mientras él llevaba el cochecito hacia la puerta.

Ese barrio me era desconocido aunque más familiar que un pueblo, el ruido y los bocinazos llenaban el lugar, las construcciones, los gritos de la gente, las tiendas abarrotadas, extrañaba mi hogar pero prefería estar con papá, saber que podía hablar con él e ir al cine, me preguntaba como hubiera sido mi vida con él en ella, que consejos me habría dado cuando me molestaban en la escuela, que cosas me habría enseñado, como sería mamá con él… como habría sido yo con él.

—Es un día perfecto —exclamó papá mirando el cielo.

—Es verdad, que bueno que salimos —añadí dándole un golpe en el brazo y el rió.

—Bueno, es que a veces olvido que hay que descansar.

—Para eso están los días como estos —contesté empujándolo para cruzar la calle antes de que nos atropellara un camión.

Al llegar al cine enseguida nos pusimos en la fila para comprar las entradas, todos parecían felices y a medida que avanzábamos sentía cada vez más el dulce olor de las palomitas y el caramelo. Papá pagó las entradas a escondidas porque no quería que supiera que película iríamos a ver y luego avanzó por la sala donde ya muchos hacían cola para comprar dulces, lo vi detenerse a revisar su billetera y hace un gesto de desagrado casi imperceptible.

— ¿Qué ocurre? —pregunté ya sabiendo la respuesta.

—Nada, vamos.

—Apurémonos antes de que los empleados se pongan a revisar mi bolso —exclamé guiñando un ojo mientras le mostraba el interior de este.

Los dulces que había hecho estaban en pequeñas bolsas desparramados por doquier y papá se limitó a contener la sorpresa cuando notó que un empleado se acercaba.

—Sala 4, ya empieza la función —exclamó el hombre, perdido dentro de una camiseta de la empresa tres tallas más grande que él, al vernos nos dio un trillón de propagandas sobre películas en cartelera y descuentos.

—Rápido —susurró papá en mi oído divertido.

Nomás entrar en la sala noté que la película que veríamos debía ser bastante aclamada, puesto que estaba lleno de gente y tuvimos que correr por nuestros asientos antes de que se ocuparan los lugares cerca del pasillo.

Delante nuestro una mujer de gran tamaño parecía acalorada, y con razón, lo que se habían gastado en construcción se lo habían ahorrado en ventilación.

Tomé el millar de papeles que el empleado nos había dado y formé un abanico improvisado, no estaba del todo mal aunque jamás fui experta en origami, Kate había intentado enseñarme una tarde pero yo jamás pude memorizar los dobleces, lo único que había aprendido de ella era a dibujar tejados y hacer algunos puntos de crochet.

—Disculpe —exclamé tocando el hombro de la mujer que estaba justo frente a mí—, ¿quiere? —pregunté con la voz más gentil que encontré ofreciéndole el abanico, esperando una posible burla puesto que su rostro denotaba seriedad.

—Muchas gracias, olvidé el abanico en casa, nunca se sabe cuando se necesitará uno —rió tomando mi manualidad y sonriendo, no parecía la misma mujer con cara seria de segundos atrás—. Qué bonita bebé tienen, espero que no se asuste con el ruido.

—De hecho suele dormirse cuando venimos al cine —intervino papá—, es extraño pero por alguna razón no es un bebé usual…

—Es una ternura —soltó la mujer mirando el bulto envuelto en mantas dentro del cochecito.

La película comenzó diez minutos después de llegar, y tras algunos anuncios finalmente apareció el título en pantalla, *La vida es bella.*

— ¿No podías elegir una película menos deprimente? —chillé en su oído, no quería molestarlo pero era suficiente con recordar que pronto se iría.

—Dicen que es muy buena…

Recordé a tiempo que claramente ellos no la habían visto, pero yo sabía bien como terminaba.

Dos horas estuvimos sentados escuchando murmullos y llantos contenidos, exclamaciones de sorpresa y silencios de terror. Yo permanecía invadida por pensamientos horribles, felices, esperanzadores y dolorosos, me aferré al asiento para no salir corriendo aunque solo tenía ganas de apagar mi cabeza y dormir. Papá por su parte miraba con los ojos cristalizados la escena final, no con tristeza sino con ese sentimiento de paz mezclado con desesperanza, un sentimiento que te provoca la muerte cuando la vida sigue de alguna forma, porque la vida siempre sigue.

Los aplausos inundaron la sala y la gente empezó a salir por las puertas.

—Cuando murió Todd —exclamó papá sin mirarme, luego de un largo tiempo en silencio—, me sentí culpable por no haberlo hecho más feliz, tú me dijiste que ser amado era suficiente para ser feliz y yo lo amaba mucho. —A ese punto su voz comenzó a quebrarse—. Cuando mamá murió, sentía que la había decepcionado, que no había estado con ella lo suficiente, y tú me dijiste que nada iba a hacer que se sintiera suficiente... Siempre has estado para mí, y te amo, y nada se siente suficiente, te prometí una vida feliz pero hace tiempo que no lo es, no pude darte mucho...

Tenía tantas ganas de llorar, tantas ganas de impedir que sufriera, pero lo haría de todas formas.

—Me diste mucho más de lo que planeaba, eres todo lo que siempre quise y lo que siempre querré —contesté soltando unas lágrimas antes de abalanzarme a sus brazos—. Te amo.

«Yo tampoco pude darte mucho, pero te recordaré siempre» pensé sin abrir los ojos, con la cara escondida en el hueco entre su hombro y su cuello.

Mamá era el claro ejemplo de que quien entiende algo con la cabeza no siempre lo entiende con el corazón, la muerte hace eso.

Caminamos juntos el trayecto hasta el edificio pero papá se despidió en la entrada para ir hasta su trabajo, yo lo abracé otra vez y otra vez le dije cuanto lo quería, no quería que se le olvidara, o quizás esperaba que supiera que era yo quien lo decía, su hija.

Observé como emprendía el camino, desapareciendo con cada paso, caminaba tan extraño como siempre pero esta vez algunos si se reían al verlo pasar, los hubiera golpeado pero quería seguir viendo a papá desaparecer... quizás esa fuese la última vez que lo viera, ya que al regresar del trabajo mamá se habría ido, y él tras ella, hasta desaparecer para siempre.

Casi entré al edificio cuando al fin dejé de ver su silueta pero decidí que quería hacerle un regalo, el último, era mi pequeño intento de hacerlo feliz antes de irme, un intento por evitar que se fuera aunque fuese imposible.

Mi regalo lo encontré dentro de una jaula, al lado de la sección de comida para gato, el lugar olía espantoso y de seguro hasta los empleados habían dejado de tener olfato por trabajar allí, entré con el cochecito y una campanilla anunció mi llegada, la cajera me miró un instante pero tras saludarla se metió en sus asuntos otra vez.

Mi regalo era color crema, casi café y muy peludo, con ojos marrones y una pequeña naricita negra, me miraba moviendo la cola y al meter un dedo en la jaula sentí una suave y húmeda lengua lamer desesperada.

—Hola, bola de pelos —susurré con nostalgia al recordar a aquel felpudo con patas que calentaba mis pies en la cama—. Te llevaré a casa.

El perrito estaba contento por tener una nueva familia y al fin sentir otros olores más agradables, olisqueaba el aire en mis brazos moviendo la cola hasta que le puse su nueva correa y lo hice andar junto al cochecito, la bebé por su parte se echó a llorar pero al llegar al departamento en seguida se silenció; la acosté en la cuna y luego me fui.

La bruja no me había llevado al pasado para salvar a mi padre, eso no era algo posible, sin embargo eso no quería decir que no tuviera un trabajo por hacer.

Me dirigí al espejo del baño mirando mi reflejo, su reflejo, que me parecía más familiar que el joven y ahora más cercano que cuando solo era Anna. A pesar de todo ella era mi madre, no era su culpa, la vida es complicada y las consecuencias de nuestros actos son impredecibles.

—Yo nunca te culpé mamá e incluso si esto fuera tu culpa sé que no esperabas perderlo, jamás hubieras olvidado tu vida de ser así… no me habrías dejado. Estoy segura de que pensabas que él te seguiría cuando te fuiste, exactamente como sucedió, esperabas que dijera que todo iba a estar bien, como siempre, y seguirían su vida porque él nunca puede enojarse contigo… nadie puede enojarse contigo, no realmente. Hoy todo se repetirá y sé lo que debo hacer y espero que esta vez sí puedas superarlo.

Tras entender que no obtendría ninguna respuesta me dirigí a la cama sintiéndome débil y una vez más vi el reloj esperando que papá llegara, pero sabía que no sucedería, así que tomé un papel y en el escribí las únicas palabras que creí le darían fuerza, las mismas que vi escritas con su propia letra en el cuarto de papá, la letra de una Liz muy antigua pero que rogaba aun estuviera viva.

*«Un espíritu fuerte puede salvar la vida mientras no deje que la adversidad lo quiebre. Nunca lo olvides, no estarás sola»*

Esperaba que sus propias palabras y mi promesa de estar junto a ella alcanzaran para salvarla, con ella si podía hacerlo, con ella había una oportunidad más de hacer las cosas bien, una oportunidad para recuperarla, recuperar lo que hubiera sido.

No podía justificar esa nota pero esperaba que recordara que alguna vez alguien estuvo en su cuerpo, quería creer que sabría que era yo. Y luego de dejar de lado la lapicera y el papel sobre la almohada, una fuerza se apoderó de mi cabeza y enseguida y sin querer… me desmayé.

Sabía que todo había terminado cuando desperté en la casa del abuelo, con la ropa de papá desgastada y oliendo a encierro, completamente sola, y claro, al bajar a ver mis manos me encontré con mis propios dedos, mi propias uñas, mi propia piel…

Tenía la vista cansada y la cabeza embotada, al incorporarme sentí como mi cuerpo estaba más ligero que nunca, sentía que me movía entre nubes, flotando en el aire o al revés, enterrada en la tierra casi asfixiada.

Estaba triste pero a la vez sentía alivio, todo había terminado, estaba en casa, ya no volvería a verlo pero al menos tampoco tendría que verlo morir, me había despedido, y aunque no fuera posible estaba satisfecha.

Atravesé la puerta que ya me era más que familiar y continué a la sala, me imaginaba que el abuelo me vería de forma extraña por actuar como si lo conociera y conociera el pueblo desde hace tiempo, me gustaba pensar que era así aunque él no fuera a saberlo nunca.

—Buen día. —Lo escuché decir con esa característica voz que hace mucho tiempo no escuchaba, esa voz que arrastra los años vividos en su tono seco y áspero—. ¿Has dormido bien?

—Muy bien —sonreí y me lancé a sus brazos.

No importaba que pensara, al fin alguien podía verme, a mí, y era él… no habíamos podido hablar mucho en el pasado, pero quería hablar mucho en el presente.

—Anna —empezó diciendo en cuanto me separé de él—, tuve que llamar a tu madre. Estaba preocupada y la alivió saber que estás conmigo, espero no te molestes, debía avisarle.

—Está bien, yo iba a llamarla de todas formas —sonreí mirando los cambios de su cara y recordé a la abuela—. Gracias, por dejar que me quedará.

—Puedes quedarte todo el tiempo que quieras —contestó alegre pero tranquilamente, hacía mucho tiempo que estaba solo—. ¿Qué te parece si vamos a comprar algo para desayunar?

—Yo iré, y luego podemos pasar la tarde viendo televisión.

Él amaba las películas de cowboys y sonreí al recordar las veces que había desayunado en esa misma cocina con los sonidos de aquellas películas de fondo.

Aunque el abuelo se extrañó cuando me ofrecí a ir de compras me dejó ir sin ningún problema, no podía decirle que había vivido allí por meses.

De camino a la tienda me topé con algo que no podía postergar y era imprescindible.

La tienda de Alessia estaba iluminada por aquellas luces fosforescentes, violeta y azul inundando las cartas, cuentas, piedras raras y pequeñas botellas de la vitrina, se escuchaba en su interior el murmullo de una persona, sabía quién era así que entré.

—Hola, niña —pronunció la bruja de espaldas a mí. Otra vez usaba las ropas del primer día, la noche del viaje.

—Pensé que ya no estaría aquí —exclamé sin saludarla siquiera.

—Yo vivo aquí, ¿dónde más podría estar? —contestó dándose vuelta para mirarme, aun parecía nublada, como rodeada por un aura brillante.

—Pensé… como sea, solo quería agradecerle.

—Me alegra que ya no me odies —dijo más dulcemente acercándose para tomar mis hombros—. Te dije que debías curarte, lo lograste esta vez, Anna. Pero no olvides…

— ¿Qué? —pregunté mirándola a los ojos.

—Que los viajes no compran soluciones, depende de cada persona conseguir el cambio.

—Entiendo.

—No desperdicies el resto de tu vida, ¿de acuerdo?

No contesté pero lo entendí, fue algo como: «vive por lo que él no pudo», entonces pensé que la bruja me había dado el mejor de los regalos y quizás la peor de las tristezas, pero me ayudó a entender que vale la pena tener personas para perder, porque es la única forma de saber cuánto vale el amor y cuanto puede curar un recuerdo.

Tras despedirme me giré para marcharme y dejarla sola, abrí la puerta, que emitió un sonido peculiar, miré una vez más atrás, a ese sitio que había cambiado todo y ahora parecía más que lejano, y atravesé el umbral como atraída por el exterior.

—Anna —escuché que me llamaban.

Pero ninguna figura se materializó frente a mí, al contrario, cada centímetro de visión se fue descomponiendo como si de un apagón se tratara, y fragmentada cada parte del lugar se disolvió ante mis ojos, me mareé y caí…

Caí como si todo me siguiera, como si me hubiera abandonado la gravedad de repente, en cámara lenta, esperando el impacto, pensé en todas las cosas importantes de mi vida y vi mi propia historia convertida en un mar de recuerdos mezclados mientras el tiempo se discontinuaba y la realidad desaparecía para siempre…

# Capítulo 25

Mi conciencia se retrajo a un vacío parecido a donde solía permanecer cuando mi madre tomaba su propio cuerpo, fue un momento pero suficiente para desconcertarme, creía que mi vida había acabado tal como la bruja temió aquel día que me hizo viajar hasta 1997. Pero esta vez no fue así y lo supe al abrir los ojos.

—Anna, despierta. Vamos —escuché una voz que poco a poco tomó forma ante mí.

El ambiente cobró claridad y aunque me costó acostumbrarme a la luz pude reaccionar a tiempo para ver a quien tenía delante.

—Abuelo... ¿Qué pasó? —exclamé incorporándome en la cama, él parecía feliz.

—Es tu cumpleaños, tu madre te espera en la sala —contestó sonriente para luego abrazarme sin darme tiempo a reaccionar, a penas recordaba que ese día era mi cumpleaños.

— ¿Mi madre? —pregunté pensando en qué momento habría llegado, cuánto tiempo habría estado inconsciente.

—Sí... tu madre, deberías ir ahora —respondió el abuelo antes de irse.

Sin poder esperar me levanté y salí de la habitación corriendo. Al llegar a la sala vi que el abuelo había hecho limpieza y ordenado algunas cosas, parecía otro lugar.

Allí, junto a la mesa estaba mamá, su aspecto era sobrio y elegante, se veía arreglada y feliz de verme, me abrazó con fuerza y estrechó contra su cuerpo gritando buenos deseos al aire; su reacción me tomó por sorpresa pero le devolví el abrazo, no tenía razones para odiarla y si mi intervención la había convertido en alguien feliz entonces había conseguido un cambio importante.

Al mirar sobre su hombro, aun apretada por sus brazos, pude ver a Kate aparecer por la puerta, volver a verla era tranquilizador, me había hecho falta ese tiempo, por más que estuviera en su forma joven, nunca fue lo mismo.

— ¡Feliz cumpleaños! Ya eres una mujer —gritó Kate con los brazos extendidos y se unió al abrazo, era extraño pero se sentía bien.

—No creí que vinieran por mí —solté de pronto en cuanto pude separarme de ellas.

— Pero... ¿por qué? —empezó diciendo mamá acariciando

mi cabeza preocupada.

— ¿Estás bien? —preguntó Kate mirándome como si estuviera enferma.

—Estoy bien —suspiré negando con la cabeza y abrazándolas a ambas.

Me gustaba ver esa nueva relación, escuchar la voz de mamá y sentir libertad para hablar con ellas en vez de ignorarlas.

—Vamos, debemos arreglarte —soltó mamá tomándome por los hombros para darme la vuelta y encaminarme al baño.

— ¿Para qué? —pregunté mirándolas confundida.

— Es tu cumpleaños, haremos algo muy especial. —Sonrió Kate ubicándome delante del espejo.

Mamá rebuscaba en un cajón debajo del lavabo, no paraba de asombrarme. Empezó mostrándome maquillajes, haciéndome elegir mientras Kate levantaba mi cabello probando peinados. Yo miraba a mamá sin reconocerla, la angustia y la felicidad estiraban mis emociones y quería llorar.

—Mamá —exclamé llamando su atención sin acostumbrarme a la palabra, mas ella no se inmutó—, perdóname por lo de ayer. —dije recordando mi huida, hacía tanto ya de eso…

—Descuida, yo tampoco debí reaccionar así, olvidémoslo y centrémonos en tu día. No se cumplen dos veces dieciocho.

Al terminar las tres volvimos a la sala, yo llevaba un peinado alto que Kate había logrado en diez minutos y ya estaba un poco maquillada, aún no sabía para qué. Una vez en la sala nos encontramos con unas voces en la puerta, las tres nos giramos a ver.

—Si Anna sigue dormida… podemos poner esto en… —dijo la voz desconocida de un hombre, cargando en sus manos varios paquetes.

Dos personas atravesaron la puerta, dos hombres, al sentir nuestra presencia de inmediato se callaron.

— No son buenos dando sorpresas —exclamó Kate llevando una mano a su frente.

— ¿Pero… cómo? —solté sin entender nada y notando que todos me miraban como si estuviera loca— ¿Sam? —pregunté de inmediato al reconocer de cerca a uno de los hombres, mayor pero igual que hace años.

— ¿Están jugando? —preguntó Sam mirando hacia donde estaban Kate y mamá, sin comprender que me ocurría.

—No sé qué le pasa hoy —exclamó mamá acercándose a nosotros y Kate desapareció en la cocina, algo se quemaba.

—Los dieciocho no llegaron bien —rió.

—Vamos, pronto llegarán los invitados, hay que armar todo

afuera —dijo mamá chocando sus manos para que prestáramos atención—, Sam, ¿me ayudas? Oh, Anna, él es… —dijo mamá a punto de irse, mirando al hombre que había llegado con Sam.

—Alex —exclamé con firmeza intentando que no temblara mi voz, al principio no lo había reconocido. Mamá asintió y nos dejaron a solas.

Aquel hombre no era mi Alex, mi Alex era el recuerdo de lo que alguna vez fue ese hombre, sin embargo con solo mirar sus ojos lo reconocí, allí seguía esa chispa que hace tan solo unos días había mirado directamente al pronunciar nuestra despedida, aunque eso hacía ya años para él.

— ¿Tú madre te contó? —preguntó algo nervioso y eso me hizo reír, seguía siendo el mismo—. Fuimos amigos hace años, ella me habló mucho de ti.

— ¿De mí? —pregunté sorprendida y aun más al saber que terminaron siendo amigos, él había cumplido su promesa después de todo.

—Por teléfono y cuando venía de visita al pueblo… te conocí cuando eras muy pequeña.

— ¿Y esta es otra visita? —pregunté tímidamente, era extraño verlo tan mayor y seguir sintiendo tantas cosas por él.

—En realidad no, tuve que mudarme con mi hijo.

Recordé de repente a su padre y eso me llevó a pensar en Noa y luego en Rod, ahora tenía dos vidas, tres incluyendo mi tiempo en el pasado, eso jamás será fácil de asimilar.

— ¿Tienes un hijo? —No estaba celosa, estaba feliz por él, saber que había superado lo que yo le había hecho.

—Sí —rió y luego señaló hacia el fondo—. Llegó temprano para ayudar con la decoración. Pude verlo a través de la puerta del patio, sonriendo con un mantel en la mano.

Era un chico mayor que yo, alto, cabello oscuro u poco largo, barba de tres días y ropa holgada, en cierta forma era igual a Alex, más allá de sus rasgos, su postura y sus gestos eran iguales a los de su padre.

—Es igual a ti.

—Claro que no —rió—, pero sí es muy parecido en actitudes, aunque sería mejor que no fuera así, pero él es mucho más extrovertido.

—Eso es una tontería —dije sonriéndole, su cabello largo había desaparecido y su barba crecido, su estilo era el de un adulto maduro, quizás el aspecto de un profesor…

—Hablas como tu madre, es increíble —comentó sorprendido tocando su barba—. Bueno, tu madre pero hace muchos años.

— ¿Otros ojos, mismas palabras? —pregunté esperando que él recordara la carta que le había dejado.

— ¿Cómo sabes eso?...
—Uncanny —pronuncié fingiendo sorpresa, rogando que aquello despertara su curiosidad.
— ¿Cómo conoces esa palabra?
—Una vez quise mucho a alguien que estaba obsesionado con esas palabras.
—«Espero que nuestros caminos vuelvan a coincidir algún día y entonces seas capaz de reconocerme en otros ojos» —recitó boquiabierto las palabras de aquella despedida.
—Creo que deberíamos ir a ayudar. —Sonreí y él asintió. Ya no era mío, pero verlo era un privilegio.

*«Uncanny: Una experiencia sobrenatural o inexplicable, extraña o más allá de lo ordinario»*

Sabía que había comprendido pero su mente no le permitiría creerlo, de todas formas estaba feliz porque por un segundo él supo que era yo, y no mi madre, a quien había querido hace tiempo y quien seguía iluminando sus ojos.

Fue difícil reaccionar al principio, quería gritar, reír y llorar al mismo tiempo. Sus vidas habían cambiado drásticamente, y aun sin papá parecían felices.

Cuando nos unimos a los demás en el jardín comprendí algunas cosas; el enorme terreno ahora era más pequeño porque casi todo había sido ocupado por una segunda construcción, que más tarde supe, era nuestra casa.
El jardín estaba decorado y preparado para la fiesta, varios perros corrían de una dirección a otra saludando a los recién llegados, y yo miraba todo a mí al rededor.
— ¿Te gusta cómo está quedando? —preguntó Kate apareciendo de la nada.
—Me encanta —exclamé suspirando largamente y me acerqué a ella—, gracias.
Ella rió y me rodeó con su brazo para luego voltearme y salir corriendo, apareciendo Sam delante de mí, listo para tirarme espuma en la cara.
—Ups, perdón —dijo sarcástico.
—Se pondrá feo —saltó Kate dándome un spray para vengarme de su esposo, aunque ella misma lo había provocado.
— ¡Oigan, eso es para la fiesta!—gritó mamá enfadada, pero Sam lo empeoró tirándole espuma.
Pensé que se enojaría, pero contrario a esto tomó una botella de espuma y lo persiguió por el patio.

Así nos entretuvimos un largo rato, incluso con Alex y su hijo, hasta que la espuma entró en mis ojos y dejó de ser divertido. La tarde se pasó rápido, pero fui feliz, lo fuimos, y lo seguimos siendo cuando los invitados empezaron a llegar y llegué a la conclusión de que esa fiesta terminaría con mi muerte. Un día feliz, un último día feliz antes de desaparecer para siempre, nada podía ser tan bueno.

Decidí disfrutar aquello solamente observando, intentando imaginar cómo sería una vida como esa, que cosas deberían haber pasado para llegar a ese momento. Parecía una vida perfecta aunque había personas que quedaron en el camino allí también, además de papá, como la abuela y Rod, temí preguntar por él pero de alguna manera sabía que su paradero era desconocido, a pesar de todo no había logrado ayudarlo y eso siempre me lo reprocharía.

—Anna... —Escuché que me llamaban y vi que Alessia se acercaba, ya no vestía las mismas ropas.

Aunque mayor despedía una luz juvenil, como todos en ese momento.

—No creí volver a verla. ¿Este es otro de sus trucos, como la primera vez que desperté y fui a su tienda? nada de eso era verdad, esto no lo es.

Estábamos una al lado de la otra, sin mirarnos, contemplando la fiesta desde un rincón, como espectadoras.

—Es totalmente real —contestó sonriendo—. Puede que lo anterior fuese un sueño antes de despertar realmente, pero ya rompiste el ciclo Anna, pensé que jamás lo harías.

— ¿Ciclo? —exclamé agitada mirándola con asombro.

—Así es. Tú te habrás visto en el pasado de bebé, ¿dónde crees que está ella ahora?

—No lo sé...

—Ella creció y cuando te regresé al presente te fusionaste con este cuerpo, ahora perteneces a esta versión del ciclo. Ya habías viajado otras veces antes, pero todo volvía a repetirse cuando el bebé crecía porque nunca llegabas a cambiar, hasta que entendí porqué.

— ¿Por qué? Si ya había estado ahí ¿por qué siempre era igual?

—Porque la Anna que viajaba nunca volvía al presente, nunca cumplías la misión para la que te mandaba, seguías siendo la misma persona así que simplemente desaparecías y el bebé crecía hasta llegar otra vez a tu edad y volver a intentarlo, hasta esta vez...

— ¿Y por qué siempre fracasaba? —pregunté sin llegar a comprender nada de lo que decía, pero feliz por todo.

—Por dos cosas, en primer lugar nunca habías conocido a Alex en las veces anteriores, deduzco que él es un factor de cambio porque solo se dio esta vez.

—Y la otra razón...

—Lo más importante, siempre elegiste salvar a tu padre aunque te dejara en claro que no podías cambiar la muerte, jamás pensaste en salvar a tu madre... hasta ahora.

— Mejoré nuestras vidas olvidándome de él...

—No. La persona que viaja no puede cambiar las muertes pero puede incitar un cambio, tú ayudaste indirectamente a que tu madre tomara la decisión correcta. Tu nota la salvó, ella pensó que él la había escrito, aunque nunca se lo dijo.

— ¿Así de simple? —pregunté esperando algo mucho más complicado.

—Si crees que es simple cambiar la mentalidad de una persona, sí.

—No le arruiné la vida a mamá después de todo —suspiré aliviada.

—Yo diría que salvaste a toda tu familia, Anna.

— Excepto a él —exclamé en un susurro, un poco triste.

— ¿Eso crees? —dijo la bruja mirando hacia el frente y seguí su mirada—, Tu madre tomó la decisión correcta...

— ¿Papá? —articulé sin entender lo que veía.

Él estaba en la entrada, vivo, real, sonriente, mayor, mucho mayor de lo que era posible.

Corrí hasta él acortando toda distancia, corrí tomándolo por sorpresa y lo abracé por la cintura, se sorprendió y casi caemos ambos al suelo pero me sostuvo y continuó el abrazo.

—Feliz cumpleaños, hija. —Eso era todo lo que había querido, más de lo que podía aspirar—. Te dije que llegaría a tiempo.

Yo no dejaba de mirarlo, era como el primer día en el pueblo siendo mamá pero ahora era yo en mi propio cuerpo, con una vida que no recordaba, una vida que había vivido con él.

—No puedo creer que estés con nosotros —solté volviendo a abrazarlo.

—Lo prometí y tranquila, a la noche iremos a la feria como te dije, pero ahora intentemos divertirnos en la fiesta —susurró papá en mi oído para luego guiñar un ojo y pasar un brazo por mis hombros.

No hace falta explicar lo que se siente tener un padre, y no tengo palabras para describir ese encuentro, solo puedo contar como el resto de la celebración nos la pasamos bailando juntos, comiendo, hablando con todos y cada uno de los invitados. Me enteré de detalles de mi vida que transcurrieron en mi ausencia y conocí, o mejor dicho, volví a conocer, a muchos de nuestros vecinos. No podía elegir a que prestarle más atención y desbordaba de felicidad ahora que sabía que mi tiempo no estaba tan limitado como antes. Intenté no separarme mucho de mis padres, realmente quería conocerlos ahora que volvían a ser felices, y quería ser parte de aquello, como una familia. Incluso fue aun más maravilloso visitar la feria juntos, un lugar que para mí significaba mucho, y al final de esa noche me sentí plena.

— ¿Estás feliz? —preguntó papá mirando las estrellas.
—Ahora sí —contesté abrazándolo y mamá se unió a nosotros—, ahora sí —susurré para mí.

Ese fue el perfecto cumpleaños, lo festejé sin pensar en nada, solo viendo y riendo, como debía ser, porque a veces los momentos felices también se disfrutan en silencio, así como lo mejor de la vida se hace con los ojos cerrados. Apagué las velas sin más deseos que lo que ya tenía y dormí esa noche sabiendo que tendría muchas otras para seguir viviendo aquella nueva oportunidad.

Realmente no sé quien quisiera leerme, si servirá de algo escribir mi historia, quizás yo misma pueda comprenderla mejor, quizás quien la lea pueda entender que todo es posible si uno lo hace posible. Mi vida hoy en día no es interesante pero es feliz, y aunque no crean esto solo espero que los inspire a tomar sus propias decisiones porque no todos pueden cambiar el pasado pero todos pueden despertar un día y ser el cambio que necesitan en su presente.

# Agradecimientos

Quiero agradecerle especialmente a todas las personas que me acompañaron en el proceso, no solo en la escritura de esta novela, sino a todos los que influyeron en mi vida para que siguiera con este sueño.

No era difícil para mi yo de ocho años imaginar un futuro escribiendo un libro, publicándolo, pero a medida que los años pasan uno se choca con la realidad y cree que cumplir un sueño es algo imposible. Hoy sé que esta no será la última vez que escriba, y pensar eso me acerca a cumplir con lo que tantos años esperé para mi vida.

Específicamente quiero agradecerle a mi familia y a mi pareja por acompañarme siempre y ayudarme en la creación de este libro, esta edición fue trabajada por muchas manos y ahora le pertenece a todos. Le agradezco a mi papá por hacer la portada, a Zahra Gharib por su ilustración del reloj que tan significativo es para esta historia que habla del tiempo, a mamá por leerlo hace tanto cuando solo era un borrador, a Walter por sus consejos y lecturas y relecturas de la novela, y también por la maquetación del libro, a Exe, un amigo que leyó la historia desde el comienzo y criticó cada capítulo para que la novela sea lo que es hoy.

A todos ellos les agradezco su paciencia y sus opiniones, su tolerancia ante mi nerviosismo y ansiedad durante el proceso de escritura.

Por último le agradezco a cada una de las personas que lean esta novela, es muy importante para mí y refleja mucho de lo que fue mi crecimiento los últimos años de mi vida, estoy encantada de compartir mis pensamientos con ustedes.

Para despedirme solo me queda decir que espero hayan disfrutado la lectura y entendieran el mensaje más allá de esta historia; las personas como nosotros no viajan en el tiempo, y la vida es tan impredecible que solo debemos preocuparnos por vivirla lo más felizmente posible, sin arrepentirnos de nada al final del día. Por más difícil que sea al terminar nuestra vida solo recordamos los momentos felices y las personas que nos acompañaron en esos momentos.

Florencia A. Fernández nació en la Ciudad Autónoma de Buenos Aires, Argentina, en 1999. Actualmente tiene 21 años, edad a la que finalizó su primera novela, *Cura de amor*.

La autora está considerando escribir una segunda parte de su primera novela, posiblemente centrada en uno de los personajes secundarios de esta.

Su pasión por la escritura inició a los ocho años, convencida de que algún día publicaría un libro. Ha participado en concursos de poesía a nivel nacional e incursionado en varios géneros, aunque considera que el romance y la fantasía son sus favoritos.

Hoy en día se dedica a seguir escribiendo mientras continúa sus estudios universitarios en la carrera de psicología, estudios que le han ayudado a mejorar su escritura, según sus propias palabras.

Este libro se terminó de imprimir en el mes de Octubre del 2020, en PuntoAparte Ediciones Independientes. Oficinas en Microcentro, CABA. Argentina.

Made in the USA
Monee, IL
12 November 2026

68341126R00176